# 다래

# 다래

이청 지음

도·서·출·판 **문화문고**

# 차례

# *1*

중천中天에 걸린 보름달이 시답잖게 세상을 내려다보고 있었다.

윤선달尹先達은 두 개의 작은 산만한 왕릉王陵 사이에 몸을 숨기고 고개만 삐죽 내밀어 길 건너 경주부慶州府의 관아官衙 쪽을 바라보고 있었다. 그년이 와줄까? 확신이 서지 않았다. 올지 말지 알 수 없는 여자를 기다리는 자신의 뻑적지근한 아랫도리와 콩닥거리는 가슴에다 피가 솟구쳐 화끈거리는 얼굴을 보름달이 훤히 내려다보며 웃고 있는 것 같아 칵, 가래침을 뱉었다.

"쌍년."

윤선달을 우습게보고, 나를 기다리게 하고 안달나게 하고 우스운 꼴로 만든 그만큼만 조만간 갚아줄 게다.

달이 중천에 떠 있는 걸로 보아 자정子正이 되어 갈 무렵이었다. 이대로 기다릴까? 돌아가서 내일 아침 그년의 송구스러워하는 낯이나 보며 다음을 기다릴까? 그의 머리는 마누라가 있는 집으로 돌아가라고 말하고 있었으나 가슴과 아랫도리는 한사코 바짓가랑이를 붙잡았다.

기다리기를 포기하고 돌아서다가 다시 돌아서서 마지막으로 관아 쪽으로 살피는데 달빛에 그림자 하나가 이쪽으로 오고 있었다. 누런 베적삼에 검은 물을 들인 치마였다. 윤선달은 그 적삼과 치마 속에 들어 있는 물건을 수백 번도 넘게 머릿속에 그려보았기 때문에 눈을 감아도 그 모습이 떠오를 지경이었다.

여자라는 것은, 하고 그는 생각했다. 남자가 자신에게 침을 질질 흘리며 쫓아다닌다는 것을 눈치 채지 못하게 해야 한다. 제아무리 종년이라도 사내가 침을 흘리며 주변을 맴돌고 껄떡거리는 것을 눈치 챈 순간부터 공연히 몸을 사리고 이쪽을 안달나게 한다. 옛날에는 선비 집안의 딸이었다고 하나 남인南人이 밀려날 때 철저하게 도륙屠戮 당한 후 그 어미는 신이 내려 무당 짓을 하다가 기림사 노스님의 씨를 받아 딸년을 낳았고, 그 딸년은 경주부 영장營將 영감의 부엌 허드렛일 하는 노비가 되어 있는 신세, 먼저 먹는 놈이 임자인 하찮은 계집 하나를 두고 반 년 가까이 침 흘리고 기회를 엿보아야 했던 자신에게 윤선달은 화가 나 있었다.

젖무덤 같은 형상으로 솟아난 두 개의 왕릉 사이로 작은 길이 나 있었다. 그 길 사이로 부스럭거리며 다가오는 발소리가 있었다. 윤선달은 듣지 못한 듯 보지 못한 듯 양반다리를 하고 돌아앉아 있었다. 발소리가 등 뒤에서 멎더니 흠, 흠 하고 헛기침으로 기척을 했다. 그래도 윤선달은 눈을 지긋이 감고 그 자세로 앉아 있었다.

"선달님."

가만히 부르는 소리가 있었다. 그제야 윤선달은 고개를 돌렸다.

"웬 일이냐?"

뜨악한 목소리였다.

"시키신대로 술과 안주를 내왔습니다."

"생각 없다."

윤선달은 돌아앉았다. 다래는 손에 들고 온 보자기를 선달의 무릎 앞에 내려놓았다.

"혹시, 늦어서 화가 나신 것은 아닙니까? 영장 어르신께서 늦게까지 별채에 계셔서 주안상을 올리느라 그렇게 되었습니다. 그런데 선달님께서는,"

'왜?' 하고 찌푸린 얼굴로 돌아봤으나 다래는 하던 말을 이었다.

"참 별나십니다. 이런 곳에서 혼자 술을 드시다니요. 시흥詩興에 겨우십니까?"

이년이, 상소리가 목구멍까지 차올랐으나 억지로 눌러 삼키고 딴 소리를 했다.

"이름이, 다래라고 했지?"

"네."

"나이는 몇이냐?"

"열아홉입니다."

"아깝다."

"네?"

"왜 그리 늦었느냐? 영장 영감의 밤 시중을 드느냐?"

"무슨?"

"아니다. 사내를 아느냐?"

"이만 가보겠습니다."

눈치가 이상해서 다래가 돌아서려는데 선달의 낮은 음성이 목덜미를 챘다.

"여기까지 온 이상 네 맘대로는 갈 수 없다. 만약 한 발만 더 움직이면 이 칼이 너의 등짝을 파고들 것이다."

돌아보니 정말 칼을 빼들고 있었다. 장도粧刀보다 약간 길고 환도環刀보다 짧은, 어중간한 크기의 칼이었다. 칼날에 부서진 달빛이 몇 가닥 허공으로 흩어졌다. 다래는 그 자리에 얼어붙었다.

“원하시는 것이, 술이 아니었습니까?”

“헛소리 그만해라. 이 밤중에 무덤들 사이에서 그까짓 술 한 잔 마시자고 니년의 신세를 졌겠느냐? 니년도 여기까지 올 때는 무슨 각오를 하고 왔겠지. 아니냐?”

“저는 선달님께서 달밤에 천재天齋를 올리고 겸사겸사하여 시흥을 풀려고 그러시는 줄 알았습니다.”

“재를 올리는 것도 맞고 시흥을 풀려는 것도 다 맞다. 그러니 그렇게 서 있지 말고 이리 와서 술을 따르거라.”

“가 봐야 합니다. 영장 영감님께서 또 찾으실 겁니다. 선달님에게 술을 가져간다고 영감님께 말씀 드렸더니 좋은 술과 안주를 내 가라고 당부도 하셨습니다. 그러니 여기서 시간을 지체할 수 없습니다. 용서하십시오.”

“용서 못한다.”

윤선달은 벌떡 일어나 다래의 목덜미에 칼끝을 겨누었다.

“저를 어쩔 작정이십니까?”

“설마 사람을 회 쳐 먹겠느냐? 내가 원하는 것은 아주 간단하다. 옷을 벗어라.”

“네?”

반문하자 칼끝이 가슴을 지나 배 아래까지 스치며 내려왔다. 다래의 입에서 다급한 목소리가 나왔다.

"시키시는대로 다 하겠습니다. 칼은 저리 치워 주세요."

"진작 그럴 것이지. 벗어라."

"여기서요?"

"금침(衾枕, 침구)이라도 깔아야 되겠느냐?"

"그게 아니라 누가 보면……"

"야심한 때에 무덤들 옆으로 나올 놈도 없고, 무덤의 주인들은 천년 전에 죽었으니 뼈도 없을 터. 누가 보겠느냐. 벗어라. 보고 싶다. 여자를 세워놓고 벗은 몸을 보고 싶었다. 그래서 칼을 들고 나온 것이니 이 칼에 피를 묻히게 하지는 말아다오."

"벗겠습니다. 하지만 저를 찾아 나올 사람이 있을 것입니다."

"염려 마라. 영장 영감이 좋은 술과 안주를 가져다주라고 했다면 오늘밤 내가 여기서 무슨 천재를 올릴지 짐작하고 있을 터. 사람을 보내어 너를 찾게 하지는 않을 것이다. 뭘 하고 있느냐?"

다시 칼끝이 움직였다. 다래는 몸을 움츠리며 두 손으로 저고리의 고름을 풀었다.

고름을 풀고 섶을 열자 어깨에서 가슴까지 눈부시게 하얀 속살이 달빛에 드러났다. 저고리가 땅에 떨어지자 다시 칼끝이 어깨 위의 치마 고리를 건드렸다. 다래는 서둘러 치마 고리를 어깨에서 벗겨 내리고 가슴에서 치마끈을 풀었다. 검정 삼베의 치마가 흘러내리자 누런 황토색의 고쟁이만 걸친 열아홉 처녀의 터질듯한 몸이 고스란히 드러났다. 윤선달이 무너진 것은 이때였다. 그는 칼을 던져버리고 미친듯이 다래의 몸을 덮쳤다. 다래가 뒤로 넘어지자 배 위에 올라타고 정신없이 고쟁이 속으로 손을 밀어넣었다. 한 손은 고쟁이 속으로 다른 한 손은 고쟁이를 벗겨 내리려고 버둥거렸으나 다래가 몸을 한 번 휙 돌리자 저만치 나가떨어지고 말았다.

자신을 밀어 던져놓고 쪼그리고 누워 있는 여체를 노려보던 윤선달은 이번에는 침착하게 자신의 옷부터 벗었다. 저고리는 그냥 둔 채 아랫도리만 끌어내리는 데도 허둥거리다가 두 번이나 앞으로 자빠질 뻔했다. 겨우 바지를 벗은 윤선달이 다시 다래의 배 위에 몸을 던졌다. 윤선달의 오른손이 다래의 다리 사이로 들어가는 순간 다래가 악, 하고 신음을 토해냈고, 그와 때를 같이하여 윤선달의 몸뚱이가 썩은 나무둥치 무너지듯 맥없이 무너지며 고개를 그녀의 가슴에 떨어뜨렸다. 뜨끈한 액체가 다래의 가슴과 배를 적셨다. 다래가 윤선달을 옆으로 밀어내고 몸을 일으키자 눈앞에 한 사내가 서 있었다. 윤선달의 먼 인척이라고 우기며 찾아와 허드렛일을 도와주던 총각 이필제李弼濟였다. 필제는 윤선달을 벤 칼을 던지고 다래의 몸을 잡아 일으켜 주었다.

"내 이놈의 인간이 전부터 수상하여 지켜보고 있었는데 기어코 이런 짓을 하더만. 벌레보다 못한 놈이니 죽어도 싸. 옷이나 입으시오."

대충 옷을 주워 입은 다래가 윤선달을 내려다보았다. 어깨 쭉지에서 가슴쪽으로 길게 갈라진 틈으로 피가 물컹물컹 솟아오르고 있었다.

"갑시다."

"어디로?"

다래가 물었다. 필제는 씩 웃었다.

"어디긴. 가는 데까지 가 봐야지. 살인자는 극형인데 벌레 한 마리 죽이고 가만 앉아서 목을 늘이고 있을 수는 없지 않소."

"그러지 말고 관아에 자수해요. 전후 사정을 소상하게 밝히면 선처해 줄지도 모르지 않아요."

"바보 같은 여자로군, 당신은."

필제의 목소리는 저승을 건너오는 바람소리처럼 이상한

울림을 가지고 있었다. 그래서 그가 입을 열면 누구든 거역하기가 어려울 것 같은 힘을 가진 사람이었다.

"선처라고 했소? 당신은 관아에서 저들의 하는 짓을 신물이 나도록 봐 왔을 텐데도 선처라는 말을 입에 담을 수 있소? 영장이나 부사나 아전배들이나 모두 한결같은 통속들이오. 우리 인생은 어차피 이렇게 됐소. 자 갑시다."

다래는 필제가 내미는 손을 잡았다. 신라왕들의 무덤 옆에 하잘것없는 윤선달의 시체를 팽개쳐놓고, 두 사람은 달빛을 피하여 서둘러 그 자리를 떠났다.

# *2*

아침부터 경주부의 관아는 발칵 뒤집혔다. 영장營將 김순후金淳吼는 직접 병사 네 명을 데리고 관아 건너편의 왕릉으로 갔다. 혼백이 떠나버린 윤선달은 찢어진 걸레처럼 쓸모없는 물건이 되어 누워 있었다. 시신은 바지가 무릎 아래까지 내려진 상태여서 그가 무엇을 하다가 참변을 당했는지 그림이 떠올랐다. 동시에 떠오르는 것이 있었다.

"부엌에서 일하는 아이 중에 무당의 딸년이 있었지? 어제 밤에 그년이 윤선달의 제수용祭需用 술과 안주를 가지고 간다기에 내가 허락한 일이 있었다. 저기 흩어져 있는 술병과 음식들이 바로 그것이렷다. 그년 어디 있느냐?"

병졸 하나가 뒤가 빠지라고 관아로 뛰어갔다가 잠시 후 돌아왔다.

"보이지 않습니다. 아마 경주 부중에는 없는 것 같습니다."

"역시 그랬구만. 하지만 이 시체를 보라. 여자 혼자서 해치운 정황이 아니다. 여자가 자기 배 위에 올라탄 남자의 뒷등을 이런 식으로 갈라놓을 수는 없는 일이다. 미리 어떤 놈과 뜻을 맞추었거나, 여자의 주변을 얼쩡거리던 놈이 우발적으로 살해했거나 둘 중의 하나일 것이다. 어제 오늘 사이에 경주 부중에서 갑자기 사라진 사내놈을 찾아라. 반상班常을 가릴 것 없고 나이도 불문이다. 노비들까지 샅샅이 뒤져라."

영장의 일 처리하는 솜씨는 신속하고 정확했다. 먼저 그는 윤선달네 집에 기별을 보내어 사건 발생과 윤선달의 죽음을 알렸다. 윤선달의 마누라와 장년이 된 두 아들, 그리고 집에서 부리는 종놈까지 합쳐 다섯이나 되는 무리들이 고개를 땅에 처박고 들어오자 영장은 우선 대릉 사이에 널부러져 가마니를 이불삼아 누워 있는 윤선달의 시신을 가족들이 치우게 했다. 영장은 울어서 눈물 콧물이 범벅된 윤선달 마누라의 쭈글쭈글한 얼굴을 보면서 쩝 입맛을 다시고 말했다.

"윤선달이 횡사한 것은 심히 안타깝고 아까운 일이오. 사람이 나이가 들면 피가 식어야 하는 법이거늘, 그 양반은 되레 혈기가 뜨겁고 넘치는데 식힐 곳이 없어 이런 참사를 불러온 것이고,"

선달의 죽은 원인이 쭈글한 마누라에게 있는 것처럼 덮어

씌워 놓고, 말을 이었다.

"오는 길에 병사들로부터 어떤 모습으로 사고를 당하였는지 대충 들어서 알 것이니 내 입으로 그 말을 다시 하지는 않겠고, 흉한을 잡아 징죄하는 것은 관의 일이고 지아비와 아비의 유체遺體를 돌보아 예로써 보내드리는 것은 가족이 할 일이오. 대릉 사이에 누워 있는 시신을 수습해 가서 장례를 치르도록 하시오. 다만 이미 날이 밝았으나 사람들의 눈에 띄지 않도록 신속하게 시신을 수습하고 장례를 치르되 밤 사이에 병이 들어 급사한 것으로 안팎에 알리는 게 좋겠소."

"예?"

큰아들놈이 영장의 입을 보면서 반문했다.

"내가 방금 대국(大國, 중국)말을 한 것도 아닌데 알아듣지 못해? 그럼 아비가 젊은 여자 배 위에 올라탔다가 어떤 놈이 휘두르는 칼에 맞아 도륙 당했다고 외치고, 비문碑文에도 그렇게 적을 생각인가?"

"아, 아닙니다."

아들놈이 고개를 처박으며 낮은 목소리로 기었다.

"윤 씨 집안의 체통을 생각해서 내 이번 일을 없었던 일로 처리할 테니 가족들도 그리 알고 처신을 신중하게들 하란 말이야."

"고맙습니다. 영장 어른."

가족들은 죄 지은 놈들처럼 연신 허리를 굽신거리고 뒷걸음으로 관아官衙에서 물러갔다. 영장의 일 처리를 옆에서 지켜보고 있던 형방刑房이 조심스럽게 다가와 입을 열었다.

"영감. 처리하신 뜻을 대충 짐작은 합니다만, 지금까지 조사된 바로 추측컨대 흉한이 노비나 상놈일 가능성이 많고, 그것이 사실이라면 이는 반상班常의 죄로 그냥 넘길 일이 아닙니다. 경상 감영에 보고 올리고 감영에서 조사를 한 후 다시 조정에 장계狀啓하여 어전에서 다루고 처리할 일입니다. 그런 중대사를 없던 일로 하려는 뜻을 짐작 못하는 것은 아니나 만약에 어리석은 백성들이나 불만을 가진 자들이 조정이나 감영에 알린다면 어찌 감당을 하시겠습니까?"

"형방."

"예?"

"지금 당장 육방六房을 중심으로 향리鄕吏들을 소집하시오. 당신들이 왜 봉록俸祿을 먹고 사는지 그 이유를 입증하시오."

"예?"

"모르겠소? 경주 부중에서 반상의 죄가 발생하면, 이번이 세 번째요. 지난 두 번까지는 부府를 목牧이나 도호부都護府로 강등시키고 수령守令의 품계를 낮추는 것으로 끝났지만 삼세 번이면 그 정도로 끝나지 않고 이 기회에 향반鄕班들까지 대청소를 단행하려 할 것이오, 틀림없이. 그래도 이 사실을 조정에 알리는 것이 좋겠소?"

"아, 아닙니다. 절대로 알려서는 안될 일입니다."

"당연하지. 그러니 당신네들 향리들이 모여서 의논해 가지고 이 일이 관아 밖으로 단 한 마디도 새나가지 않도록 단속을 하라, 이 말이오. 그게 안 되면 당신네들 목을 내놓던지 집안이 거덜나서 상민으로 내려앉던지 택일 하시오. 그동안 경주 부중의 향리를 몇 개 성씨들이 돌아가며 대물림을 해오고 있어 불만을 가진 부족들이 있다는 사실을 잊지 마시오들."

형방이 깨갱하고 꼬리를 사리며 물러나자 영장은 입가에 엷은 웃음을 담았다. 그러나 그는 곧 웃음을 거두었다. 지금 누구를 비웃고 있을 때가 아니었다. 머리 속으로 번개같이 스쳐가는 생각이 있었다. 형방에게 겁을 주어 향반들에게 이번 사건의 수습 책임을 떠넘겼지만 그렇다고 자신이 손을 털고 한가하게 뒷짐지고 바라볼 처지는 아니었다. 만약 이 사건을 조정에서 알게 된다면, 생각하기도 싫은 끔찍한 일들이 좍 눈앞에 펼쳐졌다. 그는 머리를 흔들어 불길不吉한 생각들을 털어버렸다. 늘 그렇지만 어려운 일이 생길 때마다 그의 머리 속에는 헤쳐나갈 방도가 떠올랐는데 지금도 그랬다.

"윤선달이 어제 말한 대로 최 아무개라는 미친놈을 잡아 가두면 그를 추종하는 문도들이 경상도와 충청도 일원에 천 명을 넘는다 하니 스승의 죄값으로 한 놈이 한 냥씩만 내놓아도 간단하게 천 냥이 들어온다. 열 냥씩이면 만 냥이 될 것이다. 요즘 같은 돈가뭄에 이만한 돈이면 경상감사도 살 수 있을 것이다. 그 최 가哥라는 놈이 자신의 도를 동학이라 했다지. 동학東學을 서학西學이라 뒤집어씌우고 혹세무민惑世誣民의 뿌리를 뽑았다고 장계를 올리면 윤선달의 죽음 따위는 간단하게 묻히고 말 것이다. 이거야말로 일석이조一石二鳥, 일석삼조一石三鳥가 아닌가. 혹여 나중에 반상의 죄가 탄로 나더라도 최 아무개의 문도들 짓으로 단죄하면 만사萬事는 휴의休矣라."

그는 늘 좋은 생각만 생산되는 자신의 머리를 쓰다듬었다. 좋은 생각을 하다 보니 좋은 일도 있었다. 그날 진시(辰時, 오전 7시~9시) 조금 지났을 때 형방刑房이 병사 한 사람을 데리고 들어왔다.

"영감의 분부대로 부중에서 어제 오늘 사이에 종적을 감춘 사내놈들을 물색했더니 한 사람 수상한 놈을 찾아냈습니다."

"어떤 놈이오?"

"내림굿으로 유명한 무당 백화白花라는 년의 남편인 박호朴昊라는 놈이 간밤에 종적을 감추었다 합니다. 이 자는 백화년이 관아 노비 다래라는 년에게 내림굿을 할 때부터 다래를 넘보고 껄떡거리며 주변을 맴돌았다 하니 필시 그놈의 짓인 줄로 사료되옵니다."

영장은 고개를 끄덕였다. 형방이 헛기침을 하며 고개를 세우고 물러나려 하자 등 뒤에서 영장의 목소리가 잡았다.

"박호라는 놈을 빨리 잡아 대령하시오. 멀리 도망가지는 못했을 것이니 우선 경상도 일대의 무당 패거리들을 대상으로 샅샅이 뒤지면 금방 그 자의 행방이 드러날 것이오. 한데 형방은,"

영장은 형방의 흰 머리가 섞여 볼품없는 상투를 노려보았다.

"그 박호라는 자가 동학의 무리라는 것을 알고 있소?"

금시초문今時初聞이라 형방은 난감한 표정이었다.

"최 아무개라는 자가 자신의 도를 동학東學이라 하고 한울님과 접신接神을 했다 하니 한울님은 상제이니 동학은 곧 무속巫俗이라 할 것이고, 근래 동방의 어진 범절을 흩뜨리고 있는 천주학쟁이들의 서학 또한 한울님과 접신하는 것을 근본으로 삼으니 서학과 동학은 동근同根이라 동학은 곧 서학이니 이번 범죄는 동학의 무리가 저지른 것이오. 알겠소?"

"예."

알 턱이 없었으나 일단 대답해놓고 형방은 상대하기 싫은 영장 앞에서 물러났다.

## *3*

그 시각 필제와 다래는 경주 관아에서 십리나 상거한 현곡 가정리柯亭里 맞은편 구미산龜尾山 자락으로 묻혔다. 그들은 곧장 계곡을 따라 올라가 마침내 용담정龍潭亭 앞에 닿았다. 일찍이 유학자 최옥崔鋈이 글을 가르치던 산중 정자였으나 지금은 그 아들 제우濟愚가 이곳에서 한울님을 만나고 도를 세워 찾아오는 문도들에게 그 도를 전하고 있는 곳이었다. 필제는 윤선달이 몰래 하던 말을 엿들었던 대로 조만간 경주부의 영장이 최제우崔濟愚를 체포하려 한다는 사실을 알리고 자신과 다래의 피신처도 알아볼 겸 먼저 용담을 떠올리고 이곳을 찾아온 것이었다.

계곡을 따라 흐르는 물을 몇 번 건너가고 다시 건너오며 산자락을 오르니 언뜻 나뭇잎에 몸을 숨긴 큰 새의 날개 같은 기와지붕의 막새가 건듯 보였다. 용담정이었다. 집을 보는 순간 다래는 계곡물에 발을 담그면서 주저앉았다. 필제는 그녀가 피곤해서 그러는 줄 알고 저만치 떨어져서 기다리고 있었다.

"휘우"

버선을 벗어 바위에 걸치면서 입에서는 가벼운 휘파람소리가 나왔다. 그 소리가 이른 아침 나뭇가지 사이로 들리는 새소리 같았고, 흐르는 물에 잠긴 그녀의 하얀 발이 또한 한 마리 지친 새의 날개 같았다. 필제는 이 여자를 윤선달의 냄새 나는 사타구니에서 빼내 오기를 잘했다고 생각했다.

"여기 잘 알아요."

다래가 새소리 같은 맑은 목소리로 말했다.

"전에, 와 봤어?"

"응."

그녀는 고개를 끄덕였다.

"언제?"

"며칠 전, 꿈에서"

그녀가 대답했다. 픽, 그가 웃었으나 다래는 아랑곳하지 않고 하던 말을 이었다.

"꿈에서 나를 상제님에게 데려다 준 분이 있었는데, 내가 그분에게 다시 오겠다고 약속을 했었는데, 그 약속을 지켜 내가 여기 왔는데… 아, 저분이다."

다래가 벌떡 일어나 물 밖으로 나왔다. 용담정 쪽에서 낡은 도포자락이 펄럭이며 걸어오고 있었다. 그들 가까이 온 도포자락이 가만히 서서 이쪽을 보고 있었다. 다래가 두 손을 합장하듯 모으고 몇 번이나 그 남자를 향해 절을 했다.

"나를 아는가?"

남자의 목소리는 나지막했으나 땅 속에서 솟아나는 것처럼 이상한 울림을 가지고 있었다.

"신사神師님. 저를 상제님 앞으로 데리고 가지 않았습니까."

두 사람은 아주 오래 전부터 알던 스승과 제자처럼 그들만의 비밀한 언어로 이야기를 하기 시작했다. 상제님과 만나 나눈 대화를 복기復棋하고 있었다.

"귀신 씨나락 까먹는 소리."

입속에서 가만히 중얼거렸는데 그 소리를 들었는지 신사님이라는 남자가 필제에게 눈길을 던졌다.

"자네는 도적 같이 생겼구만."

"잘 보셨습니다. 나는 세상을 훔치러 왔습니다. 한데 선생 또한 빈손으로 거들먹거리는 형용形容이 도적 같은데 대체 무엇을 훔치려 하십니까?"

"나는 하늘을 훔쳤다네."

“하늘?”

필제가 반문하자 신사는 한 번 더 확인해 주었다.

“그렇지. 하늘을 훔쳤어.”

“하늘을 어떻게 훔칩니까?”

“허공을 비틀어 매듭을 짓고 끌어오지.”

“그렇게 하늘을 끌고 와서 어디에 씁니까?”

“사람들에게 돌려주려고 하네. 자네 하늘을 자네에게 돌려주려는 거지.”

“신사님.”

부르는 소리에 살기가 묻어 있어 남자는 흠칫했다.

“지금 하늘 타령이나 하고 있을 때가 아닙니다. 경주부에서 신사님을 잡아다 혹세무민한 죄로 치죄治罪할 작정입니다. 어서 도망이나 하십시오.”

“도망이라.”

신사님이라는 남자는 ‘도망’이라는 말을 몇 번 입속에서 굴리다가 빙긋 입가에 웃음을 날렸다.

“사람을 죽인 자네는 이곳으로 도망 오는데 사람을 살리는 도리를 가르친 나는 어디로 도망가야 하는가?”

필제가 갑자기 엉금엉금 기는 동작으로 신사님의 발밑으로 다가가 엎드렸다.

"어리석은 인간입니다. 길을 밝혀 주십시오."

"정말 어리석구나."

신사님이 한탄하듯 말했다.

"세상을 훔치려 하다니, 세상은 칼날 같아서 인간이 훔칠 수 없는 것이다. 칼날에 사랑하는 사람들을 모두 죽게 하고 마침내 자신도 베이게 되느니, 너는 무슨 한이 그리 많으냐."

"하늘이 왜 저 같은 사람에게 생명을 주어 보냈을까요?"

"저 여자가 너의 하늘이다."

신사는 다래를 가리키며 말했다.

"자네의 하늘과 함께 어서 이곳을 떠나라. 여기는 안전하지 못하다."

"신사님은,"

"자네가 지금 내 걱정할 처지냐? 내가 포덕布德한 것이 죄라면 숨고 도망간다고 그 죄를 씻겠느냐? 내 짐은 내가 지고 간다. 자네는 자네의 하늘을 데리고 어서 여기를 떠나라. 그 산도적 같은 얼굴 보기 싫다."

필제가 자신의 하늘이라 했던 여자쪽을 돌아보니 다래가 이상했다. 작은 바위에 걸터앉은 그녀는 온몸을 와들와들 떨고 있었다. 몸을 떨자 머리가 흘러내려 귀신처럼 얼굴을 덮었다. 흘러내린 머리카락 사이로 드러난 눈에는 검은 동자가 사라지고 흰자만 남아 뒤집힌 형상이었다. 입에서는 거품 몇 방울이 나와 턱 밑으로 흘렀다.

'지랄병?'

그렇게 생각한 필제가 다가가 그녀의 어깨를 잡았다. 그러자 다래는 필제의 손에서 가볍게 어깨를 빼내더니 오른손으로 사내의 복장을 쳤다. 산적 같은 얼굴에 건장한 체구의 필제는 한 번 가볍게 내저은 다래의 손사래에 쇠뭉치에 맞은 것처럼 뒤로 자빠졌다. 자빠진 채로 일어날 엄두를 내지 못하고 그녀를 쳐다보았다. 입 속으로 계속 중얼중얼하던 다래가 일어나더니 하늘을 향하여 두 손을 높이 쳐들었다. 그런 자세로 다시 와들와들 몸을 떨었다.

그때 신사가 다래에게 다가갔다. 신사는 가만히 다래의 동작을 지켜보다가 이윽고 그녀에게 손을 내밀었다. 다래는 신사가 내미는 손을 잡았다. 그리고는 무릎을 꺾고 신사 앞에 엎드렸다.

"들었느냐?"

신사가 물었다.

"들었습니다."

다래가 대답했다.

"보았느냐?"

"예, 보았습니다."

"위태롭다."

신사가 말했다.

"죽었던 몸입니다. 아무 것도 두렵지 않습니다."

"거짓말."

신사가 조용히 나무랐다. 그 목소리는 마치 깊은 밤 서안에 기대어 가만히 『시경詩經』을 읽는 것 같이 맑아서 폐부 깊이 젖어들었다.

"죽었던 몸은 썩어 없어지고 혼백은 구천으로 가니 입을 열어 말을 할 수 없다. 다만 죽을 뻔 했던 몸이 있을 뿐이다. 누가 살려주었느냐?"

다래는 저만치 떨어져 정작 무심한 표정으로 이쪽의 대화에 귀를 열고 있는 필제를 돌아보았다. 신사가 머리를 저었다.

"아니다, 저 사람은 혼백魂魄까지 살기가 넘친다. 필시 자네를 죽음으로 몰아가겠지. 한울님이 너를 살렸고 돌보고 계신다는 것을 아직도 모르느냐?"

"조금 전에 목소리를 들었습니다. 그러나 어떻게 해야 그 분을 뵐 수 있습니까?"

"정성을 다해야 한다. 내가 주문呪文을 가르쳐 줄 테니 밤

낮으로 앉으나 서나 외워라. 지극한 정성이면 언제고 응답하실 것이다."

신사는 주문을 외웠다.

"지기금지 원위대강至氣今至 願爲大降 시천주조화정 영세불망만사지侍天主造化定 永世不忘萬事知."

창唱을 하듯 감정을 넣어 떨리는 목소리로 읊은 다음 신사는 곧 가늘고 맑은 목소리로 말했다.

"이 주문이 피처럼 온몸에 녹아 흐르게 하면 한울님은 늘 자네와 함께 할 것이네."

"반드시 그렇게 되도록 정성을 다하겠습니다."

"자네는 할 수 있어. 그러나 사람의 일은 그렇지 아니하니, 사특한 욕망이 혼백을 더럽히면 어지러운 바람을 일으켜 세상을 혼란에 빠뜨리고 함께 죽음의 골짜기로 들어가지. 대개 의로운 것은 사람을 살게 하고 불의한 것은 사람을 죽게 하는 법이거든. 원한으로 해결할 수 있는 것은 고작 칼을 휘둘러 몇 사람의 피를 보는 정도지. 죽어가는 뭇 중생을 살려내지는 못하네."

갑자기 필제가 달려와 신사의 앞에 무릎을 굻었다.

"신사님."

필제의 목소리는 우렁우렁 메아리가 되어 돌아왔다.

"한고조漢高祖가 천하를 도모한 것은 사사로운 원한이나 욕망 때문이었다 해도 그 결과는 진秦의 혹정酷政에서 천하 인민을 구한 것이니 설혹 수년간의 피바람이 불었다 하나 이를 어찌 가볍게 보겠습니까. 신사님께서 비록 아득한 곳에 계시는 상제님을 불러 구하고 응답을 얻는다고 하나 그 상제님이 가렴주구苛斂誅求하는 양반의 상투 하나 건드리지 못하고 능욕 당하는 여인네를 구하지도 못한다면 어찌 상제님의 위용威容이 있다고 하겠습니까. 가지고 계신 목검木劍으로 검무劍舞를 춘다 하나 그것으로는 이 더러운 역사의 순환을 끊지 못할 것이니 저에게 진검을 주시고 나아가 싸우라 명령하소서."

"너도 그 주문을 외워라. 그리하여 한울님의 성음聲音을 듣게 되면 그때 다시 이야기하자꾸나."

"그런 일은 신사님이나 하십시오."

필제의 말 속에는 노골적인 비아냥이 묻어 있었다. 스물을 갓 넘긴 나이인데도 구레나룻이 시커멓고 체통이 커서 장년의 사내 같은 중압감을 지닌 필제였으나 신사 앞에서는 한없이 작아지는 기분이었다. 그것이 스스로 생각에도 불만스러웠는지 말꼬리를 잡자 머리를 쳐들고 나선 것이었다.

"제가 비록 한울님의 목소리를 들을 정도로 도통道通하지는 못했으나 하늘의 뜻을 헤아려 짐작할만큼은 식견을 갖추었으니 제 갈 길을 가겠습니다."

"그리 하시게."

신사라 불리는 최제우도 이 대목에서는 기분이 나빠진 것이 분명해 보였다.

"그만 일로 노여워하십니까."

필제는 계속 이죽거렸다. 그런 필제를 향하여 돌아선 신사의 얼굴에는 노여움 같은 것은 그림자도 보이지 않았다. 오히려 그는 환하게 웃고 있었다.

"아까 경주부에서 나를 지목하고 있다고 했는가?"

그제야 필제와 다래는 자신들이 이곳으로 찾아온 더 중요한 까닭을 떠올렸다. 필제가 허리를 펴고 일어서면서 말했다.

"소생은 충청도 괴산槐山 사람으로 재작년 추수 때 환곡還穀 마당에서 나락을 절반으로 후려치는 아전 한 놈을 어깨위로 올렸다가 땅바닥에 내려놓았는데 그 허약한 인간이 명줄을 놓는 바람에 살인자가 되어 고향을 떠나 헤매던 중에 이곳 경주부로 와서 윤선달 님의 종머슴으로 들어왔으나 이내 윤선달 님의 눈에 띄어 어딜 가나 저를 데리고 다니게 되었습니다. 그 덕에 윤선달 님이 영장 어른을 만나러 갈 때 마다 관아官衙로 따라 들어가 거기서 저 여인네를 알게 되었습니다. 오다가다 먼발치서 보게 된 것이 아니라 윤선달 님이 저 여인에게 눈독을 들이고 있다는 것을 알고 저에게도 저 여인을 살피도록 명령을 했기 때문이었습니다. 그보다 더 중요한 것은, 윤선달 님이 요즘 부쩍 자주 관아에 찾아 간 것은 두 가지 목적이 있어서였는데 하나는 저 여인을 손에 넣는 것하고, 다른 하나는 영장에게 이곳 용담龍潭에 진을 치고 있는 동학의 괴수를 볼모로 잡아 치죄하면 그 수하들로부터 거금의 금전을 뜯어낼 수 있다고 부추기기 위한 것이었습니다. 윤선달 님은 어제 밤 제가 이승을 하직시켰습니다. 그 사실이 위에 알려지면 경주부는 반상의 경계가 흐린 고장으로 낙인 찍혀 다시 도호부로 내려앉을 것이니 영장은 아마 그 죄상을 동학의 무리 탓으로 돌리기 위해서라도 오늘내일 중으로 여기를 덮칠 것입니다. 그러므로 신사님, 빨리 피하십시오. 강원도 산골에는 첩첩한 곳이 많아 관에서도 손이 미치지 못하는 곳이 많으니 그런 곳으로 들어가서 뒷날을 도모하시기 바랍니다. 저희가 이곳으로 온 것은 이 사실을 알리기 위함일 뿐 죄지은 몸을 의탁 依託하고자 온 것은 아닙니다."

"나는 이미 정했다."

신사는 낮으나 단호한 어조語調였다.

"자네들이 경황驚惶 없는 처지임에도 내 안위安危를 생각해서 여기까지 찾아와 준 정성은 고맙게 생각하네. 지금 이곳 용담에는 마침 여남은 명의 접주들이 모여 있으니 그들에게 숙의熟議토록 해 보겠네. 그러나 저들이 어떤 결정을 내리건 그것은 그들의 생각이고 내 생각은 정해졌다 그 말일세."

"어떻게?"

아까 들었으나 필제는 혹시나 하고 다시 물었다.

"이 도道는 나에게서 나왔네. 한울님이 나를 통해서 세상에 전하고 이것으로 창생蒼生을 구제救濟하기 위함일세. 그러한 내가 숲이나 골짜기에 깊이 숨어 연명하며 그 대신 문도門徒들을 저들의 곤장 아래 던진단 말인가? 그럴 수는 없네. 내가 온몸으로 받을 것이네. 하늘의 벌이든 인간의 장난이든."

"두 해 전에도,"

하고 필제가 재빨리 신사의 말꼬리를 잡았다.

"신사님께서는 경주부에 잡혀가 문초를 당한 일이 있었다고 들었습니다. 그때도 영장은 동학 문도들로부터 금전을 뜯어내려는 흉중胸中이었으나 일 천여 명에 달하는 문도들이 관아 앞에 운집하여 탄원하는 바람에 겁이 나서 슬그머니 방면 放免했으나, 그 뒤로도 신사님이 전파하는 도가 서학인

천주학의 하느님과 방불彷佛하다 하여 서학의 무리로 잡아넣을 궁리를 계속하자 신사님께서는 자신의 도를 동학이라 명명하고 관의 감시를 피하여 전라도로 피신한 일이 있습니다. 지금은 그때와 사정이 크게 다릅니다. 반상班常의 살인사건이 발생한 것을 기화奇禍로 이것을 덮기 위하여 영장과 부사는 한사코 신사님을 지목하여 덮어씌울 것이고 경상도 유림儒林이 모두 들고 일어나 한 패거리가 되어 신사님을 미리 파놓은 함정으로 몰아넣을 것입니다. 신사님께서 위난危難으로부터 몸을 피하시는 것이 이번이 처음은 아니지 않습니까?"

신사는 대들듯이 내뱉는 필제에게 참을성 있게 대답해 주고 있었다.

"전날 내가 전라도로 간 것은 이 몸 하나를 미친개 아가리에 던져주기 싫어서도 아니었고 하물며 저들이 두려워서도 아니었다. 다만 이곳 사람들의 심성이 오랜 유학儒學의 폐단에 길들여져 밭을 갈아 씨뿌리기가 어려웠기 때문에 전라도의 인심을 살펴보기 위함이었다. 그리고 그곳에서 나는 한가닥 밝은 빛을 보았다. 이제 우리의 도는 경주부가 꺾지도 못할 것이고 나라도 어쩌지 못할 것이다. 그만큼 뿌리가 견고하고 잎이 무성해 진 것이다. 누군가 피로써 거름을 주면 그 나무는 삽시간에 나라 전체를 덮는 숲이 될 것이다. 자네,

자네가 꿈꾸는 대명천지大明天地도 그런 세상 아니던가?"

얘기가 또 옆길로 들어섰으므로 필제는 다시 간청했다.

"제가 단양丹陽과 영월寧越 땅에 숨을만한 곳을 알고 있습니다. 인제麟蹄 양양襄陽의 깊은 골에 들어가면 누구도 손을 뻗지 못합니다. 제가 모시겠습니다. 서둘러 주십시오."

"자네는 말귀를 알아듣지 못하느냐, 아니면 짐짓 모르는 척하는 것이냐."

타박하고 돌아서다가 신사는 문득 생각이 나서 다래에게 눈길을 멈추었다.

"자네는, 혹 내가 떠나더라도 여기 남아서 뒷일을 돌봐 주게. 그리고 자네, 필제라고 했던가? 사돈 남 말 하지 말고 살인을 저지른 자네야말로 빨리 이곳을 떠나 강원도 깊은 산골로 들어가 다시는 나오지 말게."

그 말이 끝이었다. 신사는 경상도 접주들이 모여 있는 용담정으로 들어가 버렸고, 다래는 필제와 함께 골짜기를 따라 흐르는 개울가에 버려져 있었다. 필제가 다래의 손을 잡으면서 말했다.

"신사님을 도와서 용화세계龍華世界를 이룩하시오. 나는 다른 길로 가서 이승에서 미륵님의 후천개벽後天開闢을 앞당겨 보겠소."

"오해 마세요. 신사님의 도는 불도佛道의 용화세계가 아니라."

"내가 보기에 그게 그거요. 조상 적부터 내려오던 신도神道가 분명하나 신도가 이루고자 하는 것도 결국은 미륵 부처님의 용화세계일 뿐이고, 천주학天主學에서 말하는 천당天堂 또한 그게 아니겠소? 나는 성질이 급하고 마음이 갑갑해서 그런 세상 기다리기보다는 내가 만들어야겠소. 그러니 좋은 세상 오거든 우리 부부의 연으로 다시 만납시다. 알겠소?"

다래는 고개를 끄덕였다. 두 사람은 부부가 된 기분이었다.

"곧 나졸들이 들이닥칠 테니 옷을 바꾸어 입고 얼굴을 들지 마시오. 신사님이 잡혀 가더라도 앞장서서 신원伸冤하지도 말고. 그러다가 잡히는 날에는 우리가 맺은 인연 다 물거품이 되고 마는 거 알아요?"

다래는 고개를 저었다.

"아직은 아닙니다. 신사님은 큰 고초苦楚를 당하고 목숨을 잃게 될 것이나 아직은 그 때가 아닙니다."

"그걸 어떻게 알았소?"

"아까 신장神將이 내게 말해 주었거든요."

"참, 당신은 앞을 내다보는 능력이 있는 사람이지, 내가 깜박 잊었소. 그런 능력이 있으니 부디 자기 몸 하나 잘 건사하시오."

필제는 잡았던 손을 놓고 숲을 헤치며 계곡을 내려갔다. 그의 뒷모습이 숲 속으로 완전히 묻혀버릴 때까지 다래는 그 자리에 서서 지켜보고 있었다.

# *4*

필제의 모습이 골짜기 아래로 완전히 사라지자 다래는 용담정 아래쪽 큰 바위 밑에 있는 작은 초가로 들어갔다.

작은 마당에서 부엌데기 할멈이 땀 흘리며 절구질을 하고 있었다. 절구통 옆에는 두어 됫박 정도의 나락이 담겨 있었다. 다래는 할머니로부터 절구를 받아 들고 찧었다. 할머니가 베적삼 섶을 열고 겨드랑이에 흐르는 땀을 훔쳤다.

다래의 절구질은 익숙했다. 경주부 관아에서도 그녀가 주로 했던 일이 절구질하고 땔나무 수발하고 기명통器皿桶에 담긴 그릇이나 씻어내는 설거지가 주 임무였기 때문이었다.

부엌데기 할멈은 어디서 온 누구냐고 묻지 않았다. 다래의 절구질하는 솜씨를 보면서 다 짐작했기 때문이었다. 다래가 절구질하여 찧은 두어 됫박의 나락을 채에 까불어 함지에 쌀을 퍼담으면서 할머니는 물었다.

"여기서 일하려고?"

다래는 할멈의 베적삼을 가리켰다.

"옷이 필요하우? 이런 옷이?"

다래가 고개를 끄덕이자 할머니는 알아차렸다. 그녀는 봉당문을 열고 들어가더니 잘 개켜 둔 베적삼과 치마 한 벌을 내 왔다.

"젊었을 때 입던 옷이우. 버릴까 하다가 뜯어서 시루받침으로나 쓸려고 놔 두었더니 임자가 따로 있었구만은."

다래는 봉당 안으로 들어가 옷을 갈아입었다. 거칠게 짠 삼베였다. 그러나 치마와 적삼이 모두 젊은 다래의 몸에 잘 맞았다. 할머니는 옷을 바꾸어 입은 다래의 모습을 한참 바라보았다. 젊었을 때의 자신을 바라보듯이.

"쫓기고 있수?"

"예."

"아까 내려간 장정이 남편이고?"

"예. 방금 여기서 결혼했어요."

"풋."

할멈은 입을 가리고 웃었다.

"초례청으로야 여기가 최고지. 한울님이 주례 서고 산천초목이 하객이라, 이보다 더 좋은 혼례가 없지. 난 청주댁이우."

청주댁이라면 충청도 청주나 보은 쯤에서 살던 사람일 텐데 어찌하여 여기까지 와 부엌데기를 할까? 그 생각이 잠시 다래의 머리 속으로 스쳐 지나갔다.

다래가 청주댁 할멈의 절구질을 대신 해 주고 옷을 빌어 입는 동안 신사는 용담정으로 돌아가 기다리고 있던 접주들에게 경주부의 관아에서 곧 손님이 올 것임을 알렸다. 접주들은 모두 일어나 선생님의 피신을 강권했다.

"이태 전에는 영장이 밖에 운집한 문도들 때문에 겁을 먹고 그렁저렁 방면放免했지만 이번에는 단단히 준비를 하고 함정을 파놓았을 테니 그 함정 속으로 걸어 들어가서는 안 됩니다."

영덕 접주 오명철吳明哲이 말하자 모두 그 말이 옳다고 찬동했다. 그러나 어떻게 어디로 피신해야 하는지 구체적인 대안은 나오지 않았다. 다만 당장 위난을 피해야 한다는 논의만 무성할 때 영장이 보낸 병졸 여남은 명이 용담정 아래 개울물을 건너 곧장 누각의 마룻방을 밟으며 들이닥쳤다. 병졸들은 의관衣冠을 깨끗하게 차려입고 좌중의 한가운데 앉아 있던 신사에게 다가갔다. 접주들 몇이 앞으로 나서 병졸들과 맞서려고 하자 신사가 팔을 저어 말렸다.

그러나 병졸들을 이끌고 온 낭장郎將의 말은 뜻밖이었다.

"어젯밤 부중府中에서 살인을 하고 도망 나온 남자와 여자가 용담으로 숨어들었다는 밀고密告가 있었습니다. 지금부터 이 골짜기 안의 집안은 말할 것도 없고 풀섶까지 샅샅이 뒤져 연놈을 찾아낼 터이니 그리 아시오."

"연놈이라면,"

언양彦陽 접주가 나섰다. 얼마 전 계곡에서 신사 어른과 수작하고 있던 필제와 다래를 먼 발치서 보았는데 바로 그 연놈이 부중에서 살인을 하고 이쪽으로 피신해 온 것이라면 당장 고해바치는 것이 이쪽을 보호하는 방법 아니겠느냐는 생각을 잡은 것이었다. 그러나 언양 접주는 벌리던 입을 다물었다. 신사 최제우의 눈빛을 보자 그만 저절로 입이 다물어진 것이었다.

"찾아보시오. 산속에서 오소리 두어 마리 만나실 거요."

"오소리가 아니라 사람이겠지. 만약 연놈을 숨겨놓은 정황이 있을 때는 어르신들도 모두 체포해 오라는 명령이 있었소."

"없다니까."

필제가 이미 경주부의 영역을 한참 벗어났을 것으로 짐작하고, 신사는 단호하게 말했다.

"그야 찾아보면 알 테지."

병졸들은 낭장의 지시에 따라 용담정과 그 주변을 샅샅이 뒤지기 시작했다. 신사는 아무 일 없었다는 듯이 시천주侍天主 주문을 외웠고, 모여 있던 접주들도 따라서 한 목소리로 주문을 외웠다. 낭장은 부하들을 밖으로 내보내 수상한 기미만 보이면 무조건 잡아 오도록 조치해 놓고 주문 외우는 동학의 신사 최제우와 그를 따르는 접주들을 지켜보고 있었다. 그런 모습에서 무슨 단서라도 찾아내고야말겠다는 듯이.

그러나 낭장의 기세는 밖으로 나가 수색하던 병졸들이 하나 둘씩 빈손으로 돌아오자 수그러들기 시작했다. 연놈이 이쪽으로 숨어들었다는 밀고를 받고도 체포하지 못하고 빈손으로 돌아간다면 성질 더러운 영장에게 어떤 견책譴責을 받게 될 것인지 짐작하기 때문이었다.

용담정 아래쪽에 있는 초가를 수색했던 병졸 두 명이 젊은 아낙 한 사람을 끌고 왔다. 다래였다. 그 사이에 베적삼과 치마로 갈아입었으나 부중 관아에서 부엌일을 하던 여자의 얼굴을 낭장은 이내 알아보았다. 다래도 낯익은 낭장의 얼굴을 보자 이내 고개를 숙여버렸다.

"네년은,"

다래는 그냥 고개를 숙이고 있었다.

"그놈은 어디 갔느냐?"

"떠났습니다."

"떠나? 어디로?"

"멀리, 아주 멀리, 강원도나 함경도 산속으로 가서 짐승이나 잡아먹고 살겠다 했습니다."

"헛소리."

낭장은 코웃음을 쳤다.

"네년의 말을 믿고 속아 넘어갔으면 좋겠지? 그럴 수는 없다. 여기 있는 분들의 말도 믿을 수가 없어. 다시 한 번 뒤져라. 사람의 형용을 하고 있는 것들이면 모조리 끌고 와라."

다시 한 번, 수색이 시작됐다. 이 잡듯, 구석마다 뒤져보고 털어보고 쑤셔보았다. 그래도 아무런 소득이 없자 산속을 뒤졌다. 구미산龜尾山은 높은 산은 아니었지만 살이 두텁고 계곡이 깊었다. 그 산 전체를 뒤질 수는 없었다. 낭장은 아쉬운 표정으로 그늘이 깊은 산자락을 바라보다가 말했다.

"이대로 물러갔으면 좋겠지만 그럴 수는 없어요. 우리 중 병졸 서너 명을 여기 남겨두어 감시하게 할 테니 어딘가에 사람을 숨겨 두었으면 지금 내놓는 것이 좋을 거요."

낭장은 병졸 네 명을 가려 뽑아 이 골짜기에서 일어나는 모든 일을 감시하고 수상한 자가 있으면 체포하라는 명을 내리고 다래를 묶어 세우고 부중으로 떠났다.

# 5

경주영慶州營의 영장 김순후金純厚가 동학의 괴수魁首 최제우를 덮치려던 계획을 돌려 일단 용담계곡에 숨어든 수상한 사람부터 잡아 오도록 한 데는 까닭이 있었다. 그날 아침밥을 잘 먹은 마누라가 갑자기 입에 거품을 물고 가슴을 쥐어뜯으며 누워버렸다. 용하다는 의원을 데려다가 보였으나 "무슨 병인지 모르겠다"고 고개를 저었다. 환자는 말할 기운이 나자마자 "날 죽이고 새 장가 가려느냐"고 악을 써댔는데 등에 식은땀만 날 뿐으로 대책이 없었다. 그때 누군가가 귀띔해 주었다.

"가정리 용담에 수운이라는 도인이 신통하여 죽은 사람도 살려내는 신묘神妙한 재주가 있다고 합니다. 부인의 병은 아무래도 보통 병이 아닌 것 같으니 그 사람에게 보여 보시지요."

그 말을 환자가 들었다.

"당장 그 사람에게 데려다 달라."고 다시 악을 쓰는 바람에 영장은 "꼭 그러마." 약속을 하고 물러난 참이었다. 그 참에 무당 백화의 지아비인 박호라는 자가 흥해興海 쪽으로 달아나다가 병졸들에게 잡혀 왔다는 전갈이 있었다. 윤선달을 죽인 범인이 이리 쉽게 잡힌 마당에 공연히 동학 교주와 그 수하 무리들에게 죄를 뒤집어씌울 일이 수월찮을 것이었다. 게다가 수운이라는 도인道人은 마누라의 병을 낫게 하기 위해 당장 모셔오거나 찾아가 뵈어야 할 처지였다. 그런 자를 오라를 지워 끌고 올 수야 없지 않은가.

"기회는 온다. 세월을 믿어라."

영장은 입속으로 중얼거렸다. 이것은 그의 좌우명座右銘이었다. 이상하게도 뭔가를 소원하면서 참고 기다라면 반드시 이루어졌던 것이다. 동학의 괴수라는 최 아무개 그 자를 얽어매는 방법도 때를 기다리면 저절로 생겨날 것이다. 가만두면 저쪽에서 죄목을 만들어 놓고 목을 늘일지도 모를 일이 아닌가. 영장이 되기 위해 바친 상납금 이천 냥을 봉창封窓할 일이 급하기는 하지만 마음만 급하다고 서두르는 것은 좋지 않은 결과를 가져올 뿐이었다.

"기다리자. 다음 기회가 올 때까지."

최제우 일당이 근거지로 삼고 있는 용담정 주변에 병졸을 보내면서 "경주 부중에서 죄를 짓고 피신 나온 젊은 연놈을 잡아오라"고 명령한 까닭이 그것이었다.

용담정에 모인 동학의 접주들은 망치로 뒤통수를 한 대씩 얻어맞은 것처럼 얼떨떨하여 갈피를 잡을 수가 없었다. 필제가 도망 가면서 말하기를 이번 사단事端의 죄를 뒤집어 씌워 동학을 핍박할 것이라고 했고, 과연 그 말대로 관아에서 병졸들이 십여 명이나 나왔으나 동학에 대해서는 일언반구一言半句 말이 없고 그저 어디서 굴러왔는지 모를 부엌데기 젊은 여자만 오라를 지워 끌고 갔을 뿐이었다. 그러나 다른 사람은 몰라도 신사 최제우만은 끌려간 여자가 어디서 왔고 누군지 소상하게 알고 있었다.

"여자의 상을 보아하니 아직은 명줄이 다하지 않았으니 너무들 걱정은 말게."

신사가 말했으므로 모두들 겨우 시름을 놓고 있는데 한나절이 지났을 때 아침에 병졸을 끌고 왔던 낭장이 다시 용담정으로 찾아왔다. 이번에는 수하 한 사람만 데리고 온 단출한 행장이었다.

"또 잡아갈 사람이 있소?"

신사가 물었다. 그러자 뜻밖에도 낭장은 누각 아래에 서서 허리를 굽혔다.

“영장 영감님의 내자 분께서 급환急患이 나서 사경을 헤매고 있으나 의원들이 와서 보고 원인도 병명도 모르겠다 합니다. 하는 수없이 도인께 부탁을 드려 달라는 영감님의 분부를 받들고 이리 왔습니다. 부디 저와 함께 부중으로 나아가셔서 급환을 다스려 주십시오.”

“의원이 못 고치면 죽을 병이 아닌가.”

신사의 뒤에 서 있던 언양 접주가 앞으로 나서며 비아냥거렸다. 정작 신사 최제우는 가만히 눈을 감고 입속으로 뭔가 주문을 외듯 중얼거리고 있었다. 한참만에 눈을 뜨고 낭장을 보면서 말했다.

“돌아가게.”

“예?”

“그 마님의 병은 이미 나았으니 자네는 돌아가 보시게.”

“제가 이리로 올 때까지만 해도 사경을 헤매고 있었습니다. 나았다니요. 농담을 하시면 안 됩니다.”

“자네야말로 사람의 목숨을 두고 농담을 하고 있는 것 아닌가. 병이 이미 나았으니 가서 확인해 보라니까.”

“아, 예에.”

낭장은 미덥지 못했으나 최제우를 포승줄로 묶어 끌고 갈 수도 없는 노릇이어서 발길을 되돌렸다.

헛갈리기는 영장 김순후도 마찬가지였다. 아침나절에 사경을 헤매던 마누라가 한 식경食頃이 지나면서 거짓말처럼 나아 벌떡 자리를 박차고 일어난 것이었다. 환자가 숨이 가쁘고 진맥을 해도 맥을 찾지 못할 정도로 기진하여 소생할 가망이 거의 없다고 판단한 그는 장례 치를 걱정에다 재취再娶로 앉힐 여자를 몇 사람 머릿속에 굴려보고 있던 참이어서 저승사자가 실수로 일을 망쳐놓은 것이 불만스러웠다. 겉으로는 살아나 주어서 고맙고 다행이라는 표정이었는데 그런 그를 보면서 마누라가 말했다.

"저승 문턱에까지 갔는데 갑자기 사자가 누군가에게 덜미를 잡힌 것처럼 되돌아 오더라니까요. 아무래도 저승까지 움직이는 도통한 사람이 나를 위해 힘을 써 준 것이 분명한데…… 혹시 가정리 산속에 산다는 그 도인?"

"쓸데없는 소리."

영장이 버럭 고함을 질렀다.

"왜 소리를 지르고 그러세요? 조선의 의술醫術로는 고칠 수 없는 병이 얼마나 많다고요. 그걸 알아야 합니다. 급하면 서학, 천주학쟁이들에게 부탁을 해서 서쪽 귀신들의 도움도 받아야 할 판입니다. 그런 판인데 다행히 그 도인은 자기 도를 동학이라 한다지요?"

"동학이고 서학이고,"

영장은 입술을 비틀었다.

"귀신 놀음 하는 것들은 싹 쓸어 없애야 해. 자고로 개인이건 나라건 속이 허해지면 귀신이 놀아나는 법이거늘. 이놈의 세상이 어찌 되려고 동쪽 귀신, 서쪽 귀신, 온통 귀신들 놀이판이 되어 가노."

대청에 앉아 마누라와 시비를 하고 있는데 가정리 용담으로 갔던 낭장이 돌아왔다. 그는 혼자였다.

"도인은 어찌하고 혼자 왔는가? 데리고 오다가 개울가에서 때려죽이기라도 했는가?"

마누라가 그의 농담이 지나치다고 옆구리를 쿡 찔렀다. 그제야 그는 목소리를 가다듬었다.

"어찌 됐나?"

"예, 그것이 좀,"

"왜 더듬나?"

"아, 예에. 소인이 용담이라는 곳으로 갔더니 도인 최제우라는 사람이 수하를 여럿 거느리고 도회를 하는 중이었습니다."

"그런데? 도회 때문에 바쁘다고 거절하던가?"

"아니옵고, 그 자가 말하기를 마님의 병환은 이미 깨끗이 나왔으니 돌아가 확인해 보라고 해서."

"그것 봐요."

마누라가 나섰다.

"누군가가 저승 문턱에서 나를 데리고 온 것이 분명하다니까요. 그분 때문입니다. 몸을 추스른 다음 용담이라는 곳으로 가 뵈올 테니 그리 아세요."

빌어먹을. 영장은 혼자 시부렁거렸다. 일이 꼬여가고 있었다. 그는 낭장을 앞세우고 관아로 나갔다. 살인죄를 짓고 도망가다가 잡혀 온 무당의 남편 박호라는 자를 문초問招하기 위해서였다.

박호라는 자는 마흔 줄을 겨우 넘긴 중년의 사내였다. 키도 훌쩍하고 생김새도 기생오라비 같은데 입성도 아래위로 모두 비단으로 감싸서 여자 같으면 영락없는 노류장화路柳墻花였다. 끌어내어 계하階下에 무릎을 꿇리니 온몸을 부들부들 떨고 있었다.

"왜 죽였느냐?"

영장은 귀찮은 표정으로 다짜고짜 물었다.

"그놈이 힘으로 여자를,"

"수컷이 힘으로 암컷을 취하는 것은 고금동서에 당연지사이거늘, 오히려 너의 잘난 여자가 꼬리를 치지 않았느냐?"

영장은 죽어가던 마누라가 살아난 것만 해도 기분이 나쁜데 살아난 것이 동학 도사의 덕분인 줄 알라고 대거리를 하는 바람에 이 세상 모든 여자에게 깊은 혐오감을 지니고 분풀이를 하고 싶은 심정이었다. 그래서 박호가 살인에 이르게 한 원인도 박호의 여자, 즉 무당 백화의 화냥기에 뒤집어씌우고 있는 참이었다.

"여자라는 미물微物이 원래 생기기를 그러한데 아무나 힘이 좀 있다고 건드려도 된다면 세상은 짐승의 나라가 될 것이옵니다. 사내놈이 죽어 마땅하다고 사료됩니다."

"죽어 마땅한 놈은 바로 너 놈이다."

문초는 끝났다. 영장은 박호라는 사내를 효수梟首키로 하고 이 사실을 부사에게 올렸다. 부사는 나약한 인간이어서 아무 것도 스스로 결정할 힘이 없었으므로 박호의 생사 운명은 이것으로 결판이 난 것이었다. 이렇게 하여 윤선달이 한밤중에 살해 당한 사건은 일단락이 되는 셈이었다.

그다음 영장은 오늘 아침녘에 낭장이 가정리 골짜기에서 잡아온 다래를 불러냈다. 다래는 용담의 부엌데기 할멈에게 빌어 입은 베적삼 그대로였다. 포박 당하여 꿇어앉은 다래를 보면서 영장은 엉뚱한 곳으로 생각을 달리고 있었다. 마누라가 저년만큼만 젊었으면.

다래는 순순히 사실을 불었다. 다만 윤선달의 등 뒤에서 칼로 찌른 사내의 이름은 대지 않았다. 다래를 문초하다가 영장은 소스라치게 놀랐다. 윤선달이 덮치려 했던 계집이 무당 백화가 아니라 다래였다는 것, 윤선달을 죽인 사내도 박호가 아니라 도망간 또 다른 사내라는 것을 알았기 때문이었다. 그러나 그는 자신의 결정을 뒤엎을 수가 없었다. 이미 범인을 박호라는 사내로 결정해 놓았고, 그에게 효수형을 내려 재판을 끝낸 상태였기 때문이었다. 사실이 그렇다면 지난밤 경주부에서는 또 다른 살인사건이 있었다는 얘기였다. 어리석은 무당의 남자가 제대로 밝히지 못하고 살인했다는 사실만 순순히 밝히다 보니 일이 이렇게 꼬여버린 것이었다. 어리석은 재판이었다. 그것을 인정하면 자신이 경주부에서 녹을 먹고 살기는 틀렸다는 사실도 알고 있었다. 영장이 되기 위해 빌린 돈 이천 냥을 아직 만들지도 못했는데 지금 벼슬을 버리면 죽은 목숨이나 마찬가지였다.

영장은 다래를 잡아 온 낭장을 불렀다.

"자네 상처喪妻한 지 얼마나 되었나?"

낭장은 뜬금없는 질문에 놀라면서 대답했다.

"예. 두 달 됐습니다."

"사십구재는 지났구만. 저년을 자네가 데리고 가서 알아서 하게."

"예?"

"불만인가? 내 보기에 육덕肉德이 쓸만한데. 저년에게는 죄가 없네. 여자로 태어난 것이 죄라면 죄이기도 하지만. 살인한 놈도 잡혔고 현장에 있던 년도 백화라는 무당으로 판명됐어. 하여튼 데리고 가서 죽이든 살리든 자네 마음대로 하게."

"알겠습니다."

낭장은 생각지도 않게 굴러 들어온 보물을 바라보며 침을 삼켰다.

낭장 배윤수裵允修는 성질이 곧은 사람이었다. 그는 영장 김인후의 심중을 알아차리고 죄인 다래를 묶은 포박을 풀었다.

"너를 방면한다. 허나 네가 죄인이 아니라는 것은 아니다."

일이 어떻게 돌아가는지 다래는 알 수 없었다. 다만 서둘러 판결을 내리고 영장이 낭장을 불러 뭔가 지시를 한 후 황망하게 내실로 들어가 버리는 거동을 보면서 무슨 사정이 있어 영장의 심기가 편하지 못하다는 것, 잘못하면 불똥이 이쪽으로 튀어 목숨을 잃을지도 모른다는 생각으로 떨고 있었는데 낭장이 다가와 하는 말은 뜻밖이었다.

"네년이 살인죄를 저지른 화냥년이라는 것을 나는 알고 있다. 영감이 무슨 사정이 있어 판결을 서둘렀으나 나는 네년이 살인범이라는 것을 반드시 밝혀 효수梟首할 때까지 네년을 쫓을 것이다. 그러니 잠시 방면됐다고 안심하지 말거라."

다래는 오랏줄로 묶였던 손목을 문질러 어혈瘀血을 풀고나서 낭장에게 말했다.

"이만 가보겠습니다."

"어딜 가려느냐?"

"그건 소인도 모르겠습니다."

"네 마음대로 못 간다."

"네?"

"영감의 명령이다. 네년을 내게 맡겼다. 살리든 죽이든 내 마음대로 하라는 분부이신데 나는 너를 살리기로 했다. 왠지 아느냐?"

"모르겠습니다."

"두 가지 이유가 있다. 하나는 네년을 살려두고 살피면 언젠가 그놈이 나타날 것이다. 선달님을 살해하고 도망간 그놈 말이다. 둘은 네년이 내 자식을 낳아주어야겠다. 두 달 전에 아이 낳다가 저승 간 여편네 대신에 아이를 낳아주어야겠어."

그랬구나. 그제서야 다래는 짐작했다. 교활한 영장이 자신을 일단 방면키로 한 것은 도망간 필제를 잡기 위한 미끼로 사용하기 위해서였던 것이다. 그렇다면, 그녀는 재빨리 머리 속으로 생각을 굴렸다. 어차피 이놈들의 손아귀에서 벗어나지 못할 팔자라면 낭장의 여편네로 들어가 필제를 지켜주리라. 네놈은 절대로 필제를 잡을 수도, 나를 효수하지도 못하리라. 입술을 잘근 씹은 후 다래는 낭장을 쳐다보았다.

"차라리 소인을 여기서 죽여주십시오."

"죽기가 그리 소원이냐?"

"죽고 싶은 사람이야 있겠습니까? 그러나 낯선 남자에게 끌려가 아이를 낳는 것보다는 죽는 편이 낫겠습니다."

"그것도 그렇겠다."

낭장은 웃었다. 쓴웃음이었다.

"그러나 너의 말은 억지다. 너는 마음대로 죽을 수도 없다는 것을 모르느냐?"

"그럼, 마음대로 죽을 수 있을 때까지만 따라가겠습니다."

"아무렇게나 해라."

낭장은 세상을 포기한 사람 같았다. 이런 남자라면 자신이 들어가 운신할 공간이 있을지도 모른다는 생각이 들었다.

# *6*

다래를 용담의 동학 신사에게 맡겨놓고 계곡을 내려오던 필제는 먼발치에서 낭장이 이끌고 오던 경주부 관아의 병졸들이 산모퉁이를 돌아오는 모습을 보고 풀숲 속으로 몸을 숨겼다. 병졸들은 낭장을 포함하여 일곱 명이었다. 범이라도 잡으러 가는 기세였다. 그들이 가까이 지나갈 때 병졸들의 표정은 말할 것 없고 숨소리도 들렸다. 모두 긴장한 탓인지 말이 없었다. 마흔줄에 들어설까 말까한 나이의 낭장은 피곤한 표정이었다. 귀찮은 일거리를 빨리 끝내고 어딘가로 가서 막걸리나 한 잔 하고 싶다는 얼굴이었다.

병졸들이 지나간 후에도 필제는 풀숲 뒤에 숨어 있었다. 그들이 다시 내려오는 모습을 본 후에 떠나기로 했다.

"다래야."

소리 내어 그녀의 이름을 불렀다. 그 소리는 계곡의 흐르는 물소리에 섞여 나른한 허공에 흩어졌다. 이름을 불러보니 비로소 조금 전 그녀와 부부의 인연을 맺기로 약조約條했던 일이 현실로 느껴졌다.

"목숨을 걸고 너를 지키겠다."

입 밖으로 그 말을 해놓고 보니 당장 눈앞에 닥친 현실이 문제였다. 다래가 잡혀가고, 결국 죽게 된다면, 그녀가 이 세상에 없다면, 그게 문제였다. 그는 자신의 말을 수정했다.

"너는 죽지 않을 것이다. 내가 너를 호강시킬 때까지 죽어서는 안 된다. 이건 지아비로서 명령이다."

호기豪氣를 부려보았으나 가슴 속은 허전했다.

시간은 한없이 더디 흘렀다. 개미가 잠방이 속으로 파고들어 사타구니를 헤집으며 기어다녔다. 해가 달아올라 풀숲에도 더운 공기가 가득차자 온몸에 땀이 흘렀다. 필제는 소리내지 않고 숨어 있었다. 계곡 위쪽에서 사람들의 발자국소리가 들렸다. 풀숲을 스치는 소리도 들렸다. 필제는 몸을 더욱 깊이 감추고 풀숲 사이로 내다보았다. 짐작했던대로, 다래가 오라를 지고 끌려가고 있었다. 그녀의 표정은 무덤덤했다. 필제는 속으로 가늠해 보았다. 풀숲에서 뛰쳐나가 저놈들을 때려 눕힌다면, 서너놈은 간단하게 해치울 수 있을 자신이 있었다. 저들이 지닌 무기라는 것도 별것이 없었다. 몇 놈은 방망이를 들었고 몇놈은 환도環刀를 찼으나 그따위 무기들을 휘두를 틈을 주지 않고 해치워버릴 수도 있었다. 그러나, 일곱 명을 한꺼번에 해치우기는 어려웠다. 몇 놈이 살아나 뒤통수라도 치면 끝장이었다. 다래를 구하지도 못하고 함께 효수되어 저자거리에 내걸릴 것이다. 그렇게 되면 저 원수놈들에게 복수할 기회는 영영 오지 않을 것이다. 참자. 그는 자신의 머리를 쥐어뜯었다.

다래를 앞세운 병졸 무리가 산 아래로 내려가자 필제는 숨었던 풀숲에서 나와 오른쪽의 봉우리 위로 올라갔다. 경주부로 가는 꾸불꾸불한 논길을 따라 끌려가는 다래의 뒷모습이 보였다. 그 모습이 가물가물 사라져가자 필제는 땅을 치며 울었다.

울음을 그친 필제는 방향을 가늠해 보았다. 먼저 떠오른 것은 고향 진천鎭川이었다. 신사神師로 불리는 수운 최제우를 만나보니 그 단아한 품격이 유생儒生이나 다름이 없는지라 그래가지고는 이 더러운 세상을 맑게 할 방책이 나올 수 없다고 단정했다. 그러나 수운의 하늘에 닿는 운기雲氣와 바다같이 넓고 심오한 철리哲理, 그리고 죽어가는 병자病者를 벌떡 일으켜 세우는 신통력은 가히 세상을 구휼할 새로운 진리였고 하늘의 용신龍神이었다. 필제는 수운의 광제창생廣濟蒼生하는 도리를 빌어 그 위에 천하天下 평정平定의 대업大業

을 이룰 방책方策을 궁구窮究하면서 길을 재촉했다.

경주에서 고향 진천까지, 마을이 나타날 때마다 산길로 돌아가는 바람에 꼬박 이레 동안 걸으면서 필제는 머리 속으로 왕조 말기의 망조亡兆 속에서 새 세상이 열리는 천지개벽의 아침을 보고 있었다. 그 아침의 주인이 누가 될 것인가. 그것이 문제였다. 수운은 아닐 것이다. 수운은 다만 개벽의 아침을 예고하기 위해 하늘이 내려보낸 전령과 같은 존재일 뿐이었다. 전령이 가지고 온 소식이 마땅치 않을 때 완고한 옛 성주는 전령의 목을 베고 말 것이다. 그 피 위에서 새로운 세상이 열릴 것이다. 불법佛法이 이차돈異次頓의 목에서 솟구친 피를 먹고 싹틔움을 했듯이.

보은 장터에서 요기나 좀 하고 하룻밤 묵을 곳을 찾아볼까 하다가 그는 단념했다. 작년(1862년) 회인懷仁에서 일어난 민란 때문에 장터에 나졸들이 쫙 깔려 수상해 보이는 외지인들은 덮어놓고 신문하는 판이어서 그는 얼른 도망치듯 산길로 접어들었다. 저녁 무렵 구봉산龜峰山을 넘을 때는 배고픔과 피로 때문에 거의 기진하여 쓰러질 지경이었다. 마침 산중턱에 약초를 기르며 살던 촌부村夫의 외딴 초가草家 한 채를 발견하고 문을 두드렸다.

금방 떨어져 나갈 것 같은 문을 삐거덕 열고 사내 하나가

고개를 내밀었다. 얼굴만 보아서는 사십대 같아 보이기도 하고 환갑이 넘은 노인네 같아 보이기도 했다.

"뉘시우?"

주인 사내가 물었다. 그도 필제의 형상을 보고 놀라는 눈치였다. 구렛나루에 파묻힌 얼굴은 범의 상이라 범상치 않았으나 며칠을 굶어 피골이 상접하니 더욱 기괴했던 탓이었다.

"이 고개를 넘어가야하는데, 보시다시피 너무 허기지고 기진하여 여기서 죽고싶은 심정입니다."

"그래요? 보다시피 나도 시체 치울 힘이 없으니 여기서 죽지는 마시우."

주인 사내는 문을 닫으려 했다. 필제가 얼른 문고리를 잡았다.

"그럼 당신도 좋고 나도 좋은 길이 딱 한 가지가 있구만. 나를 쉬게 해 주시고 먹을 것을 주시오. 함께 살자 그 말이오."

"아니면?"

"아니면 같이 죽는 거요. 나는 기진하여 죽고 당신도 보아하니 집안에 당장 죽을 병자가 있는 것 같은데,"

"그걸 어찌 아오?"

"자, 자. 여러 말 길게 할 것 없소. 병자나 좀 봅시다."

주인 사내를 떠밀어 방으로 들어갔다. 방안은 초저녁인데도 어두웠다. 눈이 어둠에 익자 방 한쪽 벽에 붙어 누운 사람이 보였다. 여자였다.

“마누라요. 일에 치어 골병이 들었는지, 아니면 또 무슨 병이 들었는지 보름째 꼼짝도 못하고 누웠소.”

“의원에게 보이지 않았소?”

“의원?”

사내는 코웃음을 쳤다.

“보은報恩이 여기서 삼십 리요. 의원이 올 것 같소?”

“하긴.”

“아까, 같이 살자고 안 했소?”

“그랬지요.”

필제는 사내에게 지필묵을 가지고 오도록 했다. 이런 촌구석 가난한 무식쟁이의 집에 지필묵紙筆墨이 있을까, 없을 거라고 생각하고 시킨 것인데 사내는 방구석을 뒤지더니 종이와 벼루와 먹을 내 놨다. 벼루는 여러 대에 걸쳐 대물림한 물건인지 가운데가 움푹 패여 있었다. 사내는 밖으로 나가 벼루에 물을 담아 오더니 정성들여 먹을 갈았다. 난감했다. 그렇다고 맥 놓고 앉아 있을 수도 없는 일이었고, “나는 병 고치는 의원이 아니외다.” 하고 내뺄 수도 없는 일이었다. 까짓

거 밑져야 본전, 쫓겨나기 밖에 더 하겠는가 하는 생각으로 필제는 붓을 잡았다. 경주에서 윤선달의 수하로 있을 때 이웃에 동학을 한다는 서생書生이 있었다. 그에게 동학의 수신修身 방법과 강신降神 주문을 배운 일이 있었다. 며칠 전 다래와 함께 용담을 찾았을 때 처음 만난 신사 최제우가 가르쳐준 것도 역시 그 주문이었다.

"청수 한 그릇을 떠 오시오."

사내는 배고파 찾아든 나그네가 허튼짓을 하는 게 아닌가 하여 여전히 믿지 못하는 눈치였으나 지푸라기라도 잡아보고 싶은 심정으로 이빨 빠진 사발 하나를 찾아들고 밖으로 나갔다. 그 사이에 필제는 종이 위에 주문을 적어놓았다.

至氣今至 願爲大降 侍天主造化定 永世不忘 萬事知

사내가 한참만에 청수 한 그릇을 소중한 보물처럼 떠받들고 들어오자 필제는 청수를 밥상 위에 올려 방 가운데 받쳐놓고 그 앞에 방금 써놓은 주문을 펼쳐놓았다. 그리고 무릎을 꿇고 앉아 마음을 모았다. 신사가 가르쳐 준대로 몸과 마음속에 있는 모든 기를 한데 모아 지극한 정성으로 주문을 외웠다. 주인 사내도 무엇인지 알지 못한 채 옆에서 덩달아

무릎을 꿇고 함께 주문을 외웠다. 주문을 외고 나서 북쪽을 향해 절을 했다. 사내도 함께 했다. 절하고 주문 외기를 여러 번 거듭하여 치성致誠을 드린 후에 필제는 관솔 등잔에 주문을 적어놓은 종이를 태웠다. 소지한 후의 재가 천장에 붙었다가 너불거리며 아래로 내려오자 그것을 두 손으로 받은 다음 손바닥 위에서 가볍게 부비자 회색의 재가 되었다. 재를 청수에 타서 손가락으로 몇 번 휘저은 다음 물그릇을 사내에게 내밀었다.

"환자에게 먹이시오, 단숨에 마시는 것이 좋습니다."

사내가 땟국이 흐르는 홑이불을 젖히고 마누라의 목을 받쳐 일으켰다. 아까부터 이쪽에서 하는 일을 보고 있던 환자는 고통을 참고 이를 악문 채 몸을 일으켰다. 그리고 필제가 이른대로 소지燒紙를 갈아 타놓은 잿물을 서너 번에 나누어 억지로 마셨다. 그런 다음 다시 죽은 것처럼 누워버렸다.

필제는 불안했다. 환자가 이대로 죽어버리면 사내는 한 마리 산짐승이 되어 사생결단으로 덤벼들 것이었다. 줄행랑을 놓아도 산길에 밝은 사내가 더 빠를 것이니 난감했다. 환자를 들여다보았다. 해골이 다 드러난 얼굴이지만 눈은 살아 있었다. 그 눈이 필제를 보고 있었으므로 필제는 목소리를 가다듬었다.

"상제上帝께서 말씀하십니다. 아직 갈 때가 아니라고. 그러니 그만 털고 일어나시오."

그냥 해 본 소리였다. 그런데 이상한 일이 일어났다. 환자가 부스스 이불 자락을 걷어내고 몸을 일으킨 것이었다.

"여보게."

사내가 기겁하여 마누라를 도로 눕히려 했으나 필제가 사내의 팔을 잡고 말렸다. 그 사이에 환자는 상반신을 일으키더니 이불 속에서 몸을 모두 빼 내어 일어섰다. 부들부들 떨었지만 아무도 부축한 사람이 없는데도 환자는 그렇게 일어서더니 필제를 향하여 큰절을 하는 것이었다.

"으흠."

필제는 헛기침을 하면서 방금 죽어가던 여인의 절을 받았다. 두려움이 밀려왔다. 방안에 세 사람 말고 천신天神이 내려와 함께 있는 것 같아 숨을 쉬기도 어려웠다.

마누라의 하는 짓을 보고 있던 사내가 허겁스럽게 일어나더니 마누라와 함께 큰절을 했다.

"선생님."

사내가 머리를 조아리며 불렀다.

"대체 뉘십니까?"

"나는 원래 동방신장이었소. 천신의 명을 받고 인간 세상에 강세하여 백성의 곤고困苦한 삶을 어루만지고 혼란에 빠진 세상을 구하여 장차 중원을 통일한 후 천자가 되어 창생을 구제하라는 명을 받은 몸이오."

미리 정해놓은 말은 아니었다. 그의 의식 어느 곳에 숨어 있던 말이 거침없이 튀어나온 것뿐이었다. 말을 하면서 필제는 스스로 자신이 인간 세상으로 내려온 신장이라고 믿었다. 부부는 그 말을 믿어 의심치 않았다.

"이 도리는 무엇이라 하옵니까?"

"동학이라 하오."

"동학?"

두 사람 모두 처음 들어보는 이름이었는지 곱씹으며 반문했다.

"경주 가정리에 하늘의 명을 받고 강세한 신사께서 설하신 도리요. 나도 일찍이 그 도리를 익히어 주문을 외고 술수를 자재롭게 부리게 되었소. 그러나 어느 날 천신께서 내게 현현顯現하여 말씀 하시기를 동학은 하늘에 사무친 도리이기는 하나 도탄塗炭에 빠진 인간 세상을 구하지는 못한다. 그리하여 내 너를 다시 내려 보내니 나아가 천하를 통일하고 중원을 장악하여 천자가 된 후 조선을 윤택케 하고 세상을 구하라는 명을 내리신 거요. 그 일을 도모하기 위해 김유신金庾

信 장군의 태실胎室이 있는 내 고향 진천鎭川으로 돌아가는 길이었소."

주인 사내가 무릎을 꿇고 머리를 깊이 숙인 자세로 자신의 이름을 말했다. 조명한趙明漢이라 했다. 아버지 대代까지 보은의 향반鄕班 집안이었으나 남인南人이 몰락할 때 함께 밀려나 거지나 다름없는 신세가 됐고, 핍박을 피하여 산속 깊이 숨어들어 사냥과 약초 캐는 것을 업으로 삼아 살고 있었으나 몇 해 전부터 어찌 알아냈는지 관아에서 환곡을 떠다맡기고 가을에 환수하는 것이 거의 늑탈勒奪에 가까운지라 조만간 여기도 떠날 계획이었노라 했다. 당장 떠나지 못하고 주춤거리고 있었던 이유는 마누라가 아파 금방 죽을지도 모른다는 걱정 때문이었다. 죽으면 양지바른 곳에 묻어주고 어디론가 떠나 명화적明火賊을 할지언정 이놈의 땅에 발을 붙이고 살지는 않으리라, 그러던 참에 하늘에서 내려보낸 신장을 만났으니 이는 범상한 인연이 아니라 했다.

"목숨을 살려주셨으니 저희 목숨을 신장님을 위해 바칠 수 있도록 허락해 주십시오."

"때가 되면 기별奇別하리다. 그 전까지는 이곳에서 움직이지 말고 살아야 하오."

"분부대로 하겠습니다."

내외는 밖으로 나가 밥을 짓고 상을 차리느라 부산을 떨었다. 밤이 되고 초승달이 산 너머로 수줍은 얼굴을 감춘 뒤에야 세 사람은 밥상 앞에 앉았다. 하나뿐인 개다리 소반에는 신장인 필제의 밥을 올리고 내외는 방바닥 거적 위에 밥그릇을 놓고 먹었다. 기장밥에 산나물이 고작이었으나 허기진 신장은 아귀처럼 퍼넣었다. 금방 밥그릇이 비자 조명한의 마누라가 자기 밥그릇을 상 위에 올려주었다. 필제는 사양하지 않고 다 먹어치웠다. 그런 다음 그는 내외를 앞에 두고 동학의 진리를 가르치기 시작했다. 주자학朱子學이 더 이상 영험을 잃어버린 사정, 조선의 왕기王氣가 쇠잔衰殘하여 말세末世에 이르렀으며 탐관오리貪官汚吏들은 목구멍을 채우기 위하여 넋을 놓아버린 사연에서 시작하여 서양 오랑캐들이 이양선異樣船에 대포를 싣고 중국을 침탈하여 천자를 사실상 무력하게 만들어버렸으니 태양은 떨어지고 어두운 밤이 온 것이라고 했다. 그 밤의 어둠을 밀어내고 새벽을 가져올 도리가 있으니 이가 곧 동학이며 조금 전 죽어가던 환자를 일으켜 세운 주문은 우주와 인간세상의 모든 진리를 한꺼번에 아우르는 것이므로 주야로 치성하고 주문을 외워 하늘 백성으로 살면 반드시 진인眞人이 나타날 것이라고 했다.

"신장님께서 바로 그 진인 아니십니까?"

"흠."

필제는 부정도 하지 않았고 긍정도 하지 않았다.

"그것 보십시오. 진인 나리께서 우리 눈 앞에 계신데 달리 어떤 진인을 기다리겠습니까. 보다시피 저흰 죽은 목숨이었습니다. 거두어 주십시오. 어디든 수행하겠습니다."

필제는 자신을 따르는 첫 제자이자 부하인 내외를 바라보며 기분이 아주 좋았다. 지금 이대로는 안 되겠고, 언변言辯을 가다듬고 위엄威嚴을 높일 필요가 있었다.

"내 뜻한 바가 있어 진천으로 가는 길이니 조만간 소식 보내리다. 그때는 조선을 넘어 중원 천하를 손에 넣어 온 세상을 구제해 봅시다."

"기다리겠습니다."

주인 내외는 방바닥에 머리를 박고 언제 어디든 데리고 가서 신장님을 위해 죽을 수 있도록 해 달라고 간청하는 것이었다.

# 7

낭장 배윤수가 다래를 데리고 성동리城東里의 북천변北川邊 오두막으로 간 것은 한낮이 되어서였다. 마을 입구에 사람이 허리를 굽히고 들어갈 정도의 굴이 있었다. 다래가 그것을 보고 발걸음을 멈추자 배윤수는 다래의 손목을 낚아채어 앞으로 끌었다. 그 바람에 다래는 고꾸라질 뻔 하다가 겨우 바로 섰다.

"개울 건너에 백정들이 사는 동네가 있어. 이 굴은 불을 때서 가죽을 말리는 훈혁갱燻革坑이라 하고. 어찌 됐거나 개울 저쪽 사람들하고는 말도 걸지 말고 눈도 마주치는 일이 없도록 해."

백정은 사람이 아니므로 상종을 하지 말라는 말이었다. 이윽고 배윤수는 개울가의 작고 허름한 초가의 사립문을 밀치고 손바닥만한 마당으로 들어섰다. 다래는 윤수의 등 뒤에서서 집안으로 들어갔다. 집의 꼴로 보아서는 개울 저편의 백정들 집과 다를 것이 없었다. 집의 왼쪽에 거적대기로 문을 삼아 가려놓은 곳이 부엌이었고 가운데 땟국이 흐르는 마루 안쪽에 안방이 있었다. 그리고 안방 오른쪽에 작은 봉당封堂이 달려 있었다. 문을 열어보니 자질구레한 물건들이 쌓여 있어 창고로 사용하고 있는 것 같았다.

배윤수가 안방 문을 열어 허리를 굽히며 한쪽 발은 방 안에 들여놓고 이쪽을 돌아보았다.

"들어오게."

방 안은 어두웠다. 한참 동안 눈이 익은 후에야 비로소 방 안의 모습이 눈에 들어왔다. 방 뒤쪽 벽에 빈소가 차려져 있었다. 마누라 죽은지 얼마나 되었던가. 아직 혼백이 이 집 언저리를 떠나지 못하고 배회하고 있을 터였다. 다래는 문득 소름이 전신을 훑고 지나가는 바람에 얼어붙어 있었다.

"저건 당장 치우겠어."

낭장이 삼베 휘장揮帳을 걷고 작은 상 위에 올려놓은 청수淸水와 위패位牌를 드러내려 하자 다래가 낭장의 팔을 잡고 제지했다.

"그냥 두세요."

"왜 그래?"

다래는 삼베 휘장 너머로 희미하게 떠오르는 한 여인의 얼굴을 보고 있었다. 땟국물이 흐르는 검정 베옷에 흘러내리는 머리카락을 바람에 나부끼며 여인은 심한 고통에 일그러진 표정이었다. 그 모습이 점점 또렷해지더니 마침내 다래의 눈앞에 다가와 섰다.

"여보게, 동생."

혼령이 입을 열었다.

"형님."

다래가 형님이라 부르자 혼령은 입가에 희미한 미소를 머금었다.

"내 아이는 어디 갔노?"

"형님의 아이는 태어나면서 숨을 쉬지 못했다고 합니다. 형님과 함께 먼 길을 떠난 것이지요."

혼령은 가쁜 숨을 내쉬었다. 그 입에서 나오는 소리는 피를 토하는 것 같았다.

"저승에서 내 아이를 보지 못했어. 만날 수가 없단 말이야. 동생이 염라왕을 달래서 내 아이를 만나게 해주게. 제발, 이렇게 부탁이야."

"그렇게 하겠습니다, 형님."

다래는 약속했다. 그러자 혼령은 고통스러운 미소를 연기처럼 남기고 휘장 너머로 사라졌다.

"어떻게 된 건가? 무슨 소리야?"

낭장이 다래의 어깨를 힘껏 흔들었다. 깊은 잠에 빠진 것처럼 풀렸던 다래의 눈동자가 비로소 돌아왔다.

"왔어요."

"누가?"

"형님이, 아이 낳다가 저승 간 형님이 아이를 만나고 싶다고 애원하러 왔어요."

"제기랄."

낭장은 한숨을 토했다.

"아이는 어딨어요?"

다래가 물었다.

"어딨긴. 죽어서 나온 물건을 남산 자락에 묻었지. 다음날 가 보니 여우들이 파먹었더만."

"아, 아."

다래는 갑자기 머리가 핑핑 돌아 자세를 가누지 못하고 쓰러졌다. 옆에 있던 낭장이 다래의 몸을 받아 방바닥에 뉘였다. 다래의 입가에 몇 가닥의 거품이 물려 있었다.

"망했다. 내가 미친년을 데리고 왔어."

낭장은 가슴을 쳤다. 그러나 잠든 듯 눈을 감고 있는 다래의 얼굴을 내려다보던 낭장은 그녀의 얼굴을 쓰다듬더니 홑이불을 내려 그녀의 몸 위에 덮어주었다.

그날 밤 다래는 두 번째로 이 집 안주인이었던 여인의 모습을 보았다. 밤이 깊어 방사房事를 치르고 난 낭장 배윤수가 이불을 젖히고 일어나 앉아 문틈을 비집고 들어온 달빛에 다래의 벗은 몸을 내려다보며 만감에 젖어 있었다. 푸우, 한숨을 섞어 배윤수가 말했다.

"귀신이 탐낼 정도로 아름다운 몸이다. 윤선달이 그 지경이 되도록 탐을 낸 까닭을 알겠다."

이어서 또 이런 말을 뱉았다.

"너 처녀였구나."

놀라움인지 후회인지 알 수 없는 어조였다.

"예?"

다래가 껄끄러운 삼베 홑이불을 끌어다 몸을 가리면서 물었다.

"아니다."

낭장은 물에 빠진 기분으로 다래를 보았다. 그녀의 얼굴 근육이 갑자기 푸들푸들 떨리더니 눈이 술 마신 것처럼 몽롱해지고 있었다. 누군가와 말을 주고받는 것처럼 입술이 달싹거렸으나 알아들을 수는 없었다.

다래는 오늘 두 번째 방문한 이 집 여주인이었던 여인과 얘기를 하고 있었다.

"찾지 못했어, 내 아들."

여인이 울면서 말했다.

"갓난아이는 혼백이 없으니 저승에도 없단다. 그러니 아우야. 염치불구하고 다시 찾아온 것은 부탁이 있어서다."

"무슨 부탁입니까, 형님?"

"내 대신 아이를 낳아다오. 아들을."

"그건,"

"아우가 약속해 주지 않으면 나는 구천九泉에 헤매다가 밤마다 아우를 찾아오게 될 터이니 그 짓을 어찌 감당하려느냐?"

"약속하지요, 아들을 낳아드리겠습니다, 반드시."

"고맙네, 아우야."

혼백은 사라졌다. 잠시 뒤에 다래는 꿈에서 깨어난 것처럼 눈을 떴다. 배윤수가 근심스러운 얼굴로 물었다.

"대체 누구와 이야기를 한 거야?"

"이 방의 안주인이었던 분, 돌아가신 형님이 찾아왔어요, 아까도 왔고 두 번째."

"무슨 귀신 씨나락 까먹는 소리. 그래, 그렇다치고 대체 무슨 이야기를 나눈 거야?"

"죽은 아이를 찾아 저승을 헤맸으나 찾지 못하고 내게 부탁하기를 아들 하나 낳아달라고 합디다."

"아."

낭장은 어지럼증을 느끼고 잠시 머리를 저어보다가 정색을 하고 물었다.

"자네는 무당인가? 말하자면 접신을 하는가?"

"접신한 적도 없고, 내림굿을 한 적도 없어요. 다만 엄마가 무당이었는데 무당의 딸이 저절로 무당 된다는 말은 들은 적이 있어요."

"어쨌든 자네는 혼백과 말을 하잖아. 그럼 무당이지 별 건가?"

"어르신."

다래가 불렀다. 그 목소리가 아득해서 낭장은 훔찔 놀랬다.

"마음이 지극하면 이승과 저승의 경계는 없습니다. 본래 경계가 없어요. 울타리도 없고 길도 없어 지척이 저승인데 사람들의 마음에 안개 같은 잡티가 끼어 바로 보지 못할 뿐입니다."

한참 생각을 굴리던 낭장이 결심한 듯 입을 열었다.

"이보게. 저쪽 개울 건너 백정 마을에 가끔 찾아오는 서양 사람이 있어. 천주학 신부인데, 그 양반이 귀신을 쫓는데 영험하다더만. 그 서양 사람이 저쪽 마을에 나타나면 한 번 보이게나. 자네 몸에 붙은 귀신을 털어달라고."

"서양 사람은 싫습니다."

"아닐세. 자네는 모르겠지만 대국 청나라에서 얼마 전 서양 오랑캐들이 총과 대포를 앞세우고 북경을 공격하여 천자가 무릎을 꿇었다는구먼. 내친김에 서양인들이 대포의 방향을 돌려 조선으로 쳐들어오는 것은 불을 보듯 뻔한 일이라 양반이나 수령 방백(方伯, 관찰사)들이 서양 천주학쟁이들을 찾아다니며 줄을 대느라 정신이 없어. 저놈들이 쳐들어오더라도 어찌어찌 가문과 일신을 지키고 잘하면 영달榮達을 해보자는 속셈들이지. 아무래도 서양 귀신들이 동쪽 귀신보다 영험 있고 힘이 세다고들 하더만."

"그렇지 않습니다."

다래도 정색을 하고 앉았다.

"지금까지는 서양 사람들이 하늘의 상제와 접신하여 도움을 받았지만 이제부터는 아닙니다. 상제와 접신하여 그분의 뜻을 헤아리고 세상의 형편을 고해 바칠 인물이 없었기 때문이었지요. 공맹孔孟도 그런 능력이 없었고 노장老莊도 접신接神의 방법을 몰랐습니다. 이제 해동 조선에서 그런 인물이

났으니 서양 천주학쟁이들에게 찾아가 줄을 대고 굽신거리지 않아도 됩니다."

"그 사람이 누군가?"

"용담."

"수운 선생 말인가?"

"바로 알고 계시군요."

"아니다."

낭장은 고개를 저었다.

"내가 만나본 바로는 그는 그럴만한 인물이 아니더라. 그저 몰락한 반가班家의 서얼庶孼로서 유약幼弱하여 헛것을 보는 병자病者에 지나지 않는다. 어쩌다가 그가 병든 사람을 고치는 것은 소 뒷걸음치다가 쥐 잡는 격이고, 죽게 된 사람들이 지푸라기라도 잡으려는 심정이라 소원이 하도 간절하여 일어난 변고變故일 뿐이다. 게다가 그 사람은 혹세무민惑世誣民한 죄로 조만간 목숨을 부지하기 어려울 것이다. 적어도 경주 관아의 분위기는 그렇다. 그러니 자네는 그런 도를 믿고 따르지 말게. 차라리 천주학을 하던지 무당을 해도 좋으니."

"제게 왜 이러십니까?"

"모르겠느냐?"

"모르겠습니다."

"나는 네가 좋다. 하룻밤을 잤지만 네가 없는 세상은 살기 싫어졌다. 그러니 제발 용담 얘기는 꺼내지 말고, 수운 선생과 동학 얘기도 잊어버려라."

낭장은 한 번 더 다래의 몸속으로 파고들었다. 다래도 처음보다 한결 부드럽게 낭장의 몸을 받았다. 이번에는 그 혼백이 나타나지 않았다.

## 8

경주부의 관아에서 낭장 배윤수가 수하 병졸들을 거느리고 용담을 찾아와 안팎으로 탐문하고 애꿎은 부엌대기 다래를 오라 지어 끌고 간 이후 각 고을의 접주와 도인들로부터 심상치 않은 보고가 날마다 들이닥쳤다.

영덕盈德 사람 강수姜洙는 경주 황오리皇吾里의 최경상(崔慶翔, 뒷날 최시형崔時衡으로 개명)과 더불어 신사神師의 가르침을 돈독하게 믿고 실천하는 무리들 중에서도 출중한 사람으로 자주 용담을 찾는 도인이었다. 그 여름에 용담으로 찾아온 강수의 표정이 어두웠다.

"무슨 일이 있는 게냐?"

신사가 물었다. 강수는 엎드려 절을 올린 후 대답했다.

"제 마음이 불안합니다."

"까닭을 말해 보라."

"아시는 바와 같이 소인이 살고 있는 영덕현盈德縣은 해읍

海邑 벽현僻縣이라 양반 토호들의 발호가 비교적 덜한 지방이었습니다. 선생님의 가르침을 받들고 도인으로 개심改心하는 무리들이 급히 늘어난 까닭도 거기 있었습니다. 그러나 근자에 현감縣監이라는 자가 환곡을 무리하게 집행하고 원성怨聲이 하늘에 사무치자 동학의 도인들을 패역하는 무리라 지목하여 눈에 보이는대로 잡아 족치는 실정입니다. 문제는 여기서 그치지 아니하고 최수운(崔水雲, 최제우)이 가르치는 동학이라는 것이 사실은 탈을 바꾼 서학이고 나라를 통째로 뒤집어엎으려는 양이洋夷의 무리다 하고 칼과 몽둥이를 세우고 있으니 앞날에 무슨 일이 벌어질지 예측하기조차 두려운 실정입니다."

강수의 말이 끝나기를 기다려 방 안에 모여 있던 다른 지방의 접주들도 다투어 입을 열어 관의 수상한 폭압과 양반 토호土豪들의 거친 응대를 고해 바쳤다.

신사는 눈을 감은 채 듣고 있었다. 이윽고 눈을 뜨고 강수와 함께 방 안에 앉아 있는 도인들을 둘러보았다.

"올해 벽두에 상제上帝께서 내게 결訣을 내리셨으니 일렀으되 '오늘 도를 물어 무얼하겠는가. 새해 계해년癸亥年에 뜻이 있도다問道今日何所知 意在新元癸亥年' 하였다. 올해가 저물기 전에 상제께서는 당신의 뜻을 세상에 펼칠 것이다. 그러므로 자네들은 스스로 몸을 닦고 상제의 뜻을 헤아리되 자칫 세상에 불필요한 의혹을 생산하여 도의 전파를 훼방하는 어리석음을 자초하지 말라. 중뿔나게 떠들거나 모나게 치받지 말고 자중하고 수행에 힘쓰라는 뜻이다. 관이나 양반이라고 거들먹거리는 자들에게 탄압의 빌미를 제공하지 말라는 뜻이다."

"이쪽에서 빌미를 제공하지 않아도 저쪽에서 빌미를 만들면 어찌합니까?"

울산 접주 서군효徐群孝가 물었다.

"그것이 걱정이다."

신사가 탄식하듯 말했다.

"조정은 지금 스스로 몸을 가누기도 버거워 용신用身이 어려운 환자 같은지라 상제의 도를 여기까지 펼칠 수가 있었다. 이제 저들이 궁지에 몰리면 반드시 썩은 칼날을 겨눌 대상이 필요하게 될 것이니 천주학쟁이들을 목 베듯 우리 도인들에게 박해의 칼날이 돌아올 것이다. 그러므로 은인자중隱忍自重하되 수도를 게을리 하지 말고 내 도를 전파할 때는 목숨을 걸고 행하라."

"수도修道의 바른 절차와 요체가 무엇입니까?"

강수가 물었다. 신사는 붓을 들어 종이에 적으면서 대답했다.

"우리 도道는 번잡한 닦음의 절차를 두지 않는다. 다만 성誠, 경敬, 신信 석 자에 모두 함축되어 있으니 이 석 자를 벗어나지 말라."

그런 다음 모여 있는 각 고을의 접주들에게 각각 다른 내용의 글을 써서 나누어 주고 즉석에서 노래 한 구절을 지어 읊었다.

"용담의 물이 사해의 근원이 되고
구미산龜尾山에 봄이 오니 온 세상에 꽃이 핀다.
(龍潭水流四海源 龜岳春回一世花)

접주들은 스승이 불러주는 시귀를 받아 적은 후 종이를 접어 소중하게 품에 넣었다. 처음 모일 때는 죄어오는 검은 그림자 때문에 저마다 불안을 안고 있었으나 이제 그들은 자신들도 알지 못하는 기쁨과 자신감에 차 있었다. 세상은 변한다. 변화의 시발점이 바로 이곳, 용담이라는 믿음에서 오는 열락悅樂이자 흥분이었다.

신사는 각 고을의 접주를 일일이 정한 후에 앞자리에 앉아 있는 경상을 보았다. 그는 마치 해면처럼 자신의 도를 빨아들이고 한번 흡수한 도의 수분은 곧장 육신으로 용해시켜 하늘이 무너져도 꿈쩍 않을 듯 태산 같은 믿음을 지닌 듬직한 제자를 바라보며 말했다.

"자네를 북접 주인北接主人으로 삼으니 아무쪼록 이 일을 감당하라."

"북접 주인라니요?"

최경상이 반문했다.

"우리 도가 남도지방에 그칠 것이 아니라 북으로 땅 끝까지 전파되어 창생을 구제할 것인 즉 그 첨단에 자네를 세우는 것이야. 이 운상運上은 반드시 자네가 맡아 나가게 되어 있으니 거절해서도 안 되고 사양하지도 말라. 이후부터 우리 도의 일을 통섭하여 나의 가르침을 어기지 말도록 두량斗量해 주기 바라네."

이게 무슨 말인가? 모여 있는 사람들은 자신의 귀를 의심했다. 도통道統 전수傳受를 뜻하는 말이었기 때문이었다. 아직 그럴 때가 아닌데, 선생님께서 대체 무슨 생각으로 이리 서둘러 파격을 보이는 것일까? 사람들의 마음 속을 들여다 보고 있었던 것처럼 신사가 말했다.

"하늘이 계해년에 이루고자 하는 일을 아직도 모르겠느냐? 이 일은 운運이니 운은 나도 어쩌지 못한다. 자네는 내 말을 명심하고 잊지 말도록 하라. 그리고 여기 모인 사람들은 물론이려니와 모든 도인들은 앞으로 용담을 찾아올 때 먼저 경상의 검곡劍谷에 먼저 들러 오도록 하라."

최경상, 해월을 자신의 대리인으로 내세운다는 선언이었다.

"선생님의 말씀이 저에게는 과하여 받들기 어렵습니다."

"걱정 말게. 모두 운이니 운에 따르지 않을 수 없네. 자네가 도를 의심하지 않고 내가 상제와 직접 교통하는 것을 믿는 사람인 줄 내 알거니와 이제 부탁하거늘 스스로를 의심하지 말게나. 자네는 자네 스스로 생각하는 것보다 더 막중한 임무를 띠고 있으니까. 이것이 하늘이 만들어 둔 운명이라는 거야."

"의심하지 않겠습니다."

경상은 머리를 숙여 스승의 부촉咐囑을 받아들였다. 한참 후에 경상이 물었다.

"기왕에 세상에 나온 유불선 세 가지의 도와 어떻게 다른 것입니까?"

"이 도는 유불선儒彿仙 세 도를 겸하여 나온 것이다. 유불선이 저마다 도의 일면을 간파했거니와 중핵中核에 근접하지 못하여 실기失期하였나니 내가 이제 상제와 직접 교통하여 우주의 대운大運을 바로잡아 보려는 것이다. 유불선을 겸하여 나왔으나 그것들과 근본에서 다른 이치가 그러하다."

"이 도의 근본을 한 마디로 어떻게 말해야 합니까?"

신사는 다시 붓을 들어 '수심정기守心正氣'라 쓰고 다시 부도符圖를 그려 경상에게 건네며 '장차 병病을 다스릴 때 이것을 사용하라'고 일렀다. 그리고 다시 '수명受命'이라는 글을 써서 주었다. 경상은 떨리는 손으로 글을 받았다.

"올봄에 부중에서 사람을 죽이고 도망치다 스승님을 잠깐 뵈옵고 갔던 이필제라는 자가 충청도에서 스스로 황제가 될 운을 타고났다는 참설讖說을 퍼뜨리면서 역모를 꾸미고 있다 합니다."

"그럴 거라고 짐작했네."

"그 자가 스승님의 가르침을 비틀어 견강부회牽强附會하고 있다 하니 필시 그 여파가 좋지 않을 듯합니다."

"그 자도 하늘이 준 역할을 수행하고 있을 뿐이야. 너무 걱정들 하지 마시게."

신사는 태연했다.

# 9

다음날 아침 낭장 배윤수가 경주 부중의 관아로 출근하고 나자 다래는 검정물을 들인 삼베 앞치마를 두르고 집 안팎을 구석구석 살피고 다녔다. 초상을 치른 지 얼마 되지 않은 집안이라 뒤란에는 치울 것이 많았다. 낭장의 성격이 깔끔한 편이라 남자 혼자서도 웬만큼 정돈한 흔적이 보였으나 우물 옆 너럭돌에는 빨래감이 쌓여 있었고 부엌의 기명통에는 언제 적 사용했던 그릇인지 돼지 밥그릇 냄새가 나는 그릇 몇 개가 물속에 잠겨 있었다.

빨래부터 해놓자고 작정하고 우물에 가서 두레박으로 물을 퍼올렸다. 우물은 지표 위로 솟은 부분은 나지막하여 별다른 시설이 없었으나 퍼낸 물이 우물로 역류하여 들어가지 못하도록 한 뼘 정도의 턱이 있었고 둘레에 평평하고 넓적한 돌들을 이 맞추어 깔아 사용하기에 아주 편리하게 만들어놓았다.

"신라시대에 만들었으니 천년은 더 된 우물이야. 내려오는 얘기로는 천년 동안 한 번도 마르지 않았다고 하데. 바닥의 깊이가 얼마나 깊은지, 그 깊은 속에 무엇이 살고 있는지 아무도 몰라."

배윤수가 자랑으로 하던 말이었다.

맑고 시원한 물이 반쯤은 두레박 밖으로 찰랑찰랑 넘쳐흐르면서 올라왔다. 두레박에 담긴 물을 내려다보다가 다래는 문득 물에 비친 자신의 모습을 보았다. 잠시 보고 있으니 그 얼굴이 다른 여인의 얼굴로 바뀌었다. 화들짝 놀라 뒤를 돌아보았다. 아무도 없었다. 어깨 너머에 아무도 없었으나 두레박 속의 물에는 분명 다른 여인의 얼굴이 떠 있었다. 어제 두 번 나타났던 그 얼굴이었다. 물속에 있던 얼굴이 살아 있는 사람처럼 두 눈을 크게 뜨고 다래를 보고 있었다. 무슨 말을 하려는 듯 입술이 움직였다.

"형님."

먼저 다래가 여인에게 말을 걸었다.

"저에게 더 하실 말씀이 있으신가요?"

"자네가 이 집에 와 주어서 고맙네. 내 소원을 들어주겠다고 약속해 주어서 한량없이 기쁘다네. 그러나 아우, 어찌하면 좋겠는가? 내 하찮은 숙한宿恨 때문에 혼백이 이 집을 떠날 수가 없으니 이 일을 어찌할꼬. 자네는 알만한 사람이니 내가 쉽게 말하지. 오구굿은 큰판이니 언감생심焉敢生心 안 될 일이고, 자리걷이라도 해 주게나."

"너무 늦었잖아요, 형님."

"늦었지. 그래서 내 혼백이 구천을 헤매고 있으니 그 화가 자네에게 미칠까 걱정스럽다네. 늦었지만 자리걷이라도 하여 나를 이제 그만 이 집에서 떠나게 해주게."

"그렇게 하지요, 형님."

두레박 속 여인의 얼굴은 사라졌다. 대나무로 엮어 만든 물통에 물을 부어넣고 몇 번 더 두레박을 내려 물을 퍼올렸다. 그런 다음 빨래를 하려고 우물 옆에 쪼그리고 앉는데 아랫배를 칼로 찢어놓는 듯한 통증이 왔다. 두 손으로 배를 감싸쥐고 통증을 참아내고 있는데 이번에는 두 다리 사이로 뜨거운 것이 흘러내렸다. 치마를 들치고 밑을 살피니 피가 몇 줄기 다리를 타고 흘러내리고 있었다. 달거리 때 나오는 검붉은 색깔과는 달리 새빨간 선홍색이었다. 손에 물을 떠서 다리를 타고 흘러내리는 피를 씻어내니 이번에는 머리가 깨질 것처럼 아파왔다. 다래는 빨래를 포기하고 방으로 들어가 누웠다. 가슴이 벌렁벌렁 뛰었다. 방바닥과 천장이 빙글빙글 돌았다. 이 세상의 것이 아닌 이상한 소리들이 귓속에서 웅웅거렸다. 집 전체에 귀신들이 가득한 것 같았다. 그녀는 이를 악물었다.

"귀신들에게 져서는 안 된다. 살아야 한다."

살아야 할 이유는 많았다. 한참동안 이를 악물고 버티자 머리 속에서 안개 같은 것이 조금씩 걷히기 시작했다. 깨질 듯이 아프던 통증도 차츰 엷어졌다. 다래는 일어나 급히 집을 나섰다.

다래가 북천변의 성동리를 떠나 함월산含月山의 기림사祇林寺 아랫마을 호암리虎岩里에 도착한 것은 저녁 무렵이었다. 어머니 해월 보살이 살고 있는 집은 호암 마을에서 기림사로 올라가는 길목의 마을 끝자락에 있었다. 해월 보살은 저녁인데도 밥을 지을 생각은 없이 방 윗목에 자리를 깔고 누워 있었다. 들어선 사람이 다래라는 것을 알자 그녀는 부스스 몸을 일으켰다.

"웬 일이가?"

방 안은 어둑했지만 해월 보살은 딸의 행색과 표정 속에 묻어 있는 삶의 냄새를 맡았다.

"사내와 살고 있구나?"

다래는 머리를 끄덕였다.

"소용없다."

중년을 지나 늙어가는 무당이 굿마당에서 제주祭主에게 하는 입버릇으로 딸을 향해 뱉았다.

"두 사내를 지아비로 두고 있지? 두 놈 다 제 명命에 죽기 글렀는 기라. 앞으로도 니가 접하는 남자마다 원귀冤鬼가 될 것이다. 이게 다 니가 타고난 팔자인 기라."

그 말은 흘려듣고 다래는 지금까지의 일을 간단하게 일렀다. 무당의 여식女息이라 경주 관아에서 관노官奴처럼 일해야 했던 설움은 그래도 견딜만했으나 관아에 드나들던 노소, 상하를 가리지 않고 사내 형용形容을 한 놈들은 아무나 지분거리고 껄떡거리는 것이 가장 참기 어려운 일이었다는 것, 영장의 끄나풀이자 문객으로 드나들던 윤선달이 유독 허리와 엉덩이에 끈적거리는 눈길을 주더니 마침내 한밤 중 대릉大陵에서 야참을 내오도록 시킨 일, 그날밤에 일어난 살인사건에 이르기까지 대충 얘기해 주었다.

"윤선달이라는 개망나니 죽은 소식은 나도 들었다. 돼지만도 못한 놈이니 죽어야 싸고. 영장 나리가 백화년의 지아비 박호를 살인범으로 잡아가두고 그 참에 인근 무당, 점쟁이, 중들까지 아예 도륙을 낼 참으로 서슬이 이만저만 시퍼렇지 않았다. 그 덕택에 감포甘浦에 오구굿 자리 하나 날까지 받아두었다가 물리고 이렇게 자빠져 누웠는 기라. 그게 바로 내 딸년 때문에 일어난 일인 줄이야 어찌 알았겠노. 알고 보니 박호는 억울하게 죄를 뒤집어썼구만. 그래, 그다음은 어찌 됐노?"

다래는, 필제와 함께 용담으로 숨어들었다가 자신만 용담에 남고 필제는 북쪽으로 길을 잡아 도망간 일, 용담으로 추포하러 온 낭장에게 사로잡혀 경주부의 관아로 끌려간 일, 그리고 영장이 재판을 한답시고 자신을 개밥 던지듯 수하인 낭장의 후처後妻로 던져준 일, 그리하여 낭장의 집으로 가서 하룻밤을 지냈고, 안방에서 두 번 낭장의 전처 박 씨의 혼령이 나타났던 일, 그리고 오늘 아침 우물가에서 빨래를 하려고 물을 푸다가 두레박에 떠오른 박 씨의 혼령이 자리걷이라도 해 달라고 애원했던 일, 그 직후 까닭 없이 하혈을 하고 격심한 두통으로 누워 있다가 이쪽으로 달려오기까지의 일들을 세세하게 이야기했다. 딸의 이야기를 듣고 있던 해월 보살이 쩝 입맛을 다셨다.

"이게 다 너의 전생 업살前生業煞이다. 미안하다만은 그렇게 태어난 걸 어찌하노, 낸들 업살 덩어리를 낳고 싶어 낳았겠느냐."

"그건 알아요."

다래가 늙은 어미의 말을 잘랐다.

“내 팔자가 사나울 것이라는 것 쯤은 나도 알고 있는 일이고 감당할 거에요. 하지만 박씨 부인의 혼백을 구천에서 건져내어 저승으로 보내줘야 하지 않겠어요? 무당 한 사람을 보내줘요. 천도재는 지내지 못할망정 뒤늦게라도 자리걷이라도 해 줘야겠어요.”

해월 보살은 딸의 말을 듣지 않고 있었다. 그녀는 눈을 눌러 감고 몸을 떨며 접신의 경지에 들어 있었다. 입에서 휘익휘익 소리를 내며 온몸을 떨더니 이윽고 눈을 떠서 딸을 바라보았다.

“그 사람 지금 어디 있노?”

“누구?”

“아따 이년, 서방이 여럿이라 천지 분간을 못하는구나. 시방 니가 살고 있는 그놈, 낭장 말이다. 어디 있노?”

“그야, 아침에 관아로 나갔지요.”

그러고 보니 낭장 배윤수가 퇴청하여 집으로 돌아올 시간이었다. 얼마나 찾을까? 다래가 사라진 것을 알고 얼마나 놀라고 실망할까? 배윤수의 얼굴이 떠올랐다. 경주부 영장營將의 수하로 온갖 궂은일을 다하면서도 실증을 내거나 피곤한 기색이 없는 성실한 사람이었다. 필제 대신 그날밤의 살인 죄목을 쓰고 잡힌 박호라는 자의 무죄를 확신하고 진범인

필제를 이 세상 끝까지 따라가 추포하겠다는 질기고도 강한 집념을 가진 사람이었으나 다래에게는 봄날 양지바른 곳에 피어난 민들레 꽃술을 어루만지는 바람처럼 부드럽게 감쌌다. 언젠가는 이 남자를 떠난다. 잠시 이 더러운 운명을 감수할 수 밖에 없다는 각오로 이를 악물고 그의 몸을 받았으나 그녀의 마음은 혼약을 맺은 필제에게 가 있었다. 그랬는데, 겨우 하룻밤을 보냈을 뿐인데, 아주 오래 동안 같이 살았던 부부처럼 그가 자신의 운명 속으로 깊이 들어와 앉아 있었다.

"아침에 등청登廳했겠지, 당연히. 아침에 나간 사람이 저녁에 반드시 돌아온다는 법이라도 있어?"

그 말을 듣자 다래는 갑자기 배윤수가 궁금해졌다. 그녀는 엉덩이를 들었다.

"어쨌거나, 엄마. 용한 무당 한 사람 보내줘요, 경주 부중에 살고 있는 사람으로."

"그럴 필요 없다니까?"

해월 보살은 후우 한숨을 섞어 말했다.

"그 사람, 배 씨라고 했제? 곧 죽거나 큰 화를 당하여 살아도 사내 구실 하기는 글렀으니 니년도 마음 고쳐 묵어라."

"그 분은 좋은 사람이에요. 왜 화를 당해요?"

"좋은 사람인지 아닌지 내 알 바 없고. 그 사람이 화를 당하는 것은 다 네년의 업살 때문이다. 그 남자뿐 아닌 기라. 너를 아는 남자는 모조리 화를 당하게 돼 있으니 그렇게만 알아라."

명색이 제 배로 낳은 딸년에게 저주에 가까운 말을 뱉아 놓고 나서 마음이 불편한지 해월 보살은 목소리를 낮추었다.

"윤선달을 죽이고 도망간 남자도 너 때문에 사람을 죽이고 쫓기는 신세가 안 됐나? 배 씨라는 사람은 그 남자, 너와 말로 혼약을 맺었다는 그 남자를 찾아 지금 떠났을 거다. 그러니 두 사람 중 한 사람은 화를 입지 않겠느냐?"

그 말을 듣자 다래의 마음은 더 다급해졌다. 그녀는 문고리를 잡다가 뒤를 돌아보았다.

"스님은 건강하신가요?"

"영감탱이가 건강할 리가 있나. 살 날이 얼마 안 남았는 기라. 열반할 날이 가까우니 요즘은 딸 생각이 많이 나는갑더라. 니 코가 석자인 줄은 알겠다만은 그래도 가끔 스님을 찾아가 보거라."

아버지가 살아 있다는 것, 그것만 알면 그만이었다. 다래는 서둘러 어머니 해월 보살의 집을 떠나 북천변 배윤수의 집으로 돌아왔다.

# 10

배윤수는 아침에 다래를 집에 두고 등청登廳하자마자 뇌옥牢獄으로 박호를 찾아갔다. 박호는 쉰을 갓 넘긴 박수무당이었다. 원래는 주막집 주모의 기둥서방 노릇도 하고 노름판을 기웃거리며 개평이나 뜯어먹으며 빈둥거리고 살아오다 무당 백화를 만나 장고채와 북채를 잡고 박수 노릇을 하게 된 것이었다. 그는 푸른색 바탕의 비단 마고자를 입고 있었는데 그 마고자가 때에 절고 구겨져서 더 처량해 보였다.

배윤수가 뇌옥 안으로 들어가 뒤로 묶은 오랏줄을 풀어주고 가지고 간 인절미 한 조각을 내밀자 망연히 쳐다보던 박수무당은 고개를 떨구고 눈물을 쏟았다.

"나리."

인절미를 씹던 박호가 목이 메이는지 울먹이며 말했다.

"저는 윤선달이라는 사람을 알지 못합니다. 듣도 보도 못한 사람을 무슨 원한이 있다고 죽이겠습니까."

"그날 밤 자네는 누굴 죽이겠다고 집을 나서서 이튿날까지 돌아오지 않았어. 집을 나섰다가 추포될 때까지 만 하루 동안 어디서 무엇을 하고 있었는가? 문초 때 자네는 이 일을 대답하지 못했어. 그건 자네가 그날 밤 검은 마음을 품고 다래라는 여인네의 뒤를 밟다가 대릉에서 윤선달이 그 여인을 덮치려고 하자 질투심이 불같이 일어나 살인을 하고 뒷일이 두려워 숨어 있었던 게지. 안 그런가?"

"나리."

박호는 언제부터 굶었는지 몹시 배가 고팠던지 말을 하면서도 연신 인절미를 입으로 가져갔다.

"이렇게 조용하게 물어봐 주셨더라면 벌써 사실대로 다 말씀 드렸을 겁니다. 잡혀오자 말자 묶어서 엎어놓고 네 이놈, 네놈이 윤선달을 죽였지? 사실대로 말하라고 개 패듯이 패는데 겁이 나서 사실이고 뭐고 말할 겨를이 없었습니다."

"이제 말해 보게. 그날 밤 어디서 무엇을 했는가?"

"저는 박수 무당입니다."

박호는 떠듬떠듬 입을 뗐다.

"박수가 뭘 하는 직업인지 아시지요? 무당이 굿할 때 장고 치고 북 치고 추임새를 넣는 역할인데 실제로는 기둥서방 노릇이나 다름이 없습니다. 제 마누라 백화는 젊어서 지금까지 박수라는 이름의 기둥서방을 일곱 명이나 거느렸던 암거미 같은 년입니다. 저는 언젠가 이 암거미에게 잡아먹히고 말리라, 그런 공포심으로 하루하루를 살아오는데, 사는 게 사는 것이 아니었습니다. 자신은 이놈 저놈 붙어 가랭이를 벌리면서도 내가 조금만 곁눈질을 해도 입에 거품 물고 식칼 들고 설치는 판이었으니까요. 천하의 박호가 여기서 죽는구나 늘 그런 생각으로 하루하루를 살아온 셈이지요. 작년 이맘 때 바닷가 마을 대본에서 오구굿을 했습니다. 전마선을 타고 갈치잡이 끄심낚시에 나섰다가 밤중에 태풍을 만나 물귀신이 된 어부가 셋이었는데 과부가 셋이 났어요. 세 망자亡者의 넋을 천도하기 위해 굿을 하는데 굿을 따낸 어미 무당은 해월 보살이라고 이번에 윤선달의 넋을 잃게 만든 다래라는 년의 어밉니다. 해월 보살이 오구굿을 따내자 당연히 새끼 무당 중의 한 사람인 제 여편네 백화년도 굿판에 끼게 되고 박수인 저도 북채를 들고 따라나섰는데, 그게 이렇게 된 겁니다. 바닷가 모래벌 가운데 굿청을 차려놓고 첫날은 해월 보살이 바리데기를 부르고 제 여편네 백화년이 염불을 하여 굿판이 잘 무르익어가고 있었습니다. 두 무당의 무가 솜씨는 귀신도 벌떡 일어날만큼 가슴을 흔드는 힘이 있거든요. 하여튼 첫날 굿거리를 마치고 모두 잠이 들었을 때 저는 잠을 자지 못하고 물시울에 앉아 바다를 바라보고 있었습니다. 망자들이 바다에서 고개를 내밀고 걸어 나올 것 같은 밤이었습니다. 그러다가 굿청을 돌아보니 멍석 위에 하얀 덩어리가 보였습니다. 가까이 가보니 제일 젊은 과부가 망자의 넋이 담긴 넋전을 안고 신탯집 앞에 누워 몸부림을 치고 있습디다. 저는 소리없이 다가가 그 모습을 지켜봤습니다. 정말이지 희한했습니다. 서른 살이 될까말까한 젊은 여자가 넋전을 붙안고 몸부림을 치는데 생전에 안방에서 교합交合하는 흉내를 고스란히 내고 있는 거라. 한참을 보고 있었습니다. 문득 이런 생각이 들었습니다. 아, 이 여자는 살아 있고 나도 살아 있다. 그리고 귀신은 먼 바다 깊숙이 있다. 그렇게 생각하자 나는 곧 여자를 번쩍 안아 올렸습니다. 여자는 저항하지 않고 내 품 속에 들어 있었습니다. 해변 오른쪽으로 한참 가면 갯바위가 나오는데 거기까지 가서 저는 여자를 내려놓고 안아 주었습니다. 그렇게 뜨거운 여자의 몸을 여태 본 일이 없습니다. 그날 이후로 저는 미친 듯이 그 여자를 찾았습니다. 당연히 동네에 소문이 나고 그 소문은 기림사 아랫마을에 사는 해월 보살의 귀에 먼저 들어가고 그다음에 백화의 귀에도 들어갔어요. 백화년이 길길이 뛰고 온전히 미치기 시작했어요. 저는 그날 여자와 함께 우리가 처음 몸을 섞었던 해변의 그 갯바위에서 밤새 앉아 있었는데 함께 바다에 빠져 죽을까, 멀리 도망을 칠까 궁리를 하다가 새벽녘에야 집에 들어가 함께 긴 잠에 빠져 있었지요. 그날 밤 윤선달이 죽었습니다. 윤선달이 죽고 경주영에서 그날밤 사라진 남자를 수수문하자 백화년이 이때다 하고 나졸들에게 없는 이야기까지 보태어 일러바친 게 분명합니다. 나졸들이 대본의 여자집을 정확하게 알고 쳐들어 와 이 꼴이 됐습니다."

"그 이야기를 왜 지금에사 하는가?"

"저는 난봉꾼입니다. 그러나 그 여자를 살리고 싶습니다. 제 하찮은 목숨을 던져서라도 그 여자를 가리고 싶었습니다."

"자네는 다래를 넘보지 않았는가?"

"다래는 해월의 딸입니다. 무당의 딸년은 무당이 됩니다. 저는 무당년들을 싫어합니다. 넘보기는커녕 그 아이를 여자로 생각해 본 일조차 없습니다."

배윤수가 아침부터 박호를 찾아와 듣고 싶었던 말은 그 한마디였다. 관아로 돌아오자 영장 김순후가 불렀다.

"이 보시게. 경상 감영에서 날아온 파발擺撥이네. 그날 몰래 경주 부중을 떠난 이필제라는 놈이 진천에서 역모逆謀를 꾸며 민란을 일으켰다는구먼. 이 일이 다른 지방에도 번질 우려가 있으니 각별히 조심하고 살피라는 거야."

배윤수는 영장의 앞에 무릎을 꿇었다.

"저를 진천으로 보내주십시오. 반드시 그놈을 잡아 오겠습니다."

# *11*

낭장 배윤수는 경주에서 살인을 하고 도망길에 진천에서 민란을 일으킨 이필제를 추포追捕하기 위해 길을 나섰다. 경주영을 떠나기 전에 영장 김인후와 두 가지 약조를 했다. 먼저 배윤수는 영장에게 "생때같이 죄를 뒤집어쓰고 있는 박수무당 박호를 당장 방면放免하는 것이 바른 도리"라고 주장했다. 그러나 김인후는 "그게 옳은 일이기는 하지만 지금 그를 죄 없다고 방면하면 관가의 체통이 장마철 쇠똥 꼴이 되는 것은 말할 것 없고, 이 일에 관여한 몇 사람의 모가지도 성치 않을 것인 즉 그럴 수는 없다. 다만 자네가 이필제를 잡아와서 그의 토설吐說을 들은 후라면 얼마든지 방면해도 좋을 것이다. 박호라는 자가 비록 살인죄는 저지르지 않았다 하나 과부와 통정通情하여 마누라를 기망欺罔했으니 죄 없는 자라고 하기 힘들 것이며, 게다가 그 자는 뇌옥에 갇힌 것을 다행으로 여기고 편안하게 옥살이를 하고 있다, 즉 세상에 나가면 여편네가 자기를 죽일지도 모른다는 강박증에 떨고 있는 못난 수놈인 즉 굳이 애를 써서 그 자를 내보낼 이유는 없다고 본다."고 길게 변명을 늘어놓았다. 어쨌거나 한 가지 사건을 두고 전혀 상관이 없는 사람을 범인으로 얽어매는 것도 어려운 일인만큼 이필제를 잡아오면 그때 가서 박호의 처리 문제를 다시 생각해 보기로 하고 결정을 유보해 두었다.

두 번째는 다래에 대한 문제였다. 배윤수가 어렵게 말문을 열었다.

"여자가 비록 곤궁한 처지에 몰려 저 같은 놈을 따라 나서기는 했으나 도망간 필제라는 도적놈과 생사를 같이하기로 약조한 몸인데다 천성天性이 영리하고 신기도 있어 어떻게 작심할지 아직 속내를 알 수 없고, 제가 살던 동네가 개울 하나 건너 백정놈들 사는 마을이니 무슨 일이 일어날지 조마조마해서 혼자 두고 떠날 수가 없습니다. 여자가 원래 경주 관아의 관노는 아니지만 부엌 안팎으로 천하게 부리던 년인지라 그 일에 밝을 것인 즉 소인이 돌아올 때까지 관아에 잡아두는 것이 어떨런지요."

"여보게 배 낭장."

영장이 수염을 비틀어 꼬며 불렀다.

"예."

"아, 아무 것도 아닐세."

"말씀하십시오."

"험, 그러지 뭐. 그 여자 이름이 다래라고 했지? 나도 알아. 부중에서 허드렛일, 잔심부름하던 그 계집을. 잘 생긴 얼굴도 아니고 중뿔나게 사내를 후려잡는 무슨 냄새가 나는 아이도 아니었어. 하지만 모를 일이지. 계집이 지닌 매력은 미치고 환장한 사내놈들의 성정性情이 만드는 것이니까. 내 말은, 그 여자 때문에 벌써 멀쩡하던 사내놈 하나가 죽고 또 한 사내가 불구덩이 속으로 걸어들어 가고 있단 말을 하고 싶은 거야. 아무튼 몸 조심하게. 다래년은 내가 부중으로 불러들여 전에 하던 일을 계속 하면서 안전하게 자네를 기다리도록 조치함세."

"고맙습니다, 영감."

"고맙기는."

# 12

배윤수가 진천을 바라고 떠나자 그 뒷모습을 바라보던 경주영慶州營의 영장 김인후는 측은한 마음이 일었다. 사내든 계집이든 정면에서 상판을 보면 구역질이 나고 혐오가 치밀지만 뒤꼭지를 보면 죽음의 냄새가 난다. 그 냄새가 슬픔보다 더 쓴 연민憐憫을 자아낸다. 배윤수의 뒤꼭지가 그랬다. 영장은 충직하고 뱃심 좋은 수하의 부탁을 들어 그와의 약속을 당장 이행하기로 했다.

그날 저녁 무렵, 다래는 배윤수가 먼저 퇴청退廳하여 기다리고 있으면 무슨 말로 오늘 다녀온 이야기를 할까, 궁리하며 숨이 차도록 걸어 북천의 성동마을로 돌아왔다. 해가 지고 어둠이 깔린 뒤였다.

배윤수는 아직 돌아오지 않았다. 집은 안팎으로 깜깜했다. 다행이었다. 후유 한숨을 토해내는데 마루에 걸터앉아 있던 사내 두 명이 어둠 속에서 일어섰다. 나졸의 복장이었다. 그 중 한 명이 말했다.

"안주인 맞으시지요? 영장 영감님의 분부를 받들고 왔습니다."

"영장 어르신이 왜? 낭장님은?"

"낭장님은 도적을 잡으러 충청도 진천으로 가셨습니다. 가시면서 영장 어르신께 안사람을 돌봐 달라고 부탁을 하셨습니다. 그래서 저희들더러 부중까지 모시고 오라고 분부하셨기로 기다리고 있었습니다."

"집에서 기다리고 있겠습니다. 안 되나요?"

"안 됩니다. 위로 두 분이 결정하신 일이니까 저희들은 모시고 가야 합니다."

다래는 싫었다. 관아로 다시 들어가 얽매어 살고 싶은 마음이 아니었다. 그러나 나졸들은 완강했다. 다래가 따라 나서지 않으면 따라 나설 때까지 이 집에서 기다릴 태세였다.

다래는 하는 수 없이 나졸들을 따라 나섰다. 밤길을 걸으면서 몇 마디 다래가 묻고 나졸들이 대답했다. 배 낭장이 진천으로 간 까닭은 민란을 일으킨 큰 도적을 잡아 경주 부중으로 끌고 오기 위함이라는 것, 그 도적이 윤선달을 죽인 살인범 이필제라는 얘기도 있었다.

다래는 자신에게 한 마디 기별도 없이 충청도 땅으로 떠나버린 배윤수에게서 질긴 살의殺意를 느꼈다. 그는 이필제를 증오하고 있었다. 이필제 또한 관가에서 빌붙어 살면서 녹을 먹고 있는 인간들을 경멸하고 있었다. 그런 사람 둘이 만나면 필시 한 사람은 다치거나 상할 것이다. 영장의 보호를 받으며 한가하게 배윤수가 돌아오기를 기다리고 있을 처지가 아니었다.

나졸 두 사람의 눈을 피해 도망갈 궁리를 하다가 결국 경주영까지 오고 말았다. 영장은 마누라의 상판만 보아도 신트림이 올라오던 참이었는데 낮에 명령을 받고 떠났던 나졸 두 명이 돌아와 복명復命하는지라 반가워서 대청大廳으로 나왔다. 대청과 마당을 밝히는 불빛은 마당 한 모퉁이에 타고 있는 관솔불이 전부였다. 거뭇거리는 불빛 아래 나졸 두 명이 죄인 호송하듯 다래를 데리고 와서 허리를 굽신거리며 서 있었다.

"너희들 둘은 가도 좋다."

나졸 둘이 절을 하고 물러가자 영장은 짚신을 꿰어 신고 마당으로 내려왔다.

"다래, 그 이름이 맞느냐?"

"예."

다래는 공연히 죄를 지은 기분이어서 고개를 떨구었다. 영장 김인후는 윤선달을 죽게 한 불씨였던 그 여자, 후처로 들여앉힌 지 하루만에 남편 배윤수로 하여금 홀로 살인범을 찾아 나서도록 심리적 원인을 제공한 여자, 그리고 살인범 이필제와 평생 해로偕老를 언약言約했다는 여자, 그런 여자가 어떤 여자인지 두 눈으로 똑똑히 확인하고 경계를 해 둘 참이었다.

"배 낭장이 어려운 일을 자청해서 떠났다. 지아비가 무슨 일로 어디로 갔는지 알고 있는가?"

"모릅니다."

"당연히 모르겠지. 너의 지아비는 살인범 이필제를 추포追捕하러 진천으로 갔느니라. 너는 이필제를 아느냐?"

"예."

"어떻게 아느냐?"

"혼약을 했던 사람입니다."

거칠 것이 없었다. 묻던 영장이 머쓱해졌다.

"지금 지아비가 된 사람이 전에 혼약했던 사내를 추포하러 갔다. 그 사내는 너를 겁탈하던 또 다른 남자를 죽여 살인죄를 저질렀고. 어떻게 된 거냐? 네 옆에 얼씬거린 남자는 모두 죽거나 쫓고 쫓기는 신세가 됐다. 네년의 팔자가 사나운 탓이 아니겠느냐?"

듣고 보니 그랬다. 다래는 할 말을 잃었다.

"그래도 배 낭장이 네년을 끔찍이 생각해서 나에게 부탁을 하고 갔다. 돌아올 때까지 잘 살펴 달라고. 그럴 가치가 있는 년인지 아닌지는 모르겠다만 약조約條를 했으니 지킬 수밖에 없다. 전에 부중府中에서 허드렛일을 했기 때문에 다시 그 일을 시킬까 하고 부사께 여쭈어 보니 네년은 재수가 없어 받지 않겠다는 대답이 왔다. 하여 도리 없이 내가 거둘 수 밖에 없게 됐다. 부중 관아와는 달리 이곳은 군영이니 몸가짐을 다소곳이 하고 매사每事에 조심해야 한다. 알겠느냐?"

"집으로 가고 싶습니다."

"집? 무슨 집?"

"낭장 어른의 집이 제 집이지요."

"그렇다만, 집으로는 보낼 수 없다. 낭장의 부탁으로는 너를 전에 일하던 부중으로 보내줄 것을 원했지만 내가 알아보니 그곳에서는 너를 반기지 않는 것 같으니 어쩔 도리 있느냐, 여기 머물도록 하라. 이곳 취사방에서는 언제나 일손이 부족하여 나졸들 밥해 먹이는 데도 걸핏하면 차질이 생기는 형편이니까. 너와 지아비인 배 낭장이 원한다면 앞으로도 오래 여기서 살아도 좋다. 배 낭장이 돌아오면 즉시 나가도 좋고."

더 무슨 말을 하고자 하여도 영장은 듣지 않고 집사장을 불러 그녀를 취사방에서 일하게 하고 당장 잠 잘 곳으로 데리고 가게 했다. 다래가 집사장에게 이끌려 부엌 쪽으로 가는 뒷모습을 보면서 영장은 혀를 찼다.

"눈깔에 뭐가 씌면 똥도 황금으로 보인다더만 배 낭장이 그 꼴이구만."

얼굴이 유난히 잘 생긴 것도 아니고 말이 똑똑한 것도 아니고, 어느 것 하나 특출한 데가 없는, 하잘것없는 여자에게 배 낭장이, 상처하고 다시는 배필을 두지 않을 것 같던 그가 죄인이나 다름없는 여자를 데리고 가서 겨우 하룻밤을 지내고 나더니 푹 빠져서 출타하며 걱정이 되어 자신에게 보호를 요청하다니, 미친놈이다, 하는 생각이었다.

영장 김인후는 손에 묻은 흙먼지를 털어내듯 손바닥을 부딪쳐 털어내고 내실로 들어갔다. 마누라가 저녁 먹은 것을 삭이지 못하고 끄억끄억 트림을 끌어올리고 있었다. 그 모습을 보느라니 자신도 저녁으로 먹은 밥알들이 곤두서서 목으로 역류할 것 같아 서둘러 밖으로 나왔다. 마당 한복판에 흰 옷을 입은 사람이 하나 서 있었다. 조금 전에 자신이 취사방으로 보낸 다래, 그년이었다.

"여기서 뭐하느냐?"

대답이 없었다. 영장은 신발을 찾아 신고 댓돌 아래로 내려섰다. 가까이 다가가자 흰 옷 입은 여자는 사라졌다. 환영이었다. 그는 고개를 흔들었다. 내가 헛것을 보다니, 그것도 미천한 계집, 수하의 여편네인 천출賤出을 헛보다니, 술이나 한 잔 마시고 잠들어야겠다. 그는 집사장을 부르는 대신 취사방 쪽으로 걸음을 옮겼다.

영장 내외가 살고 있는 안채에서 병졸들의 밥을 짓는 취사방으로 가는 길에는 삼신각三神閣처럼 생긴 작은 무기고가 있었고 무기고를 돌아 나가면 연못이 있었다. 연못 돌난간에 흰 옷 입은 여인이 앉아 연못에 가득 고인 어둠을 들여다보고 있었다. 또 환각이야, 그는 기분이 나빠져서 서둘러 연못을 끼고 돌았다.

그러자 그 흰 옷이 일어섰다. 일어서더니 다소곳이 허리를 꺾었다. 헛것이 별 짓을 다하는구먼. 그는 머리를 흔들며 헛것의 옆으로 스쳐 지나가려 했다.

"혹시,"

하고 헛것이 말했다. 조금 전에 들었던 다래, 그녀의 목소리였다.

"취사방으로 가시는 길입니까? 주안상을 봐 드릴까요?"

환각이 아닌, 사람이었다. 영장은 몰래 나쁜 생각을 하다가 들켜버린 아이처럼 당황했다.

"그렇지 않아도 한 잔 생각이 나던 참이다. 저쪽 선무당宣武堂으로 내 오너라."

"예."

선무당은 영장의 집무실이었다. 방금 온 여자가 선무당이 어디 있는지 알 수 있을까 하는 생각이 들었으나 알아서 하겠지, 버려두고 공연히 영내 이곳저곳을 기웃거리며 돌아다니다가 한참 후에 선무당에 가 보니 실내에는 벌써 촛불이 켜져 있고 상 위에 주안상이 차려져 있었다. 주안상 옆에 다래가 서 있다가 방의 주인이 들어서는 것을 보고 뒷걸음으로 물러가려 했다.

"여보게."

뒷걸음으로 나가려는 여자를 불러 세웠다.

"다래라고 했지? 이름이 참 곱네. 여기 앉아 술 한 잔 따르게."

"저는,"

"알아. 안다고. 한 남자의 여편네라는 것을."

다래는 이러지도 못하고 저러지도 못한 채 엉거주춤 서 있었다.

"자네는 그날 밤 필제라는 도적놈하고 사전에 모의謀議하고 윤선달을 유인誘因하여 살해하지 않았는가? 나는 그 진실을 알고 있지만 네 인생이 불쌍하여 모른 척하고 있었는데, 지금 생각하니 내가 잘못한 것 같구만. 마침 배 낭장도 멀리 출타하여 돌아올 기약이 모호하니 네년을 뇌옥牢獄에 처넣고 추국推鞫해 볼까."

다래는 상 앞에 앉았다. 영장이 잔을 내밀자 그 잔에 항아리를 기울여 청주를 따랐다.

"말귀를 알아듣는 년이로구만. 됐어. 내가 오늘 가슴이 뻥 뚫린 것 같으니 자네가 그 자리를 채워주게."

다래가 영장의 얼굴을 쳐다보았다.

"뭘 그리 바라보나. 나는 말이 긴 사람을 싫어해."

영장의 말은 거기까지였다. 그는 벌떡 일어나더니 다래를 자빠뜨리고 배 위에 올라탔다. 거의 동시에 치마 속으로 영장의 손이 들어왔다. 그 손이 뜨거웠다. 잠시 뒤에는 손보다 더 뜨거운 것이 몸속으로 파고들었다. 다래는 영장이 하는 대로 몸을 던져놓고 있었다.

가쁜 숨을 고르고 영장은 바지가랭이를 추스르며 일어났다. 일어나며 그는 생각했다. 헤픈 년이로구만. 그제야 좀 알 것 같았다. 필제라는, 근본을 알 수 없는 도적놈하고 윤선달에다 배윤수 낭장까지 사내놈들이 별 것 아닌 여자의 곁에서 암내를 맡고 껄떡거린 이유를 알 것 같았다. 여자가 헤프면 일단 수컷들은 몰려든다. 이 여자가 수컷을 끄는 힘은 딱 한 가지, 헤픈 여자라는 그 점이었다. 일을 마친 영장은 다래를 방안에서 내쫓아버리고 혼자 술잔을 기울였다.

다래는 아까의 그 연못가에 앉아 있었다. 물을 들여다보았다. 어두워서 보이지 않았으나 깊지는 않을 성싶었다. 연못과 무기고 사이에 휘어진 소나무 한 그루가 서 있었다. 손을 뻗치면 가지에 닿을 수 있을 것 같았다. 튼튼한 새끼줄이 필요했다. 군인들의 병영이니 줄 나부랭이를 구하기는 어렵지 않을 것이었다. 그래, 여기서 끝을 내자. 더 더러워지기 전에 사대四大에서 온 덩어리를 사대로 돌려보내자. 새끼줄이 없으면 치맛단이라도 꼬아서 만들면 그만일 것 같았다.

새끼줄을 찾으러 연못가를 돌아 나가다가 다래는 문득 발길을 멈췄다. 아니다, 살아야 한다, 죽음은 끝이 아니지 않은가. 질기게 살아야 할 이유는 얼마든지 있었다. 다래는 어머니 해월 보살에게서 한 가지 배운 것이 있었다. 어머니는 아마 그녀의 평생을 볼모로 잡았던 스님에게서 배웠으리라.

마음이 혼란스러울 때 이렇게 해 보라면서 어머니가 가르쳐 준 수행법修行法은 자신의 생각과 행동을 미세한 부분까지 저만치 떨어진 거리에서 바라보는 방법이었다. 그녀는 죽으려고 작정하고 튼튼한 새끼줄을 찾으려고 나섰던 자신의 모습을 거울에 비친 물건 보듯 차가운 마음으로 바라보았다. 죽으려고 결심하고 새끼줄을 찾아 나선 것이 결과라면 하찮은 고통에서 도망가려고 쉽게 작정한 것은 원인이었다. 그리고 그 원인의 원인은 작은 욕망, 쉬고 싶다는 욕망, 잠들고 싶다는 욕망, 그것이었다. 어리석은 년, 그런 자신을 향해서 그녀는 뱉았다. 나我라고 하는 것은 하찮은 욕망이 모여 만든 허상일 뿐 존재하지도 않는 것이며諸法無我, 고통의 주체가 존재하지 않으니 고통 또한 그림자일 뿐인데 존재하지 않는 내가 존재하지 않는 고통으로부터 도망가려 하다니, 한없이 어리석은 년이었다, 나는.

# *13*

보은을 지나면서 배윤수는 진천의 민란 소식을 구체적으로 들을 수 있었다.

"환곡還穀에 불만을 품은 농민들을 선동煽動하여 관아를 습격하여 환곡의 서류를 불태우고 아전 몇 사람을 죽인 뒤에 기세가 오른 농민들이 인근 고을의 양반집들을 휩쓸어 버리려고 나서다가 한양에서 급히 파견된 관군에게 도륙 당했다. 한양 가까운 땅에서 민란을 일으킨 것이 실패의 주인이었다. 주모자는 자칭 천자天子로 조선을 평정한 후 중원을 치겠다고 큰소리치다가 잠적했다. 이름은 이필제李弼濟라 하고 원래 진천 사람이었다."

이필제가 잠적했다. 이 소문은 사실일 것이다. 경주를 떠나 여기까지 허위허위 달려오면서 배윤수도 주모자인 이필제 도적이 당신을 기다렸소, 내 목을 가져 가시오 하고 기다릴 것으로 생각지는 않았다. 고마운 것은 그가 아직 추포되지 않았다는 것이었다. 잠적했으면 어디로 갔는지 그 단서端緖라도 찾아야 할 것 아닌가. 그 단서가 진천에 있을 것이므로 이필제 도적을 추포하는 일은 진천에서 비로소 시작될 것이다.

그리 높지는 않았으나 품이 넉넉한 산이 앞을 가로막고 서 있었다. 산 아래 마을의 농사꾼에게 이름을 물어보니 구봉산龜峰山이라 했다. 서쪽으로 기운 해가 댓 발 정도 여유가 있었다. 배 낭장은 단숨에 산을 넘을 작정으로 구봉산의 품을 파고들었다.

산이나 물은 사람을 속인다. 멀리서 보아 별 것 아닌 나지막한 산이라 단숨에 넘을 기세로 접어들면 골짜기가 깊고 봉우리가 첩첩하여 사람을 탈진케 하는 경우가 많다. 겉으로 보기에 유장悠長하게 흐르는 물도 인간의 능력으로는 도저히 거역할 수 없도록 완강頑强하게 미는 힘이 있어 뛰어든 사람을 결국 탈진하여 익사하게 만든다. 구봉산도 멀리서 보기에 단숨에 넘을 듯하여 해가 뉘엿한 데도 뛰어든 것인데 고개마루에 올라서기도 전에 어둠이 깔렸다. 어둠이 깔리자 길을 찾기 어려웠다. 어둠은 산짐승들이 움직이는 소리, 기분 나쁜 울음소리로 출렁거리고 있었다.

마침 희미하게 불빛이 새어나오는 오두막이 하나 있어 배윤수는 허겁지겁 다가가 토방 앞에 서서 기척을 했다.

집 주인 조명한趙明漢이 문을 열고 얼굴을 내밀었다. 사내가 문을 열 때 얼핏 들여다보니 방 안에 사내들 몇 명이 둘러 앉아 있었다.

"뉘시오? 야밤에 산속에서 대체 뭘 하시는 거요?"

"좀 쉬었다 갑시다."

배윤수는 방안의 사내들을 의식하며 낮은 목소리로 말했다.

"이 집은 주막酒幕이 아닙니다."

주인이 말했다.

"알아요. 그러나 보은을 출발할 때는 저녁 안으로 산을 넘을 줄 알았는데 결국 이 꼴이 되고 말았습니다. 산 속에서 길을 잃게 되었으니 길을 좀 가르쳐 주시던가, 하룻밤 새우잠이라도 자고 가게 해주십시오."

"허, 참."

주인은 난처한 듯 혀를 찼다.

"길을 나설 때는 저물기 전에 당도할 목적지를 정해놓고 걸어야지 무작정 마음만 바빠서 나섰다가 중도에 남의 집을 찾아들면 어쩌자는 거요? 대체 어디로 가는 길이오?"

"진천에 갑니다."

"진천에는, 왜요?"

"나는 경주영에서 녹을 먹고 있는 낭장입니다. 몇 달 전에 경주 부중에서 살인죄를 짓고 도주한 놈이 진천으로 가서 민란民亂을 주도했다고 들었습니다."

"진천 민란의 주동자를 추포하러 가는 길이다, 그 말씀이오? 이렇게? 혼자서?"

비아냥처럼 들렸다. 배윤수는 벨이 뒤틀렸다.

"나는 경주영에서 일하는 사람이올시다. 진천민란에 대해서는 아는 것도 없고 관심도 없소이다. 한양에서 내려온 관리들이 어련히 수습하겠습니까. 나는 다만, 경주 부중에서 일어난 살인사건의 죄수를 추적하여 잡으려는 것뿐입니다."

"내 귀에는 그게 그거 같구만요. 일단 들어오시오. 산에서 사냥으로 업을 삼는 동무들 몇이 와 있습니다만 하룻밤 같이 지내지요, 뭐."

배윤수는 주인 사내를 따라 방 안으로 들어갔다. 방문이 장정 키의 절반 높이라 허리를 굽히고 들어갈 수 밖에 없었다. 그가 허리를 굽히고 방 안으로 고개부터 들이밀자 다듬이방망이가 내려와 뒤통수를 쳤다. 배윤수는 실신하여 방문에 허리를 걸친 채 길게 뻗어버렸다.

주인 조명한이 배윤수의 널브러진 몸을 방안으로 밀어 넣으면서 다듬이 방망이로 배윤수의 뒤통수를 쳐 혼절昏絶시킨 사람을 향해 말했다.

"일이 이렇게 되었으니 여기서 머물 수도 없게 됐습니다. 대장군님께서는 몸을 피하여 후일을 도모할 새로운 땅을 찾으셔야 할 것 같습니다."

"나는 당연히 떠나겠네만, 자네들은 어찌 할텐가?"

"대장군님을 따라서 땅 끝까지 목숨이 붙어 있는 한 함께 가겠습니다."

"그렇게 하세."

"작정해 둔 고을이 있습니까?"

"일단 영해盈海로 가세. 발붙일 곳이 있을 거네."

"이 자는 어찌할까요? 내다 묻어버리면 간단합니다."

"아니, 그렇지 않네. 경주영에서 나를 추적하러 여기까지 사람을 보냈다면 이 사람 하나 처치한다고 끝날 일이 아닐 거야. 묶어놓고 떠나세."

이필제와 그를 따라 여기까지 와서 숨어 지내던 네 명의 장정들은 배윤수를 꽁꽁 묶어놓고 그 밤으로 산을 내려갔다. 병들어 골골거리던 조명한의 마누라도 힘겨운 걸음으로 동행했다.

# *14*

배윤수가 사냥꾼 조명한의 움막에 꽁꽁 묶여 있다가 지나가던 나그네에게 발견된 것은 이필제 일행이 그를 묶어놓고 떠난 지 사흘째 되던 날이었다. 다음날 아침 의식이 돌아오자 그는 자신이 꽁꽁 묶인 채 방구석에 처박혀 있다는 사실을 깨달았다. 사냥꾼 일당이 진천민란의 주모자들이고, 그 중에 자신이 추적하던 이필제가 있었을지도 모른다는 생각이 든 것은 한참 후의 일이었다. 우선 살아야 했다. 그는 굼벵이처럼 몸을 조금씩 움직여 한낮이 될 무렵에는 방문가에 닿았다. 온몸으로 방문을 열고 몸을 굴리니 곧바로 댓돌 아래로 굴러 떨어졌다. 고함을 질렀다. 그러나 메아리도 돌아오지 않았고, 들리는 소리는 새소리와 벌레 소리뿐이었다.

힘을 아끼기로 했다. 지나는 사람이 있어 발견될 때까지 살아 있어야 했다. 배가 고프고 온몸이 저려오는 것은 참을 수 있었다. 산짐승에게 해코지를 당할지도 모른다는 공포가 배고픈 고통보다 컸다. 차라리 방안에 처박혀 있을 것을. 후회해도 소용이 없었다. 그렇게 한데서 이틀 밤과 이틀 낮을 보냈다.

'내 목숨이 붙어 있는 한, 내가 죽어 귀신이 되어도 반드시 네놈은 잡아서 처형대로 보내고 말 것이다.'

이를 악물고 다짐하고 또 다짐했다. 경주에서는 살인을 하고 진천에서는 민란을 주동한 이필제라는 놈, 어떤 놈일까? 왜 그랬을까? 온갖 궁금증이 돋았으나 알아낼 방법이 없었다. 다래와 혼약을 맺었다 하나 그저 말 뿐인 약속이었다. 그 어리석은 약속은 다래가 자신과 동침함으로써 물거품이 되고 말았다. 그러나, 이상하게도 이필제라는 이름은 다래의 오랜 주인 같았고 앞으로 언젠가 자신의 앞에 불쑥 나타나 다래를 데리고 떠날 인간처럼 생각됐다. 이를 갈면서 악착같이 그를 잡고야 말겠다고 다짐하는 까닭도 실은 다래에 대한 종잡을 수 없는 감정 때문이기도 했다.

보은 장날, 짐바리를 끌고 증평 쪽에서 고개를 넘어오던 장돌뱅이 두 사람이 물 한 잔 얻어 마시려고 사냥꾼의 오두막에 들렀다가 토방 앞에 묶인 채 웅크리고 있는 배윤수를 발견했을 때 배윤수는 의식이 가물거리고 있었다. 장돌뱅이들은 물을 얻어 마시기는커녕 죽어가는 사람을 살려내려고 자신들이 지니고 있던 누룽지를 물에 불려 먹이고 사지四肢를 주물러 기어코 배윤수를 살려냈다.

"어떻게 된 일이우? 이 집 주인은 어디 있소?"

장돌뱅이 하나가 물었다.

"이 집 주인을 아십니까?"

배윤수가 되물었다.

"뭐 안다기보다 그냥 장날 지나는 길에 몇 번 신세를 졌지만요. 좋은 사람입니다."

"그들은 도망 갔소."

배윤수는 자신이 겪은 일을 간단하게 이야기했다.

"나리를 방망이로 내리친 사람의 얼굴을 기억하쇼? 혹시 시커멓게 구레나룻을 기르고 기골奇骨이 장대長大한 사내였습니까?"

그런 것 같았다. 처음 방문이 열렸을 때 너울거리는 관솔불 아래 방안에 앉아 있던 서너 명 장정의 얼굴을 보았었다. 그 중 한 사람, 검은 구레나룻이 얼굴 전체를 덮었고 앉은키가 보통 사람보다 머리통 하나는 커 보이는 사내가 있었다. 그 자가 이필제라고 장돌뱅이들은 말했다. 진천 장터에서 사람들을 선동할 때 보았다고 했다.

"이 집 주인 조포수가 그 도적을 좇아갔다면 두 사람의 힘만으로도 능히 한 고을을 들었다 놓을 것입니다. 나리께서는 그들을 잡을 생각이십니까?"

"지옥까지라도 쫓아가 잡을 것이오."

"이런 생각을 해보신 일은 없으십니까?"

장돌뱅이 중 두 눈이 우묵하여 마음속을 짐작하기 어려워 보이는 사내가 물었다.

"나리께서는 지금 이필제를 도적이라 하고 살인자라 하여 경상도 경주에서 여기까지 추적해 와서 자칫 죽을 뻔한 일을 당하고도 도적을 잡겠다는 생각에서 한 발도 물러서지 않고, 오히려 독기毒氣를 더 세우고 있습니다. 하지만 우리들 장돌뱅이들의 하찮은 눈으로 볼 때 도적은 되레 국록國祿을 먹고 사는 잘난 나리들과 거들먹거리며 백성들 등골이나 빼먹고 사는 양반들이라 생각됩니다. 이필제가 진천 장터에 나타나 한 마디 우렁찬 소리로 외치자 수많은 사람들이 이판사판 목숨을 내놓고 함성 지르며 따라 나선 것도 그가 옳고 양반 관리들이 나쁘다는 증거가 아니겠습니까? 이야기를 듣고 보니 그 도적이 몇 사람의 동무들과 함께 이 집에 숨어 지냈던 것 같은데 이 집 주인 조 포수는 법 없이 살 사람입니다. 그가 이필제를 도와 숨겨주고 함께 작당作黨하기로 결심했다면 그 원인을 만든 양반들에게 문제가 있으니 그들을 추포하여 사리事理를 따져봄이 어떻겠습니까? 나리께서 스스로 옳은 일을 한다고 생각하는 것 같아 드리는 말씀입니다. 나리는 과연 옳은 일을 하고 계십니까? 경주에 있는 관헌과 양반 무리들의 이익을 위하여 백성들을 물어뜯는 개노릇을 하고 있는 것은 아닌지요? 그러하니 나리께서도 이쯤에서 그 자를 추포할 생각 거두시고 경주로 돌아가 잘난 양반들 밑이나 닦으면서 편하게 사는 것이 좋지 않겠습니까?"

배윤수는 주변을 돌아봤다. 손에 잡을 수 있는 무기를 찾았으나 아무것도 없었다. 마당 한구석에 지게 작대기가 있었으나 지게까지 가는 길은 장돌뱅이가 가로막고 있었다. 두 사람은 죽어가는 배윤수를 살려주고도 배윤수가 이필제와 조 포수를 세상 끝까지 따라가 추포하겠다고 독기를 세우자 오히려 이필제와 조 포수를 두둔하는 쪽으로 생각을 바꾼 것이었다. 일이 이렇게 되었으니 공연히 잘못 건드렸다가는 이 깊은 산중山中에서 장돌뱅이들에게 맞아 죽을 수도 있다는 위기감危機感이 들었다.

"알았소. 경주로 돌아가겠소."

"자~알 생각하시었소. 우리가 보은까지 모셔다 드리지요. 충고합니다만 보은에서도 다른 생각 마시고 쉬 떠나는 것이

이로울 것입니다."

"이 은혜를 훗날 반드시 갚겠습니다."

배윤수는 비굴할 정도로 고개를 숙였다.

"뭐, 은혜랄 것은 없고. 그저 나리 같은 사람들 하고는 모르고 지내는 것이 천복天福이지요. 우린 그저 장사하여 몇 푼 이문 남기고 마누라 자식새끼 입에 풀칠이나 하면 되니까요."

장돌뱅이들과 보은 장터에서 헤어진 후 경주까지 오는 길은 그야말로 고생길이었다. 그들은 장터 주막에서 요기를 하면서 배윤수에게도 국밥 한 그릇에 탁배기 한 잔을 시켜줬다. 그것으로 끝이었다. 장돌뱅이들은 바쁘게 장터로 나가 장사를 시작했다. 한 사람은 엿장수, 한 사람은 방물장수였다.

보은 장터 주막에서 장돌뱅이들 덕분에 국밥 한 그릇과 탁배기 한 잔으로 사흘 굶어 등가죽에 붙은 배를 조금이나마 달래기는 했으나 그것으로 끝이었다. 지니고 있던 노자는 이 필제 도적들이 묶어놓고 떠나면서 봇짐 채 강탈强奪해 가버렸으니 수중에 지닌 노자는 한 푼도 없었고, 허기를 때울 미숫가루 한 줌도 가진 것이 없었다.

배윤수는 무작정 남쪽을 향해 걸었다. 가다가 고을이 나오면 관아에 들어가 통사정을 하고 신세를 질 요량이었다. 금강 나루를 건너지 않고 청산현을 가로질러 상주쪽으로 길을 잡았다. 중간에 마땅히 머물 곳이 없었으므로 내처 산길을 따라 걸었다. 이윽고 해가 넘어가고 천지가 까만 밤이 왔으나 대처 고을은 나타나지 않았다. 밤새 꼬박 걸어 새벽이 될 즈음에야 팔음산八陰山 자락에 닿았다. 곧 날이 밝을 것이므로 산을 넘기로 했다. 아직도 새벽 미명未明의 어둠에 묻힌 팔음산은 산세山勢가 험하고 숲이 자욱했다. 골짜기 흐르는 개울 옆으로 나 있는 작은 오솔길을 따라 걸어 올라가는데 어두운 숲속에서 부스럭 소리가 뒷덜미를 덮쳤다. 여기서 죽는구나, 눈앞이 캄캄했다. 범이나 살쾡이가 덮치면 꼼짝없이 당할 수 밖에 없었다. 지치고 허기진 몸으로는 그런 들짐승을 당해낼 방도가 없었다.

돌아보니 어둠 속에서 몇 마리의 짐승들이 튀어나왔다. 맨주먹으로도 짐승 몇 마리는 때려눕혀야겠다고 각오하고 몸을 사리며 다시 보니 짐승들의 모습이 희한했다. 검은 물체들은 짐승이 아니라 짐승보다 더 무서운 사람의 형상이었다.

"날이 밝지도 않았는데 여길 지나가다니, 간이 배 밖으로 난 놈이구나, 너는."

"이 산에 죽치고 사는 화적火賊 패거리인 모양인데 네 놈들이야말로 간이 부었느냐? 네 놈들을 잡아 분풀이를 해야겠다."

정말 그러고 싶은 마음이었다. 구봉산에서 당한 분풀이를 할 기회가 온 것이었다. 그는 무기를 지니고 있지 않았으나 몸을 날려 발길로 앞에 선 도적의 옆구리를 질렀다.

"어이쿠."

비명悲鳴을 지르며 도적이 칼을 놓치고 쓰러지자 얼른 그 칼을 잡았다. 일단 칼을 쥔 이상 도적들이 그를 당하기는 어려웠다. 땅에 달라붙어 어렵게 살던 백성들이 사기나 다름이 없는 환곡에 시달리다 마침내 토지마저 빼앗기고 주린 배를 안고 고향을 떠나 화적패에 들어왔으나 그들의 칼솜씨라는 것은 별것 아니었다. 낭장 배윤수가 제대로 배운 검법劍法으로 칼을 휘두르자 양쪽 숲에서 나온 네 놈의 도적들이 정강이에 칼을 맞고 쓰러진 놈, 허리에서 피가 흐르자 주저앉아버리는 놈, 손목이 날아가버린 놈, 어깨죽지에 칼을 맞은 놈, 모두 넘어지거나 고꾸라져버렸다.

그 중 한 놈의 복장을 밟고 서서 칼끝으로 목을 겨누며 말했다.

"형편없는 놈들이구나. 이놈들아. 도적질을 하려거든 제대로 칼 쓰는 법부터 배운 후에 들고 다녀야지, 어디서 함부로 설치느냐, 설치기는."

"죽을 죄를 지었습니다, 나리. 몰라 뵈었습니다."

"일어나라. 너희들의 소굴이 어딘지 안내해라."

널부러진 도적들을 일으켜 앞장 세우고 움직이려는 순간 숲속에서 열댓 명의 화적들이 쏟아져 나왔다. 두목인 듯한 놈이 앞으로 나서며 말했다.

"우리 소굴까지 납실 필요 있겠소? 할 얘기 있으면 여기서 하시구랴."

배윤수는 몸을 날려 지쳐 들어갔다. 좌우에서 두어 명의 도적들이 칼을 맞고 쓰러졌다. 남은 놈들도 겁을 먹고 주춤거렸다. 그가 도적떼의 두목에게 덤벼들려고 나아가는 순간 허벅지에 불에 덴 것 같은 뜨거운 느낌이 왔다. 화살 한 개가 꽂혀 덜렁거리고 있었다. 그가 주춤하는 사이에 도적의 두목이 칼등으로 그의 손목을 쳤다. 칼이 땅에 떨어졌다. 사방에서 졸개들이 우르르 덤벼 그를 땅에 거꾸러뜨리고 꽁꽁 묶어버렸다.

도적들은 땀냄새로 찌든 검은 보자기로 배윤수의 눈을 가렸다. 그리고 사지를 하나씩 들고 산속으로 운반해 갔다. 가다가 힘이 들면 교대하면서 골짜기를 오르고 능선을 몇 번이나 오르내리더니 마침내 패대기쳐서 그를 내려 놓았다. 눈을 가렸던 헝겊도 풀었다. 작은 동굴도 있었고, 동굴 주위로 바위와 나무를 이용하여 얼기설기 초막草幕을 지어놓았다. 어설프나마 산채의 형용을 갖추고 있었다.

도적들은 그의 눈을 가렸던 더러운 보자기를 풀어주었으나 뒤로 손을 돌려 꽁꽁 묶어놓은 줄은 풀어주지 않았다. 그렇다고 나무에 비끄러매는 것도 아니었다. 그냥 묶은 채로 땅바닥에 팽개쳐두고 잊은 듯이 저들 할 일만 했다. 도적들은 밖에다 화덕을 걸어놓고 불을 지피고 사냥하여 잡아온 꿩과 산토끼를 구웠다. 그 냄새가 배윤수의 코끝을 통하여 창자 속을 후볐다. 누구 한 사람 그에게 관심을 가지고 눈길을 보내는 사람이 없었다. 그들은 마치 배윤수라는 존재가 지금 여기에 없다는 듯이 행동했다.

배윤수가 주린 배를 안고 건너다보는 앞에서 도적들은 저녁 식사를 마쳤다. 모두 잘 자리를 찾아 기어들고 공터에 휑뎅그렁한 달빛이 내려앉을 무렵 두목이 그의 앞으로 걸어왔다.

“어떻게 생각하시오?”

“뭘 말인가?”

되물었다.

“우리 산 사람들의 살림살이 말이오. 이 정도면 살아볼만

하지 않겠소?"

"난 싫소."

"싫어할 줄 알았소. 그럼 미안하오만 저승으로 가 줘야겠소."

당장 목을 치거나 장작으로 개 패듯 때려잡을 기세였다. 아직은 아니다, 죽을 때가 아니다, 하는 생각이 번개처럼 스쳐갔다.

"어떻게 하면 되오? 여기서 같이 살잔 말인가?"

두목은 웃었다.

"당신을 아까 그 자리에서 처치해버리지 않고 여기까지 떠매고 온 이유를 이제야 알겠소? 내 부하들을 훈련시켜 주시오."

선택의 여지가 없었다.

# 15

계해년(癸亥年, 1863년) 음력으로 10월 28일, 대신사大神師 수운水雲 선생은 서른아홉 번째 생일을 맞았다. 우리 나이로 마흔이었다.

한 해 전부터 이미 신사의 가르침은 들불처럼 번져나가 경상도 일대를 넘어서서 충청도와 경기도에까지 이르러 그 수가 수천을 넘어 수만 명에 이르렀다. 용담에 찾아와 정식으로 입도한 사람만 수천 명이었으니 다른 지방에서 알음알음으로 창도唱道의 소식을 듣고 입도한 무리들을 합하면 수만 명은 될 것이라는 추산이었다. 계해년 그 무렵에 조선 땅에서 서학西學이라 이름하는 천주학天主學에 입교한 사람의 수가 2만 명을 헤아렸는데 자칫하면 목숨을 내놓아야 할 처지에도 그러하니 몰래 숨어 천주를 믿는 사람의 수는 그 열 배는 될 성싶었고, 저잣거리나 마을 마다 내밀하게 퍼져가고 있었다. 서학과 동학이 현세의 곤궁하고 질곡桎梏 같은 삶을 보듬어주고 내세來世의 소망을 주면서 나란히 들불처럼 번져 가고 있었으나 기우는 햇살에 비껴앉은 유학儒學은 아무런 힘을 쓰지 못하고 시체처럼 무덤가에 누워 있는 형국이었다. 수운 선생의 용담정에는 전국 각처에서 도인道人들이 삼삼오오 무리를 지어 직접 가르침을 받고자 몰려들었다.

엎친 데 덮친 격으로 전염병이 돌았다. 마마가 창궐하여 집집마다 아이를 낳으면 세 살까지 살아남을 가능성이 반타작이면 다행으로 여길 때였다. 그나마 살아남은 아이들도 온몸에 버즘 같은 것이 생겨나 처음에는 그냥 가렵다가 차츰 물집이 생기고 고름이 잡히면서 옴에 걸린 놈처럼 긁어대다가 실성할 지경이니 그 지독한 피부병이 아이들 몸에서 어른으로 옮아 여염閭閻의 아낙네들까지 체면 가리지 못하고 사타구니를 벅벅 긁어대는 막가는 세상이 되고 말았다.

그런 병에 걸린 사람들이 용담에 몰려 왔다. 와서 강론講論을 듣고 주문을 배운 후 부적을 얻어 돌아가 치성한 후 소지燒紙하여 그 재를 곱게 갈아 청수淸水에 타서 마시면 대개 지독한 피부병이 씻은 듯이 낫는 것이었다. 이 소문은 날개를 달았다. 대신사가 죽은 사람도 벌떡 일으켜 세운다는 소문이 『정감록鄭鑑錄』을 바탕으로 한 터무니없는 참언讖言과 결합되어 "용담의 대신사가 정도령"이라는 소문으로 둔갑遁甲하더니 마침내 "수운 대신사의 동학이 세상을 개벽하여 새 왕조를 연다"는 소문으로 변질됐다. 경주영에서도 처음 수운을 잡아다놓고 며칠 머물게 하면서 떠보고 나서 "선생의 도가 비록 한울님의 강화降話를 전한다고 하나 세상의 무지한 무리들이 잘못 알고 부질없는 민란에 차용하면 이는 바람직하지 않은 일이니 부득이 선생을 치죄治罪할 수밖에 없다. 그러므로 조심하고 또 조심하라"고 경고한 바 있었다. 그래도 용담에 모이는 무리의 수가 줄어들기는 커녕 더 늘어나는 추세를 보이자 지난봄에 배윤수 낭장을 시켜 살인범 이필제를 추포한다는 명목으로 용담을 뒤지게 한 일이 있었다. 그 일 이후 수운 선생의 거동이 많이 달라졌다. 용담정에서 직접 도인을 접견하고 입도入道 문답을 행하며 강화講話하기를 즐겨하던 것을 멈추고 도인들에 대한 접견과 가르침을 각지의 접주들에게 일임했다. 이유는 딱 한 가지였다. 용담정에 대한 경주 관아의 감시의 눈길을 피해 보자는 것이었다. 도통道統은 최경상(崔慶翔, 최시형)에게 넘겼다. 마치 먼 길을 떠날 사람이 가을걷이를 하듯 준비를 해 나가고 있었다. 그런 후 영덕과 영천 등지로 접주나 도인의 집을 방문하여 그곳에서 도회를 여는 식으로 관의 감시의 초점을 흐려놓으면서도 실제로는 도의 전파를 적극적으로 전개하는 방식을 택했다.

그런 때에 맞은 서른아홉 번째의 생일이었다. 시월 초순 최경상이 찾아와 대신사의 생일을 큰 축제 행사로 치르겠다고 알렸다.

"도인들이 모두 한결같이 기다리던 일입니다. 우리 도를 따르는 무리들이 수천 명에 이르고 앞날에 또 억조창생億兆蒼生이 우리 도에서 죽었던 생명을 되찾을 것이나 모두 모여 가슴을 터놓고 도반의 문리를 틀 계기가 없다는 것이 한 가닥 아쉬움이었습니다. 이제 선생님의 생신을 맞아 그간 쌓였던 아쉬움을 조금이나마 털어내고자 합니다."

수운은 가타부타 말이 없었다. 그 대신 그는 앉은자리에서 반 바퀴 빙글 돌아 북면하여 앉았다. 경상에게 등을 보인 것이었다.

"무슨 뜻입니까?"

경상이 알 수 없어 물었다.

수운은 방문을 열었다. 울긋불긋한 단풍의 시린 색조가 한꺼번에 방 안으로 몰려들었다. 만산홍엽滿山紅葉 사이로 한 줄기 청아한 물줄기가 계곡을 타고 흘러 정자 아래 용담으로 모여드는 것이 한눈에 들어왔다. 수운은 오른손 검지를 펴서 계곡의 물줄기를 가리키고 다시 고여 있는 용담의 싯푸른 물을 가리켰다.

"알겠습니다."

제자는 등 뒤에서 세 번 절하고 일어섰다. 내려가는 경상의 뒷모습을 보면서 수운은 혼자 빙긋 웃었다.

경상은 스승의 등 뒤에서 "알겠습니다" 하고 내려왔으나 속으로는 다른 생각을 하고 있었다. 사람이 일부러 일을 꾸미지 않아도 하늘이 도모한다면 어쩔 것인가. 그 생각이었다. 마침 영덕 사람 강수가 용담정으로 올라오다가 경상과 마주쳤다. 경상은 강수가 자신과 같은 생각을 하고 있다는 것을 알았다. 예를 갖춘 후에 경상이 말했다.

"영덕은 요즘 살기가 어떻습니까?"

"불란서佛蘭西 사람이라고 합디다, 천주학天主學에서는 신부라고 하던데, 그런 사람이 은밀隱密하게 왔다 간 후로 양학洋學이 퍼져나가는 것이 마른 장작에 불을 지핀 것 같습니다. 도무지 이 백성들 지향指向을 모르겠습니다. 이러다가 미구未久에 똥막대기를 보고도 절하고 빌고, 내가 하늘 사자다, 하고 언표言表만 놓으면 무릎 꿇고 엎드려 모시는 날이 오지 않을까, 그것이 염려됩니다."

"염려 놓으셔도 됩니다."

경상이 웃으면서 동무를 위로했다.

"그간에 유자儒者들이 위로 한울을 모르고 아래로 백성들의 곤고困苦한 심중을 몰라도 너무 몰랐던 탓으로 온갖 잡스러운 것들이 한꺼번에 몰려와 마른 논배미에 물 스며들듯 하는 것 뿐입니다. 진정한 한울의 도가 없었기 때문이지요. 이제 세상은 변할 것입니다. 동도東道가 열려 천지는 개벽되고 새 천지가 열리려고 하거든요."

"한 가지 또 걱정이 있습니다."

강수는 내친김에 접어들고 온 문제들을 한꺼번에 해결할 작정인 듯 보였다.

"양학 하는 무리가 골목을 누비고 담을 넘어 스며드는 것도 수상한 일이지만 그보다 더 지금 전국 각지에서 일어나고 있는 민란의 주동자들이 걸핏하면 우리 동도東道를 깃대 끝에 걸고 개벽開闢을 운운하며 힘으로 뒤집자 하니 미구未久에 그 화가 대신사님과 우리 도에 미치지 않을까 염려됩니다. 특히 영해寧海에서는 다른 고을에서 민란을 일으켰다가 실패하고 도주한 무리들이 잠입潛入하여 군불을 때고 있다고 합니다. 경주는 어떻습니까?"

"나도 들었고, 직접 보기도 했습니다."

경상은 이마에 몇 가닥 깊은 주름을 잡았다.

"그리고 위험한 일입니다. 작두 위에서 맨발로 춤을 추는 무당은 다치지 않으나 얼치기 선무당이 흉내를 내다가 병신

되는 꼴이지요. 신사님께서 많은 사람 모이는 것을 달가와 하시지 않는 까닭도 헤아려 보아야 합니다. 영해에서 일어나고 있는 일에 대해서는 나도 들은 바가 있습니다. 옛글에 강한 것이 부드러운 것을 이기지 못하고 뾰족한 것은 꺾어진다 하였으니 무슨 사변이 일어날 조짐이에요. 조심하고 조심해야 합니다."

이 사람은 무식한 사람 아니던가? 강수는 새삼스럽게 경상을 우러러 보았다. 경상이 그다지 배운 것이 없는 사람인 줄 알고 있었는데 이제 그의 입에서 나오는 말을 듣자니 결코 무학 초립草笠의 언변은 아니었다. 대신사로부터 도통道統을 전수傳授한 뒤로 상제님이 그의 혀를 만졌는가? 아니면 원래 숨겨놓은 자질이 있었기에 대신사가 형통하는 눈으로 이 사람을 알아 본 것일까? 그 어느 쪽이든 경상은 어제의 경상이 아니었다.

"내가 지금 생각이 좀 헛갈리는데 노형께서 들어 보시겠소?"

"내가 들어서 무슨 소용이 있겠습니까만 말씀해 보시지요."

"달포 남짓 있으면 대신사님 생신이 돌아옵니다."

"나도 그 일 때문에 의논 드리려고 올라오는 중입니다."

"그랬군요. 우리는 통하는 데가 있습니다 그려. 운자韻字를 떼어 보았더니 신사님께서 돌아앉으십디다. 잔치판 벌이는 것이 싫다는 것은 개인적인 취향이고, 사람 많이 모여 공연히 경주 관아의 눈총을 받게 되면 그 일이 어렵다 하는 뜻이라고 여겨집니다."

"그런 뜻이 분명합니다. 허나 그것은 대신사님의 마음이고 우리 도인들은 도인들로서의 할 바가 있으니 우리가 알아서 하면 족할 일을 굳이 대신사님의 양허亮許를 받을 일은 아니라는 생각이 듭니다."

"나도 그 생각을 하고 오던 참이었소."

경상이 강수의 손을 그러잡았다. 손이 잡힌 채로 강수가 먼 목소리로 말했다.

"염려 놓고 계십시오. 이 일은 우리 영덕 접에서 알아서 하겠습니다."

강수, 그는 영덕 접주가 아니었다. 그러나 입도한 지 겨우 한 해 남짓하면서도 접주 이상으로 도에 밝았고, 무슨 일에나 적극적이었다.

강수가 "알아서 하겠다"고 했으나 경상을 중심으로 한 경주 접에서 할 일이 따로 있었다. 대신사의 생신 잔치를 대신사의 격에 맞게 거행한다는 목표에 두 사람은 동의했다. 남은 일은 역할의 분담이었다. 영덕 접에서 사발통문沙鉢通文을 내어 각지의 접에 통보하여 사람 모으는 일을 맡고 경주 접에서 잔치 준비를 한다는 것으로 가닥을 잡았다. 잔치에 들어갈 비용은 영덕 쪽에서 염출하기로 하고 경주에서도 일부 분담하기로 했다.

생신 잔치 하루 전인 시월 스무이렛 날부터 각지의 도인들이 구름처럼 용담으로 몰려오기 시작했다. 그 중에는 풍습風濕으로 고생하는 사람들이 많았다. 생일잔치를 핑계 삼아 괴로운 질환疾患을 고쳐보려는 속셈이었다. 대신사는 그들을 마다하지 않고 땀을 뻘뻘 흘리며 주문呪文을 외게 하고 부적符籍을 그려 소지한 후 재를 마시게 하는 척사斥邪 의식을 계속 거행했다. 많은 사람들이 당장 가려움이 가시고 짓무르던 몸뚱이가 깨끗해지는 기적을 보았다. 그러나 그날 밤이 되자 수운 자신의 몸이 가렵기 시작했다. 도인들이 가지고 온 질병이 대신사의 몸에 옮아 붙은 것이었다. 밤새 몸을 긁었더니 새벽에는 온몸에 콩알 같은 두드러기가 일어났고 사타구니와 겨드랑이, 머리 밑까지 도무지 가리는 곳이 없었다.

"고약하다."

수운은 스스로 척사의 주문을 외고 부적을 태워 마시는 의식을 행하려다가 그만두었다.

"온 세상 사람들이 이 병으로 고생하고 있는데, 그들의 병을 모두 고친 후에야 내 병을 마지막으로 고치리라."

세상의 고통을 함께 짊어지고 가겠다는 각오였다. 중생의 마지막 한 사람까지 다 성불成佛하기 전에는 자신은 성불하지 않겠다던 지장보살과 같은 서원誓願이었다.

생일잔치 여는 것을 마다했던 수운이었으나 정작 경주 사람들이 각지에 통문을 돌리고 영덕 사람들이 추렴하여 잔치를 벌인 데다가 각지에서 도인들이 구름처럼 몰려오니 수운은 싫지 않은 안색顏色이었다. 풍습으로 몸을 벅벅 긁으면서도 그는 지필紙筆을 당겨 글을 짓고 노래도 불렀다. 그가 검결(劍訣, 칼노래)을 부르며 검무劍舞를 추자 수백 명 무리들이 함께 춤사위를 따라하며 마치 도원桃源 극락세계가 현현한 듯 고양된 분위기였다.

"시호시호時乎時乎 이내 시호 부재래지不再來之 시호로다.
만세일지 장부로서 오만년지 시호로다.
용천검龍泉劍 드는 칼을 아니 쓰고 무엇하리.
무수장삼舞袖長衫 떨쳐입고 이 칼 저 칼 넌즛 들어
호호망망 넓은 천지 일신으로 비껴서서
칼노래 한 곡조를 시호시호 불러내니

용천검 날랜 칼은 일월을 희롱하고
게으른 무수장삼 우주를 덮어 있네.
만고명장 어디 있나 장부당전丈夫當前 무장사라.
좋을시고 좋을시고 이내 신명 좋을시고."

한바탕 검무를 추고 나서 수운은 자리에 앉아 수저를 들었다. 경주 접주 백사길白士吉이 좌중에서 일어나 앞으로 나오더니 큰절을 올리고 말했다.

"세상 열린 이래 한울님 상제께서 직접 사람에게 가르침을 베푼 일이 처음입니다. 같은 시대에 살면서 대신사님을 모실 행운을 얻은 창생에게는 홍복洪福이요, 대신사님의 가문에는 성덕盛德이십니다."

그 말에 수운은 고개를 끄덕였다. 사실이었기 때문이었다. 수운은 좌중을 돌아보며 말했다.

"세상은 장차 나를 천황씨天皇氏라고 일컬을 것이다."

"진실로 그렇습니다."

제자들이 목소리를 합했다. 수운의 입가에 엷은 웃음이 머물렀다.

"지난여름 나는 흥비가興比歌를 지어 그대들에게 준 일이 있다. 누가 그 노래를 외울 수 있는가?"

많은 사람들이 다투어 일어나 노래를 읊었다. 일점일획一點一劃도 틀리지 아니하고 정확하게 읊어내자 대신사 수운은 여전히 웃음을 띠고 노래를 읊은 사람에게 물었다.

"무슨 뜻인가?"

노래는 읊었으나 대신사의 이 물음에 제대로 대답하는 사람은 한 사람도 없었다. 그러자 강수가 앞으로 나와 스승에게 큰 절을 하고 마주앉았다.

"이제 저희가 감히 물을 차례인 듯합니다. 홍비가, 이 노래가 지니고 있는 본래의 뜻은 무엇입니까?"

"그대는 무엇이라고 생각하는가?"

수운이 되물었다.

"전일 선생님께서는 도수道修의 요체를 말씀하시기를 오로지 성誠, 경敬, 신信 석 자字에 있다고 말씀하셨습니다. 오늘날 도인道人 가족은 늘었으나 그 중에는 여름 밤에 피를 빨아먹고 날아가는 모기처럼 동도東道의 본령을 외면하고 지엽만 들추어 비방하는 자가 섞여 있으니 이를 경계하심인 줄 압니다."

"그런 뜻이 아주 없는 것은 아니다. 그러나 그것이 전부는 아니다."

"전부는 무엇입니까?"

"자꾸 읽고 고요하게 마음을 가라앉히고 생각해 보아라. 그대 마음이 통하면 절로 알게 될 것이다. 마음이 통하지 않으면 내가 일러주어도 깨닫지 못할 것이다."

"노래에 나오는 문장군蚊將軍처럼 피를 빨아먹는 자가 우리들 중에 있다고 보십니까?"

"그 또한 마음이 통하면 자연 알게 될 것이다."

"무궁無窮이라 함은 그 이치가 무엇입니까?"

그러자 수운이 말했다.

"전에 내가 한 꿈을 꾸었다. 꿈에 태양의 살기가 왼쪽 넓적다리에 닿자 그것이 불로 변하여 사람 인人 자字를 그리며 밤새도록 타올랐다. 깨어나 넓적다리를 보니 한 점 붉은 흔적이 사흘 동안이나 남아 있었다. 꿈을 꾸고 나서 마음에 근심이 자리를 잡았고 장차 화禍가 있을 것을 알았다. 흥비가興比歌를 지은 것도, 이런 잔치 자리를 진설陳設하지 말 것을 당부한 것도 다 그 때문이었다. 그런데 그대들 중 내 마음 속을 제대로 아는 사람은 단 한 사람도 없구나. 그러나 조급할 필요는 없다. 장차 모두 알게 될 터이니까."

강수는 머리를 숙이고 물러났다. 그러자 용담정 섬돌 아래에 앉아 있던 사내가 일어나 성큼성큼 앞으로 나왔다. 사내는 체구가 크고 머리통이 커서 망건과 갓이 건들거리며 따로 노는 형상이었다.

사내가 앞으로 나와 면전에 꿇어 엎드리자 수운은 사내의 얼굴을 유심히 뜯어보았다. 한 번 만난 적이 있는 얼굴이었다. 이 자가 잠시 용담에 왔다 간 후로 경주영에서 낭장과 포졸들이 들이닥쳐 난장판을 만들어놓은 일이 있었다. 그때 낭장이란 자가 말하기를 "살인범을 쫓아 왔다"고 하지 않았던가.

# 16

필제가 엎드린 그대로 입을 열었다.

"장차 화가 있을 것을 알았다고 하시면서 왜 이러고 계십니까, 선생님?"

"그대가 알 필요 없는 일이야."

"저는 알고 있습니다."

"무엇을 아는가?"

필제는 등 뒤를 돌아본 후 자세를 바로 하고 말했다.

"방금 선생님께서는 그대들 중 내 마음을 헤아려 아는 자가 한 사람도 없구나, 하고 한탄하셨습니다. 저 무리들 중에는 아는 자가 한 사람도 없지만 저는 알고 있습니다."

"말해 보게."

"미천하나마 제가 사람을 볼 줄 아는 눈이 있습니다. 선생님께서는 사후운死後運이 좋으니 앉아서 화를 끌어 당기려는 것 아닙니까?"

"무슨 소릴 하는 게야? 자네는 영해에서 자칭 천자라고 일컫고 혹세무민하던 자가 아닌가?"

영덕 사람 강수가 필제의 옆구리에 붙어서서 그 얼굴을 들여다보며 말했다. 한 주먹 먹이고 싶은 기색이었으나 필제의 신장이 우람하고 구레나룻 속에 숨어 있는 표정 또한 범상치 않아 함부로 대하지 못하고 어깨만 들썩거렸다.

"자네가 천자天子인가? 천자가 이리 누항陋巷으로 왕림하시니 광영일세."

"사람들이 그렇게 말하고 있습니다. 정도령이 마침내 현신하였다고."

"사람들이 그렇게 말하는 것이 아니라 자네 입으로 떠들고 다니는 것이겠지."

강수가 여전히 분을 삭이지 못하고 시근대며 몰았다.

"저는, 아무 짓도 하지 않았습니다. 다만 선생님의 도를 전파할 따름입니다."

필제는 강수의 위협에도 꿈쩍하지 않고 뿌리를 깊이 내린 소나무처럼 강한 기세로 앉아 버텼다.

"나는 그대를 가르친 적이 없네."

수운의 어조는 처음이나 마찬가지로 부드러웠다.

"꼭 면전面前에서만 가르치고 배운다고 하겠습니까? 선생님의 가르침은 천지에 미만彌滿해 있습니다."

"말해 보게. 무엇을 배웠나?"

"개벽開闢입니다."

"개벽?"

"수심정기守心正氣하라고 가르치셨습니다. 내유신령內有神靈 외유기화外有氣化니 상제 한울님과 일체가 되어야 한울님의 목소리를 들을 수 있다고 하셨습니다. 그 방법이 수심정기守心正氣이니 마음을 닦고 기운을 바르게 한다는 뜻인 줄 압니다. 이렇게 하여 바른 세상, 새로운 세상을 연다고 하셨습니다."

"그 새로운 세상은 어떤 세상이냐?"

필제는 잠시 고개를 들어 수운의 얼굴을 살피고 나서 다시 고개를 숙이고 대답했다.

"인간 본래의 마음자리에 있는 인의예지仁義禮智를 회복하여 법 없이 살고 수탈과 폭정 없이 사는 세상, 엉터리 인간들이 왕노릇하고 무능한 양반들이 지배하는 세상이 아닌 백성들의 세상이지요. 그런 세상을 여는 것을 개벽이라 알고 있습니다."

"그 세상이 언제 오겠느냐?"

"천지에 도道가 충만하여 길바닥에 황금이 떨어져 있어도 주워가지 않는 그런 때가 되어야 비로소 새로운 세상이 열렸다고 할 것입니다. 그러나 그런 세상은 오지 않습니다."

"어째서 오지 않는다는 거냐?"

"사람이 그런 세상을 만들어야 합니다. 도를 가르치다가는 아득한 세월이 흘러도 세상은 더욱 나빠져 갈 뿐이니 힘으로 제압하여 새 세상을 열어야 합니다. 지금 중화中華는 서양 오랑캐의 대포大砲 몇 방에 무릎을 꿇고 천자는 볼품없는 하수인이 되고 말았습니다. 이러한 때에 한울님께서 동방에 강림降臨하시어 신사님에게 개벽의 때가 왔다고 채근하고 계십니다만 신사님과 저 무리들은 그저 도의 세계가 열리기를 기다리고 있으니 이는 하늘에서 떡이 떨어지기를 기다려 입을 벌리고 누워 있는 꼴과 같습니다."

"그대는 어리석다."

수운 대신사는 쩌렁한 목소리로 일갈一喝했다.

"하늘이 하는 일을 미물微物인 인간의 힘으로 변화시키려고 억지로 용력用力하다니, 그대 말고도 무고한 사람들을 황천길로 내몰겠구나."

"아닙니다. 서양 오랑캐의 시중이나 들면서 연명하는 중화의 천자를 몰아내고 동방에서 새로운 천자가 등극해야 할 때가 왔습니다. 그다음에 조선 왕을 새롭게 세울 것입니다."

"물러가라. 너의 길을 가라. 너는 태어나지 않는 것이 좋았을 뻔했다."

"한 말씀만 더 드리고 가겠습니다."

필제는 목소리를 낮추면서 무릎걸음으로 수운에게 다가앉았다.

"저도 배운 바 있어 앞일을 조금은 내다볼 줄 압니다. 선생님에게는 큰 화가 닥쳐오고 있습니다. 선생님께서 그 일을 모르고 계시지는 않겠지요. 그러면서도 진리의 밭에 피를 뿌려 곡식을 키우려는 어리석은 농부의 마음을 지니고 계십니다. 그러지 마시고 저와 힘을 합쳐 개벽을 앞당기는 큰일을 해보심이 어떠하십니까?"

수운은 벌떡 자리에서 일어났다. 갑자기 그는 부들부들 떨었다. 그리고 떨리는 목소리로 말했다.

"요즘 들어 상제님의 강화講話가 없으셨다. 그러나 오늘 그대의 한심한 말을 듣고 상제님께서 급한 걸음으로 강화를 해 주셨다."

용담정 마루 가득히 모여 있던 제자들은 엎드려 '시천주' 주문을 외웠다

"그대의 뒷날 모습이 보이는구나. 온통 세상이 피로 물들었고, 그대 또한 처참한 모습이다. 아깝다. 내 그대의 범상치

않은 기상을 창생구제蒼生救濟의 길에 써먹으려 하였더니 그대의 신수가 이러하니 어쩔 도리가 없구나. 이제 돌아가라. 모쪼록 몸을 보전하고 특별히 그대 옆에 있는 사람들의 안위安危를 살피라."

필제는 엎드려 그 말씀을 받았다.

# *17*

선달의 매운바람이 칼날처럼 옷깃으로 파고들었다. 포졸들은 모두 추위를 막아보려고 몸을 자라처럼 웅크리고 걸었다. 선전관宣傳官 정구룡鄭龜龍은 포졸들처럼 웅크리지도 못하고 정작 위세를 부리며 걷자니 새재의 남쪽 관문에서 지쳐오는 바람에 코가 얼어 문드러질 것 같았다.

제2관문인 중성(中城, 鳥谷關)을 지나 제1관문인 초곡성(草谷城, 主屹關)까지는 겨우 십 리 안쪽이었지만 추위에 떨고 지친 포졸들은 당장이라도 계곡 양쪽의 너럭바위에 누워버릴 지경이었으므로 정구룡은 하는 수 없이 중성에서 주흘관 사이에 원(院, 桐華院)이 나타나자 하룻밤을 묵어가기로 결정했다. 선전관이 여기서 묵지 않고 길을 채근했다가는 몇 사람의 낙오자가 생길 염려가 있어, 원래는 문경聞慶이나 점촌店村의 역참驛站에서 묵어 가려던 일정을 하는 수 없이 늦춘 것이었다.

원주院主는 참봉參奉이었는데 늙수그레한 오십대 후반의 사내였다. 그는 무엇 때문에 어디로 가는 길이냐고 묻지 않고 그저 늘 해 오던대로 수하를 시켜 국밥으로 요기를 시켜주고 방마다 불을 때어 한기를 없애주었다. 정구룡은 따로 큼직한 방 하나를 차지하고 일찌감치 아랫목에 배를 깔고 누웠다가 갑자기 벌떡 몸을 일으키고 일어나 품 안에서 상소문上疏文 필사본을 꺼냈다. 한양에서 내려올 때 비변사備邊司의 당상관堂上官이 그에게 비밀리에 상감의 명을 주면서 영남의 유생儒生들이 올린 상소문까지 필사해 두었다가 함께 준 것이었다.

"가다가 역참에서 쉴 때마다 읽어 보시게. 상감의 존체尊體가 미령靡寧하시니 한 시라도 바삐 경주로 내려가 혹세무민하는 자와 그를 추종하는 무리들을 엮어 압송押送하도록. 이 일이 새어나가면 저들이 몸을 숨겨 일을 그르치게 될 것인즉 중도에 묻는 자가 있어도 행선지를 일체 말하지 말고 수하 포졸들에게도 입에 재갈을 물리도록 하시게."

'말세末世가 틀림은 없는가 보구만.'

상소문 사본을 펼치면서 선전관은 코웃음을 날렸다. 어리석은 서양놈들이 한울님에게 빌어 천당天堂에 가게 해준다고 몽매夢寐한 이 땅의 민초들을 꼬드기고 그 세력이 만만치 않더니 이제 스스로 옥황상제와 만나 가르침을 받고 전파한다는 자가 나타나 그 자의 헛소리를 믿고 추종하는 무리가 영남지방에 창궐하더니 삽시간에 충청도, 전라도, 경기도, 한양까지 물들이고 일부 지방에서는 그 자를 정도령이라 참칭僭稱 하여 민란을 획책한다는 수상한 기별이 있을 정도이니, 참 더러운 세상에는 더러운 인간들이 잡초처럼 돋아나는구나. 선전관은 끓어오르는 가래를 삼키고 글을 읽어 내려갔다.

"…… 연전에 중화의 수부 북경이 불란서, 영국 등 서양 오랑캐의 한 줌도 안 되는 병사들이 신종 무기인 대포를 쏘며 들이닥쳐 성문이 파괴되고 황제와 태후가 무력하게 무릎을 꿇자 장마당에서 그 소식을 들은 이 땅 어리석은 백성들이 황망하여 몸둘 바를 모르고 너도 나도 다투어 천주학에 가담하고, 이곳 경상도에서는 천주학 신부라는 자는 말할 것 없고 몰래 숨어 천주학을 하다가 목숨이 위태로워 전전긍긍하던 놈들이 백주에 고개를 곧추세우고 활보하며 천주학쟁이라고 뽐내며 다니는 것도 목불인견目不忍見이거늘 한 술 더 떠서 미구에 북경처럼 서양 총칼을 앞세운 오랑캐 무리들이 한양을 덮쳐 조선왕을 끌어내리고 전국에 전날 천주학을 핍박하던 무리들을 발본하여 처단할 때 제발 뒤를 보아달라고 돈줄을 쥐고 따라다니며 통사정하는 양반과 중인들이 줄을 서는 형국이니 이것이 말세 아니고 무엇이겠습니까. 항차 이런 때를 당하여 서학에 대적하는 동학을 자칭하며 무속과 도참에다 유불선을 뒤섞고 서학을 가미하여 흔들리는 민심을 휘어잡은 무리가 창궐하여 이들이 언필칭言必稱 한울님을 빙자憑藉하여 개벽을 주창하니 벌써부터 민란을 획책하는 자들이 동학의 기치를 앞세우려 하므로 지금 뿌리를 뽑지 않으면 그 환부患部가 자라나 천지에 가득차면 호미로 막을 것을 가래로도 막지 못하는 변이 있을 것으로 사료되는 바... 동학은 그 행태가 서학과 방불彷彿하므로 동근同根이며 최제우라는 자는 바탕이 무속인으로 검무를 추어 기상을 세우고 새 세상을 열어갈 뜻을 밝히며 눈속임의 잡술로 칭의稱醫하여 병을 고치며 구세주인 양 득의得意하니 이런 자를 활보闊步케 방치하면 나라의 기강紀綱이 무너져 다스릴 수 없게 될 것인 즉…”

‘이건 뭐야.’

정구룡은 흔들리는 촛불에 종이를 가까이 가져가며 글자를 똑똑히 살펴보았다. 동학과 서학이 동근이라? 유불선을 혼합하여 비빔밥을 만들고 거기에 서학의 뼈다귀를 몇 가닥 주워다가 끼워 맞춘 것을 동학이라 칭한단 말이지? 한양으로 압송할 필요도 없이 경상감영이나 경주부에서 처단하면 그만인 것을, 비변사의 양반들이 지나치게 심사숙고하여 조심하는 몰골이 차라리 안쓰러웠다.

# 18

경주부와 담장 하나를 사이에 두고 있는 경주영慶州營은 이날 하루 종일 부산스러웠다. 한양에서 온 파발마가 보낸 밀지密旨 때문이었다. 비변사에서 보낸 밀지密旨에 따르면 선전관 정구룡이 왕명을 받들고 포졸 약간 명을 대동하고 경주로 내려가고 있으니 그가 수운 최제우와 동학의 수괴首魁들을 무난하게 체포하여 압송할 수 있도록 경주영에서 힘을 다하여 지원해 줄 것과, 정구룡이 임무를 수행하기 전에는 이 사실이 밖으로 새어 나가지 않도록 특히 조심하라는 금령禁令까지 붙어 있었다.

정구룡을 수행하는 포졸의 무리가 열 명을 넘는다 하니 그들이 묵을 처소를 마련하고 입을 것, 먹을 것을 준비해야 했다. 하필이면 선전관이 그런 임무를 맡아 내려오는 것이 좀 우습기도 했지만 워낙 나라의 체통이 없고 기강이 무너진지 오래여서 새삼 따질 것 없이 그저 선전관이 임무를 무사히 잘 이행履行할 수 있도록 뒤받치기만 하면 그만이었다.

경주영의 부엌살림도 갑자기 부풀었다. 쌀 가마니가 새로 들어오고 북천변北川邊으로 가서 오늘 도살屠殺한 돼지 한 마리도 마차에 싣고 왔다. 영장이나 그 가족의 생일인가 꼽아 보았으나 아니었다. 그럼 한양에서 높은 사람이 내려오기라도 하는가? 그럴 가능성이 제일 많았다. 그러나 높은 사람이라면 쌀가마니는 또 뭔가? 돼지를 통으로 실어오는 것은 또 무슨 지랄인가? 이런 의문은 곧 풀렸다. 그날 저녁 부엌데기들이 설거지를 할 즈음에는 소문이 부엌에까지 은밀하게 퍼져 있었다. 한양에서 선전관 정구룡이라는 자가 포졸 여남은 명을 데리고 하루 이틀쯤 뒤면 경주영에 도착하는데 그들의 임무는 용담정에 있는 수운 선생을 쥐도 새도 모르게 포박捕縛하여 한양으로 압송해 가는 것이라고. 그런 죄인을 경상감영에서 처단해도 좋을텐데 굳이 한양으로 압송해 가는 것은 동학의 판세가 전국에 골고루 퍼져 있어 그 뿌리를 뽑자면 한양의 노들나루나 육조 거리에서 천하 사람들이 다 보는 앞에서 본때 있게 목을 쳐서 남문 박에 효수梟首하기 위함이라는 것 까지 수군거리는 말 속에 다 들어 있었다.

밤이 깊어서야 뒷채에 있는 숙소로 돌아오던 다래는 높은 담장 밑을 걸어가다가 갑자기 담장 위에서 사람의 목이 불쑥 솟았다가 자신의 앞에 가볍게 뛰어내리는 큰 물체를 보고 멈춰 섰다.

"나요."

어둠 속에서 우뚝 선 큰 물체가 말했다. 체구로 보아 배 낭장은 아니었다. 호오, 하고 다래는 한숨을 쉬었다. 그럼 이 자는 누구인가?

"벌써 잊었소? 우리는 용담에서 백년해로百年偕老를 언약한 사이, 그러니 부부나 마찬가지인데 목소리도 모르겠소?"

그러고 보니 알만했다. 목구멍에 가시처럼 걸려 있던 이름이었다. 이필제라고 했던가? 서방이 된 배 낭장은 이 사람을 추포하러 충청도로 떠나 소식이 없는데 이 사람은 지금 아닌 밤중에 불쑥 나타나 백년해로를 운운云云하고 있다니, 다래는 갈피를 잡지 못하고 망연히 서 있었다.

"미안하오."

낮은 목소리였으나 울림이 크고 깊은 소리였다.

"쫓기며 사는 신세, 안부조차 전하지 못할 정도로 목숨이 풍전등화風前燈火와 같았소. 그러나 나는 그 때 서원했소. 당신을 세상에서 제일 귀하고 높은 여인으로 만들어 주겠다고."

어둠 속에서 커다란 손이 와서 다래의 손목을 그러잡았다.

땀에 베어 끈적하고 뜨거운 손이었다. 잠시 그대로 있었으나 이윽고 다래는 필제의 손아귀에서 자신의 손목을 빼냈다.

"저는 결혼했어요."

"물론이오. 우리는 말로만 약속을 했을 뿐이지만 그 언약은 가약佳約이었소."

"아니."

그녀는 서둘러 말했다.

"다른 사람하고 결혼했어요."

"그래…요?"

길게 꼬리를 끌던 말이 잦아지면서 한숨으로 변했다.

"하긴, 세월이 길었지. 세상도 수상하고. 그런 세월, 그런 세상에서 당신이 변하는 것은 당연한 일이오. 탓할 마음이 없소. 그런데, 어떤 사람이오? 그 행운의 사내가 누구요?"

"낭장 배윤수, 그 때 수하 병졸들을 끌고 용담정을 수색하러 왔던 바로 그 사람입니다."

"흠, 그 사람, 그 사람이오?"

"알고 계십니까?"

"혹시 그가 나를 추포한답시고 진천으로 떠나지 않았소?"

"만났어요? 두 사람이."

"만났지요."

필제는 구봉산 산막에서 자신을 추포하러 경주에서 왔다는 낭장과 맞닥뜨렸던 일을 생각해 냈다. 그 자를 묶어놓고 떠나왔으니 아마도 굶어 죽었거나 산짐승의 밥이 되었을 것이다. 그가 하필이면 다래의 남편이라니, 나는 도대체 어떻게 된 놈이 이 여자 옆에 있는 사내마다 죽이고 도망치는 운을 타고난 것일까?

"그 사람은 죽었소. 아마 죽었을 거요."

필제는 구봉산에서 배 낭장과 아주 우연히 조우遭遇했던 전말을 간단하게 이야기해 주었다. 그로부터 지금까지 배 낭장은 경주로 돌아오지 못하고 있으니 필시 죽은 것이 틀림없을 것이다. 어둠 속이라 다래의 표정은 알 수 없었다.

"배 아무개라는 사람이 죽은 것은 참 안됐소만, 이제부터라도 정신을 차리고 살아가시오. 그건 그렇고 여기까지 온 김에 내 당신에게 부탁 두 가지만 합시다."

필제의 목소리는 멀리서 웅웅거리는 바람 소리 같았다.

"첫째 부탁은, 지금 한양에서 수운 선생을 체포하여 압송하기 위해 포졸을 거느린 선전관이 내려오고 있는 중입니다. 며칠 전에 내가 용담정으로 가서 신사 어른께 피신하라고 일렀건만 귀담아 들어주지 않았습니다. 많은 제자들 앞이라 체통을 새우려는 심정은 이해하나 지금은 목숨이 경각頃刻에 달렸는데 체통을 돌볼 겨를이 없소. 당신이 용담으로 가서 이 소식을 전하고 피신하도록 해 주시오. 경주영에 사는 사람이라 당신 말은 믿을 것 아니오."

"왜요?"

다래의 말 속에는 온갖 의문이 다 들어 있었다.

"날더러 동학 문중門中인가 묻는 거요? 나는 동학 이상以上이지. 그보다, 두 번째 부탁은, 나를 기다려 달라는 것이오. 결혼했다는 그 사람은 영영 돌아오지 못하오. 그러나 나는 돌아옵니다, 반드시. 그러니 나를 기다려 주시오. 나는 당신에게 온 세상을 가져다 줄 것이오."

# 19

유천리柳川里는 경주 부중에서 동북쪽으로 이십 리 떨어진 벽촌이었다. 북쪽에서 흘러온 산맥이 바짓가랑이처럼 두 갈래로 찢어지면서 그 사이로 얼마간의 논벌을 만들어 놓았다. 산등성이 아래로 띄엄띄엄 밭뙈기가 숨어 있었는데 그 중 두어 마지기가 김벽일金壁日의 소유였다. 몇 년 동안 마누라와 함께 허리가 휘어지도록 독자갈을 주워내고 나무뿌리들을 걷어낸 뒤 간신히 밭 모양을 갖추었으나 지력이 기름지지 못하여 겨울에는 보리, 여름에는 콩이나 겨우 심어 먹을 정도였다.

유천벌의 오백 석지기 논벌은 몽땅 안 좌수座首의 소유였다. 그 중에서 김벽일은 형산강兄山江 뚝방 바로 아래의 서 마지기를 소작으로 부쳤다.

갑자년(甲子年, 1864년), 그해는 인간이 땅에다 숨줄을 대고 살아간다는 것이 얼마나 어려운 일인지 알려주기 위해 천지가 합동하여 시위라도 벌이는 것 같았다.

정월 보름이 가고 농꾼들이 뒤란에 처박아 둔 보습을 닦고 벼를 무렵 난데없이 하늘에서 우박이 쏟아졌다. 작은 것은 콩알만하고 큰 것은 애기 주먹만한 얼음 덩어리들이 폭뢰 파편처럼 하늘에서 쏟아져 내리는데 어떤 집은 지붕이 뚫어지고 어떤 집은 마당에 어슬렁거리던 어미닭이 대가리에 얼음 파편을 맞고 그 자리에서 고꾸라져 죽기도 했다. 우박이 그치고 언제 그랬냐는 듯이 하늘이 개이자 밭뙈기를 살피러 나간 농꾼들은 기절할 듯이 놀랐다. 겨우내 추위를 이기며 파랗게 자라던 보리밭이 미친 소가 길길이 뛰어다닌 흔적처럼 난장판이 되어 있었기 때문이었다.

벽일은 보리밭을 갈아 엎었다. 당장 그 자리에 무엇을 심어야 할지 대책은 없었다. 우박을 맞아 시레기가 돼버린 보리를 그냥 두고 볼 수가 없어 갈아 엎었을 뿐이었다. 나오는 것은 한숨이었다. 오뉴월 그리도 길고 긴 보릿고개를 무슨 재주로 넘어야 할지 막막할 뿐이었다. 산야山野에 나 있는 풀뿌리라도 캐어 모진 목숨들을 연명할 터인데 그나마 사람들이 먹을만한 것은 다투어 캐버리는 통에 요즘은 먹을만한 풀뿌리도 찾기 어려웠다. 소나무는 죽을 쑤어 먹기 위해 사람들이 줄기마다 껍질을 벗겨놓아 발가벗은 채 죽어가고 있었고, 부드러운 가지는 단물을 빨아먹기 위해 죄다 꺾어버려 처참한 몰골들이었다.

이처럼 보릿고개를 힘들게 넘고 있는데 엎친데 덮친 격으로 역병疫病이 왔다. 소 등에 나뭇짐 한 바리를 싣고 이십 리 떨어진 경주 장에 가서 내다팔고 밀기울 반 자루 사들고 돌아온 싸릿골의 김 가가 그날 저녁부터 온몸이 불덩이처럼 펄펄 끓고 설사에 피똥을 싸더니 다음날 저녁 무렵 명줄을 놓고 말았다. 그것이 시작이었다. 김 가의 시신을 염했던 석 씨 노인이 김 가와 똑 같은 증세로 앓아누웠고, 석 씨네 큰 며느리와, 장정壯丁이 다 되고도 아직 장가를 가지 못하고 있던 막내 아들놈이 열이 나고 설사를 하며 누워버렸다. 배를 쥐어짜는 고통 때문에 환자들은 비명悲鳴을 질렀으나 마을에 하나 있는 허 약국의 허 가는 "내 평생 이런 병은 처음 본다"고 고개를 저었고, 당연히 처방도 내리지 못했다. 마을 사람 세 사람 중 두 사람이 병으로 드러눕고 그 중에서 열서너 명이 죽어나가고 나서야 이 무서운 병의 이름이 '호열자(虎列子, 콜레라)'라는 것을 알았다.

그러나 병명을 알았다고 해서 그 무서운 병을 피하거나 고치는 데 도움 될 일은 없었다. 병이 우물에서 옮는다는 얘기가 있었고, 물은 반드시 끓여서 먹을 것, 손과 발을 깨끗이 씻어 청결해야 병마病魔가 침습하지 않는다는 얘기도 있었으나 마을 한가운데 있는 우물은 밥을 짓거나 마실 물로 사용하기 위해 마을 사람 전체가 길어가는 소중한 생명줄이었고, 뒷산 아래에 있는 샘물은 허드렛물로 사용하거나 빨래터로 이용하는 것이어서 그것 역시 당장 병이 들어 죽는 일이 있을지라도 패쇄할 도리가 없었다. 그리고 사람들은 병이 우물이나 샘에서 옮는다는 말을 믿지 않았다.

마을의 무당 정유백丁維白과 그녀의 박수 남편 석지환石智煥은 굿거리를 하느라 오줌 누고 아래를 볼 겨를도 없었다. 처음 굿을 해 준 것은 김벽일의 마누라가 열병에 들어누웠을 때였다. 굿을 해 보니 김벽일의 아버지가 얻은 두 명의 작은 마누라들 중 고생만 하다가 본마누라의 시샘에 견디지 못하고 머리가 돌아 목을 매고 죽은 여인의 원혼이 해코지하는 것으로 나왔기 때문에 그 원혼을 달래고 극락왕생極樂往生하도록 빌어주는 굿이었다. 그러나 환자는 굿마당에 끌려나와 술을 따르고 절을 하기는 했으나 굿을 끝낸 그날 밤 열이 더 나서 몇 시간 동안 인사불성이더니 기어코 새벽녘에는 세상을 하직하고 말았다.

마누라를 멍석에 말아 지게에 지고 뒷산 자락에 대충 묻어주고 돌아온 그날 밤 벽일의 맏딸 언년이가 죽은 제 어미와 비슷한 증세로 앓았다. 벽일은 한 번 실패했으면서도 다시 한 번 무당 유백의 도움을 청했다. 달리 무슨 방도가 없기 때문이기도 했지만 아무래도 억울하게 죽은 작은 어머니의 혼백이 저승에 가만 눌러 있지는 않을 것이라는 생각을 지니고 있었기 때문에 이참에 그 문제를 해결해 버리자는 심산이었다. 그러나 이번에도 유백의 굿은 효용이 없었다. 언년이는 사흘을 앓고 나서 시체로 변하고 말았다.

그때쯤 마을에서는 이런 소문이 돌았다.

"한줌도 안 되는 서양 군인들이 대포를 앞세워 대국 수도 북경을 점령하고 천자와 태후의 무릎을 꿇게 한 이후로 서양 귀신이 대국과 조선의 저승까지 침탈했다. 이런 역병은 전에 없던 것으로 서양 귀신들이 장난을 쳐서 일어나는 병이므로 무당과 박수가 제아무리 재앙을 물리치려 해도 역부족이라 낫는 법이 없다. 서양 귀신의 대장인 야소(野蘇, 예수) 믿는 사람에게 부탁해야 이 병이 낫는다 카더라."

"전날 조정에서 야소 믿는 천주학쟁이들을 잡아다 목을 벨 때 그 중에는 서양 천주학쟁이들도 있었다는구먼. 그들의 죽음에 대한 앙갚음을 하려고 서양 사람들이 대포와 무서운 총을 들고 쳐들어 올 것인데 그 때는 천주학쟁이들이 권세를 쥐고 나라를 다스리게 된다고 하는 기라. 그러니 천주학쟁이들에게 잘 보여야 병도 낫고 논배미도 얻어 부칠 수 있다 카더라."

김벽일은 밤새 생각한 끝에 날이 밝으면 경주 부중으로 나가 천주학쟁이를 수소문하여 만나 보리라 마음먹었다. 그에게는 아직도 시집 못간 딸이 둘이나 있었고, 대를 이을, 아직 철이 덜 난 열세 살의 아들이 하나 있었다. 적어도 이 아이들에게 서양 귀신이 범접하는 것은 막아야 했다.

그러나 아침에 길을 떠나려던 김벽일은 또 다른 소식을 들었다.

"서양 귀신은 조선말을 알아듣지도 못해서 조선 귀신들을 물리치는 영험이 없다. 조선 귀신들을 달래고 을러서 액막이를 하는 새로운 도사가 경주 땅에 태어났다. 그 도를 동학이라 하고 지역마다 접주를 두어 도를 전파하고 동무를 모집하는데 입도하기만 하면 만병을 고친다 카더라."

도인이 창생을 제접하는 곳은 경주 부중에서 멀지 않은 용담정이라 했다.

"관아에서는 동학이나 서학이나 한통속으로 보고 박살 낼 기회만 엿보고 있는 중인데 도인 쪽에서도 그런 기미幾微를 눈치 채고 동무들 아니면 만나주지 않는다고 하더라. 하지만 그 도인이 주는 부적符籍을 태워 마시고 주문을 외기만 해도 웬만한 병은 씻은 듯이 낫고 죽은 사람도 벌떡 일어난다더라."

"오는 칠월칠석날 밤에 하늘에서 동아줄이 내려와 동학도인들을 태워 올린다고 한다. 그날 하늘로 올라가 호의호식好衣好食 하며 영원무궁토록 살아갈 것이니 지상의 하찮은 재산 나부랭이가 다 무슨 소용이란 말인가. 그래서 도인들은 재산을 처분하여 먹고 마시며 남은 것은 서로 나누어 쓴다더라."

벽일은 천주학쟁이를 수소문하여 찾아갈 마음을 접고 동학의 접주나 용담에 있다는 대신사를 만나보기로 했다. 비록 사람들을 경계하여 만나지 않는다고 하나 소원이 간절하고 정성이 뻗치면 하늘도 사무치거늘 결국은 만나주고 비방秘方을 내려 주리라. 그런 생각이었다.

벽일이 길을 떠나지 못하고, 모심기를 하고 밭일을 하는 동안 새로운 재앙이 덮쳐왔다. 천지 간에 대를 이을 종손宗孫으로 하나뿐인 아들 육상堉尙이가 그 흉악한 괴질에 걸려 피똥을 싸기 시작한 것이었다. 마을에서는 뒷산 아래의 후미진 곳에 피막을 만들어 괴질에 걸린 사람은 무조건 피막에 갖다버리게 돼 있었다. 그러나 벽일은 마을 향회鄕會에서 정한 그 규칙을 따를 수가 없었다. 차라리 자신이 죽을망정 하나

뿐인 아들 육상을 무덤이나 마찬가지인 피막에 내다버릴 수는 없었다. 향회鄕會가 정한 규칙에 따르면 괴질 환자를 숨겨놓고 피막에 옮기지 않아 전염을 방조傍助하는 집이 있으면 그런 집의 가장을 멍석말이하여 얼반 죽여놓는다는 가혹한 것이었다. 그런 가혹한 규칙도 벽일의 마음을 움직이지는 못했다. 그는 아들을 골방에 숨겨놓고 그 누나들에게 잘 돌볼 것을 당부한 후 야밤을 타서 경주 용담으로 향했다.

새벽녘에 용담정 아래 계곡에 닿은 벽일은 아직 꿈에서 깨어나지 못한 산길을 톺아 올라가다가 작은 연못 위에 그림처럼 처마를 길게 늘이고 있는 정자亭子 앞에서 발길을 멈추었다. 누각樓閣처럼 보이는 집은 안에 사람이 사는 듯 창호지에 희미한 불빛이 묻어 있었다. 섬돌에는 짚신 두어 켤레가 가지런히 놓여 있어 누군가 누각 안에 살고 있는 것이 분명했다. 그 누군가가 바로 대신사 수운 선생일 것이라고 벽일은 믿었다. 그는 섬돌 아래에 꿇어앉았다.

새소리, 물소리에 숲은 깨어나고 있었으나 누각 안에서는 사람의 기척이 없었다. 무릎이 저려오고 오한惡寒이 들어 몸을 떨다가 다시 자세를 고쳐 앉았을 때 방문이 열리고 마룻장을 밟는 발소리가 느껴졌다. 고개를 들자 학처럼 단아端雅한 모습의 남자가 잔잔한 미소를 흘리며 내려다보고 있었다.

벽일은 본능적으로 알았다.

'대신사님이시다.'

그는 이마를 섬돌에 찧었다.

"산 속이라 새벽바람이 춥소. 들어갑시다."

그래놓고 사내는 방 안으로 사라졌다. 벽일은 대신사가 사라진 방문을 멍하니 바라보다가 자신도 모르는 힘에 빨려들듯 짚신을 벗고 마루에 올라선 후 방 안으로 들어갔다. 방에는 대신사 말고도 두 사람이 더 있었다. 가운데에 대신사라 여겨지는 인물이 앉고 좌우左右에 옹립擁立하듯 나이가 지긋한 사내 둘이 앉아 있었다. 이 사람들은 잠을 자지 않았던 것일까? 벽일이 그런 생각을 하고 있는데 머리 위에서 낭랑한 목소리가 들렸다.

"어디서 오신 누구시오?"

"예. 유천리에서 온 김 가올시다."

"그곳에서는 호열자에 사람들이 상하지 않았소? 그대도 보아하니 악한 귀신에 놀라고 쫓기어 황망한 표정인데, 집안의 누가 당했소?"

벽일은 제정신이 아니었다. 마치 죽어서 혼백이 저승에 찾아와 상제上帝와 문답問答하는 것 같은 기분이었다.

"마누라와 큰딸년을 땅에 묻었습니다. 그런데 하늘은 이

미친한 놈에게 무슨 죄가 그리 많다고 여기서 그치지 아니하고 하나 뿐인 아들놈까지 괴질怪疾을 덮어 씌웠습니다. 괴질에 걸리면 피막에 보내야 하지만 소생은 한 가닥 희망希望을 가지고 아들놈을 골방에 숨겨놓고 밤을 도와 선생님을 찾아왔습니다. 부탁입니다. 제 목숨을 대신 가져가시고 아들놈의 명줄을 보전해 주십시오."

반응이 없었다. 고개를 들어보니 대신사는 눈을 감고 입술 사이로 바람이 새는 듯한 소리를 내며 침잠沈潛해 있었다. 한참만에야 대신사는 눈을 뜨고 벽일을 바라보더니 이윽고 입을 열었다.

"그대 아들은 살아날 것이네."

"고맙습니다. 고맙습니다. 약속 드린대로 제 목숨을 바치겠습니다."

"그럴 것 없네."

대신사의 목소리는 계곡에 떨어지는 물소리처럼 거침없이 흘렀다.

"그대 목숨도 가져가게. 어차피 나중에 바칠 제단祭壇이 있을 터이니까."

"예?"

"그저 그렇게 알게. 내가 부적을 써 줄 테니 이것을 가지고 가서 소지燒紙한 후 청수에 타서 환자로 하여금 마시게 하게. 그때 지극한 정성으로 이 주문을 외워야 하네."

신사는 '지기금지 원위대강 시천주조화정 영세불망 만사지'의 스물한 자 주문을 가르쳐 주었다. 벽일은 주문을 그 자리에서 외웠다. 하늘에서 내려온 동아줄 붙잡듯이 그 주문을 수없이 반복하여 자기 것으로 만드는데 긴 시간이 필요치 않았다. 두고 온 아들을 생각하고 마음이 급해진 벽일이 여러 차례 절을 올리고 황망하게 떠나려 하자 대신사가 뒷꼭지에 대고 일렀다.

"이제 괴질怪疾보다 더 무서운 재앙이 올 것이네. 그때는 반드시 이 주문을 외워 재앙을 피하도록 하시게."

섬돌 아래로 내려서려다가 벽일은 다시 올라와 대신사의 무릎 앞에 꿇었다.

"가르쳐 주십시오. 괴질보다 더 무서운 재앙이 무엇인지요?"

"그것은 인재人災이네. 그런 얘기가 있지 않은가? 사람을 잡아먹는 호랑이보다 벼슬하는 놈들의 학정虐政이 더 무섭다고. 세상은 드디어 끝머리에 왔으니 인재가 천재天災를 덮을 것이네. 그럴 때 이 땅의 민초들을 살려내려고 내가 온 것일세."

"저의 목숨은 선생님의 것입니다. 불쏘시개로라도 사용해 주십시오."

"허어, 그 사람. 다 때가 있는 법이라니까. 어서 가서 아들의 명줄이나 보전하시게."

벽일은 부적을 품안에 품고 숨이 끊어질 정도로 빨리 달려 아침나절에 집에 닿았다. 다행히 아들을 숨겨놓은 골방은 마을 사람들에게 들키지 않고 있었다. 그러나 아들은 마누라와 큰딸이 죽기 직전의 상태처럼 의식을 놓아버린 모습이었다. 그는 부적을 태워 곱게 갈았다. 청수를 떠 와서 그것을 아들의 입에 흘려넣어 주면서 주문을 외웠다. 옆에 있는 두 딸에게도 그 주문을 외게 했다. 그러나 한 번 의식을 잃은 아들은 깨어나지 않았다. 깊은 절망을 씹으면서 벽일은 아들을 끌어안고 있었다. 아들이 세상을 뜨면 자신도 따라 가리라는 마음이었다. 가족이 이승보다는 저승에 더 많으니 가장인 자신이 당연히 그쪽으로 가야할 것이라고 생각했다. 따라가는 방법도 생각해 두었다. 피똥을 싸며 죽어가는 아들을 끌어안고 있으면 그 괴질이 저절로 자신의 몸으로 옮아 붙을 것이므로 마누라와 딸과 아들이 갔던 그 길을 따라 자신도 가게 될 것임을 믿어 의심치 않았다.

그렇게 생각하자 마음이 편해졌다. 남은 두 딸년을 어떻게 하나. 여기서 그의 생각은 다시 절벽 앞에 섰다. 이 아이들은 어떻게 모진 목숨을 이어가겠지. 살다가 힘이 들면 저들도 제 어미, 아비와 언니, 동생이 간 곳을 찾아오겠지. 그 길 밖에 길이 보이지 않았다. 불쌍한 것들.

아들을 끌어안은 두 팔에 이상한 느낌이 왔다. 내려다보니 저승 문턱을 넘어섰던 아들이 허옇게 부풀어 오른 입술을 달싹거리고 있었다. 옆에 있던 물그릇을 입술에 갖다 대자 아들은 몇 모금 입술을 움직여 물을 빨아들였다. 그리고는 길게 숨을 토하며 눈을 떴다. 저승 문턱에서 돌아온 것이었다. 아마 저승에서 제 어미가 한사코 밀어내어 이승으로 되돌아오게 한 것이리라. 어미라는 여자, 그러고도 남을 사람이었다.

일단 죽음의 문턱을 밟고 되돌아 온 아들은 빨리 회복됐다. 멀건 죽을 받아먹더니 자리를 털고 일어나 마당에 내려섰다.

"살았구나, 아들아."

실감이 나지 않았으나 벽일은 아들이 살아난 것을 믿을 수밖에 없었다. 그는 용담정이 있는 경주쪽을 바라보며 큰절을 올렸다.

"고맙습니다, 대신사님. 이제 이 목숨은 신사님의 것입니다.”

문득 김벽일은 대신사 수운 선생이 “앞으로 올 재앙이 더 무섭다”고 하던 말이 떠올랐다. 어떤 재앙이 닥칠지 모르지만 아들의 목숨보다 더 소중한 것은 없으므로 이보다 더 큰 재앙은 있을 수 없다고 그는 생각했다.

# 20

저승 문턱을 넘어섰다가 되돌아 온 아들은 하루가 지나자 미음을 받아 먹었고 입가를 조금 씰룩거려 웃음을 지어보이기도 했다.

"고맙습니다."

김벽일은 '고맙습니다'라는 말을 입에 달고 다녔다. 정확하게 누가 어떻게 고마운 일을 했는지 알 수는 없었으나 어쨌든 죽어가던 아들이 저승 문턱에서 돌아온 것만은 사실이었다. 벽일은 아들의 소생에 대해 먼저 저승 가 있던 마누라가 있는 힘을 다하여 아들을 다시 이승으로 되돌려 보낸 것으로 알고 있었다. 그래도 고마운 일은 고마운 일이었다. 그 대상이 염라왕이든 대신사 수운 선생이든 먼저 죽은 마누라의 혼백이든 상관할 필요가 없었다. 천지신명이 도와 자신의 목숨보다 소중한 아들의 명줄을 이어준 것이니 뚜렷한 대상도 모르는 채 그저 "고맙습니다"를 연발할 뿐이었다.

날이 밝자 벽일은 마을에서 가장 깊은 우물에서 길러온 냉수 한 바가지를 오지 항아리에 담아 들고 뒷산으로 올랐다. 산 어귀에, 늙은이 이마 벗겨지듯 소나무숲이 조금 듬성한 땅이 있었다. 그 북쪽 언저리에 마누라를 묻었다. 무슨 괴질인지 이름도 모르는 병을 얻어 사흘 정도 앓더니 맥없이 숨을 놓았다. 장례를 치를 돈도 기력도 없어 이웃 장정壯丁 두어 사람의 도움을 받아 멍석에 만 것을 여기까지 지고 와서 땅에 묻었다. 봉분도 없었고 표지標識가 될만한 돌 하나 세우지 못했다. 안 좌수네 선산이었다. 그 집 산지기에게 들키는 날에는 살아 있는 사람의 명줄도 보장 받기 어려운 일이었다.

철쭉 꽃잎이 피었다 떨어진 자리에 짓푸른 잎사귀가 숲을 뒤덮고 있었다. 고사리들도 이미 다 자라 부챗살 같은 잎을 피우고 있었다. 마누라를 묻었던 자리가 여기던가 저기던가 헛갈렸다. 벽일은 결국 마누라를 묻은 자리를 정확하게 짚어내기를 단념하고 적당한 자리를 점찍어 냉수 항아리를 내려놓고 두 번 절을 했다.

"우리 아들 돌봐줘서 고맙네. 자네가 죽어서도 저승에서 가만 안 있을 줄 알고 있었어. 내가 그리 가면 고맙다는 인사라도 닦으려네."

죽은 마누라와 넋두리나 하고 앉아 있을 한가한 때가 아니었다. 서둘러 산을 내려온 벽일은 열한 살짜리 큰딸 미순美順이에게 동생을 잘 돌보도록 맡겨놓고 논에 서래질을 하러 나갔다. 오릿골에 있는 안 좌수네 논 세 마지기를 붙이고 있었는데 아들놈 병구완하느라 모내기할 엄두를 내지 못하고 있다가 아이가 죽을 고비를 넘기자 이웃집 소를 빌어 서둘러 논일을 하러 나간 것이었다. 윤사월閏四月이었다. 안 그래도 허기져 길기만한 보릿고개 사월에 윤달마저 들어 사는 것이 지옥地獄이었다. 먼저 간 마누라가 부럽다는 생각을 하던 벽일은 논두렁에 피어나고 있는 억새풀 여린잎에 눈길을 주었다. 그는 소와 서래를 논바닥에 팽개쳐두고 두렁으로 나와 억새풀 여린잎을 꺾었다. 다 자라면 팔뚝이나 종아리를 사정없이 난도질할 정도로 억센 풀이지만 이제 피어나는 여린잎일 때는 아기의 입냄새 같은 향긋하고 부드러운 속살을 안고 있었다. 그것을 까서 입으로 털어 넣었다. 주변에 있는 억새풀 여린잎을 모조리 쪼개어 속살을 파먹었다. 그래도 허기와 갈증은 가시지 않았다. 사방을 둘러보았다. 사람의 기척이 없었다. 그는 숲으로 달려가 소나무 가지의 꼭대기에 삐죽이 솟아 있는 햇가지를 꺾었다. 낫으로 거칠한 겉껍질을 벗겨내자 그 속에서 물 오른 속껍질이 나왔다. 벽일은 허겁

지겹 그것을 빨고 씹었다. 달콤한 진이 침과 섞여 목구멍으로 흘러 들어갔다. 소나무 껍질로 채운 배가 더부룩했다. 더 이상 소나무 껍질 벗겨먹기를 단념한 벽일은 집에 두고 온 딸 아이 둘이 모두 넋이 빠질 정도로 송깃대(松肌, 봄에 물이 오르는 여린 소나무 가지)를 좋아한다는 데 생각이 미쳤다. 그는 여기저기 돌아다니며 튼실하고 물이 잘 오른 소나무만 골라서 햇가지를 꺾었다.

정신없이 소나무 햇가지를 꺾어 다듬고 있는데 벽일의 뒷덜미를 잡는 손이 있었다.

"네 놈이었구나, 산을 다 망쳐놓은 송충이가."

안 좌수 댁의 마름 유백만劉白萬이었다. 산지기 영감은 어디 가고 하필이면 이 독사 같은 놈에게 걸려들다니, 지지리도 재수 없는 날이었다. 벽일은 한숨을 쉬면서 돌아보았다.

"마누라 없이 딸년 둘 데리고 사는 꼴이 불쌍해서 입에 풀칠이라도 하라고 소작논을 주었더니 은혜를 원수로 갚는다고 산을 다 파먹고 있었어? 가진 것이라고는 불알 두 쪽 뿐인 자네가 도대체 무엇으로 이 산을 다 물어낼 참인가?"

"산을 다 물어내라고요? 그 무슨 심한 말씀이십니까? 보시다시피 저는 송깃대 몇 대 꺾었을 뿐입니다. 밥을 굶고 있는 딸애들 주려고요."

"자네가 송깃대를 꺾었든 나무를 통째로 삶아 먹었든 내가 어찌 알겠나? 어쨌든 요 몇년 사이에 이 큰 산자락 전체의 송림松林을 벌레 파먹듯이 야금야금 파먹은 것은 사실 아닌가? 자네 집 기둥하고 서까래를 몽땅 뽑아내어야겠지. 그동안 자네 집 아궁이에 들어가 연기로 사라진 것은 그만두고라도 수십 년 된 소나무 수천 그루가 저렇게 사라졌으니 그것만은 자네가 물어내야겠네."

유백만은 벗어진 앞머리에 맺힌 땀을 털어내며 숲 속 군데군데 도끼로 찍어낸 소나무 그루터기를 가리켰다. 아랫마을 사람들이 집이나 축사, 울타리를 새로 짓거나 고치기 위해 밤중에 몰래 와서 베어간 자리였다.

"저런 건, 저는 모릅니다. 저는 다 큰 소나무를 통째로 베어다가 삶아 먹은 일도 없고 구워먹은 일도 없습니다. 저의 집은 오래된 집이라 기울었지만 재목이 없어 고칠 엄두를 내지 못했습니다. 땔나무도 바닥에 떨어진 낙엽이나 갈퀴로 긁어다가 때었을 뿐 잔가지 하나 건드린 일이 없습니다."

"글쎄, 그건 자네 말이고, 어찌 되었거나 나무 꺾는 현장을 들킨 것은 사실 아닌가? 도둑놈이 좀스럽게 한 끼 풀칠이나 하자고 남의 뒤주를 털어 쌀 한 됫박을 가져가다가 들켜도 그 전에 잃어버린 곡식 전부를 물어내게 돼 있는 거야."

"보세요."

벽일은 손에 들고 있던 송깃대 몇 대를 유백만의 발 밑에 던지면서 통사정했다.

"아이들이 굶어 죽게 돼서 송깃대 몇 대 꺾은 걸 가지고 산 전체를 물어내라니 지나친 말씀이십니다. 앞으로 조심하라는 경고의 말씀으로 알아듣겠습니다."

"그렇게는 안될 걸?"

유백만이 작은 입을 오므리며 결연決然하게 뱉었다.

"돌아가 좌수 어른께 알리고, 우선 자네가 부치고 있는 논배미를 거두어 착하게 사는 다른 사람에게 줘야겠네. 그라고, 산을 헐벗게 만든 죄값은 별도로 물도록 조치함세."

"정말이군요?"

벽일은 절망적인 어조로 물었다.

"정말이지, 그럼."

"잘못 판단하신 겁니다."

벽일도 이제는 더 물러날 곳이 없어 궁지에 몰린 쥐처럼 고양이를 노려보았다.

"집에는 며칠째 목구멍으로 곡기를 넘기지 못한 두 딸아이가 있고 병들어 저승 문턱에 갔다가 온 아들이 있습니다. 그 아이들에게 송기물로 입술이라도 축여주자고 막대기 몇 개 부러뜨렸을 뿐입니다. 이 일을 두고 평소 산을 지키지 못한 불찰不察을 고스란히 덮어씌우려는 것은 비겁한 일입니다. 세상 사람들이 어르신을 두고 웃을 것입니다."

"웃어도 괜찮네."

유백만은 시렁치도 않다는 얼굴이었다.

"나는 도적을 잡았고, 그 도적에게 훔친 물건을 내놓으라고 요구하는 것이야. 만약 자네가 도적이 아니라면 누가 이 넓은 산을 이 모양으로 결단냈는지 그놈들을 잡아다 놓게. 아니면 자네가 도적이니 그 울창했던 숲을 토해내거나."

"저는 가진 것이 없습니다."

벽일의 목소리는 당당했다.

"배를 째십시오. 산을 토해내려면 배속에 뭐가 들어 있어야 하는데 제 소유로는 송곳 꽂을 땅뙈기 하나 없습니다."

"해볼테면 해 보라는 말씀이구만."

"이를테면 그렇습니다."

유백만이 목소리를 낮추었다.

"자네가 왜 가진 것이 없나. 두 딸이 있지 않은가?"

"예?"

벽일이 미처 알아듣지 못하고 되물었다.

"딸이 둘이나 있지 않은가."

벽일은 벼락을 맞은 것처럼 멍하니 서 있었다.

"자네가 가진 것이 뭐 있는가? 찌그러진 오두막집 한 채하고 아들 딸 말고 뭐가 있는가?"

"아이들은 물건이 아닙니다."

"물건이면, 값나가는 물건이 자네 같은 거렁뱅이에게 있을 리가 없지 않은가. 그러나 그게 사람이니 후한 값을 쳐 주겠다 이 말이지, 내 말은."

"어르신."

끓어오르는 분노를 삭이면서 벽일이 목소리를 가라앉혔다.

"지금 들은 말은 안 들은 것으로 하겠습니다. 이만 가보겠습니다."

"흥."

코웃음이 등짝을 때렸다.

"마찬가지 아닌가. 자네가 도적질한 대가로 목숨을 내놓거나 반병신이 되면 남아 있는 자네 딸들은 당연히 누군가의 소유가 될 것이니 마찬가지다, 이 말이야, 내 말은."

벽일이 홱 돌아서서 아직도 시부렁거리고 있는 안 좌수댁 마름 유백만의 사타구니를 걷어찼다.

"억."

숨을 들이마시며 앞으로 고꾸라졌던 유백만이 한참만에 허리를 세우고 일어났다. 그의 바른손에는 돌멩이가 쥐어져 있었다. 벽일이 재빨리 다가가 온몸으로 유백만의 몸에 부딪쳤다. 유백만이 쓰러지면서 돌멩이를 던지려는 순간 벽일의 손에서 낫이 허공을 가르며 백만의 가슴에 꽂혔다. 피가 솟구치면서 백만이 앞으로 고꾸라졌다. 등짝을 한 번 더 찍었다. 백만은 고목 등걸처럼 쓰러졌다. 얼굴을 들여다보니 숨이 멎어 있었다.

벽일은 유백만의 시신을 그대로 남겨두고 집으로 달렸다. 사립문을 박차고 들어서자 큰딸 아이가 막 집을 나서려는 순간이었다. 딸은 아비를 보자 울음을 터뜨렸다.

"아버지."

"왜냐? 왜 그러냐?"

"동생이 이상해요."

벽일은 선걸음에 거적대기 같은 방문을 들어올리고 방으로 들어갔다. 아들은 고요하게 누워 있었다. 아비가 들어갔으나 기척이 없었다. 아침나절에는 열이 내리고 나아가던 아들이었다. 벽일은 아들을 끌어안았다. 아들의 고개가 맥없이 떨어졌다. 코에 얼굴을 가까이 대보니 숨을 쉬는 기색氣色이 없었다.

"잠을 자다가, 숨을 가쁘게 쉬기에 그냥 가만 지켜보고 있으니 너무 힘들어 하기에 아버지를 찾아 막 가려던 참이었습니다."

큰딸 아이는 이제 열한 살이었다. 아직 어린 아이였으나 어미 죽은 후로 동생 둘을 보살피느라 애어른이 다 된 아이였다.

"의원, 훈장 어른을 모시고 오너라, 어서."

마을에는 의원다운 의원이 없었다. 훈장 박노인이 몇 가지 약초를 준비해 두었다가 급한대로 마을 사람들에게 약을 지어주고 있었다. 훈장어른은 또 침도 놓고 뜸도 떴다. 돌팔이였다. 그래도 마을 사람들은 그를 믿고 급하면 찾아가 진맥하고 약을 지어갔다. 신기하게 나을 때도 있었고 전혀 효험이 없을 때도 있었다.

딸아이가 달려 나가더니 얼마 안 기다려 훈장어른을 모시고 왔다. 훈장은 아들의 맥을 짚어보더니 고개를 저었다.

"어쩌다가 이렇게 됐나? 호열자 환자를 숨겨두었으니 관가에서 엄중한 문초가 있을 것이네. 나 같으면."

"?"

"내가 자네라면 저 아이들을 데리고 여길 떠나겠네. 어차피 자네는 가진 것이 없으니 잃을 것도 없지 않은가?"

벽일은 알아들었다. 훈장이 도망치듯 돌아가 버리자 벽일은 두 딸아이에게 보따리를 사도록 했다. 살 것도 없었다. 양식은 떨어진 지 오래고 입성은 지금 입고 있는 것이 전부였다. 그래도 솥단지와 홑이불 자락을 둘둘 말아 보따리를 싸고 나서 벽일은 부싯돌을 쳐서 마른 솔가지에 불을 붙였다. 솔가지에 불이 붙자 솔가지를 둘로 나누어 하나는 방 안에 던져 넣고 하나는 지붕 위에 던졌다. 그런 다음 두 딸의 손을 잡고 서둘러 떠났다. 그들은 뒤를 돌아보지 않았다.

벽일이 어린 두 딸을 앞세우고 허위허위 걸어 동구 밖으로 벗어나려는 순간 장정 넷이 몽둥이를 들고 뒤따라와 그들의 앞을 가로막았다. 안 좌수 댁의 종놈들이었다. 그들은 벽일이 집에서 죽은 아들의 시체를 그러안고 훈장어른에게 보이는 사이에 마름 유백만의 시신을 발견하고 시신 옆에 놓인 낫의 주인이 누군지 수소문한 끝에 살인자가 김벽일이라는 확신을 가지고 집으로 갔다가 집이 불타자 그들의 뒤를 따라 추적해 온 것이었다. 도망자는 어린 두 딸 때문에 멀리 가지도 못하고 동구 어귀에 있었으므로 생각보다 쉽게 그들의 뒷덜미를 나꿔챈 것이었다.

농사꾼 김벽일과 그의 어린 두 딸은 안 좌수네 높은 담장 안으로 끌려 들어갔다. 담장 안에서 무슨 일이 일어나고 있는지, 밖에서는 도통 알 길이 없었다.

그날 저녁, 부슬부슬 비가 내리고 있었으나 마을 사람들은 횃불을 만들어 들고 훈장댁 마당에 모여 웅성거리고 있었다. 마누라와 아들을 잃고 어린 두 딸을 데리고 도망가다가 잡혀 끌려간 농사꾼 김벽일의 안부가 궁금하여 모여든 것이었는데 도무지 알 길이 없어 답답한 기운만 가득할 뿐이었다. 모인 사람들은 저마다 "환곡 때문에 못살겠다"고 한탄했다. 그런 판에 대지주인 안 좌수가 소작료를 토지 한 결에 쌀 두 말을 더 올려 받겠다고 예고한 것에 대해 설마 하면서도 정작 가을걷이 때 안 좌수가 경주영의 군졸들 힘을 빌어 징수를 강행하려 하면 꼼짝 없이 당할 수 밖에 없다는 불길한 생각들을 가지고 있었는데, 마침 김벽일 때문에 모여든 참에 그 불안을 털어내놓고 대책이랄 것도 없는 이야기들이 오갔다.

"사실 말이지, 늙은 안 좌수보다 마름놈이 더 악랄했지. 그 놈이 뒈지기를 잘했어. 벽일이는 우리들을 살려준 은인恩人인데 우리가 가만 보고만 있으면 사람이랄 수 없지."

"보고 있지 않으면 어쩔 건데?"

"글쎄."

대책이 없었다. 밤이 으슥해서야 안 좌수 댁을 나온 젖어

멈 시천 댁의 입을 통하여 담장 안의 소식을 들을 수 있었다.

"김벽일은 피떡이 되도록 매를 맞고 고방에 갇혀 있는데 날이 새기 전에 황천길을 가게 돼 있고, 두 딸들 중 나이 열한 살인 미순이가 오늘밤 늙은 안 좌수의 수청을 들게 된다더라."

그런 소식이었다. 젖어멈의 말이었으므로 정확하지는 않았으나 그 말을 들은 마을 사람들은 피가 거꾸로 치솟는 것을 느꼈다. 특히 열한 살짜리 미순이를 늙은 짐승이 이불 속으로 끌어들여 노리개로 삼는다는 말에 군중은 참을성을 잃고 말았다. 어차피, 가만있으면 가을에 안 좌수가 소작료로 뜯어가고 남은 것은 환곡으로 털어가 빈털터리가 될 터이고, 김벽일처럼 보따리 싸서 이 마을을 떠나기는 매한가지일 것이므로 이래 죽으나 저래 죽으나 매한가지이고, 먼저 맞으나 나중 맞으나 매 맞기는 일반이라는 생각에 마을 사람들은 불쏘시개처럼 타오르고 있었다. 심상치 않은 분위기를 감지하고 훈장어른이 불길을 잡아보겠다고 대청마루에 올라섰다.

"이 사람들아. 벽일이는 내가 이 마을을 떠나도록 일러주었네. 오늘만 살고 내일은 살지 않을 텐가, 다들? 모내기를 앞두고 무슨 근력이 남아돌아 이 지경인가? 돌아들 가시게.

벽일이 일은 내일 다시 모여 알아봄세."

"쳐들어가자."

훈장의 말에는 아랑곳하지 않고 무리들 뒤편에서 누군가 소리쳤다.

"늙은 짐승을 쳐죽이고 가엾은 병아리를 구해내자."

중간쯤에서 누군가 추임새를 넣었다.

"가자."

맨 앞줄에서 장정 한 사람이 횃불을 높이 들었다가 놓으면서 외쳤다. 마을 사람들은 "와" 하는 함성과 함께 마을 한가운데 버티고 있는 안 좌수네 대문 앞으로 몰려갔다. 앞선 사람이 대문을 쇠스랑으로 몇 번 쳤으나 그 정도로 열릴 대문이 아니었다. 몇 사람이 가지고 간 횃불로 대문 기둥에 불을 붙였다. 불길은 삽시간에 문짝에 옮겨 붙었다. 그제서야 안에서 동이로 물을 퍼부으면서 대문을 활짝 열어놓았다. 기다리고 있던 마을 사람들이 불을 끄러 나온 안 좌수댁 종놈들을 밀어젖히고 안으로 쏟아져 들어갔다.

# 21

마을 사람들은 같은 동네에 살면서도 안 좌수네 집 대문 안에 발을 들여놓은 것은 난생 처음이었다. 발을 들여놓고 보니 담장 밖에서 상상만 하던 것보다 집이 훨씬 크고 호화롭다는 것을 알았고, 그러자 더 심한 파괴 욕구가 치밀어 올랐다. 대문 양옆으로 행랑채가 문지기처럼 벌여 섰고 행랑채를 지쳐 앞으로 나가자 긴 담장이 가로막으면서 그 가운데로 중문이 버티고 서 있었다. 중문은 닫혀 있지 않았고 대문간에서 마을 장정들에게 몽둥이로 얻어맞고 뻗어버린 종놈들은 여기까지 쫓아와 막아설 힘이 없었다.

아무런 저지도 당하지 않고 중문을 넘어서자 오른쪽으로 사랑채가 있었다. 듬직한 암석으로 축대를 한 길이나 높이 쌓고 그 위에 누각 난간을 얹고 다시 그 위에 날아갈 듯한 추녀를 얹어놓은 아름다운 집이었다. 댓돌에는 신발이 보이지 않았다. 그러나 군중은 축대 위로 뛰어 올라 난간을 부수고 사랑채 안으로 몰려 들어갔다. 군중은 장마 때 불어난 강물처럼 제어할 방도를 잃어버린 물결이었다.

군중은 몽둥이와 지게 작대기를 휘두르며 사랑채 안으로 쏟아져 들어갔다. 비어 있었다. 방바닥에는 비단으로 호청을 입힌 이불이 곱게 펴져 있었으나 사람이 잤던 흔적은 없었다. 몰려 들어간 농사꾼들이 흙투성이 짚신발로 새하얀 이불을 짓밟았다. 이불은 금방 넝마처럼 구겨지고 더러워졌다. 장정 하나가 지게 작대기로 이불을 들어 올려 보았다. 이불 밑에는 아무도 없었다.

"어딜 갔노?"

이부자리를 펴놓은 것으로 보아 분명 안 좌수 그 늙은이가 잠자리에 들참이었던 것이 분명했다. 그러나 댓돌에는 신발도 없었고 이불 속에는 사람 그림자도 보이지 않았다. 몇 사람이 아랫목에 놓여 있는 서안書案과 자개장롱을 들고 간 몽둥이로 두들겼다. 서안과 장롱이 맥없이 부서지자 내친김에 문짝까지 부숴버리고 군중은 안채로 몰려갔다. 그 중 몇 사람이 곳간으로 달려가 밧줄에 묶여 있는 벽일을 풀었다. 벽일은 사랑채의 마을 사람들과 섞였다. 성난 군중이 사랑채를 부수고 댓돌 아래로 내려서고 있었으나 벽일은 그냥 사랑채에 혼자 머물러 있었다. 아무래도 딸 아이 미순이가 근처 어디에 있을 것 같은 느낌이 들어서였다.

방안을 휘둘러 보고 있던 벽일의 눈이 방 귀퉁이에 있는 뒤주에 머물렀다. 사랑채에 뒤주라, 아무래도 어울리지 않는 조합이라 양반놈들은 어리석고 웃기는 놈들이라 단정하고 다가가 발길로 뒤주를 걷어찼다. 뒤주가 조금 흔들리더니 멈추었다. 멈춘 뒤주가 다시 조금 흔들렸다. 벽일은 다가가 뒤주의 뚜껑을 열어보았다.

희끄무레하게 움직이는 것이 있었다. 벽일은 지게 작대기로 움직이는 것을 찔러 보았다. 그러자 뒤주 안에 웅크리고 있던 사람이 몸을 곧추 펴고 고개를 들었다.

"미순아, 네가 여기……"

애비는 말을 잇지 못하고 더듬거렸다.

"아부지."

울먹이는 딸을 도와 뒤주에서 빠져 나오게 했다. 아버지와 딸이 뒤주에서 빠져 나오려고 애를 쓰는 동안 사랑채 방에 붙은 작은 곁방의 문이 소리 없이 열렸다. 안 좌수의 손에는 조상 적부터 물려받은 환도環刀가 들려 있었다. 임란 때 고을의 농사꾼 수십 명을 모아 의병으로 훈련시킨 후 적장 고바야시가 이 지방을 지나가며 하룻밤 숙영宿營할 때 어둠을 타고 야습夜襲을 감행하여 적군 서른 명의 목을 베고 고바야시의 간담을 서늘케 했던 전설적인 의병장 안병휘安炳輝가 쓰던 칼이라 했다. 사랑채에 걸어두고 오는 사람들에게 조상의 무공武功을 자랑 삼던 그 칼을 높이 치켜들고 안 좌수가 벽일의 뒤통수로 달려들었다.

자칫했으면 벽일의 뒤통수는 딸이 보는 앞에서 수박처럼 두 쪽이 날 뻔했다. 그러나 안 좌수가 높이 치켜든 칼을 내리치기 전에 안채로 몰려갔던 무리들 중 두 사람이 벽일이 사랑채에 머물고 있다는 사실을 깨닫고 되돌아와 문지방을 넘어섰다. 안 좌수가 칼을 내리치기 전에 그들 중 한 사람이 휘두른 방망이가 먼저 안 좌수의 뒤통수를 갈겼다.

"퍽."

수박 깨지는 것 같은 탁한 소리가 나고 안 좌수가 고꾸라졌다. 뒤통수에서 피가 흘러내려 방안을 흥건하게 적셨다. 안채로 몰려갔던 군중이 세간을 닥치는대로 짓부수고 물러나오다가 이상한 분위기를 느끼고 사랑채로 몰려들었다.

"뒈졌네."

누군가 선언했다.

"이 자는 어디 숨어 있었느냐?"

한 사람이 미순이에게 물었다.

"몰라요."

미순이는 별로 아는 것이 없었다.

"대문에 불이 붙었다고 하자 이 할아버지가 나를 뒤주 속에 구겨박아 넣고 자신은 옆문으로 몰래 나가는 것을 보았어요."

미순이가 본 전부였다. 벽일은 딸이 멀쩡한 것만 고마워 가슴을 쓸어내렸다.

"불을 질러 버리자."

군중들 속에서 누가 외쳤다. 기왕 사람을 죽였으니 달리 수습할 방도가 없었다. 송진 냄새가 나는 횃불을 방구석 구석에 갖다대었다. 처음에는 잘 옮겨붙지 않던 불길이 창호지 문에서부터 타오르자 이내 맹렬猛烈한 기세로 방안 전체에 옮겨 붙었다. 군중은 불길을 피해 밖으로 나왔다. 안 좌수네 종놈들은 일부는 도망가고 몇 사람은 군중들 속에 합류했다. 그들은 대문 밖으로 나와 넓은 공터에서 안 좌수의 대궐 같은 집이 한갓 불쏘시개처럼 맥없이 타들어가는 모습을 지켜보고 있었다. 바람이 건듯 불고 가녀린 빗줄기가 사람들의 달아오른 얼굴을 식혔다. 그제야 사람들은 자신들이 한 짓을 돌아보았다. 사람을 죽였고 불을 질렀다. 목숨을 건지기 어려운 죄를 지은 셈이었다. 모든 사람들의 가슴에 비슷한 불안의 검은 구름이 스쳤다.

# 22

"이판사판 아니가."

군중 속에서 외치는 소리가 있었다.

"임술년(壬戌年, 1862)에 진주, 단성에서 민란이 일어난 걸 기억들 하소. 민란을 일으키자면 제대로 해야 하는기라. 자, 나가자. 머뭇거릴 때는 지나가버린 기라. 목숨 아깝고 처자식 챙길 일이 바쁜 사람들은 여기서 빠지소."

"어떤 놈이 빠져. 한 놈이라도 배신하면 그놈부터 처단하겠다."

선대先代에는 경주 관아에서 아전 노릇을 하며 살았으나 지금은 농사꾼으로 살고 있는 박경진朴慶鎭이라는 자가 칼을 휘두르며 외쳤다. 그가 휘두르는 칼은 안 좌수가 벽일의 뒤통수를 노리며 높이 치켜들었던 바로 그 칼이었다. 사람들은 박경진이 휘두르는 칼날에 무슨 영험靈驗이라도 있는 것처럼 감동을 느끼며 다음 말을 기다렸다. 박경진은 자신이 이 무리의 지도자가 될 수밖에 없음을 알았다.

"나와 함께 작전을 의논하고 유사시에 앞장서서 달려나갈 부장副將 몇 사람을 뽑겠소."

사방을 휘둘러 보던 박경진은 제일 먼저 벽일을 지목했다. 벽일은 미순이의 손을 놓고 무리들 앞으로 나갔다. 어차피 미순이 때문에 생긴 일이었다. 누군가 앞장 서서 내닫다가 죽어야 한다면 자신이 죽을 수 밖에 없었다. 대장 박경진은 벽일이 말고도 두 사람을 더 부장으로 뽑았다. 군중은 환호로 지지했다. 즉석에서 작전회의가 열렸다.

"이래 죽으나 저래 죽으나 죽기는 마찬가지니 행여 허약한 소릴랑 집어치우소."

대장 박경진이 못을 박았다. 떨쳐 일어난 농민들 중에는 사람을 죽일 것까지야 있나, 기왕 죽이고 불을 질렀지만 그야 어린 여식아이를 구하기 위해 어쩔 수 없이 한 일이고, 지금이라도 늦지 않았으니 관가에 솔직하게 전말을 고하고 응당한 벌을 받은 다음 옛날대로 살아가자, 하는 소리가 있었다. 그런 허약한 소리가 부장들의 입에서 나오는 것을 원천봉쇄하기 위하여 못질을 한 것이었다.

"임술년 민란이 실패한 이유를 압니까?"

부장으로 뽑힌 서동목徐東睦이 앞으로 나서며 말했다.

"왜 실패했소?"

대장 박경진이 물었다.

"몇 가지 이유가 있었소. 첫째는, 그것은 그야말로 민란 이상도 이하도 아니었소. 향회를 열고 토론을 해서 방향을 정하고 의중을 결집하여 인근에 사발통문을 돌린 것까지는 좋았으나 명분이 너무 작았소. 기껏해야 도결都結과 통환通煥을 철폐해 줄 것을 요구하는 정도였소. 도결과 통환 철폐를 요구하면서 아전을 도륙내고 부민府民을 때려잡았으니 이는 자가당착이었던 거요. 비록 그 파장이 삼남三南에 끼쳤다고는 하나 모두 산발적인 소요에 그쳤으니 관에서 각개격파하기 딱 알맞았던 것이오. 이를 미루어 오늘 우리가 생각할 것은 절대 외로운 소요가 되어서는 섶을 지고 불구덩이에 뛰어드는 형국이 될 것이니 전국에서 동시다발로 거사擧事가 일어나게 해야 할 것이오. 둘째 임술 민란에서는 가장 중요한 알맹이가 빠져 있었소. 목구멍에 풀칠하는 도리는 현실이지만 거사는 멀고 유장한 목표를 깃대에 꽂아야 하는데 임술민란壬戌民亂에서는 그것이 없었소."

"어렵게 얘기 말고 쉽게 간단하게 말해 주시게. 멀고 유장한 목표란 무엇인가? 이를테면."

"간단한 일 아닙니까? 미륵 부처님의 하생下生을 선언한다

든가 정도령의 현신現身을 선전하면 민중은 간단하게 움직이고 목숨을 내놓습니다. 그런 깃발이 필요하다, 그 말씀이오."

"자네는 방금까지 임술민란의 실패 이유를 말하고 있지 않았나?"

"그렇습니다."

"미륵과 정도령을 세우지 않아 임술민란이 실패했다는 말인가?"

"이를테면 그렇습니다."

"일리가 있다."

대장 박경진은 고개를 끄덕였다.

"그러나 우리는 혹세무민할 수야 없는 일 아닌가."

"불쌍한 아전 한두 명 도륙내고 고을 사또 혼꾸멍이나 내자고 이 일을 하는 것이라면 당장 그만두는 것이 좋겠소. 그게 아니라면 세상을 뒤엎을 경륜과 포부를 내걸고 사내답게 세상을 휘저어야 합니다. 세상을 뒤엎을 경륜과 포부는 자고로 미륵으로부터 오는 것이오."

"알겠는데, 당장 미륵 부처님을 어디서 업어 오나."

박경진은 한숨을 쉬었다.

"갑갑하구만. 내가 살아 있는 미륵부처님을 알고 있소."

김벽일이었다. 모두 김벽일을 쳐다보았다.

"내가 만나보았소. 그분이 가르쳐 준 주문을 외니 신기하게도 죽어가던 아이가 자리를 털고 일어났소. 그분은 미륵부처님, 정도령, 그 이상이오. 세상에, 그분이야말로 용화세계龍華世界를 열기 위해 천상에서 하강한 분이 틀림이 없소. 그분을 모시고 나아가면 온 세상을 얻을 수 있을 거요."

"그분이 누구요. 어디 있소?"

무리 중에서 채근하는 소리가 와글와글 했다.

"경주 부중에서 시오리 상거한 구미산 골짜기에 용담龍潭이 있소. 용담 위에 누각을 짓고 신선처럼 살고 있는 대신사大神師가 있습디다. 호는 수운水雲이라 하고 이름은 제우濟愚라 합디다. 하늘에서 방금 내려온 한 마리 학鶴 같은 분인데 입을 열면 삼라만상森羅萬象이 갈 길을 바로잡으니 가히 천하의 새 주인이라 할 것이오. 그분이 하늘 상제의 하명下命을 받아 새로 대도를 창안하니 이름하여 동학東學이라 합니다. 요망妖妄한 서양 귀신이 더는 범접을 못할 것이고 대국이 서양 대포 아래 짓밟히는 수모를 당했으나 우리 조선은 의연毅然하게 서양 오랑캐의 몹쓸 행태를 바로잡고 저들을 한 수 가르쳐 내치는 진짜 대국의 풍모를 보이게 될 것이오. 그 도리가 동학에 있습니다. 그분이 상제로부터 습득한 주문을 우리가 외면 어떤 군대도 우리를 궤멸潰滅치 못할 것이며, 그분이 내건 깃발을 우리가 들고 나서면 삼남을 넘어 조선 팔도八道가 한달음에 순응할 것이니 뭐가 걱정이겠소."

"자네가 그 대신사인가 뭐인가 하는 분을 직접 만나보았는가?"

"그럼요, 만났습니다."

벽일은 자랑스럽게 말했다.

"이 어지러운 세상, 곤고한 중생의 생존을 위해 그분은 어떤 깃발을 들었는가?"

벽일은 거기까지 생각해 보지 못했고, 들은 것도 없었다. 다만 용담에 갔을 때 대신사의 문하 제자들 중 한 사람으로부터 주워들은 한 마디가 떠올랐다.

"광제창생廣濟蒼生이라 합디다."

"어떻소, 동지들. 광제창생의 깃발이?"

"좋소, 좋아요."

여기저기서 찬동하는 소리가 터져 나왔다.

"주문은 당장 욀 수 있겠소?"

하루에도 수백 번 외던 주문이었다. 벽일이 지기금지원위대강 시천주조화정영세불망만사지至氣今至願爲大降 侍天主造化定永世不忘萬事知의 스물한 자로 된 주문을 내놓자 무리들이 몇 번 따라 하더니 금세 모든 사람들이 좔좔 욀 수 있게 되었다.

"이제 됐소. 가장 중요한 문제가 해결됐으니 다음은 구체적으로 행동할 계획을 세워야겠소. 내일은 여기서 가까운 유천에 장이 서는 날이오. 유천장에 모인 사람들을 동지로 끌어모으고 우리의 거사擧事를 천하에 알리기 위하여 장에서 회동하겠소. 여러분들은 오늘밤 각자 집으로 돌아가 집안을 정돈하고 날이 밝는대로 유천장터로 모이기 바라오."

"그건 안 됩니다."

이번에도 부장 서동목이었다.

"각자 집으로 돌아가 베개 밑에서 의논해 봤자 내일 다시 모일 사람이 몇이나 되겠습니까. 그보다는 관아에서 미리 조치를 취하여 군병을 대기시킬 여유를 주지 말고 이 밤에 내쳐 경주 부중까지 들어가 부사를 오라 짓고 영장을 잡아 꿇린 후 인근 영천榮川, 영일迎日, 울산蔚山, 동래東萊를 평정平定하여 세勢를 규합한 후 대구감영으로 진군하는 것이 옳을 것이오."

"찬동입니다."

몇 사람이 찬동했다. 대장 박경진은 자신이 잘못 판단한 것을 인정하고 무리들에게 사과했다.

"서동목 부장 동지에게 군사軍師의 직을 부여할까 하는데 다들 생각이 어떻소?"

박수와 함께 찬동하는 고함이 터졌다. 집에 돌아가 마누라 자식들과 작별할 틈이 날아가버린 것이 아쉽기는 했으나 군사작전에서 선제공격이 얼마나 중요하고 유리한 것인지 무식한 농사꾼들도 그 정도는 짐작할 수 있는 일이어서 밤을 도와 당장 거병擧兵하는데 반대하는 사람은 없었다.

서동목은 군사라는 명칭을 고사했다. 이 일이 처음부터 군사 작전으로 시작된 일이 아니라 어진 백성들이 자발적으로 뭉치고 일어난 천심天心의 용출聳出이라는 것, 또 처음부터 지방 관아나 한양 조정을 자극하여 저들의 경계심을 높일 필요가 없다는 등의 이유를 들었다. 그럼 뭐라고 불러야 좋으냐 하는 질문에 서동목은 일단 아쉽기는 하지만 모사謀士의 직을 수행하되 부르기는 훈장 정도가 좋겠다고 했다.

"훈장은 관아에서 아전과 사또가 훔쳐먹은 환곡을 농민들에게 덤터기 씌우고 수탈收奪하기 위해 동네마다 하수인을 심어놓은 자들의 명칭이 훈장 아니었소? 그 더러운 이름을 왜?"

하는 반론이 있었다. 그래도 서동목은 훈장을 고집했다.

"설혹 요즘 와서 훈장이라는 이름이 더렵혀지기는 했으나 그래도 그 이름에는 미개未開한 학동學童을 가르쳐 눈을 뜨게 하는 선생의 의미가 있었기 때문에 우리가 이제부터 도모코자 하는 광제창생의 도에 걸맞는 명칭입니다."

본인이 그걸 원한다면 그렇게 하기로 하고 넘어갔다. 훈장이 된 서동목은 몇 가지 안을 또 내놓았다.

"우리 동지들이 사기가 드높고 완력腕力이 출중한 줄은 알겠으나 내가 지금 세어보니 겨우 쉰여섯 명이오. 이 정도로는 유천 현감이 지닌 관노들과 아전들을 상대하기도 버겁소. 그러니 지금 당장 백학산白鶴山으로 달려가 산막에 떼지어 기거하는 초군樵軍들을 끌어모아 합류시켜야 하오. 내일 유천장에서 장꾼들을 합류시키면 어느 정도 규모가 될 것이오."

"초군들을 무슨 재주로 끌어들입니까?"

"임술민란 때 앞장을 섰던 무리가 초군과 포군砲軍들이었소. 산에 살아 날래고 용맹스러운 사람들입니다. 그 대신 한이 뼈골에 사무친 사람들입니다. 필시 우리에게 힘을 보탤 것입니다. 임술민란 때 초군들이 사방에 있는 저들 무리들을 끌어 모으기 위해 사발통문을 보낸 것이 있소. 이름하여 초군회문樵軍回文이라 하고 언문으로 된 것인데 누가 썼는지 구구절절이 눈물이 나서 내가 늘 품고 다녔는데 이걸 잘 활용하리다."

"과연 자격 있다."

누군가 감탄했다. 저 정도 모사, 아니 훈장이 있다면 거사는 성공한 것이나 다름이 없다는 안도가 무리들 가슴 언저리에 돌았다. 훈장 서동목은 대장에게 건의하는 형식으로 말했다.

"이 정도 무리가 움직이기 위해서는 행동 수칙이 있어야 합니다. 아니면 오합지졸烏合之卒, 중구난방衆口難防이 되어 개판이 되고 맙니다. 저들을 인솔하여 안 좌수네 곳간을 헐어 배불리 밤참을 먹이십시오. 그 사이 저는 몇 사람을 데리고 산으로 가서 초군들을 데리고 오고 행동수칙도 마련하겠습니다."

서동목이 김벽일을 데리고 산으로 떠나자 대장 박경진은 무리들을 이끌고 다시 안 좌수네 집으로 들어갔다. 사랑채에서 일어난 불길이 안채로 번지려 하고 있었다. 무리들은 안 좌수네 종놈들과 힘을 합하여 불길을 먼저 잡았다. 대충 불길이 잡히자 급히 밥을 지어 안채 마당과 마루에 앉아 그것을 나누어 먹었다. 평생 먹어보지 못했던 것이 밥이었다. 집에서 오늘 밤도 굶은 채 자고 있을 가족들을 생각하고 목이 메어 밥을 넘기지 못하는 사람들도 있었다.

# 23

벽일은 서동목을 따라 밤길을 도와 백학산 자락의 나무꾼 마을로 갔다. 오래 머물러 살만한 집이라기보다는 임시로 머물다 떠날 자리였기 때문에 나뭇가지들을 얼기설기 엮어 그 위에 생솔가지를 지붕으로 덮어놓은 초라한 집들이 어둠 속에 녹아 있었다. 아직 초저녁인데도 집들은 모두 죽은 듯 깜깜했으나 좌장 노릇을 하고 있는 지경파池慶坡의 오두막에서만 희미한 불빛이 너울거리며 거적대기 밖으로 새어나오고 있었다. 서동목과 김벽일이 거적대기를 들치고 안으로 밀고 들어가자 방 안에 앉아 있던 대여섯 명의 장정들이 경계하는 눈빛으로 불시不時에 찾아온 손님들을 노려보았다.

"우린 저 아래 마을에 사는 농사꾼들입니다."

서동목이 자신을 소개하자 좌장격인 지경파가 물었다.

"당신들, 오늘 안 좌수 댁을 들이친 그 인간들이오?"

"그렇습니다."

"당신들이 찾아 올 줄 알고 있었소. 엉겁결에 양반댁을 들이치고 곳간을 털어 배를 채우고 나니 뒷일이 걱정인 거라. 이판사판으로 민란을 일으킬 바에야 세를 불려 판을 크게 벌여보자, 세를 불리자면 무지렁이처럼 살고 있는 나무꾼들을 엮어 넣자, 그래서 온 것 아니오? 안 좌수가 우리네 어린 여식을 데려다 잠자리 회춘回春거리로 사용한 일도 없는데, 결과가 뻔한 그 일에 우리가 왜 나서야 하오? 그 이유나 들어 봅시다. 분명하고도 밝은 이유를 대지 못하면 오늘 당신들 두 사람 여기서 뼈를 묻어야 할 거요."

방안에 앉아 있던 장정들이 일어서서 두 사람의 퇴로退路를 막고 둘러섰다. 서동목은 웃음 띤 얼굴로 초군 좌장의 무릎 앞에 다가가 앉았다.

"사실은 나도 앞일을 알 수 없습니다."

서동목이 말했다.

"서북에서 홍경래洪景來가 난을 일으켰으나 고작 몇 개의 성읍城邑을 공략하다가 제풀에 꺾이고 말았고, 연전에 진주에서 민란이 일어났으나 아무 대책도 없이 억울하게 짓눌려 살아온 분풀이나 하고 말았소. 그 결과는 삼정三政의 문란紊亂을 어느 정도 시정하기에 이르렀으나 민란의 주동자들은 참형斬刑을 면치 못하였습니다. 장수가 없는 오합지졸들이었기 때문이었습니다. 그러나 지휘하는 장수가 있고, 조직이 강하고 병졸이 많아 경상도를 휩쓸고 호남을 발판삼아 마침내 한양을 넘본다 합시다. 어리석은 조정에서는 필시 대국에 원병을 청할 것이니 나라 꼴이 어찌 되는가는 일단 뒤로 미루더라도 민란을 일으킨 장수나 수하 졸개들이 목숨을 부지하기 어려울 것입니다. 아직 이 땅의 민란은 성공하기 어렵습니다."

"그게 무슨 말이오? 성공하기 어려운 줄 알면서 우리를 꼬드기러 오다니 머리에 벌레라도 들어간 것 아니오?"

"성공하기 어렵기 때문에 같이 한 번 해 보자는 것입니다. 성공이 보장된 일이라면 우리 같은 사람에게 기회가 오겠소?"

"그건 또 그렇소만."

"싫으면 관두고 나뭇짐이나 하면서 살아들 가시오. 이 자리에서 나와 동무를 죽이든 살리든 당신들 마음대로 하구랴. 나는 바빠서 이만 가야겠소."

서동목은 일어서서 거적대기로 덮은 문을 들어올리고 밖으로 나갔다. 김벽일도 뒤를 따라 나섰다. 그들의 목을 치거나 뒤통수를 때리는 몽둥이질은 없었다. 밖으로 나온 서동목은 벽일에게 말했다.

"가세."

그들이 막 걸음을 떼놓으려 하는데 안에서 부르는 소리가 있었다.

"다시 들어오시오. 얘기를 끝내지도 않고 나가는 건 무슨 놈의 예절이 그렇소."

두 사람은 다시 안으로 들어갔다. 나무꾼 좌장 경파는 서동목을 아랫목에 앉히고 그 앞에 무릎을 꿇었다.

"민란이 성공하기 어렵다는 건 나도 알아요. 그러나 당신 같은 사람하고 같이라면 한 번 해 보겠소. 내가 당장 움직일 수 있는 동무들은 한 백 명 되오. 이 정도라도 힘이 되겠소?"

초군 백 명이 안 좌수네 집 마당에 진을 친 농사꾼 부대와 합류한 것은 다음날 아침이었다. 훈장 서동목은 서책書冊을 통해 얻은 지식을 가지고 나름대로 군진軍陳을 편성했다. 서동목 자신이 훈장이라는 이름으로 총령總領이 되고, 휘하에 3개의 편대를 두었다. 선봉 편대는 초군 백 명으로 편성하여 초군의 좌장 경파를 중군으로 삼았다. 2편대와 3편대는 안 좌수댁을 습격했던 농민군 2백 명을 두 편으로 나누어 2대는 김벽일을 중군으로 하고 3대는 하만중河萬重을 중군으로 뽑았다. 그 외에 초군을 따라 온 포군(사냥꾼) 3십 명을 별동대別動隊로 편성했다. 그리고 무리들 중에서 특히 날래고 영민英

敏한 사람들 열다섯 명을 가려 뽑아 훈장과 편대 사이의 연락 임무를 수행하고 회계, 보급, 문서 수발 등을 지휘 감독하게 했다. 이처럼 군진의 편성을 마친 서동목은 안 좌수 댁 장롱에서 꺼내 온 천에 '파사현정破邪顯正' '광제창생廣濟蒼生'의 글귀를 써서 각 편대의 기치를 만들고 경주부윤과 경상감사, 그리고 한양의 의정부에 올리는 소문疏文과 이웃 고을 및 마을에 보내는 격문檄文을 작성했다.

그들이 달성하고자 하는 목표와 요구조건은 다음과 같았다.

첫째, 삼정의 문란을 바로잡고, 환곡은 즉시 완전히 철폐할 것.

둘째, 대지주, 토호와 양반들이 세 부담을 가난한 소작농들에게 전가하고 있는 폐단을 바로잡을 것.

셋째, 토호, 지주, 향리들로부터 전답을 몰수하여 농민들에게 분배할 것.

넷째, 부정과 비리를 저질러 온 수령, 향리들을 모조리 척결하여 공평무사公平無私하고 유능한 선비에게 그 임무를 맡길 것.

다섯째, 서양 오랑캐 세력의 전위인 서학을 뿌리 뽑고 고래古來의 미풍양속을 거양擧揚할 것.

서동목이 지필로 적은 문항들을 무리 앞에서 큰소리로 읽어 내려가자 무리 가운데서 한 장정이 손을 번쩍 들며 말했다.

"우리는 어제 안 좌수 늙은 구렁이가 우리 동무의 어린 여식을 잡아먹는다는 말을 듣고 비분하여 들고 일어나긴 했으나 민란을 일으켜 역적逆賊이 될 생각은 없었소. 이제 훈장 어른의 말을 듣자하니 민란이 아니라 아예 역성혁명易姓革命이라도 하기 위해 전쟁을 하러 나서는 것 같소. 나는 여기까지는 생각해 본 일도 없소. 마침 농사철이라 일도 바쁘고 처자를 두고 앞일을 전혀 알 수 없는 길에 함부로 나설 수도 없으니 나는 빠지겠소."

그러자 그때까지 조용하던 무리가 웅성거리더니 잘 짜여져 있던 대오隊伍와 편제編制가 무너지기 시작했다. 잠깐 사이에 무리의 절반가량이 소리친 장정과 함께 슬금슬금 빠져나갔다. 훈장 서동목은 그들을 만류하지 않았다. 그저 지켜보고만 있었다. 그래도 절반가량의 사람들이 남아 있자 그제야 서동목은 입을 열었다.

"당신들 중에서도 떠날 사람은 지금 떠나시오. 떠나지 않고 힘을 합하여 함께 일을 도모하기로 작정을 한 후에는 한 치의 빈틈도 없이 뭉쳐야 할 것이고 어김없이 군령軍令을 받아야 할 것이오."

"집에 돌아가면 뭐하오. 죽은 목숨이나 마찬가진데. 이게 사는 거요? 이판사판이니 세상 한번 뒤엎어 봅시다."

누군가 주먹을 휘두르며 목청을 돋우자 남은 사람들은 찬동하는 뜻으로 고함을 질렀다. 서동목은 남은 장정들로 군진을 재편성했다. 농사꾼의 절반이 떠나고 그 대신 초군들은 대부분 남아 있었으므로 초군은 그대로 두고 농군의 2개 편대를 합하여 하나의 편대로 만들어 김벽일로 대장을 삼았다.

김벽일이 서동목에게 말했다.

"파사현정, 광제창생도 좋고 요구조건도 일일이 옳은 말이긴 하나 천하를 움직일만한 그 무엇이 빠진 것 같아 허전합니다. 바로 전날 제가 경주 용담에서 만난 도인의 말 중에 천하를 아우를만한 좋은 말들이 있었습니다. 잠시 차용하면 어떻겠습니까?"

서동목은 찌푸리고 있던 이맛살을 활짝 폈다.

"나도 그게 미흡하여 정도령을 내세울까 생각던 중이었네."

"정감록의 정도령은 약효가 부족합니다. 미륵도 통하지

않습니다. 시대가 바뀌었으니까요."

"그 도인은 자신의 도를 뭐라고 하던가?"

"동학東學이라 하더이다."

"동학? 대체 무슨 뜻인가?"

"서학이 대포를 숨기고 스며들어 대국의 수도 북경北京을 함락하고 천자天子를 농간弄奸했다 합니다. 항차 우리나라에는 서학이 발호하여 대포 없이도 무너지게 되었으니 하늘과 땅, 세상의 진정한 주인이 누구인지 보여주려는 것입니다. 이미 그 도를 받아들여 따르는 자가 수만 명에 이릅니다."

"나도 들었네. 그러나 그분의 승낙을 받지 않아도 될까?"

"경주부와 경상감영에서는 동학을 주시하면서 올가미를 뒤집어 씌워 타진할 기회만 엿보고 있습니다. 외로운 처지지요. 이때 우리가 나서 동학을 옹호하고 명분을 나누어 갖는다면 첫째는 민심을 돌리고 둘째는 천하에 공표할 대의를 갖게 되는 것이니 내일 죽어도 개죽음은 면할 것 아닙니까."

"자네 말이 참 옳구만. 한데 자네, 죽음이 두려운가?"

"살고 싶지 않은 사람이 세상에 어디 있겠어요? 그러나 죽음이 두렵지는 않습니다."

"그럼 됐네. 용담의 그 도인이 뭐라고 했는지 자네가 알아서 우리의 기치를 세우게."

"그분이 가르쳐 준 주문이 있습니다. 이것을 우리 동무들에게 외게 해도 되겠습니까?"

"주문을 말해 보게. 나도 외고 싶으니까."

벽일은 수운 신사에게 들은 주문 스물한 자를 흰 천에 썼다. 몇 번 입속에서 굴려보던 서동목이 무릎을 쳤다.

"이 걸세. 이 주문으로 우리의 대의를 세우세. 한울님이 우리 편이라고 스스로 믿어야 하네."

"한울님은 우리 편입니다."

# 24

동학의 군대, 하늘의 가호加護를 받는 군대임을 자처하는 서동목의 무리는 그날로 부근 다섯 개 마을을 휩쓸었다.

안 좌수 비슷한 양반 세 명을 쳐죽이고 그들의 집을 불질렀다. 불을 싸지르기 전에 곳간을 헐어 곡식과 피륙을 가난한 농사꾼들에게 나누어 주었다. 다섯 마을을 휩쓰는 동안 저항은 없었고 관군官軍의 그림자도 보이지 않았다. 마을마다 쟁기와 호미를 내던지고 낫과 쇠스랑을 무기삼아 빗겨 들고 따라 나서는 농부들이 있어, 다섯 마을을 평정하고 해가 저물어 점고點考했을 때는 안 좌수댁 마당에서 겁을 먹고 빠져나간 장정의 수만큼 보충되어 3백 명을 조금 넘어서 있었다.

숫자만으로는 대부대였다. 무기가 조잡하여 농기구나 지게 작대기 정도로 무장한 것이 스스로 생각하기에도 처량한 일이었으나 경주부를 습격하여 영營을 무너뜨리면 경주영의 무기고에 비축된 무기로 재무장을 한 후 대구의 감영으로 머리를 돌릴 계획이었다. 무기 말고는 모든 것이 좋았다. 사기도 높았다. 저항이 전혀 없는 시골 마을로 돌아다니며 시간을 축내고 힘을 뺄 것이 아니라 곧바로 경주부로 쳐들어가자는 의견도 있었다. 그때마다 훈장은 고개를 저었다.

"잊었는가? 우리는 못된 양반들처럼 권세나 잡으려고 일어나지 않았다. 잘못된 세상을 바로잡기 위해 경각심을 주려고 일어난 것이다. 그러니 마을마다 잘못된 일을 바르게 해주고 못된 인간이 있으면 쓰레기처럼 청소하면서 나아가는 것이다. 미구未久에 우리의 소문은 영남에 퍼질 것이고 우리가 경상 감영에 도착하면 인근의 백성들이 먼저 들고 일어나 우리를 환영해 줄 것이다. 참된 승리는 그렇게 쟁취하는 것이다. 경주영에 있는 나졸들 전부 모아도 백 명을 넘지 못한다. 그 자들과 싸워 이기자고 우리가 나선 것이냐? 아니다. 우리의 목표는 세상을 바르게 하는 것이다. 우리는 모두 언젠가 죽는다. 지금 우리의 목숨은 제삿상에 올려진 산적과 같다. 우리가 목숨을 버리면 우리 후손들은 사람답게 살게 될 것이다. 그러니 이번 일로 뭔가를 손에 쥐고 행복한 노년을 보낼 생각은 접어라. 그건 도적놈의 마음이다."

군중은 그들 지도자의 말을 저마다 곰곰이 생각해 보았다.

세상을 뒤엎어 호의호식好衣好食하자는 것이 목표가 아님은 분명해 보였다. 그렇다면 왜? 하필이면 우리가 왜? 이런 의문이 들자 사람들은 슬금슬금 무리에서 빠져 제 집으로 돌아가버리는 사람이 많았다.

내일은 경주의 동북쪽에서 경주로 들어가는 관문과 같은 현천현玄川縣을 들이칠 계획이었다. 첫날 다섯 마을을 휩쓸었다 하나 아무런 방비가 없는 농촌 마을에 들이닥쳐 휘저은 것뿐으로, 오늘의 일을 보고 받고 군대가 대비하고 있을 현천현에서부터는 사정이 달라질 것이었다. 진주민란이 참담하게 실패한 원인을 나름대로 숙고한 결과 군대식 기율과 전투 능력이 없었기 때문으로 결론을 내린 훈장은 이번 민란을 처음부터 반란군의 수준으로 조직하고 이끌었으나 그 역시 뚜렷한 목표의식과 권력에 대한 강한 집념은 없었다. 그러므로 그의 군대는 군대라기보다 농사꾼 무리 특유의 오합지졸에서 벗어나기 어려웠다. 훈장도 그 사실을 알고 있었다. 현천현 공격을 앞두고 밤늦도록 시름하던 훈장은 역시 잠을 이루지 못하다가 찾아온 벽일에게 속내를 털어놓았다.

"내가 아까 거짓말을 했네."

"알고 있습니다."

벽일이 어깨를 추스르며 어두운 밖을 내다보았다.

"알고 있었다? 무엇을?"

"경주영의 졸개들을 다 합해도 백 명을 넘지 못한다. 그깐 놈들 우리 힘으로 깔아뭉개면 된다고 무리를 안심시키지 않았습니까? 그러나 사실은 이 무리들은 저들의 총소리 한 방이면 뿔뿔이 흩어질 것입니다."

"그거야. 맞네. 어쩌면 좋겠는가?"

"피를 보면 달라질 것입니다. 그 옛날 화랑 관창官昌의 고사故事처럼 누군가 관군에 맞서 장렬하게 죽으면 놀랄만한 힘이 생겨날 것입니다."

"그게 누군가?"

"접니다."

벽일은 망설임 없이 대답했다.

"어차피 이번 일은 제 여식 때문에 일어난 사단입니다. 이미 죽었던 목숨이니 훈장님께서 아낌없이 써 주십시오."

# 25

기명통을 들고 우물가로 가던 다래는 여느 때와 달리 부산하게 움직이는 병졸들의 얼굴에 살기가 도는 것을 느꼈다. 한편에서는 무기고武器庫에서 무기를 꺼내어 손질하고 다른 한편에서는 본부 건물 뒤편의 넓은 마당에서 대오隊伍를 지어 전투훈련을 하는 등 법석이었다. 마침 그녀에게 끼니 때마다 누룽지를 얻어먹으러 오던 나졸 하나가 병기兵器를 잔뜩 안고 뒷마당 쪽으로 가고 있었으므로 그녀는 그 나졸을 불러세워 물어보았다.

"전쟁이라도 일어났어요? 북경처럼 서양 오랑캐가 대포를 끌고 쳐들어 오나요?"

"그게 아니고, 민란이 일어났어요."

"민란? 어디서?"

그녀는 대뜸 필제를 떠올렸다. 언젠가 반드시 일을 낼 사람, 그녀를 사랑한다고 하면서도 일을 꾸미고 반역을 일으키고, 그런 다음에는 긴 세월 동안 숨어서 쫓겨다니느라 먼발치에서도 모습을 볼 수 없었던 사람, 어디서 난리가 났다고 하면 난리의 주모자 이름에서나마 주워들어야 하는 이름이었다, 필제는.

"현천 동북쪽의 벽촌에서 농민들이 들고 일어나 토호, 양반을 족치고 이웃 마을들을 휩쓴 다음 세력이 크게 불어나 내일은 현천현에 당도할 거라고 합니다."

"일이 잘못되면 경주에도 쳐들어 오겠네요?"

"설마, 그런 걱정은 마세요. 영장 영감께서 양산, 울산에 원병을 요청해 놓았고, 사태가 길어지면 경상 감영에서 직접 병력을 보낼 거니까, 놈들이 더러운 발을 경주 땅에 들여놓을 일은 없을 겁니다."

"두목은..... 이름이 누구라 하던가요?"

"별것 아닌 시골 훈장이 대장 노릇을 한다하니 필시 오합지졸이지요. 창검을 보면 오줌을 싸면서 도망갈 겁니다."

"네에."

나졸은 뒷마당으로 달려갔다. 다래는 나졸의 낙관적인 태도가 미덥지 못했다. 농민들이 쇠스랑을 들고 일어났다면 목숨을 내놓은 것인데 그리 쉽게 무너지겠나, 하는 생각이었다.

우물가에 기명통을 내려놓고 두레박을 찾았다. 누군가 두레박을 풍덩 우물 안으로 떨어뜨리는 손이 있었다. 손을 따라 두레박줄을 쥔 사람의 얼굴을 보다가 그녀는 숨이 멎도록 놀랐다. 난적을 잡아오겠다고 시퍼렇게 장담하고 떠났으나 까마득하게 종적을 감춰버린 사람, 낭장 배윤수가 거기 있었다. 그는 방금 도착한 듯 해거름의 낯선 바람을 등에 업고 웃으며 서 있었다.

"아,"

다래의 목구멍에서 비명 같은 짧은 탄성嘆聲이 새어 나왔다.

"왜 그렇게 놀래나?"

배윤수가 다래의 젖은 손을 그러잡았다.

"손이 왜 이렇게 차갑고 힘이 없어? 하는 일이 힘드나?"

"괜찮습니다."

다래가 말했다.

"기운이 좀 없을 뿐입니다. 고생이 많으셨지요?"

그제야 안부를 물었다.

"고생이랄 것은 없었지만, 살았는지 죽었는지 통기通寄조차 못할 이유가 있었어. 화적 패거리에 잡혀 놈들의 산채에서 무술을 가르쳤거든. 도적들에게 관군의 전투 방식을 낱낱

이 가르쳐 준 셈이니 역적질을 한 거나 다름이 없었지. 그렇거나 말거나 나는 반드시 살아서 돌아와야 했어. 다래, 당신을 다시 보기 전에는 절대로 죽어서는 안 된다고 이를 악물고 살았던 거요. 이제 난 죽어도 괜찮소. 한데, 다래, 당신이 좀 이상한데? 내가 목숨을 걸고 다시 만나고 싶었던 다래, 그 여자 맞소?"

배윤수는 어둠 속에서도 다래의 표정을 살피려고 얼굴을 그녀의 코 앞으로 디밀었다. 다래가 뒷걸음을 쳤다. 그러자 배윤수가 다시 바짝 다가섰다. 다래가 다시 뒷걸음을 치자 배윤수는 단념한 듯 기명통을 내려다보며 물었다.

"설겉이를 마치면 집으로 가도 되는 거지?"

"나는 여기서 살아요."

"알아. 그건 내가 집에 없을 때 얘기고, 이제 돌아왔으니 집으로 돌아가야지."

배윤수는 다시 그녀의 젖은 손을 잡았다. 여자의 손이 가볍게 떨고 있었다. 가볍게 떠는 그 손이 많은 이야기를 하고 있었다. 이윽고 배윤수는 다래의 손을 놓고 말했다.

"그놈이 왔다 갔지?"

어둠 속에서 대답이 없었다.

"왔다 갔구먼. 나쁜 놈이 진천에서 한바탕 난리를 친 후에 내가 당도하기 전에 쥐새끼처럼 몸을 숨겼다가 영해로 와서 일을 꾸미고 있다고 들었어. 세상 끝까지 좇아가서 이놈을 반드시 찢어죽이고 말 거야."

배윤수는 이를 갈았다. 그의 분노가 잡은 손바닥을 통해 맹독猛毒처럼 다래의 가슴으로 흘렀다. 어쩌면 이 독이 자신과 배윤수 모두를 죽음으로 몰아갈지도 모른다는 섬뜩한 느낌이 가슴으로 몰려왔다.

"영장 어른께 신입을 한 후에 당신을 데리러 오겠소."

그제야 배윤수는 다래를 놓아두고 어둠 속으로 묻혀갔다.

# 26

그날 밤, 오랜만에 북천변의 집으로 돌아온 배윤수는 이불깃을 만지작거리며 앉아 있는 다래의 등짝에 대고 말했다.

"영장 어른이 그 동안의 내 실수에 대해서는 불가항력이라 하여 불문不問에 부치기로 했어."

"잘된 일입니다."

어둠 속에서 대답이 돌아왔다.

"그럴 만한 까닭이 있었기 때문이지."

배윤수가 큭 하고 웃으며 말했다.

"마침 나를 환영하듯이 민란이 일어났더구만. 무력으로 치자면 농투산이들의 하잘것없는 오합지졸들이지만 그렇다고 우습게 보다가는 큰코 다치는 게 그 일이야. 아무리 잘나고 완력腕力이 센 군주들도 힘 없는 기층 백성들의 민란 앞에서는 속수무책으로 꺾이고 말았으니까. 이것들을 어떻게 조지나 머리가 빠지도록 고민하고 있던 참에 이 배윤수가 돌아온 거라."

"반기던가요?"

무슨 말이라도 해야겠기에 건성으로 물어본 말이었다. 그러나 배윤수는 다래가 반응을 보이자 펄쩍 몸을 솟구쳤다.

"반기는 정도가 아니었어. 삼년 전에 죽은 할애비가 살아서 돌아온 것보다 더 반가워하데. 병사는 그럭저럭 모으고 훈련을 시켜놓았는데 그것들을 지휘할 사람을 찾지 못했던 거야."

"저들을 쳐부술 작정이십니까?"

"하모."

배윤수는 목청을 돋우었다.

"저것들이 용담의 그 도사 양반을 업으려 한다는 기별이 들어와 있어. 당신도 알잖아? 대신사라는 수운 그 양반 말이지. 그렇게 되면 일이 좀 더 복잡해지는 거야. 민란에 도인이 들어가면 염병 퍼지듯이 온 천지로 불길이 번지는 법이거든. 영장 어른이 걱정하고 있는 것은 바로 그거야. 하지만 정작 걱정해야 할 일은 따로 있는데 영장이나 본관 사또 모두 그것을 보지는 못하더만."

"그것이라니요?"

"그래. 당신이 관심 있을 줄 알았어. 영해寧海로 숨어들어

온갖 잡설을 퍼뜨려 민심을 끌어들이고 있는 그놈 말이야. 목구멍까지 욕망에 가득차서 허기진 배를 채우려고 백성을 갖은 달콤한 언약으로 꼬드겨 내는데 정작 백성들은 그 자의 허기진 욕망은 보지 못하고 그 자가 내세우는 달콤한 미륵 하생下生의 약속에만 속아 넘어가는 거지."

"부윤과 영장 어른은 뭐래요?"

"뭐라겠어? 눈이 번쩍 뜨이는 거지. 내게 모두 맡기겠으니 먼저 민란을 깨부수고 나서 다음으로 장차의 종기腫氣 덩어리를 사전에 제거하도록 막중한 사명을 주신 거야. 이제 경주 천지에 나를 대적하거나 거역하여 목숨을 부지할 놈은 한 놈도 없을 거야."

"대신사 어른께서 민란에 업힐까요?"

"저번에 만나보니 그 양반도 약은 서생書生이라 민란에 업히지는 않을 거야. 그러나 민란이 유리하고 관군이 허약한 기미를 보이면 언제든지 손을 맞잡고 나설 위인들이야. 워낙 그런 자들이야, 그들은."

"장차의 종기 덩어리는, 나라에서 잡으면 될 것 아니에요?"

"우리 관군이 곧 나라니까. 한데 그 자가 걱정인가?"

"걱정은 무슨. 당신이 다칠까봐 그렇지."

"팔자네. 걱정 말라고. 그 자의 눈에 흙이 들어가기 전에는 난 절대로 안 죽을 테니까."

호오, 다래는 한숨을 쉬었다.

배윤수가 등 뒤에서 다래의 어깨를 감쌌다. 그녀는 더 큰 한숨을 쉬면서 배윤수의 손길을 지켜보고 있었다. 배윤수는 다래의 저고리 고름을 풀었다. 그런 다음 치마끈을 끌렀다. 다래가 배를 싸쥐고 몸을 웅크렸다. 배윤수는 그러는 다래의 손을 치워버리고 그녀의 상체를 안았다. 이윽고 배윤수는 그녀의 상체를 안고 있던 두 팔을 풀고 떨어졌다. 떨어져 나가면서 물었다. 그의 목소리는 이빨 사이로 갈려 나왔다.

"누구야? 어느 놈의 새끼야?"

다래는 대답하지 않았다. 운명은 이미 결정된 것이니 그 운명이 저절로 굴러가는 것을 지켜볼뿐이었다. 배윤수가 벽에 걸어두었던 군도를 뽑아들었다. 어둠 속에서 갈치 비늘 같은 섬광閃光이 일었다. 배윤수는 칼을 치켜들었다가 방바닥에 내리꽂았다. 칼자루에 얼굴을 대고 그는 거친 신음을 내고 있었다.

"말했었지? 화적들의 소굴에 살면서도 단 한 순간도 너를 잊은 적이 없었다. 다시 돌아와 너를 안아보는 것이 내가 살아야 하는 이유였다. 그랬는데 너는 역적질을 하고 비겁하게 도망친 그놈의 씨를 배 속에 담고 있다. 왜 그랬나, 다래? 나에게 왜 이렇게 모질게 하느냐, 다래야."

"죽여주세요."

그녀의 목소리는 피를 머금고 있었다.

"죽여달라고?"

배윤수가 쓴 약을 마시듯 그녀의 말을 삼켰다.

"그럴 수는 없다, 절대로. 비겁한 사람들은 죽음의 옷자락 뒤에 숨지만 나는 다래 너를 그 옷자락 뒤에서 끌어낼 것이다. 그리하여 백주 대낮에 그놈의 멱을 따는 광경을 네가 볼 때까지 절대로 너를 놓아주지 않을 것이다. 그러니 검은 도포자락 뒤에 숨어서 나를 농락할 생각은 하지 말란 말이다."

"나는 숨지 않습니다."

그녀는 벌떡 일어섰다. 그녀는 아직도 칼자루를 붙들고 떨고 있는 사내를 내려다보며 말했다.

"숨을 생각은 없어요. 나를 죽이려면 그 기회는 지금이라는 것을 알려드린 것 뿐입니다. 죽이지 않으면 두고두고 후회할 날이 있을 거라는 말씀을 드린 것 뿐입니다. 당신이 그토록 미워하여 쫓고 있는 그 사내도 언젠가는 죽겠지요. 어쩌면 당신 칼날에 목이 떨어질지도 모르는 일이지요. 사내들은 왜 다들 그 모양인가요? 죽일 상대를 찾아야만 사는 맛을 아는 모양이니 짐승보다 못한 중생입니다. 나를 죽이시려면 기회는 지금입니다. 죽이지 못하면 잡지도 못할 것입니다."

"어디로 갈 작정이냐, 다래야?"

"모르겠어요."

"알았다. 홀몸도 아니니 여기서 자거라. 내가 군영으로 돌아갈 테니. 어차피 오늘 밤은 군영에서 점고點考해야 하는데 사사로운 욕심 때문에 너를 데리고 집으로 온 것이다. 그러니 내가 간다. 너는 남아라. 여기는 네 집이다."

다래의 대답도 기다리지 않고, 배윤수는 칼을 칼집에 꽂더니 휑하니 사립 밖의 어둠 속으로 묻혔다.

# 27

자칭自稱 하늘의 뜻을 펴는 의군義軍이라 하여 붉은 깃발을 여러 개 만들어 높이 세운 농민군은 봉기 첫날 다섯 마을을 휩쓸었고 이튿날도 점심 때가 되기도 전에 네 개의 마을을 휩쓸어 복속시켰다. 피는 한 방울도 흘리지 않았다. 그들이 흙먼지를 일으키며 동구 밖이나 마을을 내려다보는 언덕배기에 올라서자 기다리고 있었다는듯이 온 마을이 떨고 일어나 밥을 짓고 뜨거운 국을 끓여 내 왔다. 병사들은 처음에는 엉거주춤 꼬리를 길게 늘이고 있었으나 마을 사람들이 자신들을 환대해 주는데다 양반과 관청에 당한 설움들을 토해 낼 때는 남의 일 같지가 않아서 함께 눈물을 흘리며 싸움과 그 결과에 대한 두려움을 잊어 갔다. 그들은 잠시도 쉬지 않고 칼이나 창 같은 병장기를 다루는 법을 익혔다.

"지금쯤 경주영에서도 움직이기 시작했을 터이고, 그와는 별도로 경상감영에서도 토벌군을 출동시킨다는 간자間者의

보고가 있었네. 특히 경주영에서는 낭장 배윤수라는 자를 새로 선봉장으로 삼고 그에게 토벌의 소임을 전적으로 맡겼다는 소문이 들어왔어. 도대체 배윤수라는 자가 누구인가? 자네는 혹여 알고 있나?"

'지피지기知彼知己면 백전불태百戰不殆'라 했으니 적의 선봉장에 대해 아는 것이 아무 것도 없는 지금의 상황은 필패必敗의 길이 아닌가 하는 두려움 때문에 훈장의 이맛살은 깊게 골이 패어 있었다. 배윤수에 대해 알지 못하기는 벽일도 마찬가지였다.

"확실한 얘기는 아니지만,"

그는 훈장의 불안이 자신에게 전염되어 오는 것을 막으려는 듯 짐짓 목에 힘을 주었다.

"전에 들은 얘기가 있긴 합니다만, 전일前日 경주영장에게 빌붙어 살던 아전 무리들 중에 윤선달이라는 자가 있었습니다. 이 자가 경주부에서 허드렛일을 하던 무당의 여식을 탐내어 껄떡거리다가 오밤중 대릉에서 피살 당하는 괴변이 있었지요. 경주영에서는 문제의 발단이 된 계집과 동역同役하는 무당 패거리 중 아랫도리가 지저분하던 양중 한 놈을 점찍어 뇌옥牢獄에 처넣기는 했으나 곧 범인은 타지他地에서 흘러 들어와 윤선달의 수하 노릇을 하던 이필제라는 사실이 밝혀졌습지요. 한데 그 사실을 알게 되었을 때는 이필제라는 놈은 이미 경주 부중을 떠나 충청도 진천에 가 있었다고 합니다. 진천에서 민란을 꾸미는데 그 솜씨가 보통 아니었다고 합니다. 그런 사발통문을 들은 경주영에서는 낭장 배윤수를 충청도에 보내어 이필제라는 놈을 추포追捕해 오도록 밀명密命을 주어 보냈다고 합니다. 한데 어떻게 된 일인지 이필제는 여기서 가까운 영해로 내려와 동학도인임을 참칭僭稱하며 살고 있다는데 그를 잡으러 간 배윤수는 종적이 묘연하다는 소문이었습니다. 그런데 그 자가 마침내 살아서 귀환한 것이군요."

"자넨 도대체 그런 이야기를 어디서 들었는가?"

"머슴들이 모이는 초당草堂에 굴러다니는 이야기 부스러기들입니다. 다 쓸데없는 것들입니다."

"아닐세. 중요한 이야기야. 그 배윤수라는 자가 이필제를 잡을 수만 있다면 지옥에라도 갈 작정인 듯 한데 그만한 이유라도 있다고 들었는가?"

"그게 좀 우스운 이야기가 있습니다. 윤선달을 죽음으로 몰았던 그 원인이 되었던 계집과 이필제가 백년을 해로偕老하기로 언약을 맺었는데 마침 상처한 배윤수가 사정이 어렵게 된 그년을 자기 계집으로 삼아 북천변 백정촌白丁村 부근에서 살림을 차렸다고 합니다. 배윤수라는 자가 제 마누라 된 계집과 이필제 사이의 약조를 알았다면 속으로 독을 품었을 것이고 민란을 일으키는 무리들을 모조리 이필제와 비슷한 동류로 여기고 있을지도 모르는 일입니다."

"흐음."

훈장은 두 손바닥으로 머리를 감싸면서 쪼그리고 앉았다.

"그냥 떠도는 이야기일 뿐입니다. 재미있자고 가미加味한 이야기들 말입니다."

"아닐세. 배윤수를 상대하는 방법을 달리 해야겠어."

"저들은 관군이라 하지만 한 줌도 안 되는 병력입니다. 우리는 벌써 5백을 넘었습니다. 사기士氣도 충천衝天합니다. 제가 선봉先鋒에 서서 그 자를 저승으로 보내겠습니다."

"그럴 것으로 믿네. 하지만 본격적인 전투는 이제부터야. 우리는 병졸의 수가 5백을 넘었다고 하나 훈련되지 않은 오합지졸들이야. 전장에서 창검이 번뜩이고 목에 칼이 들어오면 오줌을 지리고 달아날 위인들이란 말이지. 대부분이 그래. 그러므로 이번 첫 전투에서 반드시 승리하여 자신감을 주어야 하네. 그렇지 않으면 저 5백의 무리들은 핫바지에 방귀 새듯이 뿔뿔이 흩어지고 말 것이네."

"무슨 방도方道가 있습니까?"

"적의 입장도 우리와 비슷하네. 그 때문에 초조하고 다급하고 승리에 목마르지. 그걸 이용하자는 거야."

"전혀 모르겠습니다."

"일단 이곳 미호 마을에 진을 치도록 하세. 적이 공격해 오면 싸우다가 패하여 마을을 내어주고 뒤에 있는 대승산大勝山으로 찾아든단 말이지. 밤이 오면 몰래 나와 화공火攻으로 마을을 불태우게. 적들이 놀라서 튀어 나오면 그때 섬멸殲滅할 수 있을 것이고, 우리 진영은 사기도 오르고 자신감도 생기고 무기도 노획하고 적의 주력이자 선봉先鋒을 꺾었으니 당분간 대적할 세력이 없어지는 일석사조一石四鳥의 전리품을 챙기게 될 것이네. 그 사이에 우리 세력을 강하고 크게 하여 보다 큰 적과 싸울 준비를 하는 거야. 어떤가?"

"신묘神妙한 계책計策입니다. 공명孔明 선생이 다시 살아 와도 훈장님의 계책은 따르지 못할 것입니다."

"김칫국 마시지 말자구. 우선 적에게 눈치 채이지 않게 적당히 싸우다가 패퇴하는 것이 중요하네. 작전상 패퇴하는 데도 우리 졸개들이 진짜 패한 줄로 알고 각자 고향 마을로 달아나버린다면 다음 전투는 하나마나겠지. 어떤가, 자네가 잘 지휘할 수 있겠는가?"

"훈장 어른의 흉중胸中을 알았으니 그것을 실천에 옮겨 승리를 가져오는 것이 뭐 그리 어렵겠습니까. 저에게 맡기십시오."

"자네는 싸움이 처음이지?"

"그렇습니다. 우리를 따르는 수백 명의 무리들도 아직 싸워 본 일이 없는 무지랭이들입니다."

"그들과 자네를 싸잡아 비웃자고 한 말이 아니야. 실은 나도 전투가 처음이네. 그러니 잘할 수 있을 거야, 안 그런가?"

"그렇습니다. 그렇고 말고요."

두 사람은 뱃구레를 들썩이며 웃었다.

해가 아직도 대승산 꼭대기에서 서너발이나 떨어진 하늘에 걸려 있을 무렵, 관군이 마을 가까이 진군해 왔다는 기별을 받았다. 마을은 소쿠리처럼 청룡 백호가 길게 내려와 앞을 감싸고 있어 겨우 동북 방향 한 곳으로만 트여 있었는데 트인 곳으로 형산강의 물줄기가 뱀처럼 휘어져 돌아가는 뒷덜미가 보였다. 관군은 강뚝을 따라 진군하더니 강 이쪽의 널따란 풀밭에 진을 치는 모습이 보였다.

"적이 공격해 오지 않고 저곳에 진을 친다면 우리 계획은 어떻게 되는 겁니까?"

벽일이 불안하여 훈장에게 물었다. 훈장은 가볍게 웃었다.

"자네 눈에는 저들이 진을 치는 것으로 보이는가?"

"아니면 무엇입니까?"

"진을 치고 장기전으로 대진할 것처럼 위장하고 있는 거야. 곧 알게 되겠지."

훈장의 판단은 정확했다. 진영을 세우던 적들이 갑자기 대오를 정비하더니 마을을 향하여 지쳐 들어왔다. 마을 좌우의 산자락에는 어느새 올라갔는지 관군의 총포대가 진을 치고 있었다. 적의 선봉이 마을 입구에 들어서는 것과 동시에 마을을 에워싼 산허리에서 총포가 불을 뿜었다. 농민군은 불벼락을 맞은 짐승처럼 뛰어 나왔으나 총포에 대적할 방법을 찾지 못하고 우왕좌왕右往左往하다가 많은 사람들이 목숨을 잃고 쓰러졌다. 벽일은 후퇴 명령을 내렸다. 제대로 된 군대라면 후퇴하는 모습부터 다르다. 그러나 오합지졸인 농민군은 서로 먼저 달아나려고 아우성을 치다가 관군의 칼날에 찍혀 주저앉는 자가 속출했다. 마을 뒷산으로 올라가 대오를 점검해 보니 절반이 넘는 졸개들이 희생되거나 도망을 가버리고 남은 군사는 2백 명을 넘지 못했다. 그나마 남은 군사들도 혼이 나가버려 덜덜 떨고만 있을 뿐이었다. 떨거나 좌절하지 않는 사람은 훈장과 김벽일 두 사람 뿐이었다.

마을을 버리고 뒷산으로 쫓겨난 농민군은 산자락의 우묵한 솔숲에서 대오를 정비했다. 벽일은 뿔뿔이 흩어져 달아나는 부하들을 일단 멈추게 하고 숨을 돌리게 했다. 훈장과 작전계획을 짤때 여기까지 후퇴하기로 약조한 것이니 제대로 임무를 수행한 셈이었다. 그러나 그게 아니었다. 작전상 속임수로 후퇴를 한 것이 아니라 관군의 총포 소리에 놀란 농민군이 허겁지겁 흩어져 도망한 것이었다. 그리고 또 한 가지 예상하지 못했던 일이 있었다. 계획대로라면 관군의 주력이 후퇴하는 농민군의 뒷덜미를 잡고 바짝 추격해 와야 하는 것인데 관군은 쫓아 오지 않았다. 마을에서 승리에 도취해 있던 농민군에게 철퇴 한 방을 먹인 것도 관군의 주력이 아니라 미리 뒷산에 배치해놓은 포수들이었다. 상대는 기민하게 포수들을 적의 후방 고지에 배치시켜놓고 총포로 간단하게 제압한 것이었다. 그들의 총포는 명중률이 그다지 높지 못했고, 위력도 없었으나 쇠스랑 따위로 무장한 농민군의 간담을 흔들어 놓기에는 충분한 효과가 있었던 것이다.

군대를 지휘하여 전투를 해 본 경험이 없는 벽일로서는 이 상황을 어떻게 타개하면 좋을지 도무지 갈피를 잡을 수가 없었다. 작전상 후퇴하여 적의 주력을 유인한 후 매복해 있던 훈장에게 공격의 기회를 주는 것이 자신의 임무였다 그러나 관군의 주력은 추격해 오지 않았고, 매복해 있던 훈장의 본진도 나타나지 않았다. 공연히 매복작전을 세웠다가 이상한 꼴이 되고 만 것이다. 훈장은 책상물림이었고 벽일 자신은 농투산이었다. 전투 경험이 있는 지휘자가 그리웠다. 우왕좌왕 정신줄을 놓고 있는 저 무리들을 어떻게 수습하나. 벽일이 정신을 차리지 못하고 있을 때 어두운 숲속 사방에서 번쩍 불빛이 보이는가 하더니 총포 소리가 귀청을 울렸다. 그와 함께 여기저기서 아이쿠 하는 비명이 터졌다. 비명에 놀란 농민군은 누가 먼저랄 것도 없이 다투어 관군의 총포소리가 뜸한 서쪽 산비탈로 불 맞은 멧돼지 떼처럼 몰려갔다.

그것이 함정이었다. 서쪽 비탈에는 소나무숲이 끝나는 지점에 떨기나무가 우거진 관목숲이 있었다. 관목 숲이 없는 세 방향으로는 절벽 같은 바위가 병풍처럼 에워싸고 있었다. 바위 병풍이 열려 있는 서쪽으로 조금 나아가면 아뜩한 절벽이었다. 농민군은 소쿠리에 담긴 낱알처럼 우묵한 관목 숲속에 갇혀 오도가도 못하고 엉겨 있었다. 슉~슉 소리를 내는 물건이 허공에서 떨어져 병사들의 가슴과 허벅지로 사정없이 파고들었다. 화살이었다. 총알도 날아왔다. 관군은 바위 병풍 위에 몸을 숨기고 엎드린 채 아래쪽을 향하여 화살과 총탄을 퍼부었다. 많은 장정들이 화살과총탄을 맞고 쓰러졌다. 독안에 든 쥐의 무리였다. 장정들은 바위 병풍이 열려 있는 서쪽 비탈로 몰려갔다. 그러나 그들은 몇 발짝을 떼지도 못하고 어둠 속으로 사라져 버렸다. 단애斷崖 아래로 떨어져 박살이 난 것이다.

벽일은 살아야겠다는 마음을 접었다. 그러나 훈장의 본진이 왜 나타나지 않는지 그것이 궁금했다. 그는 훈장을 만나기 위해 관군의 칼과 창이 번뜩이는 숲속으로 뛰어들었다. 그는 손에 든 장검으로 앞을 막아서는 관군의 칼날을 모조리 날려버렸다. 피를 뒤집어쓰면서 썩은 무를 자르듯 적의 무기를 걷어내면서 앞으로 내달렸다. 옆구리에 뜨끔한 쇠붙이가 파고들었고, 그 자리에서 뜨거운 액체가 흘러내려 가랑이를 적셨으나 그런 것을 돌볼 겨를이 없었다. 이윽고 소나무 숲이 끝나고 개활지開豁地로 나오자 사방으로 초승달 달빛이 엷게 깔려 있어 온몸이 노출됐다. 그러나 추격해 오는 적병은 보이지 않았다. 그제야 벽일은 자신의 옆구리에 박힌 것이 적의 탄환이라는 것을 깨달았다. 그것을 알게 된 순간 걸음을 옮겨놓기 어려울 정도로 심한 고통이 찾아왔다. 멀리서 총소리가 나고 고함 소리도 들렸다. 관군의 지휘자가 누군지, 아마도 그 무당 계집의 서방이라는 자가 틀림없는 모양인데 야차夜叉 같은 놈이 분명하다는 생각과 함께 그를 존경하고 싶은 마음이 일었다. 만나고 싶었다. 인연이 온다면 그 자와 함께 전투를 하고 싶었다. 이쪽의 전략을 손바닥 들여다 보듯 들여다 보고 있다가 그것을 역이용하여 오백 명이 넘는 큰 부대를 개미집 짓부수듯 밟아버리는 지략이 정말이지 놀라웠고 존경스러웠다.

그러나 지금 적장의 재주에 감탄하고 있을 때가 아니었다. 수많은 동지 장정들이 무참하게 도륙 당했고, 지금도 쫓기고 있는 신세였다. 그런 사정에 아랑곳하지 않고 달빛은 흐르고 산천은 고요했다. 어디서 산새의 날개짓이 들릴 정도였다. 천근의 무게로 가라앉은 밤 공기 속에서 자신을 향하여 움직이고 있는 무서운 살의殺意를 느끼자 벽일은 옆구리의 고통을 잊고 발길을 휘어잡는 망개나무 줄기를 헤치고 남쪽이라 짐작되는 방향으로 무작정 걸었다. 벽일이 더 이상 걷는 것이 불가능할 정도로 지쳤을 때 문득 눈앞에 솔가지로 지붕을 덮은 작은 오두막 하나가 있었다. 그는 오두막 안에 발을 들여놓자마자 쓰러져버렸다.

벽일은 총알이 박힌 옆구리를 불로 지지는 듯한 격심한 통증을 느끼고 비명을 질렀다. 장정들 여럿이 둘러싸고 있었고, 누군가 자신의 옆구리에 불에 달군 칼을 쑤셔넣어 탄환을 빼내고 있었다. 칼끝이 살속 깊이 파고들자 그는 신음도 내뱉지 못하고 기절해 버렸다.

그가 다시 눈을 뜨자 가까이에서 걱정스럽게 내려다보는 얼굴이 있었다. 훈장이었다.

"살아났구만."

훈장이 말했다. 벽일의 눈이 많은 것을 묻고 있었으므로 훈장은 대답했다.

"우리는 참패했네. 궤멸 당한 거지. 저 아까운 사람들을 가족들 품으로 돌려 보내지 못하고 원귀冤鬼로 만들었어. 그놈이 누구라 했나? 무당년의 서방이라 했던가? 어디서 그런 귀신 같은 놈이 숨어 있었나? 저들은 우리의 매복을 눈치 채고 뒤에서 소리 없이 덮쳐왔네. 살아 남은 자가 열 손가락으로 꼽을 정도야. 놈들은 먼저 우리가 매복해 있는 곳을 덮쳐 도륙을 내놓고 자네가 있는 마을을 향하여 총포를 날린 거야."

그렇게 됐구나, 이미 엎질러진 물이니 어찌할 도리가 없었다.

"여기는 어딥니까?"

벽일이 물었다.

"초군의 산막이지. 전투가 벌어진 산의 뒤쪽이니 여기까지 놈들이 추격해 오지는 못할 거야. 문제는,"

둘러싸고 있던 여남은 명의 패잔병들이 훈장의 입을 바라보았다.

"아무리 싸움이지만 놈은 잔인하기가 야차夜叉 같았어. 전투를 핑계삼아 사람 죽이는 재미를 보고 있는 놈이야. 자, 그런 놈이니 필시 군대를 돌려 우리 마을을 덮치지 않을까?"

자신의 목숨이 언제 끊어질지 알 수 없는 위기였으나 훈장도, 벽일도, 그리고 살아남은 다른 장정들도 두고 온 가족 걱정으로 가슴이 미어질 지경이었다.

"소용없는 일입니다."

한참만에 벽일이 결론을 내렸다.

"저 야차 같은 놈은 전투에 참가한 우리 장정들을 철저하게 도륙했으나 아무 것도 모르는 가족들까지 해치지는 않을 것입니다. 만약 저 자가 그리한다면 이는 월권이고, 진주민란 이후 민심을 다독거리려고 애써 온 조정의 방침에 정면으로 거역하는 행위인지라 제아무리 악독한 놈이라 할지라도 그런 짓은 못할 것입니다."

그 말을 듣고 모두 가슴을 쓸어내렸다.

"자네 말이 옳아."

훈장도 고개를 끄덕였다.

"설혹 가족들이 위험에 빠진다 하더라도 우리들 힘으로는 어떻게 해 볼 수가 없네. 만약 섣불리 우리가 가족을 지키겠다고 마을로 돌아가 항전抗戰하면 그것을 기회로 저 악독한 놈은 필시 몇 개 마을을 태워버리거나 쑥밭으로 만들어 버릴 걸세. 그러니 우리가 나서는 것은 옳지 않네."

"제 말이 그 말입니다."

"그럼 이제 우리는 어떻게 해요?"

장정 한 사람이 떨리는 음성으로 물었다. 이제 장정들은 지휘자였던 훈장보다 벽일에게 더 기대고 있었다. 방금 질문한 장정도 벽일을 바라보며 물었다.

"우리는 장정들 숫자만 믿고 민란을 도모했다가 병력이 우리의 절반도 안 되는 관군에게 패하여 궤멸되고 말았소. 가슴 아픈 일이지만 사실은 사실이오. 많은 장정들이 목숨을 잃은 것도 가슴 아픈 일이지만 그보다 온 세상에 웃음거리가 된 것이 더 참을 수 없는 고통입니다. 우리가 여기서 목숨을 구하여 흩어져 숨는다면 두고두고 웃음거리가 될 것이오. 기왕 죽었던 목숨들이니 이대로 흩어지지 말고 훗날을 도모하며 힘을 기릅시다."

"어떻게, 어디서 힘을 기른단 말입니까?"

다른 장정이 물었다.

"몇 가지 길이 있습니다. 오늘 적으로 싸운 관군의 지휘자는 한갓 낭장에 불과한 사람입니다. 그 자는 민란의 주모자인 이필제를 쫓아 진천에 갔다가 뜻을 이루지 못하고 돌아

오던 중 화적 패거리에 잡혀 무공과 용병술을 가르치며 목숨을 구걸했다고 들었습니다."

"화적패가 되자는 겐가?"

훈장이 한숨을 뱉았다.

"그런 길도 있다는 것입니다. 다른 하나의 길은, 여기서 머지 않은 용담골에 동학을 창도한 수운 대신사가 제자들을 가르치며 살고 있습니다. 대신사께서는 연전年前에 혹세무민惑世誣民한다는 죄목으로 경주부에 압송 당한 일이 있었으나 사방에서 그 소식을 듣고 달려온 문도들 수백 명이 경주부 관아 앞에서 탄원하자 간땡이가 작은 부사와 영장이 민란이 일어날까봐 겁을 집어먹고 방면放免한 일이 있었습니다. 그분의 도를 우리 것으로 하고 천하 구제의 깃발을 높이 들면 천군만마千軍萬馬를 얻은 것과 같을 것입니다."

"그럴 듯하네. 그렇지 않아도 우리가 창의倡義할 때 동학의 진리를 차용하지 않았는가. 어차피 동학과 우리는 얽히게 되었으니 그 길 밖에 길이 없을 듯 하구만."

"그게 문젭니다."

"또 무슨 문제인가?"

훈장이 짜증을 냈다. 벽일은 참을성 있게 설명했다.

"우리가 들고 있던 기치 중에 동학의 진리가 들어 있으니 필시 관에서는 우리와 동학을 하나로 보고 조치를 취할 것입니다. 말하자면 우리 때문에 용담의 대신사께서 욕을 보게 되었단 말이지요. 그리 되면 동학도들이 우리를 용납하기 어려울지도 모릅니다."

"아닐세."

훈장은 낙관적인 사람이었다.

"병법에도 있는 얘기야. 적의 적은 이 편이라는 말이 있어. 우리가 동학을 궁지로 몰아넣었으니 저들은 살아남으려면 도리 없이 우리와 손을 잡고 민란을 일으키는 수밖에 길이 없게 되었네. 우리가 원해서 그리 된 것은 아니지만 결과가 그리 되었으니 잘된 일이다, 그 말이지."

"맞습니다."

둘러선 장정들이 동의했다. 훈장은 힘을 얻었다.

"놈들이 쫓아오기 전에 밤을 도와 용담으로 가야겠어. 부딪쳐 보는 거지, 뭐. 일이 안 돼도 죽기 밖에 더하겠는가."

목숨을 던지고 나니 만사 거칠 것이 없어 보였다. 기왕 죽은 몸이니, 그 말이 지닌 힘이 예사롭지 않았다.

"여보게, 자네는 이미 신사 어른과 구면인 데다 이번 거사에서 동학의 도를 기치로 내걸자고 제안한 사람도 자네니까, 우리보다 한 발 앞서 가서 그쪽의 형편을 살펴보고 가능하면 우리를 받아주도록 설득해 보는 것이 어떻겠는가?"

내키지 않는 일이었으나 지푸라기라도 잡겠다는 심정이 되어 간절한 눈으로 자기를 바라보는 장정들의 마음을 차버릴 수가 없어 벽일은 승낙하고 탄환을 뽑아낸 가슴을 끌어안고 한 발 앞서 산을 내려갔다.

# 28

초승달이 산마루에 걸렸다가 뒤로 자빠져 넘어가버리니 천지가 깜깜했다. 부엉이 울음소리가 깊은 가슴을 헤집었다. 다래는 무섭지 않았다. 짐승도 사람도 귀신까지도. 다만 길을 잘못 들면 어찌하나, 그것만 걱정이었다. 배윤수가 집을 나서면서 마지막으로 뱉은 말이 밤길을 걷는 어둔한 두 다리를 자꾸만 휘감았다.

"너는 화냥년이야. 무당들이 원래 화냥질을 잘하지만 너는 예외일 줄 알았어. 도대체 무엇을 생각하며 사는 거야? 사내놈들이 원하면 아무 놈에게나 다리를 벌려주는 거야? 선달이 치근거리면 선달에게 달려가고 필제라는 역적놈이 덤비면 그놈에게 벌려주고 내가 같이 살자면 아무 생각도 없이 같이 살고. 다래, 너는 인생을 너무 단순하게 살아가고 있어. 목 마르면 마시고 사내가 덤비면 벌려주고, 아, 아, 내가 왜 이러나? 한없이 밉고 한없이 끌리는 여자, 너는 대체 누구냐?"

왜 그럴까? 배윤수가 고뇌하는 것은 무엇일까? 어차피 필제와 결혼을 언약한 사이라는 것을 숨기지 않았는데도 그것을 무시하고 여편네인 양 데리고 살았던 것은 배윤수 자신이었다. 그래놓고 무엇 때문에 머리칼을 쥐어뜯으며 몸부림을 치는가? 어둔 밤에 칼을 빼들었으면 누구를 치던지, 아니면 곱게 떠날 것이지 가다가 뒤돌아보며 하는 말은 그게 무슨 싸가지인가? 다래는 코웃음을 쳤다. 사내들이란 도대체 무슨 생각들을 그리 복잡하게 하는 동물들인가?

웃기는 일은 또 있었다. 배윤수 낭장은 영장을 대신하여 관군을 이끌고 싸우러 나갔다. 무슨 대단한 적 부대와 조우하기라도 하는 것처럼 부대를 편성하고 온갖 무기들을 다 끌고 나갔지만 상대는 총소리 한 방에도 쥐구멍을 찾는 농군들이었다. 그런 농군들의 오합지졸을 깨부수러 나가면서 마치 삼국지의 장수라도 되는 양 으스대고 긴장할 것은 또 뭔가?

어쨌거나 배윤수는 군사를 끌고 전장에 나갔고, 지금쯤은 민란 부대와 조우遭遇하여 누가 깨지고 누가 이기든 결판이나 있을 것이다. 왜 저러나. 다래는 납득할 수가 없었다. 걸핏하면 짐승들 떼거리처럼 왜 싸우는가? 기껏해야 남의 목숨을 빼앗고 진지를 유린하면서 거창하게 전쟁이니 전투라고 이름하여 영웅과 패장의 이야기를 만들어 반추反芻하면서 즐기는 심보들은 또 무엇인가?

그녀는 자신이 갈 곳이 하나 뿐이라는 것을 알고 있었다. 부엌데기를 하다가 떠나올 때 대신사가 말했었다.

"자네 앞에는 험산준령險山峻嶺이 겹겹이 파도처럼 다가올 걸세. 인생이 그런 거지만 유독 자네의 인생은 험하구만. 힘들고 지치거든, 그리고 갈 곳이 없거든 언제든지 용담으로 오게."

그 말이 등대 같았다. 다른 이유도 있었다. 용담에 있으면 필제가 자신을 찾기가 수월할 것이라는 계산도 있었다. 뱃속에 있는 아기가 세상에 나와도 용담에 살면 반드시 함께 돌봐 줄 사람이 있을 것 같았다. 대신사가 예고한 대로 자신의 인생길이 험산준령이라면 아기와 함께 가지 못할 것인 즉 여린 목숨을 의탁依託할 곳도 천지 간에 용담뿐일 것 같았다. 친정어머니를 생각해 보았으나 늙어가면서도 여전히 혼돈스럽기만 한 엄마에게 기댈 일이 아니었다. 더 이상 무당이라는 천한 뿌리에 엉기고 싶지도 않았다.

초저녁에 북천변의 집을 나섰으나 용담 골짜기에 도착했을 때는 한밤중이었다. 멀리서 보면 그다 높고 웅장한 산은 아니었으나 발을 들여놓으면 심해深海처럼 속이 깊은 산이었다. 골짜기에서 흐르는 냇물 소리를 길라잡이 삼아 한참을 오르다 보니 어둠 속에 희끄무레 박명薄明을 모아 반사하는 둥근 마당 모양의 물체가 있었다. 용담이었다. 연못 속에서 그악스럽게 울어대던 개구리들이 갑자기 뚝 울음을 그쳤다. 다래는 갑자기 찾아온 고요가 무서워 걸음을 멈추었다. 오슬오슬 한기가 들었다. 연못의 뚝 위에 검은 그림자가 움직이고 있었다. 사람이었다. 온몸이 뻣뻣하게 굳어져 걸음을 떼놓을 수가 없었다. 놀라기는 저쪽도 마찬가지인 듯 헉 들이마시는 숨소리가 여기까지 들렸다. 사내였다. 사내쪽에서 먼저 아주 느린 걸음으로 다가왔다. 이쪽이 여자라는 사실을 간파看破한 사내는 좀 더 대담한 걸음으로 턱 밑에 와서 섰다.

"누구시오? 이 밤중에."

벽일이었다.

세상은 드넓어도 천지간에 몸둘 곳 없는 두 사람이 아닌 밤중에 맞닥뜨린 것이었다, 용담의 둑 위에서.

"저는 대신사 님을 뵈러 오는 길입니다. 너무 늦은 시각이나 처지가 그리 돼서요."

"처지는 저 역시 곤궁하기가 가을 맞은 잠자리와 같습니다. 이리 늦은 시각에 대신사님께서 깨어 계실지 모르겠습니다."

"내가 여기 있네. 자네들을 기다리고 있었어."

용담 건너 저편 둑 위에서 나는 소리였다. 대신사 수운의 목소리였다. 눈을 크게 뜨고 어둠 속을 응시凝視하니 뚝 위에 어른거리는 사람의 형상形象이 보였다.

# 29

용담은 작은 연못이다. 때문에 어둠 속이라도 건너편 둑 위에 있는 사람의 모습이 어릿하게 보였다. 흰 두루마기가 밤바람에 펄럭이고 있었다. 대신사의 목소리를 듣는 순간 다래는 그 자리에 무릎을 꿇었다. 벽일도 엉겁결에 다래를 따라 무릎을 꿇고 고개를 숙였다. 가까이에서 기척을 느끼고 고개를 들자 어느 사이에 왔는지 대신사 수운이 그들의 옆에 와 있었다.

"일어나라, 내 딸아."

아득한 울림을 지닌 목소리였다. 다래는 대신사의 손을 잡고 일어났다. 부드럽고 따뜻한 손이었다.

"네가 울면서 오는 모습을 보았다. 이제 다시는 저 마귀의 소굴로 가지 마라. 여기서 살면 된다. 그런데,"

대신사는 어둠 속에서 벽일의 아래위를 눈으로 더듬었다.

"이 피 냄새, 자네는 누구이고 어디서 오는가?"

"방금 싸움터에서 쫓겨 오는 한 마리 짐승입니다."

"무슨 싸움터? 무슨 짐승들이 어디서 싸웠단 말인가?"

"예, 저기, 농민들이, 고혈을 짜는 양반들 세상을 뒤엎자고 봉기하였으나 별것도 아닌 관군들과 싸우기를 첫판에 지리멸렬하여 죽거나 도망치거나 사로잡히고 저는 겨우 목숨을 부지하여 밤을 도와 달려온 것입니다. 제발 거두어 주십시오."

"그 얘기였구나. 바로 자네들이었구나. 깃발에 동학을 써서 달고 정도령의 미륵세상이 도래한다고 무지한 농민들을 끌어모아 피를 흘리게 한 무지막지한 놈들이 바로 자네들이었구만."

"동학을 빙자憑藉한 죄 백번 죽어도 할 말이 없습니다."

대신사의 입에서 장탄식하는 한숨소리가 새어 나왔다. 한참 침묵이 흐른 후에 수운이 물었다.

"농민들이, 무지하고 착한 농민들이 무슨 원한이 사무쳐서 괭이를 무기삼아 들고 나섰더냐?"

"수탈收奪을 당하여 폭발할 지경에 이르러 있었는데 어린 제 여식아이가 좌수 늙은이에게 짓밟힐 위험에 처하자 마침내 더 참지 못하고 일어났습니다. 멀리 진주민란 소식을 들어 알고 있는지라 제대로 하면 세상을 뒤엎을 수도 있을 거라 생각한 것입지요. 지금 생각하니 어리석었습니다."

"그렇구만. 어리석었어. 이 일을 어찌하나?"

수운은 뒷짐을 지고 몇 번 맴을 돌았다. 깊은 번뇌와 두려움이 도통하여 살아 있는 미륵으로 회자되고 있는 대신사를 덮치고 있었다. 그러나 잠시 뒤 입을 연 대신사의 목소리에는 번뇌와 두려움의 그늘은 없었다.

"어쩌겠느냐. 이것도 하늘의 뜻인 것을."

대체 뭐가 하늘의 뜻이라는 건지 벽일은 알아듣지 못했다. 벽일의 심중을 헤아린 듯 대신사가 말을 이었다.

"요즘 밤마다 용담이 애가 끊어지게 울었다. 무고한 목숨들이 헛되이 희생될 징조徵兆이고 하늘이 내게 떠나라고 신호를 보내는 것이다. 그러니 어찌 하겠느냐? 떠나야지."

목이 잠기는지 더 이상 말을 잇지 못했다.

"제가 죽겠습니다."

벽일이 격한 감정을 삼키며 말했다.

"자네는 지금 죽을 수도 없네. 아직 더 많은 피를 보고 죽어서 지옥 밑바닥에 가야하네. 자네를 추포하려는 자가 이미 산 아래에 당도하고 있으니 자네는 이 산을 넘어 도망하게."

"제가 이곳으로 온 줄 아는 자가 없습니다. 추포군이 뒤따라 오더라도 며칠이 지난 후의 일이 될 것입니다. 그 사이에 대신사 님에게 영험을 받아 미래를 알고 일을 도모하려 합니다. 부디 거두어 주십시오."

"자네는 이름이 다래라 했지?"

대신사의 입에서 자신의 이름이 나오자 다래는 온몸이 오그라들었다.

"자네는 여기 부엌에서 일하며 그냥 있었으면 좋았을 것을. 뭣 하러 여항閭巷에 나가 업을 갑절로 지었느냐? 농민들의 오합지졸 부대를 일격에 깨뜨린 관군의 지휘자가 제 아내를 찾아 이리로 오고 있구만. 그 자가 지옥의 겁화劫火를 무릅쓰고 자네를 찾는 것은 사랑 때문이 아니야. 증오 때문이지."

"이 여자가 그 무당의 여식으로 낭장의 여자가 된 그 여자 맞습니까?"

벽일이 놀라운 인연에 가슴을 떨면서 물었다.

"낭장의 여자가 된 것은 사실이네. 그러나 정작 가약佳約을 맺은 남자는 따로 있지. 그 남자에게서도 자네의 몸에서 나는 것 같은 피냄새가 나지. 자네는 빨리 산을 넘어 그 자에게 가서 합류하게."

"그 자가 어디 있습니까? 이름은 누군지 말씀해 주십시오."

"동쪽으로 달려 영해로 가보게. 가 보면 그 자를 만날 수 있을 걸세."

벽일이 땅바닥에 머리를 박으면서 절을 올린 후 어두운 계곡을 따라 산 속으로 사라졌다. 다래는 대신사가 자신과 낭장 배윤수, 그리고 이필제에 얽힌 사연을 훤히 꿰뚫고 있는 것을 보고 공포를 느꼈다. 온몸이 차갑게 식어가는 느낌이었다. 뭐든지 다 알고, 뭐든지 다 내다보고 계시는구나, 이 분은. 정작 당신 자신의 앞에 닥칠 운명까지 내다보고 있는 것이 분명했다.

대신사와 벽일의 대화를 통해 한 가지 알게 된 사실이 있었다. 낭장 배윤수가 반란을 일으킨 농민군을 짓부수고 많은 사람들의 목숨을 앗은 후 도망친 적장을 뒤쫓아 이곳으로 오고 있다는 것을. 문득 그녀는 배윤수가 패하여 농민군에게 사로잡히거나 목숨을 잃게 되기를 바라고 있었다는 것을 깨달았다. 지금의 공포는 증오로 타오르는 배윤수가 피묻은 칼을 들고 용담으로 오고 있다는 사실 때문인 것 같기도 했다. 배윤수는 벽일이 용담으로 숨어들었다는 것을 어떻게 알았을까? 실은 배윤수가 증오하고 있었던 것은 이필제도 아니고 김벽일도 아닌 대신사 수운 이 사람이 아니었을까? 다래의 마음 속 깊은 곳에 자리잡고 있던 열망의 뿌리가 대신사이 사람이라고 간파하고 있었던 것이 아닐까? 대신사는 그 사실을 또 알고 있었던 것이 아닐까? 그러고 보면 자신의 운명을 모르고 있었던 것은 어리석은 자신뿐이었다는 것을 깨닫고 다래는 다시 한 번 오한惡寒을 느꼈다.

# 30

낭장의 신분으로 토적군討賊軍의 부대장副隊長으로 임명되어 부대의 지휘를 맡게 된 배윤수는 경주영장과 부사로부터 부대 지휘의 전권全權을 위임 받았으나 어깨는 천근이나 되는 것처럼 무거웠다. 적의 대부대가 머물고 있다는 신리新里 마을을 부근의 산 위에 올라 내려다보니 농민군 치고는 제법 진영을 갖추고 있었고 병사들은 훈련된 병사들처럼 절도가 있었다. 적도의 대장이 마을 훈장 출신인데다 막료 또한 농투산이 무지랭이라 들었기 때문에 코웃음을 쳤으나 진지와 병사들의 거동을 보니 생각 밖이었던 것이다. 만만하게 볼 상대가 아니었다. 게다가 병력도 이쪽의 세 배는 되니 어느 모로 보나 이쪽이 열세劣勢였다. 다만 한 가지 적도賊徒들에 비해 우세인 것은 이쪽이 총포를 가지고 있고 그것을 쓸 줄 아는 훈련된 병사들이 있다는 것이었다. 이쪽의 장점을 최대한 이용하는 것이 좋겠다는 판단을 했다. 대충 승리할 수는 있을 것이다. 그러나 승리하더라도 상대를 궤멸시키는 압도적 승리를 거두지 못하면 농민들의 사기만 올리고 적개심만 북돋는 결과가 되고 만다는 것을 그는 알고 있었다. 그렇게 되면 이 전투의 최종 승자는 누가 될 것인지 장담할 수 없을 것이고 관군의 지휘권이 경상감영이나 중앙 조정에서 파견한 토벌군으로 이첩移牒될 경우 자신의 목숨도 위험해질 것이라고 그는 생각했다. 목숨만 위험에 빠지는 것이 아니라 절치부심切齒腐心해 오던 이필제와 조우할 기회도 갖지 못하게 될 것이다. 또한 끝내 다래의 마음을 사로잡지도 못할 것이었다.

무슨 수를 쓰더라도 적을 박살내야 했다. 어차피 전투는 머리싸움이었다. 피아彼我가 맞붙는 전장戰場에서는 피가 튀는 싸움이 일어나지만 한 걸음 뒤에서 보면 장기판의 말을 쓰는 것과 다를 것이 없었다.

배윤수는 이 고장 출신으로 지리에 밝고 민첩한 병사 세 명을 찾아내어 탐색꾼으로 투입했다. 그들의 임무는 적의 내부에 들어가 지휘부에 있는 적군을 회유懷柔하거나 체포逮捕하여 돌아오는 것이었다. 농군으로 가장한 탐색조探索組는 어렵지 않게 마을로 잠입했다. 그리고 너무나 손쉽게 농민군의 병사 한 사람을 데리고 돌아왔다. 훈장 밑에서 군사의 식량을 조달하는 임무를 띠고 있는 사람이었다. 그는 농민군의 수가 늘어나는 데에 따라 막대한 양의 군량미軍糧米가 필요했으나 그것을 충분히 조달할 방도가 없어 고민하고 있던 중에 같은 마을 출신의 관군 병사가 찾아와 회유하자 두말 없이 따라 나섰던 것이다.

그리고 그는 아주 중요한 정보를 토설했다. 이날 마을을 지키고 있던 부대는 짐짓 싸우는 척하다가 패퇴敗退할 것이며 뒷산으로 관군을 유인한 후 매복埋伏해 있던 주력부대가 덮쳐 궤멸潰滅시킨다는 계략이었다. 배윤수는 겉으로 태연泰然한 척했으나 속으로 가슴이 무너지는 소리를 들었다. 그대로 전투를 벌였다면 속절없이 농민군의 밥이 되고 말았을 것이기 때문이었다.

그는 신속하게 부대를 반으로 나누어 뒷산으로 우회迂廻하여 들어가 매복하고 있던 훈장의 주력을 덮치고 마을에 진을 치고 있는 적군은 총포로써 제압하여 패퇴시킨다는 계획이었다. 이 계획은 배 낭장이 기대했던 것보다 훨씬 큰 성과로 나타났다. 마을에 있던 농민군은 겉보기에 제법 기율이 있어 보였으나 총포 한 소리에 지리멸렬하여 걸음아 나 살려라 도망쳐버렸고, 뒷산에 매복하고 있던 훈장의 부대도 갑자기 덮친 관군에게 칼도 한 번 제대로 휘둘러보지 못하고 앉은 자리에서 당하고 말았던 것이다.

훈장은 자신의 목에 칼을 가져갔으나 미처 긋기도 전에 관군에게 칼을 뺏기고 생포 당할 뻔 했으니 부하 병사들이 대장을 구하기 위하여 한꺼번에 몰려오는 바람에 겨우 목숨을 부지하여 도망쳐 버렸다. 그러나 훈장과 김벽일을 제외한 대부분의 농민군은 죽거나 사로잡히거나 항복했다. 투항한 자들의 제보에 따르면 농민군의 지휘체계는 훈장과 김벽일로 이원화二元化 되어 있다고 했다. 그 중 마을에서 본대를 지휘하던 김벽일은 동학과 연줄이 깊어 이번 거사에 동학의 기치를 달고 농민들을 쉽게 움직이게 한 장본인이었다고 했다. 그 벽일이라는 자가 보이지 않았다. 적의 시신을 모두 수습하여 확인하는 작업을 거친 후에도 벽일의 흔적은 없었다. 전투 중에 비겁하게도 도망한 것이 틀림이 없었다. 그 자가 도망을 갔다면 어디로 갔을까? 두 갈래로 점쳐볼 수 있었다. 하나는 산속으로 깊이 잠적하여 명화적明火賊과 함께 지내다가 후일을 기약하는 것이고 다른 하나는 연고를 찾아 목숨을 부지하는 길이 그것이었다. 그의 연줄이란 무엇인가? 나 여기 있으니 목을 가져가시오, 하고 고향으로 돌아가지는 않았을 것이고 동학과 교분하고 있었다면 필시 용담 골짜기로 숨어들었을 것이다. 용담에 머물지 못할 형편이면 대신사 수운의 도움으로 각지에 있는 동학 문도들을 소개 받아 피신했을지도 모를 일이었다. 그 어느 경우이거나 용담은 농민 반란의 배후가 되거나 명분을 제공하는 뒷배가 되는 것인즉 이참에 용담에서 허튼소리로 혹세무민하는 그 자의 소굴을 밟아 버려야 하리라. 생각이 거기에 미치자 배윤수는 지체 없이 군사를 몰아 용담으로 향했다.

# 31

다래는 부엌데기 할멈의 방 한구석에서 잠을 이루지 못하다가 한밤중에 잠깐 졸았다. 그녀는 감포甘浦 바닷가에서 오구굿을 하는 어미를 따라가 굿거리 구경을 하다가 갑자기 새파랗게 독이 오른 뱀들이 굿청을 뒤덮고 기어나오는 바람에 혼이 빠져 달아났다. 그러나 뱀들은 달아나는 어린 소녀의 발뒤꿈치에서 넘실거리며 따라오고 있었다.

"아악."

소리를 지르다가 자신이 지르는 소리에 놀라 잠에서 깨어났다. 아랫배를 찢는 듯한 고통이 겹겹이 몰려왔다. 그러다가 아랫도리가 뜨거워졌다.

"아고마, 이기 무신 일이고. 양수가 터졌는갑다."

할멈이 외마디 소리를 지르면서 펄쩍 뛰어 일어났다.
부엌으로 가서 솥에 물을 붓고 불을 지피고 나서 할미가 방으로 돌아왔을 때 다래는 핏덩이를 쏟아냈다.

"고추다. 이 험한 세상 어찌 살라고 겁도 없이 고추를 달고 나왔노."

할멈은 넋두리를 하며 방금 세상에 고개를 내민 생명체를 들어 올렸다. 여덟 달도 채우지 못하고 떠밀려 나온 아기는 낙엽처럼 가벼웠다. 가볍기도 하거니와 숨을 쉬지 않았다.

"이기 죽은 거 아이가."

그러나 핏덩이는 가슴 언저리가 팔딱거리고 있었다. 살아 있다는 유일한 증거였다.

태胎를 쏟아낸 다음 기진하여 누워 있던 다래는 옆에 뉘여 있는 아기를 보았다. 차라리 숨을 쉬지나 말지. 다래는 부스스 일어났다. 아기를 안고 밖으로 나왔다. 문 밖에는 할멈과 대신사 수운 선생이 서 있었다.

"아기를 어디로 안고 가려는가?"

대신사가 물었다. 다 알면서 묻기는 왜 묻나, 그녀는 대답을 하지 않고 어둠 속으로 발길을 떼었다.

"생명은 하늘이 낸 것이지 자네 것이 아니야. 비록 부모라 하더라도 생명을 함부로 할 권리는 누구도 없어."

"이건 핏덩이지 아기가 아닙니다. 아기가 되기 전에 내 손으로 묻고 오게 해 주세요, 제발."

그녀는 애원했다. 대신사가 다가와 그녀의 팔에서 아기를 떼내어 부엌데기 할멈에게 넘겼다.

"날더러 어찌 하란 말입니까? 이것을 데리고 어찌 살라고 그러시는 겁니까?"

그녀는 대들었다.

"하늘이 다 알아서 하시겠지. 목숨을 주셨으니 그 목숨을 어떻게 쓸 것인지 하늘이 정하겠지."

"하늘, 하늘, 하늘, 말끝마다 하늘이지만 하늘이 털끝 하나 변하게 하는 것 보지 못했습니다. 그러니 신사님께서도 이쯤에서 정신을 차리세요."

할멈이 다래의 입을 틀어막으려고 했으나 신사가 말렸다.

"그 말도 옳구만. 일리가 있어. 요즘 상제님께서는 도통 대답이 없으시구만. 나도 답답하이."

# 32

배윤수가 병졸 오십 명을 데리고 용담을 덮친 것은 새벽녘이었다. 대신사 수운 최제우의 선친 최옥崔鋈이 서당을 열어 벼슬 못한 한풀이를 하던 정자는 그 아들 수운이 천지의 주재자인 상제上帝와 교통하여 천하 경영의 도를 얻고 그를 전파하는 총본산總本山이 되어 있어 각지에서 찾아오는 문도들과, 대신사의 영험으로 죽을병을 고쳐보려는 병자들과 가족으로 연일 장마당처럼 붐볐다. 그런 용담정도 밤새 밝혀놓은 촛불이 새벽이슬에 젖어 잦아들고 있었다. 방문의 창호지가 촛불 따라 물결처럼 흔들리고 있었다. 배윤수는 방문을 열어젖히고 방안으로 들어갔다.

"어서 오시게. 왜 이리 늦으셨는가?"

방 가운데 대신사 수운 선생이 가부좌로 앉아 있었다. 수운의 어깨 너머로 젊은 여인이 핏덩이 같은 갓난아기를 강보에 싸서 안고 있었고, 그 옆에 부엌데기 할멈이 아기를 들여다보며 간간이 가볍게 아기의 볼을 만지고 있었다. 젊은 여인이 고개를 들어 갑자기 들어온 방문객을 쳐다보았다. 배윤수는 숨이 넘어갈 정도로 놀랐다. 다래였다. 자신이 다래를 두고 집을 나설 때부터 어쩌면 그녀가 이곳 용담으로 갈지도 모른다고 막연하게 생각했던 것이 눈앞에 현실로 나타나 있었다. 다래를 여기서 만났다는 사실, 그녀가 아기를 낳았다는 사실보다 자신의 추측이 너무 잘 맞아떨어진 탓에 놀랐던 것이다.

"아기를 찾아 오셨는가?"

대신사가 다시 물었다.

"아, 예에."

배윤수는 엉겁결에 대답하고 다래의 곁으로 가서 아기를 들여다보았다.

머리통만 커다랗고 온몸이 쭈글쭈글 주름으로 뒤덮인 핏덩이는 배윤수의 품에 안기는 것을 거부하는 것처럼 사지를 바동거리다가 기어코 울음을 터뜨렸다.

"그놈, 참."

대신사가 아기를 들여다보면서 한 마디 했다.

"이 머리통하며, 방금 태어난 아기지만 딱 벌어진 완강한 어깨를 보라구. 온 세상을 떠메고 갈 놈일세. 그러나 거센 풍

랑에 부대끼는 뱃전에서 태어났으니 너의 앞날이 험하겠구나. 아깝구나, 아직은 이 아이의 세상이 아닌 것을."

다래가 배윤수의 팔에서 아기를 받으려고 몸을 일으켰다. 그보다 먼저 배윤수가 아기를 산모에게 내밀었다. 산모가 아기를 미처 안아들기 전에 배윤수가 아기를 팔에서 놓아버렸다. 다래가 황급하게 몸을 날렸으나 이미 아기는 방바닥에 떨어진 뒤였다. 차갑고 딱딱한 방바닥에 떨어진 핏덩이는 울지도 못하고 가만 있었다. 들여다보니 아기의 얼굴이 새파랗게 변해 있었다. 다래가 아기를 품에 안고 주물렀다. 대신사와 배윤수는 놀란 얼굴로 그저 바라만 보고 있었다.

어미의 간절한 바람이 아기에게 전해졌던 것일까. 한참만에 아기는 울음을 터뜨렸다. 살아 있다는 증거였다. 대신사는 어깨로 한숨을 쉬었다. 배윤수는 질린 얼굴로 방바닥만 내려다보고 있었다.

"아기 울음소리가 약한 것을 보니 아직도 충격에서 깨어나지 못했구만. 산모가 바람을 쐬면 좋지 않으니 자, 우리는 밖으로 나가는 게 좋을 듯 하구만."

대신사가 먼저 밖으로 나가자 배윤수도 뒤따라 마당에 내려섰다. 마당 한 구석 산비탈 쪽의 너럭바위 주변에 배윤수를 따라 온 병사들이 웅기중기 모여 서서 이쪽을 지켜보고 있었다.

“병사들을 보아하니, 그냥 아이의 탄생을 축하하러 온 사람은 아닌 듯하구만. 자네가 아기의 아버지 맞는가?”

배윤수는 대답을 하지 않고 병사들 쪽으로 고개를 돌렸다.

“그럴 줄 알았네.”

대신사가 거침없이 말했다.

“그럼 이 밤중에 여긴 왜 왔는가? 부하들까지 거느리고.”

“반역의 수괴 중 한 놈이 도망 간 뒤를 쫓다가 이곳으로 숨어든 사실을 확인했습니다. 선생님께서는 그 자를 내놓으십시오.”

“선생님이라니, 당치 않네. 자네 나이가 나와 비슷해 보이는데, 잘못된 공대恭待는 비례非禮 아닌가.”

“선생님.”

배윤수는 자신도 모르게 무릎을 꿇었다.

“저는 선생님을 공경합니다. 지난번 필제 도둑을 추포하러 왔다가 선생님을 처음 뵌 이후 하늘에서 내려 온 듯한 품위와 도저한 가르침이 뇌리를 떠나지 않아 늘 마음 속에 갈망하는 마음이 있었습니다. 그러나 저는 국록國祿으로 군역國役을 감당하는 무리 중의 하나로서 제 임무를 저버릴 수 없습니다. 선생님의 가르침을 도용하는 자들이 민란을 일으켰습니다. 앞으로도 제이, 제삼의 도용자들이 속출할 것입니다. 이미 경주 관내는 말할 것도 없고 영남 전체의 유림들이 상소할 준비를 하고 있다고 들었습니다. 상소가 비변사에까지 올라갈 경우 어떤 일이 벌어질지 소인으로서는 짐작하기 어렵습니다. 그 자를 내놓으십시오. 그러면 제가 온몸으로 유림의 참람僭濫한 상소를 막아보겠습니다."

"그런 사람은 없네."

대신사는 잘라 말했다. 그리고 물었다.

"동학을 도용하여 반역의 기치로 삼았다 하나 대체 무엇을 도용했다는 말인가?"

"대신사님의 〈용담유사〉 중에서 시천주조화정侍天主造化定을 미륵세계가 도래할 주문이라 하여 병사들에게 외게 하고 천지개벽이 백성의 힘으로 이루어진다고 방을 내어 혹세무민하였습니다."

"옳은 말이었구만."

"예?"

"그렇지 않은가? 천지는 개벽할 것이고 그 힘은 백성에게서 나올 것이네."

"그럼 대신사님께서 그 자들에게 동학의 도를 앞세워 천지를 개벽하라고 허락하셨단 말입니까?"

대신사는 헛헛하게 웃었다.

"자네는 반당의 수괴를 잡으러 왔는가, 아니면 나를 잡으러 왔는가?"

"반역의 무리를 이끌던 수괴 중 한 놈이 이 골짜기로 숨어들었다는 단서를 잡고 뒤쫓아 온 것입니다."

"아, 그랬구만. 난 또 잠시 착각했네. 자네가 저 아기의 애비인 줄 알았거든. 그럼 저 아기는 누구의 자식인가?"

"제 짐작으로는 이필제, 그 도적의 자식인 줄 압니다만...."

"그래서 자네가 핏덩이를 방바닥에 패대기쳤구만. 못난 사내놈."

"패대기친 게 아니라 어미가 당연히 받을 줄 알고,"

"됐네. 자네 입장과 마음은 충분히 알았네. 나를 잡으러 온 것 아니라면 그만 돌아가게나. 이 골짜기에서는 풀잎 하나도 내 목숨과 같은 것이니까."

"후회하실 겁니다."

배윤수의 말은 방안에서 들리는 다래의 비명 소리에 묻혀 버렸다. 수운은 다래와 아이가 있는 부엌 할멈의 방으로 가고, 그 뒷모습을 바라보고 있던 배윤수는 한참 망설이고 서 있다가 부하들을 이끌고 골짜기 아래로 내려갔다.

다래는 아기를 부둥켜안고 짐승처럼 울부짖고 있었다.

"살려 주세요."

방으로 들어오는 수운을 보자 다래는 아기를 부둥켜안고 수운의 발 앞에 엎드렸다.

"대신사님, 상제님, 한울님, 제발 제 아기를 살려 주세요. 아기를 살려 주시고 대신 제 목숨을 자져가세요."

수운은 아기를 들여다보았다. 온몸이 파랗게 변해가고 있었고 숨을 쉬지 않았다. 세상에 나온 지 몇 시간이 되지 않았는데 참 어이없게도 서둘러 이승을 떠나버린 아기였다.

"내가 말하지 않았던가. 이 아이의 세상이 아닌 게지, 아직은. 그러니 너무 슬퍼하지 말게나."

"살려 주십시오."

다래는 대신사의 바짓가랑이를 붙잡고 몸부림쳤다.

"대신 제 목숨을 가져가십시오. 이 하찮은 년의 목숨을 가져 가시고 죄 없는 아기의 목숨을 돌려주십시오."

"하늘의 뜻을 낸들 어찌 하겠느냐?"

"하늘의 뜻이 뭡니까?"

물불 가릴 겨를이 없는 어미가 대신사의 말꼬리를 잡고 늘어졌다.

"뭐가 옳고 그른지 분별도 못하는 하늘이 대체 뭡니까? 대신사님은 상제님을 친견하시고 한울님의 뜻을 받아 실행하시는 분 아닙니까. 상제님이 살아 계신다면 이 아이를 살려 주십시오. 그러면 저는 신사님과 한울님을 위하여 제 목숨을 내놓겠습니다."

"불쌍한 여자여."

수운은 다래의 등을 토닥였다.

"혼백이 멀리 떠나버린 물건을 이제 그만 내려놓아라. 아직도 모르겠느냐. 이 아기가 세상에 잠깐 와서 너에게 물려주고 간 막중한 소임을."

다래는 그게 무슨 귀신 씨나락 까먹는 소리냐 하는 얼굴로 수운을 쳐다보았다.

"이제 알게 될 것이다. 너는 이 아기의 생명분까지 살아야 한다는 것을."

"모르겠습니다."

다래는 억지를 부렸다.

"저는 모르겠습니다, 무슨 말씀을 하시는 건지. 그저 이 아기만 살려 주십시오. 다른 아무 것도 바라지 않겠습니다."

"아기는 없다."

대신사가 선언했다.

"너는 평생을 이 아이를 가슴에 묻고 살아갈 것이다. 그러면 이 아이는 또 자네의 가슴 속에서 살아 있을 터이고. 그러면 안 된다. 잊어라, 잊을 수 없다면 너 또한 살아도 사는 것이 아닐 터이니."

아기는 갔다. 태어난지 몇 시간이 되지 않아 필제가 뿌린 씨는 세상에 뿌리 내리지 못하고 이름도 얻지 못한 채 이승을 떠났다. 대신사 수운도 이 가혹한 운명을 그냥 보고만 있을 뿐이었다. 그러나 어미는 그냥 보고만 있지 못했다.

파랗게 굳어버린 핏덩이를 끌어안고 밤새 짐승처럼 울부짖던 다래는 골짜기에 희뿌옇게 햇살이 퍼지면서 아침이 되자 뒤란에서 낫을 찾아들고 나서는 것이었다. 늙은 부엌데기 할멈이 그녀의 독기 어린 눈을 애써 외면하면서 손목을 비틀어 낫을 뺐었다.

"낫을 들고 어딜 가려노?"

"그놈을 죽여야 해. 내 눈에 흙이 들어가기 전에 반드시 그놈의 배를 갈라 놓을 거야."

"그놈이 대체 누군데?"

"악마 같은 놈, 밤중에 찾아와서 아기를 방바닥에 패대기치고 간 놈, 그놈을 저승사자 앞에 패대기치고 말겠어요."

"그래라."

할멈은 넋이 빠져버린 젊은 아낙을 달랬다.

"하지만 이 낫으로는 억센 남정네를 찌를 수 없다, 절대로.

게다가 그 사람은 경주 부중에서 제일 간다는 무인 아니냐. 어제까지 너의 남편이기도 했고. 아직도 너를 갈망하는 눈치가 분명하더라. 그런 남자를 지옥으로 끌고 가려거든 오히려 그 남자에게 살갑게 대하거라."

그게 무슨 말씀? 하고 의아해 하자 할멈은 부연했다.

"내가 자네보다 두 배 하고도 더 살았어. 그러니 내 말을 들으라구."

낫을 뺏긴 다래는 배윤수의 배를 갈라놓을 방도가 없었기 때문에 포기하는 수 밖에 없었다. 그러나 아침에 장정 몇 사람이 거적대기에 죽은 아기의 시신을 싸 들고 뒷산으로 올라 삽으로 구덩이를 파고 묻은 뒤 작은 봉분을 만들어놓고 물러갔을 때 다래는 봉분 곁에서 손톱으로 흙을 헤집으며 반나절을 더 울었다. 울면서 무거운 돌을 주워다가 작은 봉분 위에 켜켜이 쌓아 여우 같은 짐승이 무덤을 파헤치지 못하도록 해놓고 나서 해거름에야 산에서 내려왔다.

다래가 미쳤다, 하는 소문은 금방 골짜기에 퍼지고 아랫마을 사람들에게도 알려졌다. 그녀는 며칠 동안 잠을 자지 않았다. 낮에는 아기의 무덤 옆에서 아기와 함께 살았고 저녁에 산에서 내려오면 아기의 강보와 기저귀를 만드느라 누더기들을 모아 자르고 깁는 일을 밤새도록 했다. 그러다가 갑자기 발작을 하듯 칼이나 쇠스랑 같은 쇠붙이를 찾아들고 벌떡 일어나 내달리는 것이었다. 함께 잠자던 부엌데기 할멈이 기겁하여 뒤쫓아 무기를 뺐고 방으로 끌어들여 놓으면 잠시 얌전하게 있다가 이번에는 베개를 안고 아기를 어르고 재우는 시늉을 했다. 수운이 말했던 것처럼 다래의 아기는 세상을 떠났으나 그 어미의 가슴 속에서 살고 있었다.

그렇게 미쳐 가기를 나흘째, 저녁 무렵 산에서 내려온 다래는 문지방에 엎드려 기절하고 말았다. 나흘 동안 곡기穀氣를 목구멍에 흘려 넣지 않았고 잠도 자지 않았으므로 쓰러지는 것이 당연한 일이었다. 그러나 쓰러진 다래의 몸을 안아 방안으로 끌고 가던 할멈은 시체 썩는 듯한 역한 냄새에 숨이 막혔다. 살아 있는 사람이 썩어간다는 이야기는 아직 들은 적도 본 적도 없었다. 다래를 내려다보니 입가에 거품 같은 것이 부글거리다가 턱 아래로 흘러내리고 있었다. 냄새는 그 거품에서 나고 있었다.

용담 골짜기에서 땔나무를 대던 불목하니 영감이 할멈을 도우려고 가까이 왔다가 코를 싸쥐었다.

"지랄병이야. 가엾은 것."

영감은 못 볼 것을 보았다는 듯 고개를 돌렸다.

"간질은 아니야."

어느새 왔는지 어깨 너머로 다래의 형용을 내려다 보고 있던 대신사 수운이 말했다.

“제가 지랄병 환자를 여럿 보아 아는뎁쇼. 안 됐지만 지랄병 맞구만요.”

“아닙니다, 아니라니까.”

수운이 단호하게 잘랐다.

“접신接神하는 신남 신녀들이 가끔 지랄병 비슷한 증상을 보일 때가 있습니다. 이 여자는 신딸인데도 자신이 무엇인지 알지 못하고 살았더니 마침내 귀신이 성을 내어 아기를 데려가 참화慘禍를 주고 접신의 기회를 주고 있는 겁니다.”

“그럼 귀신이 붙었단 말인가요?”

다래를 방안에 끌어다놓은 할멈이 그녀의 몸에 홑이불을 덮어주며 물었다.

“그렇소. 이 여자는 애당초 이승과 저승을 잇는 신의 딸이었소. 아깝게도 자신이 그것을 몰랐던 것이지.”

“그럼 애기를 낳은 것도 애기를 데려간 것도 다 귀신의 짓이었다 그 말씀인가요?”

“귀신이라기보다 하늘이 정해놓은 일일 뿐입니다.”

“대체 하늘은 그리 할 일이 없나.”

할아범이 중얼거렸다. 할멈이 땅이 꺼져라 한숨을 쉬며 탄식했다.

"이 일을 어이하나. 청춘이 구만 린데 아까워서 어찌하나."

"귀신들이 하는 일이라는데 사람이 어찌하긴 뭘 어찌해요."

불목하니 할아범이 퇴박을 주었다. 할아범은 절에서 오랜 세월 불목하니 역할을 하면서 나름대로 들은 풍월이 있어 불경 몇 자락을 욀 줄 알았고, 세상살이를 꿰뚫어 보는 눈이 있었다. 그 할아범이 한 마디 툭 던졌다.

"방법은 딱 한 가지 밖에 없구만."

"그게 뭐유?"

할멈이 물었다.

"뭐긴 뭐겠소. 굿을 하면 그만이지. 새댁 친정 엄마가 무당이라면서? 이 바닥에서 소문난 당골이랍디다. 딸에게 붙은 귀신을 떼 주든지 말든지."

할멈도 할아범의 생각이 옳다고 속으로 생각했다. 수운 선생도 반대하지 않았다.

그러나 그건 다래가 회복된 이후의 문제였다. 다래는 밤이 다 가도록 깨어나지 않았다. 그 고약한 냄새를 피우면서 의식을 회복하지 못하고 있었다. 가끔 코 밑에 손을 대보니 숨을 쉬는 것은 분명했다. 그리고 가다가 헛소리도 했다. 그렇다면 이 여자는 지금 의식을 잃은 것이 아니라 잠을 자는 것이 아닐까, 잠을 자면서 꿈속에서 헤매고 있는 것이 아닐까, 그런 기대로 할멈은 지켜볼 뿐이었다.

다래의 긴 잠은 다음날 저녁까지 이어졌다. 저녁이 되어서야 다래는 눈을 떴다. 그러나 기력이 없는지 손가락도 까딱하지 못했다. 할멈이 미음을 끓여 숟가락으로 흘려 넣어 주었으나 단 한 모금도 목구멍으로 넘기지 못했다.

"죽을 테여?"

할멈이 말에 뼈대를 세워 꾸짖었다.

"대신사님 말씀이 너는 먼저 보낸 아기의 생명까지 거두어 살아야 한다고 했다. 그런데 지금 보니 너는 아기를 따라가고 싶은 사람 같아 보인다."

다래는 눈을 깜박여 할멈의 말이 옳다고 인정했다.

"그럼 죽어라."

할멈은 미음 그릇을 치웠다.

"내가 아는 것은 많지 않으나 그 일은 조금 알고 있다. 내림굿을 잘 하면 죽은 아기의 혼령을 내 안에 모실 수가 있다고 들었다. 니 에미는 큰 당골이 아니냐. 딸년이 이 지경이 되었으면 당연히 내림굿으로 죽은 아기의 혼령魂靈을 불러 너에게 주지 않겠느냐. 그래서 기운 차리고 일어서라고 한 것인데 네가 정 죽고 싶다면 그리 해라. 그것이 편하다면 못 할 일도 아니지 않으냐."

그러자 다래의 손가락 하나가 미음 그릇을 가리켰다. 먹겠다는 표시였다. 할멈은 마지 못한 듯 미음을 떠서 다래의 입으로 흘려 넣었다. 몇 순갈을 받아 먹은 다래는 더 이상 입에 받지 못하고 누워버렸다. 그리고 사지가 뒤틀리는 듯 격렬한 고통에 몸이 오그라졌다. 방금 먹은 미음도 모두 토해버렸다.

"귀신의 짓이다."

할멈은 다래를 눕히고 이불을 덮어주었다.

"참아라. 죽은 아기의 혼령이 네게 오고 있는 거다. 내일 날이 밝으면 내가 네 어미에게 데려다 주마."

다래는 몸이 찢어지는 듯한 고통을 잘 견디고 있었다. 이제 그녀에게는 한 가닥 희망이 있었고 살아야 할 이유가 있었다. 밤중에 일어나 미음 그릇을 깨끗이 비워버렸고, 새벽이 되자 개울물에 머리를 감고 곱게 빗어내렸다. 그러나 할멈이 용담정의 식구들 아침상을 보아주고 물러 나올 때까지 기다려야만 했다.

# 33

해월 보살은 꿈을 꾸다가 가위눌려 선잠을 깼다. 더러운 꿈이었다. 요즘 들어 벌써 사흘밤을 내리 감포의 점바치 박씨 할매가 꿈에 나타나 험담을 하고 가는 것이었다. 할매는 이태 전에 죽었다. 생전에 원수진 일이라고는 딱 한 가지, 점바치 할매가 큰무당 해월의 단골 제주인 용선호 선주 이만복李萬福을 꼬드겨 객귀병客鬼病으로 죽은 만복의 처제 천도 겸 오구굿을 해 주기로 일을 다 만들어놓고 점바치 재주로는 감당하기 어려우니 큰무당 해월에게 도움을 요청하면서 일어난 사단이었다.

전에도 그런 일이 몇 번 있었다. 점바치가 하찮은 안택굿 따위를 성사시켜놓고 약간의 수고비를 주고 큰무당을 동원하여 제 낯을 낸 일이 이번이 처음은 아니었던 것이다. 그때는 세상 참 더럽게 돼 간다 싶으면서도 나이가 십수 년 더 먹은 점바치 할매의 청을 차버리기 어려운데다 오죽 먹고 살기가 어려우면 그러나 싶은 측은한 마음에 큰무당의 체신 따위는 잠시 바람벽에 걸어두고 나섰던 것인데 그 일에 재미를 본 점바치 할매가 오구굿, 별신굿까지 일으켜 큰무당을 머슴 부리듯 하려하자 이래서는 안 되겠다 하는 마음으로 거절했던 것인데 할매가 발딱 성질을 부리고 나섰던 것이다.

"니가 명색이 큰무당이라고 그라나? 아따 그 잘난년의 큰무당 대단하고마. 그라모 이라자. 내가 구룡포 비래쟁이들을 불러 굿을 할 테이 해월이 니는 세존거리 한 마당만 해주그라. 당금애기 사설이사 조선 천지에 해월이 니만한 사람이 없다 아이가."

"할매."

해월 보살이 정색하고 불렀다.

"다시는 내 앞에서 당금애기 타령 하지 마소."

"하면 우짤긴데?"

"입을 찢어놓겠어."

"그라모 지금 찢어라. 내사 당금애기 이바구 죽어도 해야겠다. 신기도 없는 니가 무당노릇하멘서 사는 기 누구 탓인 줄도 모르고 터진 입이라고 함부로 씨부리나 씨부리기는."

해월이 벌떡 일어나 부엌으로 내달렸다. 바라지 문 안벽에 걸려 있는 거무레한 식칼을 들고 방으로 돌아오자 그 사이에 점바치 할매는 걸음아 날 살려라 하고 내뺀 뒤였다. 얼굴 가득히 팥알이 박힌 것 같은 곰보 얼굴로 연신 뒤돌아 보며 사립을 벗어나는 할매의 뒷모습이 처량했다.

애당초 당금애기 이야기를 할매에게 한 것이 잘못이었다. 사람은 어느 골목에서 원수 되어 만날지 모르는 것인데 잠시 살갑다고 깊은 속내를 털어놓으면 언젠가는 그것이 똥바가지가 되어 머리 위로 쏟아지기 마련인 것이다.

금강산 깊은 암자에서 수도하여 도통한 큰스님이 시주를 받으러 행각하는 중에 어느 고을을 지나다가 당금애기 집에 도착했다. 처녀 당금애기를 본 큰스님이 시주를 하라고 강권했다. 당금애기는 일단 스님을 내치기로 마음 먹었다.

"부모님 두 분 다 큰아버님 초상에 가시고 홀로 집을 지키고 있는데 고방庫房이 잠겨 있고 쇳대를 부모님이 가지고 가셨기 때문에 시주를 할 수 없습니다."

스님은 순순히 물러서지 않았다.

"고방 문이 열려 있는 것을 내가 다 아는데 어찌하여 예쁜 처자가 거짓말로 부처님을 노하시게 하는고."

"미안합니다."

당금애기는 고방으로 가서 쌀 한 됫박을 퍼다가 스님의 동냥 주머니에 쏟아부었다. 스님은 짐짓 동냥 주머니의 아가리를 벌려 쌀을 받는 척 했으나 아가리를 잘못 벌려 쌀 한 됫박이 모두 마당의 흙바닥에 쏟아지고 말았다.

"이를 어찌하나. 아까운 곡식을 한 톨이라도 버리면 지장보살이 밤낮 울고 다닐낀데, 어허, 어허."

스님은 흙바닥에 떨어진 쌀을 한 톨 한 톨 정성스럽게 주워 담기 시작했다. 마침내 스님이 땅에 떨어진 쌀을 다 주워 담았을 때는 해가 서쪽 산을 넘을 무렵이었다. 기왕 일이 이렇게 되었으니 오늘은 이 집에서 자고 가야겠다고 스님은 바랑을 풀어 내려놓았다. 큰애기 혼자 있는 집에 어림도 없는 일이라고 거절했으나 스님은 막무가내였다. 해가 지면 하찮은 짐승도 거두어 재워주거늘 항차 사람을 내치면 지옥의 업화를 어찌 감당하려고 그러느냐, 협박에 손을 들고 만 것이었다. 문제는 집이 외딴집 단칸방이라는 것이었다. 당금애기는 병풍으로 좁은 공간을 두쪽으로 나누어 스님은 아랫목에서 자게하고 자신은 윗목에 자리를 깔고 누웠다. 한밤중, 스님은 병풍을 걷어 젖히고 잠들어 있는 당금애기의 배 위에 올라탔다. 놀라서 잠이 깬 당금애기가 스님을 밀어내며 말했다.

"도를 닦은 큰스님께서 어찌 이러십니까."

그러자 스님이 가쁜 숨을 몰아쉬며 말했다.

"대사는 위에나 대사지 아랫 동네는 아니거든."

그렇게 해서 두 사람은 천지공사를 벌였고, 그날 밤 일로 당금애기는 아이를 가졌다. 당금애기가 합방合房을 한 후 꿈을 꾸니 청룡, 황룡이 하늘에서 날아와 치마 자락에 떨어지는 꿈이었다. 다음날 아침 스님은 길을 나서면서 당금애기에게 호박씨 세 개를 주었다.

"이걸 심어 호박 줄기가 어느 쪽으로 뻗는지 알게 되거든 날 찾아오너라."

당금애기는 나날이 배가 불러오더니 열달만에 두 아들 쌍둥이를 낳았다. 애비 없는 자식이지만 두 아이는 무럭무럭 자랐다.

두 아이는 어찌나 영특한지 다섯 살에 『천자문千字文』을 다 떼고 서당에서 가르치는 글은 무엇이든 남보다 빨리 깨치고 잘 외웠다. 그러자 다른 아이들의 시샘을 받았고, 급기야 이 아이들을 죽이려는 음모가 진행되고 있었다. 이를 알아차린 아이 엄마는 아이의 아버지를 찾으러 금강산으로 들어갔다.

가는 길에 바다가 있어 건너지 못하고 돌아가지도 못하여 울고 있는데 용이 와서 업어다 건네주었다. 금강산 봉우리마다 암자가 숨어 있어 어느 절에 그 스님이 살고 있는지 알

수 없었다. 마침내 수소문 끝에 한 암자에 도착한 어미와 두 아들은 문 밖에서 "아부지"를 불렀다. 그러자 방 안에서 참선 중이던 스님이 문을 열고 나왔다. 스님은 다 자란 두 아이를 보더니 말했다.

"너희들이 나를 아버지라 부르려거든 바다로 돌아가 해변에서 닭을 타고 돌아와야 한다."

황당한 주문이었다. 그러나 두 아이는 왔던 길을 되돌아가 바닷가에서 용의 도움으로 스님의 요구조건을 이루어 냈다. 스님은 다시 두 아이에게 손가락을 깨물어 피를 내보라고 했다. 두 아이의 손가락에서 흐른 피가 스님 자신의 손가락에서 흘러나온 피와 자연스럽게 뭉치고 섞이자 비로소 스님은 두 아이를 끌어안고 "내 아들아." 하고 감격스러운 해후를 했다.

스님은 아이들의 이름을 지었다. 한 아이는 산신山神이라 하고 다른 아이는 용왕龍王이라 했으며 아이들의 어미인 당금애기에게는 세존世尊이라는 이름을 지었다. 그 뒤로 집집마다 이들을 모셔놓고 삼신三神이라 우러르며 소원을 빌고 액막이를 기원했으니 무당굿에서 세존거리, 세존풀이가 된 내력이 그와 같다.

당금애기 사설의 내용은 그랬다. 이것을 무당의 사설로 풀어 한 편의 감동적인 연극처럼 재현하는 재능과 기술은 천지간에 해월 보살을 따를만한 무당이 없었다.

세습 무당과 양중(兩中, 박수무당) 사이에 외동딸로 태어난 그녀는 어릴 때부터 부모의 굿마당에 따라다니며 자연스럽게 굿을 생리처럼 받아들이고 소화시켰다. 기억력이 비상하여 아무리 어렵고 긴 사설이나 염불도 두어 번 듣고 외면 한 대목도 잊어버리는 일이 없었다. 그런 비상한 기억력을 밑천으로 그녀가 풀어내는 사설은 슬픈 대목은 더욱 슬프게, 기쁜 대목은 더욱 벅차게 재현하여 굿마당에 나온 당주는 말할 것도 없고 화랑이, 비래쟁이 막음쟁이, 선무당, 점바치에, 같은 패거리의 큰무당과 박수들까지 눈물을 쏟지 않을 수 없게 만드는 것이었다. 때문에 그녀가 참여하는 굿마당은 늘 구경꾼들로 인산인해人山人海를 이루었다. 그 중에는 무복 속에 감추어진 그녀의 육덕肉德이 흐느적거리며 돌아갈 때마다 오금이 저려 한숨을 토해내는 남정네들도 많았다.

기생 빰칠 정도로 잘 생긴 얼굴에 좋은 육덕肉德을 지녔으니 그녀의 옆에 많은 남정네들이 있었을 것이라는 추측은 누구나 했으나 정확하게 그녀가 어떤 남자에게 첫정情을 주고 몇 명의 남자와 살을 섞었는지 아는 사람은 당연히 아무도 없었다. 기림사 큰스님 수전水田 스님과의 사이에 다래를 낳은 내력도 그녀 자신이 점바치 할매에게 털어놓지 않았더라면 세상 누구도 알지 못한 채 덮을 수도 있을 법한 일이었다.

울산 정자마을에서 나흘간에 걸친 별신굿을 작파作破하던 날의 저녁이었다. 멀리 부산에서 온 무당도 있었고, 속초 양양에서 내려와 굿거리에 참여한 무당과 양중兩中도 있어 일행이 여남은 명이 넘었는데 제주祭主인 마을 이장이 돼지 한 마리 잡고 막걸리를 걸러내어 푸짐한 상을 차렸는지라 다들 오랜만에 마시고 취한 상태였다. 점바치 할매가 이 마을 어른들과 각별한 인연이 있어 점바치를 통해 이루어진 굿판인지라 점바치 할매도 굿마당을 처음부터 끝까지 지켜보고 있었다. 굿을 무사히, 신명나게 마치자 덩달아 신이 나서 막걸리 몇 사발을 마신 할매가 해월에게 말했다.

"세존풀이 말이제. 우짜모 그렇게 눈에 보이는 것메쿠로 풀어내는지 신기하고 기막히구마는. 내사 해월이 자네가 당금애기인 줄 알고 깜박 속고 있다가 꿈에서 깨었구마. 특히 말이제."

할매는 눈을 가늘게 뜨고 비실비실 웃으며 말했다.

"금강산 대사가 당금애기를 덮쳐 누르는 그 장면 말이제. 눈에 보이는 것메쿠로 하도 실감나게 풀어내는지라 듣는 사람들이 모두 오줌을 지렸을 기라. 그런데 내가 보기에 이는 필시 자네가 직접 겪어보지 않고는 재주만으로 그렇게 실감나게 풀어내지는 못할 일이거든. 말해 보게나. 자네 일이면 필시 나중에 한이 되어 굿을 해도 다 풀지 못할 일이니 지금 말해 보라는 거라."

해월은 점바치 할매가 다 아는 것처럼 넘겨짚는 바람에 속절없이 넘어가고 말았다. 그 바람 불고 폭우 쏟아지던 밤, 기림사 큰스님이 절에 올라가던 중 비를 피하여 해월의 집으로 찾아들던 일, 젖은 옷을 말려놓고 아랫목에 이부자리를 보아주고 자신은 건넌방에서 새우잠을 자던 중 스님이 배 위에 올라타고 있던 일, 스님의 몸을 밀어내며 당금애기 흉내를 내어 "도인이 어찌 이런 짓을 하느냐"고 힐책하자 큰스님 역시 당금애기 사설에 나오는 대사의 흉내를 내어 "대사면 윗동네나 대사지 아랫동네도 대사냐?"고 응수應手하여 결국 해월이 몸을 열게 만들었던 일, 그날 이후 태기胎氣가 있어 열달만에 딸을 낳았으니 이름을 다래라 했다는 것까지 털어놓고 만 것이었다.

"그라모 그 아이가 삼신이구마는. 큰무당이 될 팔자를 타고났네. 지금 어디서 살고 있노?"

해월은 눈을 아래로 깔아 버선코에 박았다.

"그년이, 어릴 때부터 무당 안 하겠다, 팔자를 바꿔 보겠다고 부모 보기를 지렁이 보듯 하더니만 그예 조금 철이 들 무렵에는 집을 나가 떠돌아 다니면서 팔자를 거역해 보려고 애를 쓰고 살더니만."

"팔자는 바꾸지 못하는 법이니라. 그래서? 그 아이가 지금은 어디서 무엇을 하고 사노?"

"부모 그늘을 벗어나자니 생고생이지요, 뭐. 듣자니 경주부 관아에 들어가 노비 신세로 설거지나 하고 있다고 들었습니다."

"쯧."

점바치 할매가 혀를 찼다.

"어미를 닮았으모 인물이 보통 아닐 낀데, 여자가 인물 잘나면 사내놈들이 오뉴월 쉬파리 꿰듯 꿰어들거든. 그기 또 팔자를 더럽게 꼬이게 만든다카이. 내가 짚어보니 그 아이 결국에는 어미 품으로 돌아와 큰무당 노릇할 테니 기다려 보그라."

"그럴까요?"

"내가 잘못 짚는 것 보았나?"

"아니, 언제나 귀신처럼 맞추었습니다."

"하모."

그렇게 된 일이었다. 그 후로 점바치 할매는 해월 보살을 믿고 근동 마을에서 큰 굿 작은 굿 가리지 않고 받아내어 일을 꾸미는데 해월에게는 미리 귀띔도 주지 않고 일을 성사시켜놓은 후에야 몇 월 며칠에 아무데서 오구굿을 하니 참여하라고 통기만 할 뿐이었다. 해월은 몸이 아플 때도 점바치 할매가 일으킨 굿에는 빠지지 않고 참여했다. 다래의 출생 비밀을 알고 있는 할매가 나발을 불면 예삿일이 아니기 때문이었다.

사악한 할매는 그것 말고도 해월의 약점을 하나 더 잡고 있었다.

"자네는 총기 있고 목소리 좋고 춤도 일품이라 더 바랄 것 없는 천생 무당인데 한 가지 흠이 있는 기라. 몸주가 없어 신기가 없으니 자네의 그 잘난 재주도 종이로 맹근 꽃이나 마찬가지인기라. 굿거리에 재주만 있고 생명력이 없다 이거야. 굿거리의 생명력이 무에야? 신기지. 앞으로 두고 보그라. 하마 서양 귀신들이 들어와 안방을 차지하지 안했나. 서양 귀신들이 들어와 안방 차지하는 원인이 어디 있느냐 하모 그거 믿는 사람들 신기가 대단하거든. 듣자니 서양귀신의 대장인 야소耶蘇라카는 사람도 큰애기 몸에서 나왔다카니 사생아나 서얼庶孼 아니겠나. 자네 딸 아이 이름이 다래라캤나? 그 아이 어쩌다 쭉 찢어져 나오지 않았으모 야소에 필적할 산신님이나 용왕님이 되는 건데 하필이모 찢어진 년이 나와 제 팔자만 사납게 되었구만. 내가 지금 무신 말을 하느냐 하모 자네 신기가 조금 부족하니 앞으로 변하는 세상에서는 발 붙이기가 어렵지 않겠나, 그런 생각이거든. 알아서 하그라."

세상은 눈이 핑핑 돌 지경으로 변하고 있다. 이렇게 변하는 세상에서는 신기가 있는 무당이나 종교만 살아 남는다. 무당이 춤이나 잘 추고 염불 잘 외고 사설 푸는 재주가 비상하여 인기를 끌었던 시대는 지나가고 있다, 그런 무당은 앞으로 홀로 살기가 어려울 것이니 나 같은 점바치 늙은이에게 업혀서 고분고분 살든지 말든지 알아서 하라, 뭐 그런 말인 성싶었다.

해월 보살은 점바치 할매의 비판을 겸허하게 받아들였다. 자신에게 필요한 것, 자신이 갖추지 못한 것이 무엇인지 스스로 잘 알고 있었기 때문이었다. 한때는 딸년인 다래를 키워 자신에게 부족한 무당의 신기를 불어넣어주고 싶었던 적도 있었다. 다래가 "죽어도 무당 되기 싫다"고 선언하고 집을 떠나버리기 전까지는 그랬다. 지금은 그나마 허황한 꿈을 접은 지 오래였다. 문득 수전修田 큰스님을 생각했다. 다래를 만든 그날 밤 이후 한 번도 옷깃을 스쳐본 일이 없었던 스님이었다. 스님이라면 자신에게 부족한 그 무엇을 가득 채워주고도 남으리라는 생각을 했다.

그러나 그녀는 간밤의 뒤숭숭했던 꿈자리에 아직도 덜미가 잡혀 있었다. 굿판이나 한 번 오지게 벌이면 이런 기분이 가실 것도 같은데, 어디 일거리가 없을까, 점바치 할매라도 살아 있었더라면, 하고 아쉬운 마음을 씹는데 손님이 왔다. 기림사에서 큰스님을 시봉하는 사미승 현수玄修 스님이었다.

"큰스님이,"

젊은 스님은 말을 더듬었다. 해월은 그런 스님의 손을 끌어 방에다 앉히고 차를 한 잔 끓여 내놓았다.

"큰스님이 뭘 어쨌는데?"

"아침에 계곡물에 목욕을 하시고 대중을 모은 후에 말씀하시기를 '나 내일 갈란다' 하시는 거라요. 열반하시겠다 그 말씀 아인교."

이거였구나, 그 뒤숭숭했던 꿈은.

"그카고 조실방祖室房에 가부좌로 앉아 계시다가 소승을 찾기에 방으로 들어가 보니 스님께서 가만히 말씀 하시기를 '내 딸 다래를 만나고 싶다. 찾아 보거라.' 하시는 거라요. 보살님. 다래 보살님을 어디 가면 찾을 수 있을까요?"

# 34

큰스님이 목욕재계沐浴齋戒 하고 "나 내일 갈란다"고 했던 그 내일이 바로 오늘이었다. 상좌 현수의 이야기로는 스님이 세속 인연을 접으면서 무슨 서운한 것이 있었는지 밤새 뒤척이며 잠을 이루지 못하는 중에도 "다래야." 하고 얼굴도 본 적이 없는 딸의 이름을 세 번이나 불렀다고 했다. 지켜보고 있던 현수가 한밤중 어둠 속에서 어찌할 바를 모르다가 새벽 날이 밝기가 무섭게 아랫마을로 달려와 해월 보살을 찾은 것이었다. 그러나 다래의 행방을 모르기는 큰스님이나 해월 보살이나 마찬가지였다.

해월은 우선 현수에게 합장으로 예를 올리고 젊은 스님을 방안으로 맞아들였다.

"우짜꼬. 다래 그년의 행방을 이 에미도 모르이 우짤꼬. 그 놈의 영감탱이는 살아 평생 딸년의 얼굴 한 번 보자는 말도 없디만 먼 길 떠날라고 채비하면서 인자 겨우 미친년 속곳

찾드키 찾아싸모 낸들 어이하겠노. 보소, 스님요. 올라가서 큰스님한테 이리 말하소. 에미한테 물어봤더니 다래라는 아이는 하매 벌써 죽었뻿다 하더라. 그래 말하소."

현수가 한숨을 쉬자 해월이 몇 마디 보탰다.

"그놈의 억수비 때문에 딸년을 맹글어놓고 얼음장처럼 차갑고 매정하게 도리질 한번으로 나를 생각 밖으로 내쫓아뿔고 가부좌 틀고 앉아 한소식 하더니 근동近洞에 이름을 떨치면서 큰스님으로 칭송 받다가 죽을 임시에 다 무너져 딸이나 찾으모 체통이 어이 되노. 고마 다 잊아뿌고 열반하시라 그라소."

현수가 돌아가 그렇게 전했는지 어땠는지 알 수는 없었다. 어쨌든 수전 큰스님은 그날 정오 무렵 열반에 들었다. 좌탈입망坐脫立忘, 앉은 자세 그대로 생명이 빠져나갔다. 생명의 기운이 완전히 사그라지기 전에 둘러싼 제자들이 "한 말씀만 하고 가시라"고 채근했지만 스님은 끝내 한 마디 말도 없이 눈을 감고 입을 닫아걸었다.

그 시각, 아랫마을의 해월 보살은 명치끝을 송곳으로 쑤시는 것 같은 고통을 참으며 먼 산 아래 기림사의 그림자를 마음으로 쫓고 있었다. 한낮의 햇살이 마루 끝에 걸릴 무렵 해월은 부들부들 몸을 떨다가 누군가 뒤통수를 망치로 내려치는 듯한 충격을 받고 혼절하고 말았다.

해월이 깨어난 것은 저녁 무렵이었다. 눈앞에 낯선 할망구의 얼굴이 보였다. 할망구 옆에는 젊은 여자가 있었다. 행방을 모르겠다던 다래였다.

"여가 어디고?"

해월은 여기가 저승 어디쯤이냐 하는 어투였다. 할멈이 말했다.

"한참 푸지게 자고 나더이만 헷갈리는교? 나는 용담정에서 밥하는 부엌데기 할망구고, 여기 이 사람은 보살님의 하나 뿐인 피붙이 아닌가배. 알아보겠는교?"

해월 보살이 몸을 일으키더니 기림사 쪽의 희미한 산봉우리에 눈을 주었다.

"큰스님, 니 아버지는 어찌 됐노?"

그 말에 대답이라도 하듯 큰스님을 시봉하던 현수 스님이 사립 안으로 들어섰다.

"오시(午時, 오전11시~오후1시)에 입적하셨습니다."

"그래요?"

해월은 담담하게 받고 다래를 바라보았다.

"들었제? 니 아비라는 사람이 방금 전에 이승을 하직했다카네. 그런데 니는 우짠 일이고? 꿈에 아버지가 부르더나?"

그 말이 채 끝나기도 전에 다래는 사립을 박차고 나가 기림사를 향해 뛰기 시작했다. 누가 말릴 겨를이 없었다. 현수 스님이 뒤따라 달려갔으나 다래의 걸음이 어찌나 빠른지 일주문 앞에서야 겨우 뒷덜미를 잡았다.

"보살님."

돌아보는 다래의 눈이 정상이 아니었다. 젊은 스님은 억장이 무너졌으나 그래도 할말은 해야겠다고 목소리를 높였다.

"큰스님께서 어제 세 번이나 보살님의 이름을 부르시며 한 번만이라도 얼굴을 보고 가고 싶다는 뜻을 보였습니다만 보살님이 계신 곳을 몰라 만나뵙게 해드리지 못했습니다. 이제 입적하시고 다비 준비를 하고 있는 마당에 보살님이 찾아와 통곡을 한들 큰스님 업화業禍만 키울 뿐입니다. 해월 보살님에게 돌아가 계시다가 다비식 때 참예參詣하시는 것이 도리 아니겠습니까?"

"도리?"

다래는 코웃음을 쳤다.

"스님이 도리를 아십니까? 자식된 도리, 어미 된 도리를 아십니까? 혼자 고통의 바다에서 헤엄쳐 나오려고 발버둥치며 가족들을 내쫓은 당신들이 인간의 도리를 안다 그 말입니까?"

"뭐 그렇다기보다."

현수 스님은 한 발 물러섰다. 느린 걸음으로 뒤쫓아 온 해월 보살과 용담정 부엌데기 할멈이 숨을 몰아쉬며 그들의 옆으로 왔으므로 현수 스님은 다래의 문제를 어미에게 넘기고 뒷짐을 지고 물러나 버렸다.

"다래야, 이 불쌍한 년아."

해월은 딸을 부둥켜안고 목놓아 울었다.

"할매한테 다 들었다. 핏덩이를 니 가슴에 묻은 사연을 다 들었다. 그런 니가 혼백 없는 아비의 시신을 보면 뭐 하겠노? 다비를 마친 후에 오구를 하여 아비를 불러올 테니 그때 만나보거레이."

굿을 하여 아비의 혼백을 불러오겠다는 말에 다래는 어머니 해월을 바라보았다.

"참말이다. 내 평생 마지막 오구굿을 한 판 벌여볼 작정이다. 죽은 혼백 천도薦度를 위해서도 아니고, 산 사람들 위해 오구굿을 해 보자."

# 35

산 사람을 위해 오구굿을 한다는 것은 평생을 무당으로 굿판에서 살아온 해월 보살로서도 일찍이 생각해 본 일도 들어본 일도 없는 일이었다. 그저 살아온 것을 모두 담아 푸닥거리에 실어 보내고 죽어서 돌아갈 자리를 마련해야 한다는 생각에서 문득 오구굿을 떠올린 것 뿐이었다. 기왕 오구굿을 할 바에는 방금 입적한 큰스님의 천도재를 겸하고 큰스님과 자신의 피를 받아 세상에 태어난 다래의 내림굿을 아울러 해야겠다는 생각이 아주 자연스럽게 머릿속을 메운 것뿐이었다. 이렇게 하여 여태까지 해월의 평생 듣도 보도 못했던 굿판을 벌이게 된 것인데 뒷날 사람들은 이 굿을 보고 '산오구굿'이라 명명하고 굿판의 형식을 허물고 지평을 넓히는 계기로 삼았다. 따지고 보면 모든 굿판이 어차피 저승과 소통하고 가는 길을 닦는 것임에야 따로 굳어진 형식이 있을 턱이 없었다. 누군가 먼저 가면서 흔적을 남기면 그것이 길이 되는 것이다.

어차피 해월 보살이 벌여온 오구굿은 절집에서 하고 있던 천도재나 그 내용이 비슷하였다. 기림사 사하촌에서 태어난 인연인지 어려서부터 불당에 참배하는 것이 스스럼이 없었고 염불하는 것을 들으면 자신도 모르게 그 잔영殘影이 머릿속에 남아 어느날 생각지도 않게 입속에서 튀어나오던 것인데 이를 본 어른들은 "아깝다. 여자 아니었으모 대사大師가 될낀데" 한탄하였으나 그녀는 무당의 가업家業을 이어받은 이후 자연스럽게 염불을 굿거리에 녹여 넣었고, 이를 본 다른 무당들이 본을 따랐다. 그 덕분에 영일, 경주, 울산, 부산까지 해변 마을의 별신굿이나 오구굿, 심지어 안택경에 이르기까지 무당이나 점바치들은 회심곡回心曲이나 천수경千手經 따위의 염불은 기본이고 심한 경우에는 금강경金剛經 일부도 염송念誦하는 것을 자랑으로 여기게 되었다. 굿판에 구경 나온 사람들도 염불 한 자락을 들어야 굿의 진미珍味를 얻은 것처럼 생각하게 되었으니 무당 저들끼리는 "공연시럽게 무당 노릇 어렵게 만들었다"고 해월을 향하여 욕지거리를 일삼게 된 것이었다. 그렇거나 말거나 해월의 굿거리는 날이 갈수록 절집의 천도재遷度齋나 생전예수재生前豫修齋와 방불한 모습을 띠어 갔다.

이번에는 더했다. 큰스님의 천도재라니 절집에서 들으면 대경실색大驚失色할 일을 벌여야 하고 거기에 이미 신기가 돌기 시작한 딸년 다래의 내림굿을 짜 넣어야 하는 데다 해월 자신의 생전 예수豫修를 위한 산오구굿을 겸해야 하니 굿거리의 짜임새가 한층 복잡하고 어지러울 것이었다. "무슨 굿인지 모르겠다"고 비웃는 소리가 벌써부터 귀에 들리는 듯하였다. 그렇거나 말거나 해월은 아랑곳하지 않았다. 어차피 굿이란 살아 있는 사람들이 저승과 내왕하는 길을 트기 위해 만들어둔 장치인 바에야 이쪽의 필요에 따라 굿거리를 구성하면 그만인 것이다.

늘 그랬지만 큰무당이 된 이래 굿판을 짤 때마다 해월은 굿판이 세상을 다스리는 나랏일과 비슷할 것이라는 생각이었다. 먼저 굿을 하는 당가의 목적과 필요에 따라 굿거리를 구성해야 하고, 굿거리 구성에 맞추어 무당과 선무당, 바라지하는 양중과 비래쟁이들을 근동 아니면 먼 지방에서까지 연통하여 데리고 와야 한다. 오기로 약조한 무당과 양중들이 제 날짜에 오도록 사전에 점검해야 하고, 용한 지화쟁이를 한 달이나 보름 전부터 데려다가 지화紙花, 용선龍船까지 필요한 무구巫具를 갖추 만들어 두어야 한다. 당가집에 재물을 준비시킬 것은 준비 시키고 일부는 아예 이쪽에서 사람을 부리고 돈을 들여 재물을 준비해야 한다. 떡이야 며칠이면 족하지만 콩나물을 기르고 술을 빚는 일은 많은 날이 필요한 것이어서 다 미리 준비해 두지 않으면 안 되는 일이었다. 그러자니 돈이 필요했다. 당가집과 비용을 협상하여 흥정하는 일은 언제나 그랬지만 가장 어려운 일이었다. 이번처럼 큰무당 자신이 산오구굿을 계획하여 연행하려면 모든 비용을 자신이 대야 하기 때문에 예사로운 일이 아니었다. 굿판에서 시주를 짜내도록 최대한 노력을 해야겠지만 그 결과는 예측하기 어려운 일이었다.

그러나 이번 일을 앞두고 해월은 그런 점에서 담담했다. 살아 생전 마지막 굿판이 될 것임을 스스로 어림하고 있었기 때문에 자신이 지닌 전 재산을 다 털어넣으면 그만이라고 생각하고 있었기 때문이었다.

굿을 하는 날짜는 한 달 앞인 계해년(癸亥年, 1863) 오월 열이렛날로 잡았다. 날을 잡아놓고 해월은 다래를 자기 집에 붙잡아 두었다. 그냥 잡아두고 조석朝夕 끼니거리나 장만토록 부려먹은 것이 아니라 굿판의 계획부터 연행까지 모든 과정을 옆에서 보고 배우고, 사소한 일은 책임을 맡겨 진행하도록 가르쳤다. 호랑이가 새끼들에게 먹고 먹히는 숲에서 살아남을 수 있도록 기술을 가르쳐주는 과정과 흡사했다. 처음 며칠 동안 다래는 죽은 아이를 생각하고 얼반 미친 상태가 되어 부들부들 떨기도 하고 맨발에 속곳 바람으로 뛰어나가 마을을 돌아다니기도 했으나 굿판 준비를 하면서 차츰 신기가 가라앉기 시작했다. 굿을 잘하면 엊그제 입적한 아버지는 물론이고 말 못하고 죽은 핏덩이 아들까지 만나볼 수 있다는 해월의 말에 넘어가 그날을 기다리는 눈치였다.

그러나 큰무당 해월 스스로 생각하기에도 이상한 굿이었다. 오구굿이냐 하면 천도재에 가까웠고, 천도재냐 하면 내림굿이었다. 내림굿을 잘하는 무당을 전국에서 수소문하여 충청도 대전에서 내림굿으로 유명한 큰무당 서화선徐花仙을 초빙하여 약조約條를 받아놓았다. 다래의 신내림을 시작부터 무당 명가名家의 후예답게 확실하게 터잡아 주어야겠다는 계산에서 무리를 한 것이었다.

"굿 이름을 무엇이라 하는교?"

다래가 물었다.

"그기 말이다. 나도 잘 모르겠는기라. 이것저것 다 들어 있으니까 큰굿이라 하모 안 되겠나."

"그런 굿은 듣도 보도 못했는데."

"지금 듣고 지금 보거라. 옛날 아주 오래 적 조상들 시대에는 큰굿을 하지 않았나 싶다. 그러다가 사람들이 잔망孱妄스러워지고 무당의 능력이 작아지면서 큰거리도 잘게 부숴져 오늘 같이 여러 이름으로 굿판이 만들어진 거라. 그라니 내가 하는 굿은 단군왕검 시절의 굿판이 될 거라고."

"죽도 밥도 안 되겠구만."

다래는 어머니 해월을 믿지 못하겠다는 눈치였다.

"굿도 세월 따라 변한다. 귀신도 변하니 굿이 변하는 것은 당연지사다. 두고 보거라. 앞으로 세상에는 서양귀신이 판을 칠 것인데 그 독한 서양귀신에 맞설라면 굿도 발전해야 하는 기라. 그 일을 내가 이끌어야제, 누가 이끌겠노."

다래는 문득 생각나는 사람이 있었다. 용담정의 수운 대신사였다. 그분이라면 서양 귀신을 제압하여 제대로 된 세상을 만들 수 있지 않을까. 아무래도 어머니 해월의 능력으로는 어림도 없는 새 세상의 새 판을 대신사가 짜야 할 것이라는 느낌이 들었다.

큰무당 해월의 무당 일생을 몽땅 실어 마무리 짓는 뜻으로 계획한 큰굿은 차질없이 진행됐다. 지화쟁이를 집으로 불러다 한달을 기약하고 각종 지화며 용선이며 굿당을 치장할 그림과 무구巫具를 만들었고, 날짜가 임박해서는 해월 스스로 충청도 대전으로 올라가 내림굿을 잘하는 서화선을 기차 타고 데리고 내려왔다. 준비는 다 된 셈이었다. 정작 다래가 문제였다.

대전에서 내려온 그날부터 신딸이 될 다래와 이것저것 물어보고 간을 떠보던 서화선이 두 손을 들어버렸다.

"이 굿 못하겠다. 나는 올라갈라요."

기껏 대전까지 찾아가 지극 정성으로 모시고 온 내림굿의 당대 일인자 서화선 무당이 굿을 포기하고 돌아가겠다는 것이었다. 해월은 자신보다 서너 살 위인 서화선 할망구의 쭈글쭈글한 면상에 자신의 이마를 갖다 댔다.

"이기 무신 귀신 씨나락 까묵는 소린교? 뭐가 어쨌다고? 다시 말해 보소."

"다시 말하지, 열 번 백 번이라도 말하겠어. 당신 딸 다래 말이지. 신기가 가득하고 미친 것은 사실인데 몸주를 받을 생각이 없어."

"그년이 생각이 있건 말건 무신 상관인교. 신이 내리면 그만이지."

"그게 아니고, 나는 무당질 반백 년에 이런 경우는 처음 본다. 다래 저 아이는 미친 것이 분명하고, 낳자마자 죽은 아이 때문에 실성한 것도 분명하다. 내가 점을 쳐보니 저 아이 할애비가 양중 노릇하던 중에 삼척에서 온 선무당 화냥년하고 배가 맞아 놀다가 선무당 지아비가 휘두른 낫에 찔려 죽었지? 그 할애비 혼신이 덮친 건데 저 아이는 죽어도 할애비를 몸주로 받기 싫다는구만."

"그라모 말도 못하는 그 핏덩이를 몸주로 받아주겠다 그 말인교?"

"그거라면 차라리 낫지. 다래 저 아이는 옥황상제玉皇上帝, 한울님을 몸주로 받겠다는 거야. 상제 한울님을 내가 무슨 재주로 불러내겠나. 나는 그런 굿은 할 줄 모른다."

듣고보니 심각한 일이었다. 그러나 해월은 대전 무당 서화선의 말을 곧이곧대로 믿지 않았다. 굿판을 떠나기 위해 둘러대는 핑계 쯤으로 간주한 것이었다.

"지금 저 아이가 제정신이 아니라서 그럴 겝니다. 여기 오기 전에 경주 용담이라는 곳에서 대신사라는 분 밑에서 몸을 의지했는데 그 양반 가르침을 받아 허황한 옥황상제 한울님 타령을 하는 거지. 정신이 돌고 굿판이 익으면 몸주를 받아들일 겁니다."

"혹시 동학이라는 그 신도信徒 말인가?"

"아십니까?"

"알지. 내 신딸 중에서 보통 무당의 경지를 넘어서서 영험한 아이가 하나 있었네. 나이가 하마 쉰둘이지. 이 년의 지아비가 중도 소도 아닌 것이 금강산에 들어가 삼년 수도를 하고 지리산, 계룡산, 마이산, 전국 명산은 다 찾아다니며 신풀이를 하던 중에 경상도에 내려와 동학 신사를 만나 마침내 아이고 한울님, 하고 엎어졌다는 게야. 지금 그 몹쓸 남자가 동학의 충청도 접주라지, 아마. 그 바람에 내 신딸이 어느 날 갑자기 시천주 어쩌고 하면서 주문을 외는데, 아, 그 주문 한 자락에 병든 놈들이 벌떡 일어나지 않나, 신통망통하니 동학을 따르는 자가 불길처럼 일어나고 있거든. 자네 딸년이 대신사 밑에서 직접 지도를 받았다면 글쎄, 이 굿을 해서 뭐할까 싶네."

"나도 그 걱정을 아니한 것 아이오. 그래서 살펴보니 다래년이 아직은 동학에 속속들이 물든 것은 아니고 얼간이 든 것 뿐이오. 그라이 이참에 저 아이를 단단히 묶어놔 주시오, 제발, 성님."

겨우 달래서 서화선 노파를 붙들어 앉혔다.

해월 보살의 큰굿 이야기가 어떻게 퍼졌는지 근동近洞의 호사가好事家들은 말할 것도 없고 멀리 경상도 전라도 일대의 내로라하는 무당, 점바치들하고 양양, 주문진, 강릉의 무당 패거리들까지 구경이나 해두자는 마음으로 모여들었다.

# 36

계해년(癸亥年, 1863) 음력으로 5월 열이렛날, 해월 보살의 큰 굿이 시작됐다. 밤낮 사흘에 걸친 대장정大長征의 시작이었다.

굿판을 벌이기 한 달 전에 해월은 충청도 대전에서 데리고 온 큰무당 서화선과 머리를 맞대고 앉아 굿판의 차례를 짰다. 굿거리를 정하는 일은 굿의 목적과 성격에 따라 달라지고 제관과 제주의 추렴 능력이 어느 정도인가에 따라 굿판의 규모와 굿거리의 구성도 달라지고 동원할 무당과 양중의 수도 이에 맞추어 정해지는 법이었다. 그러나 도대체 이번 굿은 그 성격이 애매했다.

"어차피 잡탕굿인데, 그걸 모두 섞어서 고금에 없는 굿판을 새로 만드느니 순서에 맞추어 하나씩 해 나가면 될 것 아닌가."

서화선이 내놓은 안이었다. 해월은 고금에 없는 새 굿판을 생각해 오고 있었으나 어차피 혼자 모든 굿거리를 다 감당할 수 없는 바에야 다른 무당들의 능력과 재주가 허용하는 한도 안에서 새 굿판을 짜는 수 밖에 달리 도리가 없다는 결론을 내리고 있었다. 서화선은 그런 해월의 속사정을 꿰뚫어 보고 현실적인 안을 내놓은 것이었다.

"큰 틀은 근동에서 해 오던대로 별신굿으로 하고, 거기다가 오구랑 천도재와 예수재豫修齋를 집어넣고 맨 마지막으로 신내림굿으로 말미를 장식하믄 어떨까?"

"그래야겠지요."

해월이 찬동했다.

"별신굿하고 천도재를 겸한 오구굿은 동생이 주무를 맡아 하게. 맨 마지막으로 신내림은 내가 맡을 테니까."

"그리 해 주소. 그라고,"

뭔가 잊을 뻔 했다는 듯이 해월이 말했다.

"오구에서 내가 심청전沈淸傳을 할 테니 성님은 천도재에서 앉은굿으로 독경讀經을 해주구랴. 뭘 하실 수 있수?"

"천수경하고 반야심경 정도야 골백번 했던 거이니,"

"그 정도면 훌륭하오. 한데 그건 귀신들 들으라고 하는 독경이고, 구경꾼 늙은이들 눈과 귀를 즐겁게 해 줄 다른 연희演戱는 없수?"

"바리떼기나 구슬프게 연희해서 눈물들을 쏙 빼놓지 뭐."

"그거 좋심더. 그라믄 그리 하기로 하고, 그럼 내일부터 금줄 칩니다."

담장 밑 마당 한 구석에 있는 우물에 금줄을 치고 부정을 가시기 시작했다. 그날부터 주무인 해월과 서화선은 매일 밤마다 차가운 우물물에 몸을 닦고 행동거지를 조신하게 하고 먹는 것을 가렸다. 누가 말하지 않아도 오랜 경험을 통하여, 저승과 통하는 길은 살아 있는 사람들의 정성 뿐이라는 것을 두 사람의 늙은 무당들은 체득하고 있었다.

굿판을 여는 첫날 새벽, 해월은 네 명의 무당과 세 명의 양중을 데리고 굿당으로 정한 안방과 대청, 그리고 마당 안팎을 돌며 부정不淨을 가시는 부정굿으로 굿을 시작했다. 양중들이 장구와 징으로 드렁갱이를 치며 바라지를 하자 해월은 부정을 가시는 굿노래를 부르고 바가지에 담아 내 온 물을 신칼로 찍어 사방에 뿌렸다. 이어 소지燒紙를 하고 짚단에 불을 붙여 집안 구석구석을 돌며 불김을 둘렀다. 그런 다음 다시 굿노래를 부르며 술과 안주를 사방에 뿌리니 온갖 부정은 다 물러가고 집안 전체에 신령하고 청정한 기운이 가득 찼다.

부정거리를 마친 해월은 방으로 들어가 옷을 무녀복으로

갈아입고 겉에는 철릭에 쾌자快子를 걸쳤다. 청신請神을 위한 청좌請坐거리를 하기 위해서였다. 양중들의 바라지가 처음에는 느리게 나가다가 차츰 속도를 내어 빨라지자 해월의 푸너리춤도 숨가쁠 정도로 빨라지기 시작했다. 가다가 푸너리춤을 멈추고 호흡을 가다듬으며 제물대에 절하고 술을 올리며 몇 마디씩 사설을 늘어놓았다.

별신굿이었으면 청빙하는 귀신도 당연히 골매기 할배였으리라. 그러나 오늘은 아니었다. 상제上帝와 염왕閻王이었다. 지켜보고 있던 대전 무당 서화선은 알아차렸다. 무당 해월이 여기서 일생을 마감하는 자리걷이를 하는 중이라고. 아침 먹고 시작한 청좌거리 굿은 점심때가 다 되어서야 끝이 났다. 제수용으로 쓰고 남은 콩나물로 국을 끓여 대충 점심을 때운 후 해월은 지친 몸을 일으켜 다시 굿판에 섰다. 오후에는 가망굿으로 굿판을 열었다.

청신악으로 시작하여 넋노래로 조상신들을 모시고 대접하는 굿거리였다. 해월이 알고 있는 조상들이 그녀의 입에서 줄줄이 거명됐다. 먼 조상은 문신으로 양반 가문이었다 하나 가까운 조상은 대부분 무당 박수였다. 이 지방에서 대대로 무당 박수로 연명해 온 조상들이었다. 다른 보조 무당들과 함께 한복으로 차려 입고 제물대 앞에 꿇어 앉아 해월이 이름을 부르고 행적을 나열하며 술을 따라 올릴 때마다 절을 해대던 다래는 절을 할 때마다 온몸을 부르르 떨었다. 조상신들이 그녀의 몸에 접신하는 증거였다.

가망거리에서 숨가쁘게 둥둥거리던 양중들의 바라지는 갑자기 숨이 넘어갈 듯 가파르게 비탈을 오르기 시작했다. 해월이 갑자기 장고잽이 양중으로부터 장고를 빼앗아 목에 걸더니 등 등 북편을 울리며 손님풀이를 시작했다. 손님풀이를 마친 후에는 자연스럽게 동상풀이로, 동상풀이가 끝나자 서낭풀이, 살풀이로 이어갔다.

앞서 고조됐던 바라지가 차분하게 수면 아래로 가라앉으면서 해월의 무가巫歌는 어느새 역대 고금의 영웅호걸과 절세가인絶世佳人의 삶과 죽음으로 옮겨 가 있었다. 그들의 삶이 어찌 되었든 결국은 죽음으로 귀결되고 말아 단 한 사람의 예외도 없다는 사실을 실감나게 풀어냈다. 인생은 이다지 허망한데 우리가 기대어 소망할 것은 오로지 사후 극락왕생이라는 것을 자연스럽게 보여주고 있었다. 마당 가득 모인 관중들은 죽음의 무게에 눌린 듯 숨을 죽이고 있었고 더러는 깊은 한숨을 삼키기도 했다.

해월은 잠시 목에 가시가 걸린 것처럼 괴롭게 침을 삼켰다. 이윽고 장고의 북편을 가볍게 누르더니 단군 시조로부터 연면連綿하게 이어 온 조상의 혼령을 불러 좌정시키고 말미에 평생 도를 닦아 극락왕생極樂往生할 것이 거의 확실해 보였던 수전 큰스님과, 큰스님이 남기고 간 유일한 피붙이였던 갓난아기의 평생 선행善行을 가만히 읊어가기 시작했다. 핏덩이로 세상 구경도 제대로 하지 못하고 눈을 감아버린 다래의 아기는 이름도 없었으므로 그냥 아기로 부르기도 하다가 가끔은 '내 새끼'로 부르기도 했다. 큰스님과 갓난아기의 혼백이 황천으로 올라가 부처님의 설법을 듣고 시왕十王 앞에서 공덕을 아뢴 후 극락으로 천도한다는 내용이었는데 그녀의 사설이 계속되는 동안 양중들은 장고소리도 내지 않고 숨을 죽이고 있었다.

"부모님 선세로부터 불의도 유궁하고 신에도 가득하고 가문에 필덕에 좋은 슬하에

이태말미 삼년시력 위하고 대우하던 가중이요, 이 정성 다른 정성이 아니오라

겸사 많은 정성이요, 재수 발원 명빌이 복빌이 정성이요,

……

조비조상 조상가망이옵고 조상님네 복을 빌어 이 가문 종손으로 일구월심 도를 닦아

대자대비 부처님네 법상 한 자락에 올라가는 저 비구를 굽이 살피시고

……

어이 큰 은덕 입어 신령님의 홍복洪福이 여식으로 전승하여 이 씨 가문 피를 받았으나

가망 조상님네 먼저 데리고 갔으니 이 자리에 모자 만나 만단회포萬端懷抱를 풀고 함께 극락왕생하기를 축원하오니

……

내외 재상으로 공수하시고 가망영정 시위들 하소서. 얼쑤 어얼쑤."

해월의 무가가 이어지는 동안 뒤편에 늘어 앉은 양중들은 굿거리 장단에서 자진염불 장단으로, 허튼타령에서 휘몰이 장단으로 장단을 맞추다가 사설이 끝나고 해월이 술을 따르고 음복하자 장고 모서리치기 몇 가락으로 끝을 놓았다.

역대 가망 조상신과 얼마 전 입적한 큰스님과 어린 핏덩이의 혼백을 불러내어 좌정시키고 황천문답을 마친 해월은 그들 신위 하나 하나에 축문을 지어 올리고 마침내 굿의 공덕으로 이승에 환생한다는 사실을 선언했다. 그것은 곧 자신의 환생에 대한 염원이었다.

온몸 가득히 환생의 소망을 담은 큰무당 해월이 왼편으로 서너 번 맴돌이를 한 후에 부채를 활짝 폈다가 접으면서 공수貢壽를 내렸다.

"어엇싸 신령님 수위시라.
김 씨 가중 김 씨 기주 내 자공子貢 아니시리.
이 산 저 산 싫다하고 함월산含月山이 명산이라 자리잡고

제석천 천궁신령님 복을 빌어 생전 도통하고 아라한 제10위에 올라 천궁 도래한 바라문과 그 아들 핏덩이를 장중에 받았으니 연줄 걸린 중생들아 생전 예수豫修하여 왕생하면 다시 이 산천에 환생할 것이라 신령님 위에서 금일은 정성 받고 복을 주니 이런 탈 저런 탈 무탈하고 동티 없이 사는 날까지 물 맑게 불 밝게 도와주고 밀어주마. 어엇싸."

송신악이 조용히 울려 퍼지면서 해월은 푸너리 장단에 맞추어 쾌자와 철릭을 벗고 부채를 접었다. 이미 어둠이 내려와 있었고 굿청은 촛불 그림자가 흔들리고 있었다. 첫날의 굿판이 마무리 된 것이었다.

둘째날의 굿판은 전날보다 더 희한하고 복잡했다. 입적한

큰스님과 잃어버린 다래의 핏덩이 아기에 대한 천도재를 오구굿 형식으로 진행하고 여기에 해월 보살 자신의 예수재豫修齋를 가미한 것이라 영문을 모르는 구경꾼들로서는 갈피를 잡기 어려웠다.

굿판의 목적이 어제보다 분명해짐에 따라 굿당의 갖은 치장도 달라졌다. 밤 사이 지화쟁이와 해월 보살, 그리고 보조무당들이 힘을 합하여 무구巫具와 무대巫臺를 바꾼 것이었다. 유치하게나마 시왕전十王殿과 명부전冥府殿을 재현해 놓은 것이었다. 명부전으로 꾸며놓은 굿당에서 이른 새벽 일어난 해월은 우선 주당물림으로 굿청을 정돈하고 부정을 가신 후 가망청배를 드리고 말명신을 부르고 저승의 십대왕을 일일이 불러냈다. 아침을 먹은 후 다시 굿판이 이어졌다.

이번에는 사재삼성 거리였다. 저승 최 판관의 명을 받은 저승사자들이 이승에 와서 망자들의 혼을 저승으로 데리고 가는 장면이었다. 해월 보살은 이 장면을 어느 때보다 실감나게 풀어냈다.

"어엇쑤. 신장님 수위시라.

삼십삼천 제당신장 아니시리. 이십팔수 제위신장 아니시리. 오방신장 아니시리. 동방에는 청룡신장 서방으로 백호신

장 남으로 주작신장 북으로 현무신장

중앙 한가운데 황제 신장님 아니시리.

김 씨 기주님이 김 씨 가중(입적한 수전 큰스님의 속명이 김인문, 본관은 경주였다)이 운수가 대통하여 신장님 걱정을 놓았더니 산천의 정기를 받아 기받고 불보살 가피 받아 아라한의 시위 들다 극락왕생할 제 혼자 몸 가지 못하고 이 씨 가문 몸빌어 태어난 외손 핏덩이를 데불고 떠나시니 애통하다 아라한이면 무얼하고 불보살인들 무엇하나 아이고 저 스님네 내 말씀 좀 들어보소. 무슨 한이 그리 깊어 갓 태어난 핏덩이를 앞세워 가는 거요. 어얼쑤, 최 판관 님네, 화상이야 그렇다 하나 핏덩이는 돌려주소."

사자에게 끌려가던 화상이 해월에게 애틋한 작별을 고하는 모양이었다. 해월은 화상의 작별을 거칠게 밀어냈다.

"스님네 들어보소. 참선하고 독경하여 윤회 사슬 끊자 하나 내 핏줄 잊지 못해 머나먼 길 더디던가. 아서라, 그만 잊고 훌훌이 떠나시오."

화상의 혼령은 사당에 하직하고 고개를 넘어간다. 이 고개를 넘으면 다시는 돌아오지 못하는 저승이 되는 것. 화상의 혼령은 쉬이 고개를 넘지 못하고 해월에게 거듭 뒷모습을 보이며 애달파 한다.

그때였다. 지금까지 굿청 뒤편에 앉아 있거나 어머니 해월을 따라 시왕이나 혼령에게 절을 하기도 하면서 다소곳이 굿에 참여하고 있던 다래가 갑자기 돼지 멱따는 소리를 "와악" 내지르더니 제물대에 놓인 식칼을 짧게 잡고 길길이 뛰어 올랐다.

신기가 오르면 당주들 중에서도 저렇게 뛰거나 춤을 추거나 사설문이 터지는 경우도 있으므로 해월은 가만히 딸의 거동을 지켜보면서 굿을 계속했다. 그러나 다래는 그저 신기가 오른 보통의 정황과는 어딘지 달랐다. 다래는 아버지 수전화상의 혼령이 고개를 넘어가면서 미적거리자 칼을 입에 물고 입가에 피를 흘리며 자진 장단에 맞추어 길길이 뛰었다. 그러다가 칼을 입에 문 채로 땅바닥에 고꾸라졌다.

해월은 심청가로 들어가려다가 말고 허리를 굽혀 다래를 내려다보았다. 얼굴이 납덩이처럼 하얗고 차갑게 굳어 있었다. 맥을 잡아보았다. 미세한 박동도 느껴지지 않았다. 바가지에 담긴 물을 머금었다가 다래의 얼굴에 푸우하고 내뿜었다. 그래도 꿈쩍하지 않았다. 사지가 바르르 떨리는 것 같더니 뻣뻣하게 굳어져 이제는 떨림도 없었다.

해월은 굿을 팽개치고 다래를 업어 건넌방으로 들어가 요를 깔고 그 위에 눕혔다. 사지를 주므르고 자신의 얼굴을 딸의 얼굴에 갖다대고 부볐다.

"나쁜 영감탱이. 더러운 놈."

먼저 입적한 큰스님 수전 화상을 두고 하는 욕이었다.

"핏덩이 외손주를 앞세우고 가는 무정한 인간, 이제 딸마저 데리고 가야 속이 풀린단 말이제? 저승길이 그리 무섭고 외로웠으면 나 내일 갈란다 하고 내숭은 왜 떨어. 젊은 스님네 홀리기만 했던가? 흥, 영감아 이녁 뜻대로는 안될 걸. 나를 먼저 데리고 가지 않으면 영감탱이 욕심을 채우지 못하게 사생결단으로 싸우겠어. 염라왕은 대체 뭘 꾸물거리고 있는 게야. 저런 화상을 얼른 데불고 가서 지옥불에 처박아 넣지 않고서는."

"죽었어."

서화선이 방안으로 들어와 다래의 팔다리와 가슴을 만져보고 손끝으로 코에 갖다대고 한참을 가름하더니 최후 심판하는 판관처럼 선언했다.

"못 보냅니더."

해월이 몸부림을 쳤다.

"절대로 못보낸데이. 알고보니 천하의 속물이 큰스님이라고 떵떵거리며 살아오지 않았는교. 평생 남을 그리도 속이다니, 야박한 인간이제. 그놈의 영감탱이에게 이 아까운 청춘을 줄 수야 없지. 절대로, 차라리 내 목숨을 가져가라고 하소."

딱하다는 듯이 서화선 노파가 해월의 어깨를 잡았다.

"이미 고개를 넘어간 것은 아니겠지? 서둘러야 해."

무슨 소리냐는 듯이 해월이 서화선의 입술을 응시했다.

"그렇게 살리고 싶나?"

해월은 고개를 끄덕였다.

"망망 천지에 오직 이 하나뿐인데 어찌 먼저 보낸단 말이오. 안 되겠소. 그리는 못합니다. 차라리 내가 가고 말지."

"찾아가 보게."

"어디로요? 누굴 찾아보라고?"

서화선은 말문을 닫았는지 대꾸하지 않았다.

그런 서화선의 얼굴을 보고 있다가 문득 해월의 머리를 스쳐가는 생각이 있었다.

"그분?"

서화선이 먼 곳에 눈길을 주고 머리만 끄덕였다.

"신사님이 와 주실까요?"

"다래에게 달렸지, 뭐."

"죽은년이 뭘 어떻게 하겠는교."

"죽었으니까 말을 해야지."

이 할망구가 언제부터 선문답을 했나. 아니꼬운 생각이 목구멍으로 치받아 올랐으나 눌러 참았다.

"서두르게. 아무리 대신사님이라 해도 이 아이의 혼령이 저승 고개를 넘어버리면 데리고 오기 어려울 테니. 서둘러 가서 재주껏 모시고 오게. 여긴 내가 지키고 있을 테니까."

굿판은 끝나버렸다. 해월 자신의 예수재는 뚜껑도 열지 못한 채 막을 내려야 했다. 산 사람 목숨줄 붙드는 것이 굿판 벌이는 것보다 중요한 일 아닌가? 오로지 그 생각이었다.

굿청에는 근동近洞에 사는 늙은 여자들 스무나믄 명 하고 멀리서 소문 듣고 찾아온 할망구들 서른 명, 도합 쉰 명 가량의 구경꾼들이 해월의 심청 무가巫歌를 듣기 위해 기다리고 있었다. 그런 사람들 앞에 해월 보살 대신 충청도에서 왔다는 늙은 무당 서화선이 주무로 나서더니 바리데기를 풀어내는데 하는 가락이 충청도 앉은굿이라 첫 대목부터 구경꾼들이 슬금슬금 빠지기 시작하더니 얼마 안 가 굿청에는 앉은굿을 하는 서화선 혼자만 남고 텅 비어버렸다.

혼자 바리공주를 풀어가던 서화선은 잠시 굿을 중단하고 건넌방으로 가 다래를 살펴보았다. 죽은 사람이 살아온다는 것은 썩은 돌에서 꽃이 피기를 기다리는 것만큼 어리석은 일 아니던가? 해월을 대신사로 자처하는 사람에게 보낸 것을 후회했으나 엎질러진 물이었다.

# 37

해월이 늙은 몸에 채찍질을 하면서 허위허위 내달려 구미산 아래에 이르렀을 때는 초여름의 긴 해가 산마루를 넘어가고 있는 중이었다. 들판에는 모심기 준비를 하는 농부들이 지는 해가 아쉬워 허기진 소의 뱃구레를 고삐로 두들기며 쉰 목소리로 채근질을 하고 있었다. 건너편 가정리 마을에는 저녁밥을 짓는 연기가 하늘로 오르지 못하고 지붕 위로 스멀스멀 기어 다니고 있었다.

산길로 접어들자 제법 비탈진 산길인데도 해월은 한달음에 용담까지 내달았다. 이름은 용담이었으나 기실은 작은 연못에 지나지 않았다. 못 가를 돌아 큰 비석처럼 불쑥 솟은 바위 아래 초가 한 채가 있었다. 멀리서 손님이 오면 거처하는 객사客舍로 쓰고 있는 집이었다. 울도 담도 없는 집 앞에서 잠시 숨을 고르며 서 있노라니 다래를 기림사 아랫동네로 데리고 왔던 부엌데기 할멈이 검정 치마에 물 묻은 손을 닦으면서 밖으로 나오는 것과 마주쳤다. 이 산속에서 아는 얼굴을 보니 우선 반가웠다. 할멈은 눈치가 빨랐다.

"다래, 그 아이에게 무슨 일이 있는가베?"

해월은 무슨 말을 내지 못하고 온몸을 떨었다. 할멈은 그 모습을 보고 해월이 하려던 말을 다 알아들었다.

"대신사님을 만나보소. 날 따라 오소."

할멈이 앞을 서고 해월이 그 꼭지를 잡을 듯 뒤를 따랐다. 못가를 지나면서 할멈이 가만히 말했다.

"들리는 소문에 경주부윤慶州府尹라는 사람이 뒤숭숭한 세상 인심을 우리 대신사님 탓으로 돌리고 뒤집어 씌워 장계狀啓를 올렸다카네요. 그기 사실이모 벼슬하는 사람들 정말이지 나쁜 놈들인기라."

해월도 들은 풍월이 있었다. 동학이라는 혹세무민하는 사교는 뒤집어 까보면 서학의 변종이므로 서학이 탈을 쓰고 나타난 첨병과 같으니 지금 멸종시키지 않으면 세상에 크나큰 우환이 될 것이라는 이유로 고을마다 똬리 틀고 앉은 유학자, 양반 무리들이 충동질하는 소리가 그녀의 귓가에도 들렸던 것이다. 저들이 염병 번지듯 번지는 것을 막지 않으면 머잖아 무당, 박수, 점쟁이들의 밥줄이 끊어지고 온 세상은 끝내 서양 오랑캐들에게 먹히고 말 것이라는 소문들이었다.

해월은 그 소문이 사실이기를 바랬다. 어떤 귀신인지는 몰라도 대신사로 불리는 사람이 엄청 영험 있는 귀신을 불러내는 능력이 있다면 그 능력으로 내 딸의 목숨을 살려놓을지도 모른다는 가녀린 기대 때문이었다. 서양 귀신이든 동쪽나라의 귀신이든 그게 무슨 상관인가, 기왕이면 나도 그 귀신을 만나보리라.

용담 연못의 둑을 지나 용담정으로 꺾어지는 길목에서 시커먼 장정 한 사람이 앞을 막고 나서다가 할멈을 알아보고 옆으로 비껴 섰다.

"관에서 신사님을 잡으러 온다는 소문이 돌아서 각처의 접주와 도인들이 돌아가며 파수를 보고 있는 중이라예."

저렇게 어설프게 파수를 보다가 막상 관에서 나졸들이 어명이라도 받들고 나오면 그때는 어쩔라고?

할멈이 해월의 마음속을 들여다 본 것처럼 말했다.

"관에서 나오모 그때는 접주들이 대신 잡혀 가더라도 신사님은 지켜 드릴라고 각오가 돼 있고, 급하면 각처에 통기通寄하도록 돼 있는 기라."

방문을 열고 들어가자 남쪽 벽 아래 켜놓은 촛불이 엷은 바람에 흔들렸다. 흔들리는 촛불을 받고 면벽面壁하여 기도 중인 대신사의 뒷모습이 눈에 들어왔다. 해월은 대신사의 등 뒤에서 머리를 박고 엎드렸다.

긴 시간이 흐른 듯 했다. 대신사가 돌아 앉는 기척이 있었다.

"누군고?"

가슴이 먹먹해지도록, 낮으나 강한 울림을 지닌 목소리였다.

"다래의 에미 되는 사람입니다."

"신이 내렸소?"

다래가 그 어미 해월의 큰굿에 불려가 내림굿을 한다는 것을 알고 있었다.

"이년이 죽을 년입니다. 그 아이 애비 되는 자가 요 얼마 전 입적한 기림사의 고승 수전 화상이었심더. 그놈의 화상이 가고 나서 아직도 저승에 들지 못하고 구천에 헤매면서 핏덩이 외손자를 물정없이 데불고 가더이만 이번에는 아예 하나 뿐인 피붙이 딸년의 목숨까지 거두고 말았심더."

"그럼 다래가 죽었단 말이오?"

해월은 무릎걸음으로 앞으로 나갔다. 대신사의 옷자락에 눈물을 쏟아부으면서 통곡을 하듯 말을 이었다.

"죽었심더. 나쁜 화상이 끌고 가는 바람에 숨이 멎었는 기라요. 대신사님, 그 아이마저 화상의 손에 넣어줄 수는 없지 않겠는교. 차라리 늙은 내가 죽어 저승 골짜기에서 대판 싸우더라도 이대로 딸년을 보내지는 몬하겠심더."

"무당의 원력으로 살려 보시지 않고?"

"그런 능력은 없심더. 대신사님, 제 딸년을 살려 주이소. 제 딸년이 아니라 죽어서도 욕심을 부리는 검은 귀신들의 손에서 이승이 엉망 되는 것을 지켜만 보시지는 않겠지요? 제발 살려 주이소, 대신사님."

해월의 소원이 너무나 간절하여 혹 뿌리치기라도 하면 그 자리에서 혼절昏絶하여 다시는 눈을 뜨지 않을 작정인 듯 했다. 대신사는 눈을 감았다. 눈을 감고 마음을 비우고 그 어떤 계시라도 기다리듯 오랜 시간 적막한 시간만 흘려 보내고 있었다. 해월은 대신사가 눈을 감은 사이에 비로소 눈을 바로 뜨고 대신사의 용모를 바라보았다. 오악五嶽이 가지런하고 서로 바라보듯 하니 하늘이 작심하고 빚어놓은 것 같은 상모였다. 대신사의 반듯하고 넓은 이마에서 아래로 훑어가던 해월의 눈이 지각地殼에 이르렀다. 모나거나 둥글지 않고 급하게 아래로 빠진 것 같은 모습이었다. 머지않아 대신사에게 닥칠 운명을 예고하는 것 같은 관상이었다.

"자네, 내 상을 읽고 있는가?"

"죽을 죄를 지었심더."

"괜찮네. 자네도 아다시피 하늘의 조화는 사람도 어찌하지 못하는 것, 다행히 내가 상고해 보니 다래의 명이 아직은 다하지 않은 듯 하니 서둘러 가보세."

대신사는 벌떡 일어나 벽에 걸어두었던 도포를 걸쳐 입고 바람처럼 길을 나섰다. 그 뒤를 파수把守 보던 접주 두 사람이 따르고 해월이 숨이 턱에 닿아 뛰다시피 따랐다. 그러나 대신사의 걸음은 보통 사람들이 흉내도 내지 못할 정도로 빨랐다. 휘영청 보름달이 길을 훤히 비춰주고 있었으나 뒤따르던 사람들은 대신사의 꼭지를 놓치고 말았다.

"축지법을 쓰시는구만."

따라잡기를 포기한 해월이 푸념으로 내뱉자 접주 한 사람이 바로잡아 주었다.

"축지법 같은 무슨 술수가 아니고, 상제 한울님과 통하는 분이니 이 세상 사람이 아니지."

이 세상에 속하지 않은 사람이 세상에 내려와 창생蒼生을 구제救濟하기 위해 애쓰고 있다는 뜻이었다. 그런 사람은 대개 일찍 왔던 곳으로 돌아간다. 지금이라도 대신사를 찾아간 것이 얼마나 다행한 일인가. 대신사와 같은 시기에 같은 하늘을 이고 같은 공기를 마시며 살았던 행운에 해월은 감사했다. 그 행운은 다래가 가지고 온 것이었다. 그러나 과연 다래가 소생할 수 있을까? 다급하고 원통한 마음에 억지를 부려본 것인데 그게 가능한 일일까? 편작이 병 다 고치면 북망산北邙山이 저러할까. 라는 사설 구절이 있듯이 대신사가 저승 문턱을 넘어선 혼백을 도로 불러온다면 하늘이 가만 있겠는가? 그까짓 것 어쨌거나 딸이나 살려내고 볼 일이었다. 일어나지 못하면 그것 또한 도리 없는 일이고.

그들이 함월산 아랫마을에 당도했을 때는 자정을 지나 멀리 동해 쪽에서 희미한 여명이 산그늘을 밀어내고 물감처럼 사방에 번져가고 있던 시간이었다. 동네 개들이 짖자 선잠을 깬 수탉 한 마리가 아닌 밤중에 홰를 쳤다.

해월의 집은 마을의 맨 위쪽 산비탈에 기대어 있었다. 방에는 숨을 거둔 다래가 오랜만에 편한 자세로 반듯하게 누워 있었고 그 머리맡에 촛불이 혼자 졸고 있었다. 대신사는 다래의 잠든 얼굴을 측은한 눈빛으로 내려다보고 있었다. 뒤따라 온 해월과 접주들이 방안으로 들어서자 대신사는 손짓으로 그들을 모두 나가게 했다. 사람들이 방에서 나가자 대신사는 다래의 맥을 짚어보았다. 맥은 없었다. 코에다 한지를 갖다 대어도 미동微動도 하지 않았다. 완전히 숨이 끊어진 것을 확인한 후 대신사는 상투를 풀어 머리카락을 길게 늘어뜨리고 북면하여 단정하게 꿇어앉아 기도를 했다. 이즈음에 상제님은 좀처럼 응답을 해 오지 않았다.

“저를 버리신 겁니까? 그래도 좋습니다. 당신의 딸을 버리지 마시고 창생구제의 불쏘시개로 사용하십시오.”

대신사는 오열嗚咽하고 있었다. 흐느낌이 문 밖에서도 들렸다. 오랜 시간이 흘렀다. 촛농이 방바닥에 길게 흘러내리고 있었다. 문득 바람인지 뇌성인지 웅얼거리는 소리가 있었다. 대신사는 고개를 들었다.

“공중에서 들리는 소리는 상제님 당신입니까?”

“우매愚昧한 인생이로다, 자네는.”

“예. 저는 우매한 인생입니다. 그러나 이 사람을 살려주십시오.”

“그래서 우매하다는 것이다. 사람의 목숨을 살리고 죽이는 일을 어찌 함부로 하려는 것이냐?”

“죽이는 일은 모르겠습니다. 다만 살리는 일은 상제님의 일이 아니더이까?”

“흠, 그 아이를 꼭 살리고 싶으냐?”

“그러하옵니다, 상제님.”

“조건이 있다.”

“어떤 조건도 좋습니다.”

“네 목숨을 내놓거라.”

"예?"

"그것 봐라. 싫으면 없던 일로 하자꾸나."

"싫지 않습니다. 다만 조금 놀랐을 뿐입니다."

"당장 네 목숨을 거두어 가겠다는 것은 아니다. 나의 일을 세상에 홍포弘布하기 위해서는 밑거름이 필요하다. 너의 목숨이나 저 아이의 목숨을 밑거름으로 쓰려는 것이다. 택하라."

"저의 목숨을 가져가십시오."

"그렇게 하마. 이제 백지를 펴고 내가 내린 부도符圖를 받아라."

대신사가 백지를 방바닥에 펴자 이미 부도는 종이 위에 그림자처럼 비치고 있었다. 대신사는 밖에 있는 접주를 불러 먹을 갈게 하고 종이 위에 비친 부도를 그대로 재생시켰다. 그리고 그것을 소지燒紙하여 재를 갈아 다래의 입으로 흘려 넣었다. 잿물이 목구멍으로 흘러들어가면서 그렁그렁 소리를 내자 대신사는 손바닥을 펴서 다래의 복장을 몇 번 피멍이 들 정도로 세게 내리쳤다. 그러자 다래의 죽은 시신의 목에서 윽 하는 소리와 함께 핏덩이가 솟구쳤다. 핏덩이가 솟구치고 나자 다래는 크게 숨을 쉬면서 눈을 떴다. 숨을 죽이고 지켜보고 있던 해월이 갑자기 대신사의 발아래에 몸을 던졌다.

"상제님이 오시는 것을 보았습니다. 자기 목숨을 던져 이 하찮은 여자를 구해내신 살신성인殺身成仁의 도를 보았습니다. 이제 대신사님의 목숨은 제가 대신 하겠습니다."

해월의 말은 조금도 거짓이 아니었다. 이제 얼마 남지 않은 목숨, 어딘가 값지게 써야 한다면 대신사를 위해 그를 대신하여 목숨을 던져야 한다고 해월은 믿었다. 수전 큰스님의 열반이 가져다 준 실망이 대신사에 대한 강한 믿음으로 뒤바뀐 것이었다. 그런 해월의 어깨를 물끄러미 내려다보던 대신사는 손을 뻗어 다래의 맥을 짚어보고 살아난 사실을 확인한 후 조용히 방문을 열고 밖으로 나갔다. 그리고는 용담을 향하여 어두운 밤길을 걸어 홀연忽然히 사라졌다.

대신사 수운 선생이 죽은 여인을 살려냈다는 믿기 어려운 이야기는 그다음 날 날이 밝기가 무섭게 날개가 달린 것처럼 빠르게 전파되어 하루만에 경주부와 인근 고을에 다 퍼졌다. 그리고 그다음 날에는 대구의 경상감영에도 이 말이 들어갔다. 다래가 소생하여 용담으로 돌아간 사흘 뒤 경주부내에서 가장 힘센 서원의 하나로 꼽히던 서운서원瑞雲書院의 유림 대표 주용석周溶奭 학사는 각지 서원에 통기하여 유림 대표들을 불러 모았다. 서른 명 가까운 유학의 대가들이 모이자 주용석 노인이 입을 열었다.

"난세에는 혹세무민하는 좌도左道가 발호하기 마련이라 어느 정도는 인내하려 하였으나 이제 그 한계가 온 것 같소. 서학西學에서는 말세라 하고 서학의 흉내를 내어 털갈이만 하고 나선 동학에서는 천지개벽의 때가 왔다고 어르고 있습니다. 며칠 전에는 잠시 기절했던 젊은 여인을 일으켜놓고 죽은 자를 살려냈다고 헛소문을 퍼뜨려 우리 고을 민심을 크게 흔들어놓고 있습니다. 지금 그 싹을 자르지 않으면 이 일이 경주에 그치지 아니하고 전국으로 퍼져 반드시 국난의 우환을 불러올 것인 즉 우리가 앞장서서 나라에 상소하여 그 싹을 잘라내도록 해야겠소이다. 불가하다는 의견이 있으시면 조용히 돌아가 주시고 아니면 찬동하는 것으로 알고 상소문을 작성토록 하겠습니다."

동학의 작폐를 고발하는 소리가 사방에서 터져나왔다.

"동학이 서학의 변종이라는 것은 의심할 나위가 없는 일입니다. 서학에서는 저들의 한울님이 살아 있다고 하고 사람과 같은 인격을 가져 제 새끼는 귀히 여기고 저를 알지 못하는 남의 새끼들은 하늘나라에서 내친다고들 하는데 동학도들은 한술 더 떠서 상제 한울님과 날마다 교통하고 통신하여 시천주 어쩌고 주문만 외면 곧바로 하늘나라로 가는 증표를 얻는다고 무지한 자들을 꾀어 논밭 팔고 집까지 처분하고 솔가率家하여 높은 산에 올라가 하늘나라 두레박이 내려오기 밤새 바라다가 날이 밝아 대성통곡하고 내려오는 무리들이 있으니 이 사교邪教의 작폐가 어디에 이를지 모를 지경입니다."

"저들은 죽어도 죽지 아니하고 다시 살아나는 것은 말할 것도 없고, 부모도 모르고 상하도 없는 그런 공평한 세상에 다시 태어난다 하여 양반 보기를 불구대천不俱戴天 원수 보듯하니 세상 질서가 통째로 무너지고 있소이다. 이대로 묵과默過할 수는 없어요."

"아녀자들이 제 세상을 만나 집안일을 내팽개치고 접주라는 자와 눈이 맞아 제 서방을 차버리고 집나가는 일이 우리 마을에도 벌써 두 집이나 생겼어요. 남자와 여자가 유별한데 이게 무슨 망쪼가 들어 이 지경이 됐는지 시원을 살펴보면 서학 때문이지만 서학에 대응한답시고 생겨난 동학은 작폐가 서학의 몇 배나 되고 있습니다. 차제에 동학이 서학의 아류임을 밝혀내어 뿌리를 뽑아야 합니다."

중구난방衆口難防의 성토聲討가 이루어지고 있는 동안 주용석周溶奭은 문장이 좋은 젊은 유생 두 명을 차출하여 비변사에 올리는 상소문을 작성토록 했다. 마침내 상소문이 작성되자 여럿이 잘 듣도록 크게 낭독하고 몇 차례 내용과 표현을 가감한 후 이를 경주부를 통해 비변사에 올린다는 방책을 세웠다.

언제부턴가 상소문이 전부 왕에게 간다는 보장이 없었다. 웬만한 것은 비변사에서 심의하고 처리하는 것이 관례가 되고 있었다. 따라서 이번 상소문도 왕에게 올리는 것으로 돼 있었으나 기실은 비변사를 움직일 수 있도록 과녁을 맞추어 쓴 것이었다. 왕인 철종哲宗 임금은 주색酒色에 곯고 문리文理가 어두워 상소문이 올라가도 제대로 이해하지 못한다고들 알고 있었기 때문에 아예 비변사에 올리는 것이 효과가 확실하다는 것을 알만한 사람들은 다 알고 있는 일이었다.

경주부에서는 유림 대표들이 작성한 상소문을 보고 내심 반겼다. 전에 한 번 영장이 앞서서 대신사라 불리는 수운 선생을 잡아넣었다가 동학도 수백 명이 관아 앞에 운집하는 바람에 민란이 일어날까 두려워 방면한 일이 있었는데 그 치욕을 생각하면 지금도 경주 관아의 상하 관료들은 수운을 생각하기를 적군 보듯하고 있었다. 그 참에 유림들이 상소문을 올렸으니 울고 싶은 차에 때려준 격이고 손 안대고 코를 푸는 격이었다. 부사는 상소문을 읽어보고 영장과 상의한 후 경주부의 의견을 가미한 부전을 붙여 즉시 경상감영으로 올려보냈다. 내용은 근간 경상도 일대에서 일어난 모든 크고 작은 민란의 책임이 동학에 있은 즉 나라를 망치는 적도와 다름이 없으므로 그 수괴首魁를 잡아 능지처참陵遲處斬하고 따르는 무리들도 일벌백계一罰百戒하여 참수斬首해야 한다는 것이었다.

용담정의 공기는 차가웠다. 유림들이 상소문을 작성하여 올리고 경주부와 경상감영이 이를 신속하게 처리하여 비변사로 올려 보냈다는 소문이 여기까지 전해져 왔다. 언제 저승사자들이 닥칠지 모르는 집안처럼 어둡고 침울한 분위기였다. 늙은 할멈 대신 부엌일을 맡아하던 다래는 틈만 나면 산 아래 숲길을 목을 빼어 내다보았다.

# 38

요 며칠 그녀는 환청에 시달리고 있었다. 처음에는 그녀와 부엌데기 할멈이 같이 자는 침소방에서 우는 소리가 났다. 부엌과 방 사이의 벽을 뚫고 손바닥 두 개 넓이로 내놓은 바람구멍의 판자를 밀고 방안을 들여다보았으나 방에 누워 있어야 할 아기는 없었다. 눈을 부비며 기명통 속에 남은 그릇을 꺼내어 씻는데 또 울음소리가 들렸다. 이번에는 방문 앞의 좁은 마루에서 나는 소리였다. 그녀는 부엌문을 패대기치고 달려나갔다. 달빛이 출렁 부서져 용담의 물속으로 흘러들었다.

"또 헛것을 들었구만."

할멈이 혀를 찼다. 어려서부터 아비를 모르고 어미와 떨어져 살았던 다래에게는 할멈의 자잘한 정이 어머니의 그것처럼 크게만 느껴졌다. 할멈은 그럴 때마다 대신사가 가르쳐 준 주문을 외라고 했다. 다래는 나직하게 주문을 외웠다.

"시천주조화정 영세불망만사정 지기금지 원위대강"

몇 번 소리 내어 주문을 외고 나니 한결 가슴의 납덩이 같은 것이 가벼워진 느낌이었다. 그러나 대낮의 맑은 하늘처럼 깨끗해지지는 않았다.

"해월 보살에게 다 들었어. 조상 중에 모진 고난, 억울한 일을 겪은 분들이 계시더만. 하기사 그 시절에 어디 그분들 가슴에만 피멍이 들었겠나. 해월 보살 얼굴을 보니 인생살이 쓴 맛이 주름마다 박혔더만. 평생 무당으로 산다는 거가 무슨 뜻이겠노? 더러운 꼴 괄시 받으며 눈감고 살자니 가슴에 한이 맺히겠제. 그래서 무당들은 자기 굿을 하는 기라. 이번에 자네 어미 해월 보살이 산 오구굿을 하듯이. 나도 푸닥거리 한 번 했으면 딱 좋겠다."

"대신사님이 계시잖아요."

"하기사."

두 여자는 동시에 고개를 돌려 정자 쪽을 보았다. 영해에서 온 건장한 청년 두 사람이 밖에서 침입자를 경계하며 산 아래쪽을 감시하고 있었고 댓돌에는 여러 켤레의 짚신이 가지런하게 올라 있었다. 인근 고을의 접주들이 모여 다가오는 어두운 그림자를 예견하고 막을 방도를 강구하고 있었다.

"자네들은 대체 무엇을 걱정하는 것인가?"

대신사는 답답한 가슴을 손바닥으로 치면서 말했다.

"모르시겠습니까?"

영해 사람 박명여朴明汝가 무릎걸음으로 나서면서 되물었다.

"모르겠네."

대신사의 대답은 간결했다.

"나는 자네들이 진정으로 우려하는 것이 무엇인지 알지 못하겠어."

박명여가 욱하는 성질을 그대로 드러내며 목소리를 높였다.

"근동의 유림들이 다 모여 우리 도를 힐난하고 좌도난정左道亂政이라 폄훼하여 서도西道 이상의 폐해가 있다고 그 괴수와 무리들을 처단해야 한다는 상소가 만들어지고 경주부에서 경상감영으로 올라가 지금쯤 비변사의 여우 같고 이리떼 같은 무리들이 그 문서를 돌려보며 희희낙락喜喜樂樂하고 있을 겁니다. 칼날이 여기 계신 분들의 목에 와 닿는 느낌입니다. 일이 여기에 이르렀는데도 대신사님께서는 오늘도 대답 없는 상제님에게 묻고자 하시니 답답해서 저희들이 여기 모인 것 아닙니까."

"좌도左道라 했는가? 우리가 유도儒道를 입문한 적도 없는데 언제 좌도의 길에 빠졌는가?"

"그건 우리 입장일 뿐이고 저쪽에서는 유儒가 아니면 무조건 좌도이니 미친년 식칼 휘두르듯이 좌도라 명명하여 베어버린 인명이 지금까지 무수한 지경입니다. 이러한 때에 대신사님께서는 어찌하여 무당의 딸 하나를 살리자고 원처遠處에 왕림하여 온 세상을 뒤집어놓는 것입니까?"

비난이었다. 지금까지 도인들 중에 대놓고 대신사의 행적을 비판하거나 힐난하는 사람은 없었다. 박명여朴明汝가 처음으로 가슴 밑바닥에 있던 불안의 꼬리를 잡고 끌어내려 하였다.

"세상이 뒤집어졌나?"

"그 이상입니다."

대신사의 큰아들 세정世貞이 명여의 매끄럽지 못한 말솜씨를 불안해 하다가 대신 짐을 지고 나섰다.

"소문에 날개가 달렸다는 말을 전에는 실감하지 못했으나 이번에 똑똑히 보았습니다. 근동에 대신사님께서 죽은 사람을 살려냈다는 사실을 모르는 사람이 없습니다. 민초들은 허리에 난 종기 하나도 제대로 고치지 못하다가 죽어 원귀冤鬼가 되는 수밖에 없었는데 이제 활인活人의 도가 나왔으니 죽은 시체를 떠메고 저 아래 마을 초입에 내려놓고 대신사님 만나뵙기를 울부짖는 사람이 하루에도 여남은 명에 이릅니다. 어떤 이는 신영에서 오고 어떤 이는 영천永川에서, 또 어떤 이는 충청도 옥천沃川에서 왔다는 사람도 있었습니다. 대신사님이 부재하신다고 타일러 보내기는 하였으나 울며 돌아가는 그들을 보기가 참으로 민망했습니다.

민초들이 대신사님을 하늘에서 내려보낸 사람으로 알고 너도 나도 몰리게 되니 유림에서는 이건 동도東道를 내세우고 있으나 알고 보면 서도西道의 둔갑이다. 술수다, 거짓이다, 혹세무민이다 벼라별 폄훼貶毁를 다하다가 마침내 좌도난정左道亂政으로 죄목을 만든 것입니다. 세상이 몇 번이나 뒤집어진 것 아니겠습니까."

방 한쪽 모서리에 팔짱을 끼고 앉아 묵묵히 듣고만 있던 최경상崔慶翔이 입을 열었다.

"사태는 알고 계시는 것보다 더 급박하게 돌아가고 있습니다. 한양에서 기별이 왔습니다. 비변사에서는 이번 경주 유림들의 상소를 기회로 조정의 실정失政 책임을 모두 동학에 뒤집어씌우고 연전年前 삼남에서 일어난 소요사태의 배후로 지목할 태세라고 합니다. 게다가 대국의 도성을 대포로 위협하여 함락시킨 서양 오랑캐의 무리가 소국인 조선의 목전에 이르러 민심이 흉흉해지자 그 죄목을 찾지 못하다가 동학은 얼굴을 가린 서도다 하는 기상천외한 방편을 내세워

차제에 동도의 씨를 말리려 한다는 얘기가 들어왔습니다. 제 개인의 판단으로는 한양에서 온 이 같은 소식이 사실일 것으로 봅니다. 아니면 현재의 조정이 거덜나고 조선조 자체가 허물어질 낭떠러지에 서 있기 때문입니다. 어딘가에서 희생의 제물을 찾는 것이 조정 대신들의 머리 굴리는 정도인데 이번에 저들은 대신사님과 여기 있는 우리들의 목에 형장의 칼을 휘두를 작정이 분명합니다."

아, 탄식하는 소리가 났다. 모두 자신의 목이 칼날에 떨어지는 것처럼 목을 움츠렸다.

"비변사에서는 누구를 선전관宣傳官으로 내려보낼 작정이라 하던가?"

"정구룡鄭龜龍이라 하고 다른 이름으로 정운구鄭雲龜라 하는 자로 내정되었다고 들었습니다. 저희 동도를 진멸하여 출세의 발판으로 삼으려는 야심에 몸을 맡긴 사냥개와 같은 인간입니다."

"정구룡이라."

"아시는 이름입니까?"

"아니, 듣지 못했어. 다만 지난밤 꿈에서 그자의 문안을 받은 일이 있다네."

헤아릴 길 없는 불안이 방안을 메웠다. 대신사가 무겁게 가라앉은 공기를 흔들어 깨우는 목소리로 아들 세정에게 말했다.

"붓을 다오."

세정이 붓을 건네고 백지를 펴놓자 대신사는 말없이 글을 쓰기 시작했다. 얼마 전부터 대신사는 갑자기 붓글씨에 문리가 트인 듯 서체가 활달무애豁達無涯한 경지에 이르러 있었다. 그와 동시에 도인들에게 전하고 싶은 말이 있으면 문자로 써서 건네주는 일이 잦았다. 대신사는 백지 위에 '용담수류사해원 검악인재일편심(龍潭水流四海源 劍岳人在一片心, 용담의 물이 흘러 사해의 근원이 되고 검악에 사람이 있어 한 조각 굳은 마음이다')이라 쓰고 모인 사람들을 바라보았다. 좌중의 사람들은 대신사가 쓴 글이 자주 듣던 문장이어서 별다른 감흥 없이 지켜볼 뿐이었다.

"잘들 기억해 두게. 용담의 물이 무엇인가? 여기 모인 사람들이 바로 용담의 물이고 그 물이 흘러 온 세상에 차고 넘칠 것일세."

그런 다음 대신사는 다시 붓을 잡고 휘몰아 써내려갔다.

'吾心極思杳然間 疑隨太陽流照影(오심극사묘연간 의수태양유조영 '내 마음이 지극히 묘연하니 의심이 태양의 그림자처럼 흐르네')'

이것도 전날에 쓴 시였다. 붓을 벼루에 걸쳐 놓으면서 대신사가 입을 열었다.

"이 시가 무엇을 말하는지 알겠는가?"

아무도 대답하는 사람이 없었다. 대신사는 강수姜洙를 지목하여 물었다.

"자네도 모르겠는가?"

강수는 대답 대신 울음을 삼켰다. 대신사가 말했다.

"내가 며칠 전에 꿈을 꾸었는데 태양의 살기가 왼쪽 넓적다리에 닿더니 불로 변하여 밤새도록 타며 사람 인人 자를 그리더라. 깨어서 넓적다리를 보니 붉은 점이 사흘을 계속 남아 있었다. 이때부터 나는 장차 내게 화가 미칠 것으로 알고 있었다. 게다가 오늘부터 상제 한울님께서는 내게 주시던 강화講話를 거두셨다. 침묵하고 계시는 한울님의 뜻을 나는 알겠노라."

천근의 돌멩이를 달고 바다 속으로 빠지는 듯 무거운 침묵만 좌중에 흘렀다. 그것을 깨고 입을 연 것은 이번에도 대신사였다.

"개벽 이후로 세상에 혹 상제를 친히 모시고 문답하고 가르침을 받은 사람이 있었느냐?"

"듣지 못하였습니다. 아니, 없었습니다."

경상이 대답하자 대신사가 이어서 말했다.

"지금까지 내가 한 말은 한 마디도 헛된 말이 없었다. 혹 세상에서 내 말을 헛된 것으로 들었다면 그것은 그 사람의 운運일 뿐이다. 천운天運은 나도 어찌할 수가 없다. 다만 천운이 순환하여 돌아오지 않는 것이 없으니無往不復 오만 년 무극無極의 도를 나에게 명하여 내리고 홍포하게 한 것도 다만 내 집안의 성덕聖德이 아니라 하늘의 조화였다. 내가 받은 이 무극의 도는 옛날에도 듣지 못하였고 지금도 배교背敎할 것이 없는 최상의 법이라는 것을 너희는 알아야 할 것이다. 하면 세상 사람들이 이 무극의 도를 무지와 시샘으로 훼손하려 하는 것도 또한 천운이 아니겠는가. 이와 같으므로 우리 도인들은 아무쪼록 공경하고 삼가야 할 것이다."

"이 무극의 도에 계합하여 바로 행하려면 어찌 해야 합니까?"

경상이 좌중의 궁금증을 대신하여 물었다. 대신사도 경상의 그같은 마음을 읽고 있었으므로 좌중을 둘러보며 대답했다.

"지금까지 나는 처음 도에 들어오는 사람들에게 입도식入道式을 행하여 한울님을 영원히 내 마음에 모시도록 맹세케 하였고, 축문祝文을 주어 하늘이 덮어주고 땅이 실어주는 은

혜天地蓋載之恩와 해와 달이 비추어주는 덕日月照臨之德을 알게 하였다. 이것이 우리 도의 이르고자 하는 곳이다. 이제 경상이 물은 것처럼 그 경지에 이르는 길은 달리 있는 것이 아니라 오직 믿음信과 공경敬과 정성誠에 있을 뿐이니 게을리 하지 말라. 전날 나는 '팔절八節'을 지어 각 곳의 도인들에게 보내어 대귀對句를 지어 올리도록 했다. 했더니 하루 수십 명이 대귀를 지어 나를 대면코자 하였으나 변변한 것을 만나지 못하였다. 이 자리에 참석한 도인들이 말하여 보라."

한 달 쯤 전에 대신사가 전국 곳곳의 도인들에게 내린 '팔절'의 내용은 이런 것이었다.

不知明之耶在 (밝음이 있는 곳을 알지 못하거든)

不知德之耶在 (덕이 있는 곳을 알지 못하거든)

不知命之耶在 (命이 있는 곳을 알지 못하거든)

不知道之耶在 (道가 있는 곳을 알지 못하거든)

不知誠之耶在 (정성이 이르는 곳을 알지 못하거든)

不知敬之耶爲 (공경이 되는 바를 알지 못하거든)

不知畏之耶爲 (두려움이 되는 바를 알지 못하거든)

不知心之得失 (마음의 얻고 잃음을 알지 못하거든)

아무도 나서는 사람이 없었다. 모두 경상을 바라보았으나 경상은 두 눈을 질끈 감고 바위처럼 앉아 있을 뿐이었다. 박하선朴夏善이 자신이 지은 대귀를 보여드렸으나 잠시 읽어보던 대신사는 하선이 내놓은 종이를 밀치고 잔잔한 웃음을 흘리며 다시 붓을 들었다.

'得難求難實是非難 心和氣和以待春和'(얻기도 어렵고 구하기도 어려우나 실상 어려운 것은 아니다. 마음과 기운이 和하되 봄날같이 화해지기를 기다리라)

"오늘은 몇 명이나 이 협착狹窄한 처소處所에 머무는가?"

"쉰일곱입니다."

세정이 대답했다. 세정은 용담의 살림살이가 어려운 실정을 털어놓았다.

"한데 머물고 계시는 도인들에게 어려운 문제가 있습니다. 전날 대신사님께서 몸에 풍습風濕으로 몹시 가려운 병을 앓고 난 이후 북접北接의 여러 고을 도인들이 모두 풍습을 앓아 몸 구석구석에 물집이 생겨 심하게 긁는 바람에 마마(媽媽, 천연두)처럼 짓물고 헐어 사람들이 '저것이 동학이다' 하고 비웃음 당하여 하소연하는데 무슨 말이 어떻게 퍼졌는지 용담의 청수로 씻으면 쾌차한다는 말이 떠돌아 대개 풍습을 고치러 찾아와 머무는 경우가 많다고 들었습니다. 양식도 내일 모레를 대비하기 어려운 실정이고요."

말을 다 듣고 난 대신사는 한숨을 쉬었다.

"한울님에게 고하고자 하나 강화講話의 문을 닫았으니 기필코 하늘에 올라가 고하겠다."

"조만간 우리 모두 하늘에 올라가 고할 때가 있겠지요. 그 전에 사는 모습이 딱하여 드리는 말씀입니다. 우선 부엌에서 일하는 무당의 딸을 내보내는 것이 좋겠습니다."

강수가 하는 말에 모두 고개를 끄덕였다.

"어인 일로?"

"그 여자를 대신사님이 살려내셨다는 소문을 듣고 사람들이 호기심으로 몰려들고 있습니다. 나쁜 소문도 있습니다. 그 여자가 대신사님의 첩妾이라는 소문이 바람처럼 돌아다니고 있어요. 한 술 더 떠서 그 여자의 죽은 아기가 누구의 아들이었나 하고 수군대는 소리가 여기 있는 사람들의 귀에까지 들릴 정도입니다. 조정에서 관심을 두고 우리에게 의혹의 눈길을 보내는 것도 그 여자 때문입니다. 죽은 사람을 살려냈다는 소문이 민심을 선동한다 하여 우리 도를 탄압할 작정인 것은 다 알려진 사실입니다. 그 원인을 제거해 달라는 것입니다."

"안 된다."

대신사는 잘라 말했다.

"나는 그 아기의 애비를 알고 있다. 그는 마음의 화기火氣를 누르지 못하고 스스로 몸을 태우고 여러 사람들에게 죽음을 강요할 것이다. 그가 우리 도의 이름으로 그 같은 패역悖逆한 일을 하지 않도록 경상은 경계하라."

"명심하겠습니다."

"그 여자, 이름이 다래라고 했지? 그 여자의 목숨과 내 목숨을 바꾸겠다고 한울님에게 고하였다. 그렇게 살려낸 사람이다."

"선생님."

경상이 무거운 입을 열었다.

"그 여자를 거두어 살려내라는 신사님의 말씀은 따르겠습니다. 그 여자를 두고 일어나는 티끌 같은 소문들은 귓결에도 담지 않을 것입니다. 다만 한 가지, 비변사에서 보낸 선전관이 머지않아 이곳에 당도할 터인 즉 일시나마 몸을 피하여 환난이 지나가기를 기다림이 옳을 줄로 압니다."

"맞습니다. 지금 우리는 그것을 의논하기 위해 모였다가 공연히 다른 이야기로 시간을 낭비하였습니다. 피할 곳은 강원도 산간으로 정해놓았습니다. 도인 중에 산간 오지로 들어간 사람이 있어 폭풍이 지나갈 때까지 잠시 숨돌릴만한 곳이라 생각됩니다."

"아니다."

대신사는 잘랐다.

"도는 나에게서 나온 것이다. 폭풍이 불면 내가 나서서 바람을 맞으면 그만일 것이다. 내가 피하여 숨으면 애꿎은 너희들이 핏발 선 칸날 앞에 목을 내밀어야 할 것이니 그런 일은 없을 것이다, 절대로."

"하지만 도의 원천이 마르면 무슨 물이 있어 사해四海를 적시겠습니까?"

큰 아들 세정이 아버지를 붙들어보려는 안타까운 마음으로 말했다.

"아직도 모르겠느냐? 도에는 형체가 없는 것이다. 형체가 없는 것은 마르지도 않는다. 그래서 사해를 적신다고 하는 것이다."

밖에서 술렁거리는 소리가 있었다. 파수를 보던 영해 사람 젊은이가 방안으로 뛰어들고 그 뒷덜미를 잡고 선전관 정구룡이 따라 들어왔다.

# 39

정구룡은 광대뼈가 몹시 불거져 실제 나이보다 겻늙어 보이는 상이었다. 방안에 발을 들여놓은 그는 정확하게 대신사 수운에게 눈길을 꽂았다.

"그대가 수운, 최 가哥인가?"

"그렇소."

수운은 멀리서 온 손님을 맞이하듯 일어나 절을 하며 정중하게 구룡을 맞았다.

"당신은 조정에서 비변사의 명을 받고 여기까지 달려온 선전관宣傳官 정구룡鄭龜龍 그 사람일 테지?"

구룡은 처음에는 서슬이 시퍼랬으나 수운의 응대應對가 부드러우니 자연 한풀 꺾이는 것이었다.

"그렇소. 내가 선전관이오. 한데 당신은 한 가지 잘못 알고 있는 것이 있어 깨우쳐 주려하오."

"그게 뭡니까? 말씀해 보시오. 나는 이때까지 배우고 깨치는데 시간을 아낀 일이 없소이다. 내 미혹을 흔들어 깨워 주시오, 부디."

"뭐 그렇게 대단한 것은 아니고,"

정구룡은 상대의 부드러움이 의도적이라고 간파하고 짜증을 냈다.

"아까 말씀하신 중에 내가 비변사의 명을 받고 온 사람이라 하였는데 이는 잘못이오, 물론 비변사의 관장 업무이기는 하나 어명御命이오. 내가 온 것은 어명을 준행遵行하기 위함이오. 어명에 따라 죄인 수운, 함자는 제우, 경주 최 가를 포박, 연행하려 하니 순순히 포박을 받으시오."

구룡의 뒤를 따라 방안에 들어와 있던 나졸들이 달려들어 수운을 꿇게 하고 팔을 뒤로 모아 오랏줄로 묶었다.

지켜보고 있던 도인들이 우루루 앞으로 나섰다. 영해 사람 박하선朴夏善이 앞으로 나서며 물었다.

"우리 대신사님을 죄인이라 하셨소만, 도대체 대신사님께서 무슨 죄를 졌소? 어디 들어나 봅시다."

선전관이 뒤를 돌아보자 문서를 수발하는 나졸이 비단 주머니에 담아 들고 온 두루마리를 펼쳐 선전관에게 갖다 바쳤다. 선전관 정구룡은 두루마리에 적힌 어명御命을 큰 목소리로 낭독한 다음 요약해서 말했다.

"다 들었소? 한 마디로 혹세무민惑世誣民, 좌도난정左道亂政의 죄를 졌소, 결코 가벼운 죄가 아니오."

"혹세무민은 무엇이고 좌도난정은 또 무엇이오? 당신들의 그 잘난 중용中庸의 도를 꺼내놓아 보시오. 세상에 도는 길을 잃고 거칠고 어지러운 권력의 욕망들만 있을 뿐이오. 그걸 바로잡자고 우리 신사님께서 오신 것이오. 반겨 맞아주지는 못할망정 뭐 좌도난정이라? 이 나라 정치가 어지러운 것은 오로지 당신들 양반들 때문인데 어디서 엄한 사람에게 죄를 덮어씌우려 하시오?"

나졸들이 달려들어 패악을 지르는 박하선의 입을 수건으로 틀어막고 팔을 뒤로 모아 묶어버렸다. 영해에서 가까운 영덕 사람인 강수姜洙가 앞으로 나섰다. 그는 박하선과 달리 부드러운 어조로 말했다.

"비변사에서 혹세무민, 좌도난정이라 했으면 그게 바로 법이 아니겠습니까. 근자 영남의 서쪽에서 일어난 민란의 주동자들에게도 혹세무민의 죄목을 씌운 당신들이니까 그것밖에는 달리 죄목을 찾기 어려웠던 게지요. 이해합니다. 하지만 선전관 나리께서도 한 가지 모르는 것이 있으니 깨우쳐 드리리다. 우리 동도東道가 세상을 속이든 세상에 바른 이치와 진리를 홍포弘布하든 모두 포덕布德한 자들은 우리 접주들이지 대신사님은 아닙니다. 그분은 아무 죄가 없으니 즉시 풀어주시오."

"그 말이 정녕 옳습니다. 대신사님을 풀어주시고 우리를 포박해 가시오. 죄가 있다면 우리에게 있지 대신사님은 백옥 같이 흰 분입니다."

방안에 있던 여남은 명의 접주와 도인들이 일제히 대신사를 감싸듯 앞으로 나섰다.

"뒤로 물러나시오."

조용하나 거역할 수 없는 목소리였다. 사람들이 움찔하자 그 목소리가 말을 이었다.

"내가 말하지 않았소? 도는 나에게서 연유하여 나온 것이거늘 죄가 있다면 내가 벌을 받아야 마땅한 일인데 어찌 당신들이 앞으로 나서고 그러는가? 이는 나를 모독冒瀆하는 일이니 부디 삼가시오."

"대신사님."

강수가 수운의 발치에 무릎을 꿇고 엎드리자 모두 그의 무릎 앞으로 나아가 엎드렸다.

"일어나라."

수운이 말했다.

"나는 괜찮다. 저들이 나를 능욕凌辱하고 내 육신을 잠시 해할 수 있을지 몰라도 도는 영원하여 반드시 사해四海에 이를 것이니 그대들은 그때를 앞당기고 또 대비하라. 이 사람들은 자신이 무엇을 하는지도 모르고 명령을 집행하는 금부나장禁府羅將과 다름이 없다. 그러니 이 사람들에게 비겁하게 목숨을 빌어서는 안 된다."

"흥."

정구룡이 코웃음을 쳤다. 보자 하니 놀고들 있네 하는 표정이었다.

"여기 방안에 있는 놈들을 모조리 포박하라. 이 자들은 스스로를 죄인이라 고백했고, 놔두면 포덕布德이라 하여 계속하여 좌도를 퍼뜨릴 것이니 해롭기가 저들의 두목격인 이 자와 다를 것이 없다. 지금 이 자리에 없는 전국 각처의 접주들도 모조리 잡아오도록 신속한 조치를 취하겠다. 혹여 너희들 중에 공평하지 못하다고 생각하는 자가 있을지도 모르므로 알려주는 것이다."

수운과 그 문도들은 줄줄이 포박당하여 누각樓閣 밖으로 끌려 나갔다. 그러나 다른 도인들은 모두 문밖으로 끌어냈으나 대신사 수운은 요지부동搖之不動으로 방안에 앉아 있었다. 나졸들이 그를 잡아 일으키려고 하였으나 천근의 바위 덩어리가 앉은 것처럼 수운의 몸은 꿈쩍하지 않았다. 정규룡이

다가가 힘껏 일으켜 보았으나 헛일이었다. "요술을 부리고 있습니다."

부하 나졸 하나가 정규룡의 귀에다 대고 말했다. 정구룡은 미간에 깊은 주름을 잡았다. 이런 경우는 상상해 보지 않았다. 어떻게 한다?

"죽여서 끌고 나가는 것도 방법입니다."

나졸이 또 한 번 속삭였다. 나졸은 이런 도인을 전에도 한 번 만나본 경험이 있는 것 같았다. 명령을 준행하기만 하면 그만인 나졸로서는 그 방법도 가할 것이다. 그러나, 정구룡은 고개를 가만히 저었다. 그는 나졸들을 물리쳐 밖으로 나가게 했다. 이윽고 방안에 수운과 단둘이 남자 그는 무릎을 꿇더니 큰절을 올렸다.

"그만 노여움을 푸십시오. 밖에 있는 선생님의 제자들이 크게 다칩니다."

그러자 수운이 한숨 잘 자고 일어난 사람처럼 가볍게 눈을 떴다.

"내가 잠깐 인사차 어딜 다녀오느라 결례를 했소이다. 자, 가 볼까요?"

수운은 자리에서 일어났다. 정구룡은 그런 수운을 황망慌忙한 눈으로 바라볼 따름이었다.

"왜 그러고 계시오? 문밖에는 당신의 수하들이 지켜보고 있습니다. 아까처럼 나를 막 다루어도 좋소."

그러나 정구룡은 이미 넋이 반쯤 나가 있었다. 자신이 수운을 포박하여 끌고 가는 것인지 수운이 자신과 부하들을 끌고 가는 것인지 분간할 수가 없었다. 문 밖의 어둠 속에는 여인네 두 사람이 떨면서 서 있었다. 부엌데기 할멈과 다래였다. 수운이 포박을 당하여 나오고 그 뒤를 정구룡이 따라 나오자 두 사람 중 젊은 여자가 팔을 벌리고 정구룡의 앞을 가로막았다.

"신사님을 데려 가시려거든 제 목숨을 먼저 거두어 가십시오."

이것도 예상치 못했던 일이었다. 정구룡은 구원을 청하듯 나졸을 바라보았다. 선전관 나리와 눈이 마주친 아까의 그 나졸은 허리춤에서 방망이를 빼들고 다래의 가슴팍을 겨누었다.

"누구든 어명御命을 훼방하는 것들은 이 자리에서 도륙을 내겠다."

나졸의 억샌 말투에서 단순한 엄포가 아니라는 것을 느낄 수 있었다. 그러나 다래는 자신의 가슴팍을 겨누는 방망이를 두려워하지 않았다.

"도륙屠戮을 내든지 육시戮屍를 하든지 맘대로 하세요. 하지만 우리 신사님은 못 데리고 가십니다."

"이 년이."

나졸이 방망이를 머리 위로 치켜들었다. 선전관이 손을 휘젓지 않았더라면 그대로 다래의 머리 위로 내리쳤을 것이었다.

"그만두게. 아녀자 하나 도륙내서 뭘 어쩌겠나. 이 여자가 혹시?"

'수운의 마누라냐' 그렇게 묻고 있었다.

"저 할멈과 함께 부엌에서 일하는 여잡니다."

나졸 하나가 일렀다. 선전관 정구룡은 가만히 입속으로 탄식했다.

'도대체 이 사람들은 어떻게 된 것인가? 전장에 나온 군인도 아닌데 주군主君을 위하여 스스로 목숨을 던지면서 두려워하거나 아까워하는 기색이 없다. 어쩌면 수운 이 자를 잡아가는 것이 잘못된 일일지 모르겠다.'

그러나 정구룡은 금세 생각을 고쳐먹었다.

'뭘 하는가? 여기서 밀리면 왕명王命이 서지 않을 것이고 나라는 금방 수라장이 될 것이다. 죄가 있든 없든 그건 따질 것도 아니다. 어명을 거역하는 것보다 더 큰 죄는 없을 터,

아녀자가 목숨을 내놓는 것이 뭐 그리 대단한 일인가? 어차피 부엌데기의 목숨인데.'

"뭘 꾸물거려, 죄인들을 빨리 경주부로 압송하라."

"이 여자는 어찌할갑쇼?"

나졸 중 한 놈이 물었다. 선전관은 귀찮은 듯이 손사래를 쳤다. 그까짓 비천한 여자 한 사람 가지고 마음 쓸 겨를이 아니었다.

# 40

그날 밤 경주부 관아는 역사 이래 가장 바쁜 밤을 보내고 있었다. 부윤 홍익섭洪翼燮은 관내 서원의 강장講長과 동주洞主를 소집해 놓고 의견을 나누고 있었다. 제일 큰 서원인 옥산서원玉山書院의 원장이 유림을 대표하여 주로 의견을 내놓았다.

"이건 왕조의 문제도 아니고 붕당朋黨의 문제는 더욱 아닙니다. 패역悖逆이에요. 제 조상을 개굴창에 처박고 남의 조상과 귀신을 모셔다가 봉제사奉祭祀하고 있으니 패역입니다. 서학을 두고 하는 말입니다. 교묘하게 그런 물결을 타고 손바닥을 뒤집어 동학이라 자칭하는 무리들이 나왔어요. 들여다보니 서학과 난형난제難兄難弟라 귀신의 이름만 살짝 비틀어 조선 사람의 형용을 그려 놓았을 뿐 이르고자 하는 하늘은 서쪽 하늘입니다. 저들의 이치는 그렇다치고 이제 어떻게 해야 하느냐, 서학이 처음 동녘에 틈입할 때 제대로 손을 쓰지 못하고 밍기적거리다가 지금 괴질怪疾이 오장육부에 깊이 스며들어 이를 고치자면 환자를 죽여야 할 판국이 되었으니 거기서 교훈을 얻지 못하면 우리는 이 자리에서 칼을 물고 다 죽는 것이 낫습니다. 세상이 뒤집어지고 있어요. 역리易理도 통하지 않고 강상綱常의 도리도 무너지고 있어요. 저들이 때로는 서학의 앞에 서서, 때로는 서학의 그늘에 숨어 망치질 대패질을 하기 때문입니다. 발본색원拔本塞源해야 합니다. 안 됐지만 그 길 밖에 없어요. 놔두면 서양 귀신의 몸통에 미륵의 얼굴을 덧씌워 혹세무민하는 자들이 새끼를 치고 새끼가 또 새끼를 쳐서 이 땅을 병들게 할 겁니다. 우리 자손들이 걱정입니다. 그러니 여기서 잘라야 합니다."

'여기서 잘라야 한다'는 주장에 반대할 사람은 없었다. 부윤은 영장을 돌아보았다.

지난해 동학의 도주道主인 수운이라는 자를 잡아왔다가 그를 따르는 무리들 수백 명이 관아 앞에 운집하여 금방이라도 들이칠 기세여서 황급하게 그 자를 방면放免한 일이 있었다. 이번에도 같은 일이 되풀이되면 낭패다 무슨 대책이 있느냐 그런 표정이었다. 부윤의 마음을 읽은 영장이 입을 열었다.

"이번에는 다릅니다. 대국 북경에 쳐들어 온 서양 오랑캐들의 총칼 앞에 서학이 길잡이 노릇을 했다는 것을 모르는 사람이 없습니다. 이제 동학이 다시 저들 오랑캐 세력들을 이 땅에 불러들이고자하는 음모를 모르는 사람도 없습니다. 북경이 오랑캐의 손에 들어가자 몽매한 백성들이 서학하는 무리들을 찾아가 생명을 구걸하는 괴이한 일도 있었으나 이런 소문이 나돌자 오히려 대다수 백성들은 서학의 뿌리를 뽑아야 한다고 생각하게 되었고, 동학의 무리 또한 다르지 않다는 것을 깨닫게 된 것입니다. 따라서 이런 기운이 익어 있기 때문에 감히 저들 무리가 지난번처럼 관아 문전에 패거리를 모아 진치는 일은 없을 것이며 설혹 그렇다 하더라도 일당을 모조리 박멸하는 기회로 활용할 것인 즉 마음 놓으셔도 됩니다."

동학의 무리들이 관아 앞에 몰려나오기를 오히려 기다리고 있다는 영장의 말에 모두들 안심하고 고개를 끄덕였다.

"이번 사단은 위에서 결정하고 위에서 선전관을 내려 보내어 해결할 예정이라 경주부에서는 손을 씻고 먼산 보듯 하고만 있으면 그만 아니냐 하는 얘기가 있었고, 육방관속들 속에서도 비슷한 얘기가 흘러나오는 것을 보니 한심한 생각이 듭니다. 이번 사단은 지난번 경주부 관내의 유림들이 올린 상소가 직접적인 원인이 되었고, 경주 밖의 충청도 전라도에서도 각 지방 수령들이 동학 사도邪道의 움직임을 심상치 않게 보고 상소가 바라바리 올라가므로 이참에 그 뿌리를 뽑고자 함이니 이제 저 괴수가 비변사에 압송되어 올라가 무슨 말을 지껄이는지에 따라 경주부가 다시 도호부로 격하될 우려가 없지 않으니 이 점 요량料量해야 할 줄로 압니다."

부윤은 마음속에 있는 불안을 솔직하게 드러냈다. 좌중은 무슨 소리냐 하는 분위기였다.

"그건 그렇지 않습니다. 강상의 심각한 폐단이 있어 한때 부가 도호부로 격하된 일은 있었으나 곧 다시 부로 승격하여 신라 천년의 영광을 잇게 되어 오늘에 이르고 있으니 이제 저 사도의 무리를 박멸하면 공적이 될지언정 죄를 물을 이유는 되지 않을 것입니다. 사또께서 이번 일로 지나치게 민감하셔서 혹시 죄인을 치리하는데 소홀하게 될까 근심이 있습니다."

"무슨 소리."

부윤은 평소에도 우유부단하다는 소리를 가장 듣기 싫어했다. 이제 다시 그 비슷한 얘기가 나오자 그는 솥뚜껑에 올려놓은 콩 튀듯 벌떡 일어났다.

"죄인을 끌고 오라. 내가 직접 문초問招하겠다."

이방吏房이 섬돌 아래에 지키고 서 있던 나졸들에게 달려 내려가 부윤의 지시를 전달하자 얼마 안 있어 포승줄에 손을 뒤로 묶인 사도의 수괴 수운이 끌려 나왔다. 문초를 당하지도 않았는데 이미 그의 행색은 오랜 세월 옥살이를 한 사람처럼 남루하고 헝클어져 있었다. 그러나 옷과 머리는 비록 헝클어져 있었으나 그의 자세는 꼿꼿했고 어디선가 범접 못할 기운을 온몸에서 내뿜고 있었다. 동헌東軒의 마루에 늘어서 있던 유림과 관속 무리들은 강한 햇살에 눈이 부실 때처럼 잠시 눈을 감았다가 떴다. "죄인은 이름을 대라. 어디 사는 누구인가?"

수운은 고개를 들어 부윤을 바라보았다. 그 얼굴은 지극히 평안하여 한 줌의 공포도 끼어들 틈이 없었다.

"잘 알지 않소. 사또께서는 정해진 대로 행하시오. 형식적인 문초에는 응하지 않겠소이다."

마침 선전관 정구룡이 동헌으로 나왔다가 수운의 그 말을 듣고 부윤에게 문초를 빨리 끝내라는 눈짓을 보냈다. 경주부윤이 문초할 일이 아니었다. 그러나 부윤은 여기서 끝낼 수가 없었다.

"네가 감히 나를 능욕하느냐? 내 말에 거역하면 이는 곧 어명을 거역하는 것과 같은 이치니 어서 대답하라. 너는 어이하여 여기에 끌려 왔는지 아느냐? 네 죄가 무엇인지 아느냐고 묻고 있다. 입이 있으면 말을 하라."

"죄는 당신네들이 만든 것이니 당신들 스스로 알 것인데 왜 나에게 묻소."

"저, 저, 쳐죽일 놈의 아가리를 찢어놓아라."

부윤은 옆에서 보기에 민망할 정도로 이성을 잃고 있었다. 보다 못한 선전관이 나졸들을 독려하여 죄인을 다시 뇌옥으로 끌고 가버렸다. 부윤은 멍하게 대청 마루 끝에서 끝까지 오락가락 반복하여 걷다가 할 일없이 침소로 들어가버렸다. 그리고 초저녁부터 그의 몸 어딘가를 뜨겁게 하던 관기 부용이 뜨뜻하게 덮여놓고 있는 이불 속으로 서둘러 기어들었다.

# 41

그 밤, 경주영의 낭장 배윤수는 퇴청退廳하지 않고 자원하여 전옥典獄의 방비를 살피며 나졸들의 근무태세를 점검하고 있었다. 뇌옥에는 전날 자신이 이필제를 포박하러 용담에 갔다가 만난 대신사 수운이 갇혀 있었다. 그는 일부러 멀찌감치 뇌옥의 근처에서 병사들만 독려할 뿐 뇌옥에 가까이 가지 않았다. 마치 역병疫病 환자로부터 감염을 피하는 것처럼.

낭장은 문득 뇌옥에서 방금 나오는 여인의 옆모습을 보고 움찔 제자리에 섰다. 어디선가 많이 본 듯한 모습이었다. 가슴에 피멍이 들도록 대못이 되어 박혀 있는 그 모습과 비슷했다. 코를 베어가도 모를 정도의 어둠이 짙게 내리깔려 있었으나 배윤수는 저만치 지나가는 여인의 발 끄는 소리, 어둠을 흔드는 희미한 냄새만으로도 그가 누구인지 알아차렸다. 달려가 그녀의 소맷자락을 잡았다.

"다래."

"아,"

그녀의 입에서 가벼운 신음소리가 나왔다. 관아 어디선가 한 번은 만나게 되리라, 두려운 마음으로 챙겨두고 있던 일이 금방 눈앞에 나타났기 때문에 그녀는 당황해 하는 눈치였다.

"내가 잘못 생각했어, 다래. 너 없어도 살게 될 줄 알았지. 세상에 흔해빠진 여자들 중의 하나인 줄만 알았지. 너 없이 난 하루도 일순도 살 수가 없어, 다래. 돌아가자, 우리 집으로. 너의 아기는 우리 자식으로 기르면 되는 거야."

아기 얘기가 나오자 다래는 먼 하늘로 고개를 쳐들고 바라보았다. 별들 중 하나가 내려다보고 있을 것 같았다.

"갔어요, 저기로. 그리고,"

그녀는 한 마디 한 마디를 씹어서 뱉듯이 말했다.

"당신도 죽었어요. 내 안에 당신은 없어요."

그녀는 돌아서서 관아의 대문쪽으로 발길을 옮겼다. 끝났다. 세상은 여기가 끝이다, 그런 생각이 배윤수의 뒷덜미를 잡았다. 그는 다시 달려가 다래의 저고리 자락을 잡았다.

"무슨 생각인지 몰라도 너는 잘못하고 있어, 지금. 자칭 대신사 그 양반의 옥바라지할 생각이라면 지금 당장 그만두는 것이 좋아. 내일 아침 일찍 경상감영을 거쳐 도성으로 이송

하고, 그 자를 따르던 자들도 모조리 잡아넣을 작정이니까, 이쯤에서 그만두고 나와 함께 돌아가자, 응?"

"다래는 없어요, 죽었다니까."

그 목소리가 어찌나 차가운지 뱃속까지 서늘했다. 어둠을 가르고 걸어오는 사람이 있어 두 사람은 고목 옆으로 비켜섰다. 지나가는 사람은 한양에서 내려와 수운을 체포해 온 선전관 정구룡 그 사람이었다. 정구룡이 그들 옆을 지나 뇌옥으로 향하자 배윤수가 발소리를 죽이며 뒤를 따랐고 다래도 그 뒤를 따랐다.

뇌옥을 지키고 있던 나졸은 정구룡이 다가와 수운과 그 일당을 잡아넣어놓은 널따란 뇌옥의 문을 열라는 지시에 아무토도 달지 않고 순순히 옥문獄門을 열었다. 뒤따라 온 낭장 배윤수는 옥문 가까이 가지는 못하고 먼발치에서 선전관의 동태動態를 살피고 있었다. 다래는 그의 등 뒤에 서 있었다.

수운은 이곳이 용담의 소나무 아래 기도처라도 되는 듯이 꼿꼿하게 앉아 눈을 감고 있었고, 그와 함께 잡혀온 여남은 명의 문도들도 기도라도 하는 듯 바른 자세로 앉아 있었다. 그들 입에서 주문 외는 소리가 나즈막히 새어나왔다. 정구룡이 허리를 굽히고 안으로 들어가자 주문 외는 소리가 뚝 그쳤다. 수운도 눈을 들어 찾아온 사람을 바라보았다. 밖에 걸어놓은 횃불에서 기름이 떨어질 때마다 불꽃이 흔들리고 불꽃이 흔들릴 때마다 옥 안에 앉아 있는 사람들의 그림자가 귀신의 형상처럼 심하게 흔들렸다.

"그대는 누구인가?"

"그건 왜 묻는가?"

"되묻지 말고 이쪽 물음에 대답만 하라. 그대는 누구이기에 하늘 임금님을 참칭僭稱하여 미래를 예단하고 어리석은 병자들을 고치는 등 눈가림의 참술讒術을 행하는가?"

"나는 참술을 행하지 않았다."

수운은 또박또박 분명한 어조語調로 대답했다.

"그리고 이 세상에는 어리석은 병자病者란 없다. 백성들을 그렇게 보는 모양인데 그건 잘못이다. 백성은 곧 하늘이다. 하늘 백성이 병들고 아파도 고칠 길이 없어 하늘 상제님의 하명下命을 받고 한 두 사람 고쳐준 것 뿐이다. 앞을 내다보는 능력도 그분이 직접 내려주신 것이다. 어찌 참술이라 함부로 말하는가?"

"『좌전左傳』에 이런 말이 있다. '나라가 장차 흥하려면 백성의 소리에 귀를 기울이고 나라가 장차 망하려면 귀신의 소리에 귀를 기울인다'고. 그대는 어찌 귀신의 소리에 귀를 기울이는가?"

"백성의 소리가 곧 하늘의 소리다. 하늘 상제님을 귀신의 반열에 세우지 마라. 함부로 귀신을 운위하는 그대야말로 도참으로 세상을 흐리려 하는 무리들 아닌가?"

"또 『좌전』에는 '천도天道는 멀고 인도人道는 가까우므로 양자는 서로 상관할 수 없는데 어찌 천도로 말미암아 인도를 알 수 있겠는가?' 하는 말도 있네. 이제 그대가 천도를 빌어 세상 이치를 두량斗量하고 촌탁忖度함은 어리석은 백성들을 불구덩이로 끌고 들어가려는 혹세무민의 참설에 좌도난정左道亂政 그 아닌가?"

"위엣 사람들이 그렇게 정하고 그대를 이리 먼 경주까지 내려 보내던가? 이미 그리 정해진 것이라면 더 무엇이 궁금하여 야심한데 여기까지 납셨는가?"

정구룡은 내심을 들켜버린 아이처럼 불끈 성을 냈다.

"그대와 논란을 벌이자고 찾아온 것은 아니다. 그대가 가르침을 베풀었다는 수심정기修心正氣, 기화지신氣化之神, 인내천人乃天, 그리고 무극대도無極大道니 뭐니 허황한 소리들에는 터럭만한 관심도 없다. 온갖 사설邪說을 끌어대어 빠져나갈 구멍을 만들어 두었을 테니 말이다. 다만 검결劍訣이라고도 하고 칼노래라고도 하는 그 노래말에 대해 묻겠다. '시호時乎 시호 이내 시호 부재래지不再來之 시호로다. 만세일지萬世一之

장부로서 오만년지五萬年之 시호로다. 용천검龍泉劍 드는 칼을 아니 쓰고 무엇하리. 무수장삼舞袖長衫 떨쳐입고 이 칼 저 칼 넌즛 들어 호호망망浩浩茫茫 넓은 천지 일신으로 비껴서서 칼 노래(검결, 劍訣) 한 곡조를 시호시호 불러내니 용천검 날랜 칼은 일월日月을 희롱하고 게으른 무수장삼 우주를 덮어 있네. 만고명장 어디 있나 장부당전丈夫當前 무장사無壯士라' 했으니 그 칼로 베고 자르려는 것이 대체 무엇인가? 때가 왔다고 했는데 무슨 때가 왔다는 건가?"

"그대가 도를 아는가?"

"도는 모르지만 칼에 대해서는 아는 바가 많다."

"그럼 칼에게 물어보라. 비천한 농부가 농사를 짓는데도 도가 있거늘 하물며 칼을 차고 다니는 자들이 도를 모르면 백정이나 다름이 없는 법이다. 아무쪼록 길게 끌지 말고 빨리 나를 국문鞠問하고 치죄治罪해 주면 고맙겠다. 그리고 저 죄 없는 사람들은 돌아가 생업에 종사토록 해 주기 바라네."

정구룡은 고개를 저었다.

"아무래도 여기 경주 사람들은 믿을 수가 없다. 날이 밝는 대로 그대들 좌도난정하는 무리들을 경상감영으로 이송移送하고 문초한 후 장계를 올리고 서둘러 도성으로 압송押送할 것이다. 그리고 팔도의 백성들이 지켜보는 가운데 참수할 것이다."

"뭐 그리 수고를 하시나. 여기서 참수하시게. 효수하여 천하에 알리시게. 그러나 이건 알아둘 일이야. 여기 함께 잡혀온 저 사람들은 그대가 말하는 좌도난정과는 터럭끝만한 관련도 없네. 그대, 어리석은 양반 나부랭이들이 그리 무서워 썩은 칼을 미친년처럼 휘두르기로 했다면 나 한 사람으로 족하지 않는가?"

"그건 문초해 보면 알 일이고."

정구룡은 뒷걸음질로 밖으로 나와 거칠게 옥문을 처닫았다. 배 낭장과 다래는 멀찌감치 떨어져 이쪽 광경을 다 듣고 보고 있었다. 정구룡은 새벽 미명에 경상감영을 향해 길을 떠나기로 작정하고 이 사실을 통고하러 내아로 들어갔다. 그러나 부윤은 이미 이불 속으로 들어간 후였으므로 영장에게 내일 미명에 죄수들을 호송할 차비를 하도록 일러두었다.

"경주 것들."

그는 이곳에 첫발을 들여놓았을 때부터 경주가 마음에 들지 않았다. 천년의 고도라 하지만 쓸데없이 무덤들만 크고 유학자들은 공론空論만 늘어놓고 벼슬아치들은 무릎뼈가 썩는 줄도 모르고 여인의 배에 올라가 풀무질로 날을 새우는 고장. 이제 피바람이 불면 정신이 번쩍 들 것이다. 그 생각으로 엷은 웃음을 지어내며 그도 관기官妓가 데워놓은 이불 속으로 파고들었다.

그 밤, 잠을 자지 못하는 사람들이 있었다. 다래와 배윤수였다. 다래는 곧장 용담으로 달렸고 배윤수는 다음날 미명에 죄수를 호송할 준비를 하느라 집에 돌아갈 겨를이 없었다. 용담에는 수운 대신사의 박 씨 부인과 두 아들이 부중으로부터 기별이 오기를 초조하게 기다리고 있었다.

"어찌 되었는가?"

박 씨 부인은 수운(본래 이름은 제선濟宣 , 자는 도언道彦, 아명은 복술福述이었다)과 결혼한 이래 두 아들을 둔 지금까지 갖은 고생을 다하며 홀로 집안을 꾸리느라 폭싹 늙어 있었다. 도를 닦는 남편을 둔 죄업으로 고생을 고생이라 말도 못하는 엄청난 고통을 혼자 등에 지고 살아온 터에 이제사 겨우 찾아오는 문도들이 쌀됫박이나 피륙, 어물 따위를 놓고 가는 바람에 자라나는 아이들 입에 거미줄 치는 참상은 면하게 되었나 보다 하였는데 아닌밤중에 홍두깨도 유분수지 어명을 받들고 한양에서 내려온 선전관에게 체포 당하여 끌려가는 남편의 뒷모습을 보는 순간 '일이 잘못되면 나도 따라 죽는다'는 비분한 마음을 씹어 삼키고 있었다.

"날이 밝기 전에 대구에 있는 경상감영으로 호송된다 하였습니다. 그러나,"

"그러나, 또 뭣고?"

"경상감영에서 머물지 않고 곧장 한양 도성으로 갈 예정이라 하였습니다."

"누가, 그러더냐? 진주에서 민란이 일어났을 때도 도성에서 선전관이 내려와 처결하지 않았느냐. 신사님이 도대체 반역질을 하였느냐, 명화적을 거느리고 도적질을 하였느냐, 무슨 불구대천 원수가 졌다고 도성으로 끌고 가느냐, 가기는."

"내일 미명에 신사님을 압송할 병사들이 그리 말하였습니다. 한양까지 내쳐 갔다 올 차비를 한다고 하였습니다."

"우리가 어찌하면 좋겠느냐? 무엇을 준비해야 하겠느냐?"

상대가 부엌에서 일하는 아녀자라는 것을 알면서도 박 씨 부인은 답답한 김에 마구 질문을 쏟아냈다.

"노자를 두둑하게 챙기고 먹을 것, 입을 것 고루 준비해야 할 것 같습니다."

"그걸 챙겨서 한양까지 누가 따라가느냐?"

큰아들 세정이 박 씨의 말을 가로채고 나섰다.

"제가 가겠습니다. 도중에 고을마다 도인들이 곡으로 맞으며 호송 나졸들을 어루만질 것이니 크게 염려하지 않으셔도 됩니다."

"저도 갑니다."

다래의 말에 박 씨는 당연한 일 아니냐 하는 눈으로 바라보았다.

"마침 애기도 없으니 그리하면 좋겠구나. 입성이야 도인들이 치성致誠한다 하더라도 세끼 밥까지 남에게 의지할 수야 없지. 자네가 가준다면 안심하겠네. 신사님 식성이 까다롭지는 않으나 기가 상하면 먼 길에 다칠 수도 있으니 각별히 마음을 쓰시게."

먹을 것과 입을 것은 대충 찾아내어 보따리에 싸고 그것을 지고 갈 장정도 정해졌으나 노잣돈은 용담에 넉넉한 돈이 있을 턱이 없었다. 그러므로 일단 발행한 후 각처의 도인들과 상의하여 해결하고 한편으로 대신사의 신통력에 기대보자는 심사도 있어 장정 네 사람과 대신사의 큰아들 세정, 그리고 다래를 포함한 여섯 명이 서둘러 경주부의 뇌옥으로 향하였다.

동학의 괴수와 추종배 무리들을 좌도난정의 죄목으로 도성까지 압송할 일행은 마치 도둑처럼 세상이 모두 잠들어 있는 이른 새벽, 새벽이라기보다 한밤중에 가까운 시각에 경주부를 떠났다. 세정과 다래의 일행은 관아의 문 밖에 기다리고 섰다가 압송 행렬의 말미에서 한참 떨어져 행렬을 뒤

따랐다.

행렬의 맨 앞에는 선전관 정구룡이 의관을 차려입고 말 위에 올랐고, 뒤를 이어 호송 군관 배윤수 낭장이 긴 칼을 권력의 상징처럼 철커덕거리며 말을 타고 전후좌우 사방을 오가며 길을 독려했다. 나졸은 모두 아홉 명이었다. 죄수들은 마른 생선 꿰듯이 포승에 엮어 걸었으나 수운만은 나귀의 등에 태웠다. 일행이 경주를 벗어나 들판을 지나고 산굽이를 돌아 영천으로 가는 소로에 접어들자 그제야 훤하게 동녘이 밝았다.

어쩐지 눈에 익은 길이어서 선전관은 마침 옆에 온 낭장에게 물었다.

"여기가 어디라 하오?"

"저 앞에 보이는 들녘의 왼쪽 산이 용담입니다."

"어쩐지."

선전관은 포승으로 손을 뒤로 묶인 채 나귀 등에 올려져 건들거리며 따라오는 수운을 흘낏 돌아보며 속웃음을 지었다.

"상제 한울님과 소통한다고? 너의 그 잘난 한울님은 지금 어디서 긴밤에 취하여 주무시고 계시느냐?"

산모퉁이를 돌아서자 추수가 끝난 논두렁 위에 흰옷을 입은 무리가 옹기종기 서 있었다. 박 씨 부인을 비롯한 수운의 가족과 밤중에 소식을 듣고 달려온 동학도인들, 그리고 마을 사람들이었다.

부인 박 씨가 맨 앞의 선전관 정구룡에게 가볍게 예를 하고 가슴에 안고 있던 보퉁이를 들고 수운의 나귀 앞으로 다가갔다.

"지난밤에는 황망 중이라 제대로 입성을 챙겨 드리지 못하였습니다. 때는 겨울이라 바람이 차갑고 한기가 뼛속에 시립니다. 솜을 두둑하게 넣은 바지 저고리가 들었으니 갈아입으시고 아무쪼록 몸을 보전하십시오. 보십시오. 신사님은 혼자 몸이 아닙니다. 생사를 가벼이 하실 수가 없습니다."

가족과 문도들, 나아가 창생을 위하여 몸을 보전하라는, 부인다운 언질이었다.

"고맙소, 부인. 그러나 보다시피 나는 그 물건을 받을 손이 없소."

박 씨가 나귀의 뱃구레에 늘어진 줄에 솜옷이 들어 있는 보자기를 매달려 하자 배윤수가 말을 달려 다가와 보자기를 낚아챘다.

"죄수에게는 나무토막 하나도 그냥 줘서는 안 됩니다. 아무리 산골에 처박혀 사는 무지렁이들이라 하더라도 그 정도의 상식은 있어야 하는 것 아니오? 게다가 저 흉악한 죄수는 근동近洞에 있는 동학의 무리들에게 비밀리에 통기하여 압송 행렬을 습격할 것이라는 내밀한 정보가 있어요."

배윤수는 보자기를 부하 나졸들에게 던져줬다. 나졸 두 명이 논두렁에 보자기를 끌러놓고 안에 든 물건들을 살펴보기 시작했다. 부인이 말한대로 솜을 두둑하게 넣은 바지 저고리 한 벌이 전부였다. 기대했던 물건이 나오지 않자 나졸들은 바지 저고리의 실밥을 두두둑 틀어내고 그 속에 들어 있던 솜을 털어냈다. 삽시간에 솜옷은 옷이 아니라 걸레 조각으로 변하고 말았다. 옷 속에서 솜뭉치 밖에 나오는 것이 없자 그제서야 배윤수는 그 걸레조각 같은 것들을 수운의 나귀 옆구리에 매달아 주었다. 먼발치에서 보고 있던 다래가 달려와 배윤수의 손에서 보자기를 나꿔챘다. 그리고 사방에 흩어져 구르고 있는 솜뭉치들을 주워 담았다. 다시 옷으로 만들기 위함이었다.

"이년을 잡아 온몸을 샅샅이 뒤져라. 적도와 내밀하게 통정通情했던 년이다."

보자기를 털었던 나졸 두 명이 이번에는 다래를 붙잡았다. 잡고 보니 젊은 여자였다. 온몸을 뒤지라는 명령을 받았으나 여자의 몸을 어떻게 뒤져야 할지 방법을 몰라 그냥 붙들고

만 있었다. 배윤수가 다가와 지시했다.

"뭐가 무서워 그러고들 있느냐. 옷속에 분명 적당의 서찰을 지니고 있을 것이니 구석구석 뒤져라. 속곳까지 털어내라. 여인의 몸이라고 봐줄 건덕지가 없다. 죽으면 썩어질 고깃덩어리에 지나지 않는 물건이다. 뒤져라."

그러나 나졸들은 젊은 여자의 속곳까지 벗기고 그 속을 뒤지는 황당한 수모를 겪지 않아도 되었다. 저고리 섶에서 꼬깃꼬깃 접어 숨겨놓은 서찰이 나왔기 때문이었다. 나졸들은 한편으로 득의양양得意揚揚하여, 또 한편으로 속곳까지 털어내지 않아도 된다는 안도감으로 얼른 그 서찰을 낭장에게 갖다 바쳤다. 언문諺文으로 된 짧은 편지였다.

"그대와 우리 아들에게 온 세상을 갖다 바치겠소. 기다려 주시오."

그게 전부였다. 낭장은 서찰을 선전관에게 갖다 바쳤다.

"동학의 문도를 자처하고 반역을 도모해 온 이필제라는 놈의 통기 서찰입니다. 놈들은 필시 저들의 두목인 저 자를 탈취하려 할 것입니다. 서둘러야겠습니다."

낭장 배윤수는 선전관의 하명을 기다리지 않고 발행을 독촉했다. 용담의 가족과 문도들이 주먹밥과 뜨거운 국을 끌려가는 사람들에게 먹이고자 하였으나 배윤수는 그 오지그릇과 함지박을 발로 차버리고 모여 있는 사람들을 칼로 위협하여 흩어버렸다. 나졸들과 선전관이 먼저 움직였다. 그러나 수운을 태운 나귀가 땅에 두 다리가 박힌 것처럼 요지부동 움직이지 않았다. 채찍으로 엉덩이를 후려치고 앞에서 여러 사람들이 끌어 보았으나 마찬가지였다. 배윤수는 땀을 뻘뻘 흘리며 나졸들을 독려하고 나귀를 채찍으로 후렸으나 소용이 없자 선전관을 바라보았다. 선전관은 결자해지하라는 듯이 먼 산을 바라볼 뿐이었다. 마침내 배윤수가 수운의 발치에 무릎을 꿇었다.

"진작에 신인神人을 알아 뵙지 못하고 예를 갖추지 못하여 송구스럽게 생각합니다. 차후로 저와 저의 부하들이 신인과 수하들에게 예의를 다할 것이 온 즉 내심의 화를 풀어주시기 바랍니다."

수운은 듣는 듯 마는 듯 눈을 감고 있었다. 그러자 수운을 태운 나귀가 발을 떼놓았다.

"고맙습니다."

낭장은 다래를 흘낏 보았다. 다래는 고개를 돌려 못 본 척했다. 생전에 이처럼 수치스러웠던 일은 없었다. 반드시 갚아 주리라. 이 치욕을. 그 원인이 이필제라는 역적놈에게 있다는 것을 생각하고 배윤수는 이를 악물었다.

# 42

대구까지 이틀이 걸렸다. 경상감영의 관찰사 서헌순徐憲淳은 죄수들에 대해 짐짓 관심이 없는 듯 귀찮다는 표정을 숨기지 않았다.

대구의 경상감영에서 하루를 묵고 이튿날 아침 떠날 무렵에는 찌뿌듯하던 하늘에서 희끗희끗 눈발이 허공에 흩날리고 있었다. 추위 때문에 호송 장졸들은 너나 없이 모두 가슴속에 죄수들에 대한 심한 증오심을 태우고 있었고, 그 때문에 까닭 없이 발길질을 해대는 식으로 인정머리라고는 찾아볼 수가 없었다. 그나마 죄수의 우두머리인 수운 신사를 태운 나귀가 요지부동 움직이지 않는 바람에 경주영에서 차출된 낭장 배윤수가 죄수의 나귀 앞에 무릎을 꿇는 수모를 당한 뒤에야 겨우 호송 행렬의 행보를 시작할 수 있었다. 그 광경을 본 나졸들이 처음보다 사뭇 고분해 지기는 했으나 팔공산을 훑어 내려오며 칼날같은 얼음을 머금은 겨울바람이

얇은 홑겹의 군복 속을 헤집고 들자 다시 죄수 무리들을 함부로 대하기 시작한 것이었다.

죄수들을 호송하는 행보는 더디게 나아갔다. 대구의 경상감영에 도착하니 어느새 짧은 겨울해가 서쪽으로 넘어간 뒤였다. 수운과 따르던 무리들은 경상감영의 뇌옥에 별도로 갇혔다. 수운은 독방이었고 나머지 여남은 명의 접주와 도인들은 한꺼번에 큼직한 뇌옥에 수감되었다. 저녁밥으로 얼음이 서걱거리는 주먹밥 한 덩이를 개밥처럼 던져주고 그만이었다. 다래가 감영 밖의 주막에서 얻어온 따뜻한 숭늉을 홑이불로 둘둘 감싸고 뇌옥으로 가서 칸살 너머로 수운에게 내밀었으나 신사는 놋그릇을 한번 흘끔 바라보았을 뿐 입에 대지는 않았다. 바로 옆의 넓은 뇌옥에 갇혀 있는 도인들에게나 주라고 턱짓으로 가리켰다. 다래가 "드시고 힘을 얻어 도력이 성성해지셔야 합니다."하고 되풀이 권하였으나 신사는 아예 눈을 질끈 감아버렸다. 어쩔 수 없이 가지고 온 음식을 도인들이 갇혀 있는 뇌옥의 칸살 사이로 밀어넣자 기다리고 있던 도인 몇 사람이 얼른 보자기에 싼 그릇을 낚아채서 그 속에 든 내용을 나누어 깨끗이 비워버렸다. 와중에도 몇 사람은 음식에 손도 대지 않고 저쪽 벽에 기대앉아 지켜볼 따름이었다. 빈 그릇을 다시 보자기에 싸서 일어서려는데 한 사내가 앞을 막고 섰다. 배윤수 낭장이었다.

"국법을 어겨 어명으로 압송 중인 죄수에게 먹거리를 차입하는 분별 없는 아낙이 있으니 조사해 보라는 밀령密令이 있어 지켜보고 있었는데 다래 자네였구만, 역시. 이리 따라 오게."

뇌옥 옆에 있는 낡은 건물이었다. 마루의 널빤자는 썩어서 삐걱거리는 데다가 걸음을 뗄 때마다 먼지가 풀썩 일어나 숨쉬기도 어려웠다. 촛불을 밝히자 실내는 귀신이 나올 것처럼 횅뎅그렁하니 넓었다. 다래는 뼛속까지 스미는 한기에 몸을 부르르 떨었다. 배 낭장은 떨고 있는 다래를 물끄러미 바라보다가 입고 있던 갑주甲冑를 벗어 다래의 어깨를 감쌌다. 갑주의 고름을 정성스럽게 메어주면서 말했다.

"다래, 자네가 무당의 혼신을 쓰고 태어났다는 것은 진작 알고 있었어. 그래서 자네가 굿패를 따라다니며 양중과 배를 맞아 새끼를 내질렀다 해도 나는 그럴 수도 있는 일이라고 치부하기로 했어. 그러나 이건 뭐야? 동학이니 서학이니 어디서 날아온 귀신인지 모르는 도깨비한테 몸과 마음을 다 내던지는 것은 옳지가 않아. 내가 왜 이 귀찮은 호송 업무를 자청하여 맡았겠나? 자네가 저 자칭 신인神人이라는 자를 공양하고 있기 때문이야. 이제 우리 여기서 그만두고 돌아가

자. 자네도 나도 제대로 살아봐야 하지 않겠나?"

다래는 어깨 위에서 갑주를 벗어 낭장의 발아래에 밀어놓고 돌아섰다.

"다래."

낭장이 달려와 어둠 속에서 무릎을 꿇었다.

"이러지 마라, 제발. 나는 산도둑놈들에게 잡혀 있을 때도 오로지 자네에게 돌아갈 꿈만 꾸며 살았고, 자네가 어느 놈의 새끼인지 베어 있을 때도 오로지 자네와 함께 살아갈 그 세월만 기다리고 있었어. 그런 나에게 이리 무심하면 자네가 벌받을 걸세. 자네가 하늘처럼 따르는 저 신인神人이라는 자는 이미 죽은 목숨이야. 한양으로 압송해 가는 것은 온 세상이 다 보는 가운데 목을 치려는 거야. 그러니 제발 다래야, 여기서 돌아서자."

다래는 무릎을 꿇은 낭장을 물끄러미 내려다보고 있었다. 한참만에 그녀는 아무 일도 없었던 것처럼 돌아서서 땅바닥에 꿇어앉은 낭장을 그냥 두고 감영의 마당을 지나 문밖으로 나섰다. 그녀는 남문밖 약령시장 거리에 있는 동학도인 차인범車仁範의 집에 부엌데기 할멈과 함께 유숙留宿하고 있었다.

동짓달 그믐께의 새벽은 더디 날이 밝았다. 아직 어둠이 걷히지 않은 감영의 마당은 횃불을 밝혀놓고 죄인들을 호송하기 위해 길 떠나는 채비를 점검하느라 부산했다. 비변사에서 파견한 선전관 정운구가 죄인 호송의 모든 책임을 지고 있었고, 경주영에서 나온 장졸들이 호송 임무를 맡아 있었다. 경상 감사는 약간의 노자와 피륙을 내어 호송 비용을 부담하고 마치 천하를 어지럽히는 도둑을 혼자 잡은 듯 온갖 생색을 다 내는 것이었다. 이를 보다 못한 정구룡이 배알이 뒤틀려 새벽 일찍 발행하자고 일행을 재촉한 것이었다.

낭장은 지난 밤 아무 일도 없었던 것처럼 태연한 표정으로 졸개들을 다독였고, 죄수들을 끌어내어 점고하고 열을 세웠다. 대신사로 불리는 수운이 추운 땅바닥으로 나오다가 다리를 접질러 쓰러지자 낭장은 그의 등짝에 사정없이 채찍을 휘둘렀다. 죄수들을 뒷바라지하기 위해 따라온 동학의 문도들은 감영의 대문 밖에서 기다리고 있었다.

"발행發行하라."

선전관이 선언하자 낭장이 이를 복창하고 졸개들이 죄수들의 등을 떠밀었다. 죄수들이 발을 떼놓는 순간 야간 임직任職했던 군관 하나가 숨이 턱에 닿도록 감영의 마당을 가로질러 달려왔다. 군관은 감사의 귀에다 대고 뭔가 보고를 올렸고, 이어 감사가 선전관에게 말했다.

"호송 경로가 조령鳥嶺을 넘는다고 했던가요? 조령 관문 아래 마을에 저 사람의 문도를 자처하는 동학의 문도 수백 명이 몰려와 기다리고 있다고 합니다."

"그까짓 무지렁이들 수백이면 어떻고 수천이면 또 어떻소."

"하기사 그렇지요. 그러나,"

감사의 생각은 달랐다. 만약의 경우 자신의 관내인 영남 땅에서 작은 불상사라도 일어나는 날에는 지금까지 동학이건 서학이건 닥치는대로 뿌리를 뽑아온 이력에 씻을 수 없는 흠집이 생기는 것이었다. 그러면 남인南人세력의 권토중래捲土重來가 코앞에 닥친 지금 실기失期하여 권력의 중심에서 영영 멀어지는 결과가 빚어진다. 그럴 수는 없다. 감사는 머리를 젓고 다시 한 번 일렀다.

"아다시피 신앙의 추종자들이란 양처럼 고분하다가도 어느 순간 흥분하면 목숨을 생각지 않고 저돌하니 선전관께서는 똥이 무서워 피하는 것이 아니라 더러워 피하는 도리를 따라 길을 조금만 우회하시지요."

"저들이 무서워 피하는 것 아닙니다. 저들의 실체를 파악하기 위해서는 부딪쳐 보아야 하겠기에."

"아, 아, 무슨 말씀인지 알겠습니다. 놈들의 실체를 보다 정확하게 파악하는 방법은 놈들의 수괴를 하루라도 빨리 도성에 압송하여 치죄하는 길이 첩경捷徑일 것입니다. 만약 새재 관문 앞에서 밍기적리다가 좋은 기회를 놓쳐 실기한다면 조정에서 영감을 보는 눈이 어떠하겠습니까."

그 한 마디에 선전관은 고개를 떨구었다.

"좋소. 그럼 상주, 옥천, 보은, 진천으로 길을 잡아보겠습니다."

그러나 충청도 땅을 질러가는 길도 안전하기만 한 것은 아니었다. 일행이 상주에서 하룻밤을 묵고 화동을 지나 옥천의 청산현을 바라고 팔음산을 넘을 때였다. 휘감는 산길을 감돌아 골짜기를 따라 깊이 들어가니 소나무 대신 떡갈나무 졸참나무 같은 낙엽수들이 숲을 이룬 곳이어서 겨울 찬바람에 마른 잎을 모두 털어내고 앙상한 가지만 허공에 내밀어 떨고 있었다. 숲이라고는 하지만 잎이 다 떨어지고 줄기만 남은 나무들 사이로 멀리까지 앞길이 훤하게 보였다. 나무들 사이로 거뭇거뭇 움직이는 점들이 차츰 가까워지더니 부스럭거리는 낙엽소리와 함께 사람들이 한꺼번에 움직일 때의 거친 숨소리가 가까이에서 끼쳐왔다. 낭장은 부하들을 방어대형으로 배치하고 칼을 빼들었다. 예상했던대로 그들은 팔음산에 진을 치고 있는 화적들에게 포위되어 있었다.

화적들은 바위와 나무 등걸을 방패삼아 몸을 숨긴 채 움직이지 않았다. 와, 와 소리를 지르면 이쪽에서도 죽기를 각오하고 한바탕 칼부림을 해보겠는데 멀찌감치 거리를 유지한 채 숨어서 포위하여 이쪽을 지켜보고 있으니 견딜 수가 없었다. 그런 화적의 전략을 알고 있는 사람은 배윤수 낭장이었다. 화적들은 지난날 자신이 그들에게 사로잡혀 목숨을 부지하기 위해 훈련군관 노릇을 할 때 가르친 그대로 충실하게 실행하고 있었다.

"화적들이라고 벽력같이 소리를 지르며 무식하게 짐승 같은 소리나 질러 상대의 간담을 서늘케 하는 것은 하지하下之下의 전략이다. 이쪽의 존재감을 느끼게 하면서도 실체를 드러내지 않고 은닉隱匿하라. 그러면 상대는 공포에 질려 스스로 무너진다."

언제 어느 방향에서 화살이 날아올지 알 수 없었으므로 호송대는 앞으로 나아갈 수도, 뒤로 물러설 수도 없는 진퇴양난에 빠졌다. 호송대를 지휘하던 배윤수 낭장은 부하들과 죄수들을 그 자리에 세워두고 혼자 숲속으로 들어갔다. 화적들이 자신이 가르친 전술을 그대로 사용하는 것은 이쪽에 보내는 무언無言의 신호라고 판단하고 직접 부딪쳐 대화를 해보기로 작정한 것이었다. 과연 그가 산골짜기로 난 작은 오솔길로 나아가자 슉하는 소리와 함께 숲속에서 화살이 날아와 발 아래 꽂혔다. 낭장이 뒤로 돌아서자 이번에는 바로 옆에 있는 참나무 등걸에 화살이 날아와 박혔다. 이제 돌아갈 수도 없는 상황이었다. 낭장은 다시 돌아서서 골짜기 깊은 곳에 버티고 있는 커다란 바위 뒤편으로 돌아 들어갔다. 그것으로 끝이었다. 낭장은 다시 돌아오지 않았고, 화적들의 공격도 없었다.

정구룡은 재빨리 사태를 파악했다. 화적들의 표적은 선전관 자신도 아니었고, 잡혀가는 동학 무리나 수괴도 아니었다. 그저 경주영의 낭장 한 사람이 표적이었던 것이다. 무슨 사사로운 원한이 있었는지는 모르나 어쨌든 팔음산 도적들은 배윤수 낭장을 정구룡 자신이나 수운 최제우보다 더 중하게 생각하고 있었음이 밝혀진 것이었다.

선전관은 상황판단을 마치자 재빠르게 행동했다. 그는 죄수들과 호송 나졸들에게 모두 절대 침묵을 지키면서 재빠르게 산 아래쪽으로 이동하도록 손으로 지시했다. 다래를 비롯하여 죄수들의 수발을 위해 따르던 동학의 문도들도 정구룡의 지시를 따라 목숨을 걸고 산 아래로 내려갔다. 그러나 등 뒤에서 화살이 날아오거나 골짜기 음습한 곳에서 화적이 매복해 있다가 튀어나오는 일은 일어나지 않았다. 그들은 낭장 배윤수를 잡아간 것만으로 오늘의 성과를 매듭짓고 있음이 분명했다.

죄수들과 호송 나졸 일행보다 훨씬 뒤쳐져서 따라오던 다래는 산 아래 평지에 내려와서야 낭장 배윤수가 홀로 화적의 소굴로 접근하여 실종된 사실을 나졸 한 사람에게 듣고서야 알았다. 다래가 몸을 돌려 산을 오르려 하자 죄수들 중에서 한 사람이 입을 열었다.

"그만두게. 낭장은 갈 길을 간 거야. 그는 도적의 운명을 타고났으니 머지않아 이 나라 조정에 큰 우환덩어리가 되겠지만 고통 받는 백성들에게는 활인의 정도령이 될걸세. 자네도 그의 운명을 바꾸어 놓을 수는 없네, 누구도."

다래는 목소리가 들려온 쪽으로 돌아보았다. 수운이 그녀를 향해 웃고 있었다.

"대신사님."

"그래, 안다, 자네의 고통을. 아이의 아버지였던 이필제도 역도逆徒가 되었고, 이제 배 낭장도 화적으로 소굴로 들어갔다. 자네는 그들 남정네들에게 반역의 씨를 뿌려준 텃밭이었다. 그 사실을 알아도 소용없고 몰라도 자네 팔자가 달라지는 것은 없다. 돌아가는 이치가 그렇다는 것뿐이다."

다래는 억장이 무너져 그 자리에서 혀를 물고 자진하고 싶은 마음이었다. 그러나 선전관이 서둘러 팔음산 자락을 벗어나기 위해 재촉하고 나졸들이 몰아댔으므로 수운이 먼저 움직였고, 다래도 뒤를 따랐다.

선전관 정구룡은 배윤수가 없는 공백을 스스로 채우면서 일행의 발걸음을 재촉하여 팔음산을 멀리 우회하여 청산현까지 쉬지 않고 강행군을 계속했다. 짧은 겨울해가 넘어가고 어둠이 짙게 깔린 후에야 호송대는 청산현에 도착했다. 현감이 지경까지 마중 나와서 벌벌 떨고 있었다. 정구룡은 현감의 집에 머물고 죄수들은 현청의 마루바닥에 굴비로 엮어 밀어넣었다.

호송대가 옥천, 보은, 진천을 거쳐 이천利川에서 왼편으로 방향을 바꾸어 용인龍仁을 거쳐 과천현果川縣의 청계산淸溪山 자락에 파묻힌 역참驛站의 객사에 도착한 것은 섣달 초이레였다. 청계산과 옥녀봉玉女峰은 하얗게 눈을 뒤집어쓰고 있었고, 남태령南泰嶺 고개에도 무릎이 빠질 정도로 눈이 쌓여 한양으로 가는 마지막 관문은 영남에서 멀리 호송護送돼 오고 있는 죄수들의 입성을 거부하는 것처럼 보였다. 늘 그랬던 것처럼 선전관 정구룡은 역참 객사에 들어 급주急走노비로 하여금 내일이면 죄인들을 호송하여 노들나루를 건널 수 있을 것이라는 장계를 비변사에 올리게 하고 자신은 찰방察訪

의 환대를 받아 오랜만에 대작하여 취기에 곯아 떨어졌다. 죄수들은 객사 뒤편의 엉성한 뇌옥에 가두고 나졸들로 순번에 따라 감시케 했다.

다래는 객사에서 머지않은 주막에 몸을 맡겼다. 노자가 거의 소진되었으므로 다래가 주막의 부엌일을 하고 빨래와 땔나무까지 맡는다는 조건으로 동학 문도 세 사람의 숙식을 해결할 수 있었다. 해가 지고 땅거미가 내려앉은 후에도 주막의 허드렛일을 하고난 다래는 따뜻하게 데운 물을 동이에 담아 이고 뇌옥으로 갔다. 순번 나졸은 이제 그녀가 오면 묻거나 들을 것도 없이 문을 열어 출입하게 해주었다.

수운은 홀로 뇌옥의 차가운 바닥에 가부좌를 하고 앉아 있었다. 그녀가 따뜻한 물을 창살 사이로 들이밀자 눈을 뜨고 여인을 물끄러미 바라보았다.

"내일이면 한양이라고 합니다, 신사님. 노독路毒이 뼈를 타고 올라오면 다리를 쓰지 못한다고 하니 따뜻한 물로 씻으시고 잘 주무셔야 합니다."

"고맙네."

언제나처럼 울림이 깊은 목소리였다.

"우리는 한양으로 가지 못할 걸세. 다시 먼 길을 가야할지도 모르니 부디 자네도 몸을 상하지 말게."

"한양으로 못 간다고요? 저 고개만 넘으면 도성이 보인다고 합니다."

"그래도 못 가네."

대신사는 입을 다물었다. 다래도 더 이상 물을 수가 없었다. 대신사는 항아리의 물에 발을 담그다가 도로 빼어 털어내고는 항아리를 도로 내주었다. 다래는 항아리를 이고 뇌옥을 나서면서 대신사가 마침내 한양으로 가는 문턱에서 죽음에 대한 공포를 이기지 못하고 실성한 것이 아닐까 두려운 마음이 앞섰다.

다음날, 섣달 여드렛날이었다. 전날 마신 술 때문에 선전관 정구룡이 늦게 기침하였으므로 호송대는 사시(巳時, 오전 9시~11시)가 훨씬 지난 점심 때가 다 되어서야 발행했다. 그들이 막 객사 마당을 떠나려 할 때 역참驛站의 찰방察訪이 숨가쁘게 달려들었다.

"도성에서 기별이 왔어요. 죄수를 도성으로 이송移送하지 말고 되돌아가 현지 감영에서 문죄問罪하고 처벌하라는 지시가 내려왔어요."

찰방이 가지고 온 전교傳敎를 읽어보고 사실을 확인한 선전관은 의아한 눈빛으로 찰방을 바라보았다.

"나도 모르겠소, 무슨 영문인지. 이런 경우는 처음이라서."

그들의 의문은 곧 풀렸다. 봉수대에서 기별이 온 것이다.

"주상主上께서 승하昇遐하셨습니다."

그제서야 이 해괴한 명령의 의미를 알만했다. 철종哲宗 임금이 세상을 버린 것이었다. 강화도에서 나뭇짐이나 하면서 잘 살고 있던 시골 젊은 청년을 끌어다가 임금 시켜놓고 족벌 문중과 궁중 아낙들이 국정을 제멋대로 주무르다 세상이 피폐해질대로 피폐해진 세월이었다. 철종 자신은 네 명의 부인과 손가락으로 셀 수도 없는 궁중 여인들 다리 사이에 빠져 허우적거리다가 마침내 그 더러운 세월을 끝낸 것이었다. 치세 13년, 나이로 서른세 살의 한창 나이였다. 임금님이 붕어崩御하고 국상國喪이 열리게 되었으므로 죄인들을 관할 감영으로 되돌려보낸다는 전교가 알려지자 수운은 그 자리에서 북면北面하고 엎드렸다. 수운이 도성 쪽을 향하고 재배再拜하자 다른 죄수들이 따라서 무릎을 꿇고 재배하였고, 나졸들도 엉겁결에 땅바닥에 코를 박았다.

대구의 경상감영으로 내려가는 길은 올 때보다 더디었다. 섣달의 추위가 다른 해보다 지독했고, 호송 책임자에서 치죄治罪의 책임까지 맡게 된 정구룡도 기력이 빠진 탓이었다. 대신 화성에서 경기 감영의 낭장 진오영陳五榮이 전날 배윤수가 수행했던 역할을 맡아 가세했으나 그는 늙고 문약文弱한

편인데다 배윤수에 비해 배알이 없다 할 정도로 부드러운 사람이라 하루에 오십 리를 걷기도 바쁠 지경이었다.

일행이 조령원鳥嶺院에서 하루를 묵고 초곡草谷에 이르렀을 때 문득 마을 어귀에 몰려 있는 수백 명의 흰 옷 입은 군중이 나타났다.

"장날인가?'

아니었다. 군중들은 호송대 앞으로 몰려와 차갑게 얼어붙은 땅바닥에 무릎을 꿇고 이마를 맨땅에 짓찧으며 울부짖었다. 어떤 사람은 상투를 풀어 머리를 죄수처럼 늘였고 어떤 사람은 입성을 쥐어뜯어 맨살을 드러냈다.

"우리 신사님이 무슨 죄를 지었소? 신사님 대신에 나를 잡아가시오."

부르짖는 소리의 내용은 한결같았다. 나졸들은 긴장하여 범접하는 자가 있으면 무조건 찌르고 벨 자세를 취하였으나 군중은 우격다짐으로 대신사와 그를 따르던 십여 명의 도인道人들을 빼낼 엄두는 내지 않았다. 그저 부모를 먼저 보내는 자식들처럼 울부짖을 뿐이었다. 초곡 마을을 지나 황량한 논벌이 나타나고 더 이상 울부짖으며 따라오는 무리가 보이지 않자 진오영은 휘우 한숨을 쉬면서 땀을 훔쳤다. 그도 진땀을 흘리고 있었던 것이다.

조령을 넘어 경상도 땅에 들어섰으나 갈 길은 아직 멀었다. 조령을 넘어 남쪽으로 내려오니 억수같이 쏟아지던 눈발은 비로 바뀌어 추적추적 옷깃을 적시는 겨울비가 더 깊은 한기를 몰고 왔다. 도인들이 두툼한 솜옷을 지어 가지고 오면 다래가 나졸들에게 접근하여 수운에게 전달했으나 수운은 그 옷을 받아 다른 도인들에게 넘길 뿐 스스로 입는 법이 없었다. 음식도 도인들의 정성으로 만들어 온 것을 다래가 따뜻하게 덮여 올리곤 했는데 그 때마다 수운은 음식을 물리치거나 가까이 있는 도인 죄수들에게 넘겨버렸다.

도중에 섣달 그믐과 새해 원단을 맞았으나 죄수들도 호송 나졸들도 설날 기분을 낼 처지가 아니었다. 일행이 최종 목적지인 대구의 경상감영에 도착한 것은 해가 바뀌어 갑자년(甲子年, 1864) 정월 초엿새 날이었다. 경주를 떠나 과천에서 되돌아 대구로 내려오기까지 한 달이 걸렸다.

귀찮은 죄수들을 넘겨받은 경상감사 서헌순徐憲淳은 마음이 까닭없이 들뜨고 가슴이 두근거렸다. 지난번 동학 수괴라는 자와 잠시 만나본 기억이 그를 안절부절 못하게 했다.

"대신사라 했지? 하늘의 옥황상제하고 말을 텄다면서? 자네는 시절을 잘못 타고났구만?"

가볍게 비아냥거리자 신사가 받았다.

"영감이야말로 시절을 잘못 타고나셨구만. 나는 서학을 버리고 동방의 예절과 도리를 내일의 후손에게 넘기고 싶었던 것 뿐이고 상제께서 내 소원을 헤아려 듣고 강림해 주셨을 뿐이오."

확신에 찬 맑은 목소리였다. 두 번 다시 보고싶지 않은 얼굴이었다. 그 죄수와 눈을 마주치는 것은 정말이지 피하고 싶은 일이었다. 추국推鞫을 한답시고 죄수와 눈을 마주쳤으나 감사인 자신이 죄인인 것 같은 기분이었고, 분위기도 이상하게 뒤집어져 있었다. 그래서 싫었다. 한 달 전 정구룡이 죄수들을 호송하여 감영을 떠날 때는 반가워서 적으나마 노잣돈도 내놓았고 진심으로 전별했던 것인데 그들이 한양 도성으로 들어가기도 전에 임금님이 붕어崩御하는 바람에 되돌아 오게 될 줄은 몰랐다. 겨울비가 유난히 많이 내리더니 재수가 없을 징조였구나, 쩝. 감사는 비가 많이 와서 동헌 마당을 사용할 수 없다는 핑계로 추국을 미루었다. 그러나 언제까지 미루고만 있을 수는 없는 일이었다. 죄수들이 경상감영으로 되돌아온 지 보름째 되는 정월 스무날에야 비로소 처음이자 마지막인 감사의 문초가 열렸다. 수운은 정말 대역죄인이나 되는 것처럼 목에 큰 칼을 차고 동헌 마당에 꿇어앉았다.

"죄인은 들으라. 그대는 요망하게 주문을 짓고 부적을 그리고 검무를 추어 요언지설을 퍼뜨렸다. 언필칭言必稱 서양을 배척한답시고 오히려 서학을 도습蹈襲하여 흉내를 내면서 포덕布德하여 불순한 작당을 하였다. 쇠똥이나 먼지 같은 궁약弓藥을 비방秘方이라 하여 의술의 대도를 흐렸고 검가劍歌니 뭐니 하고 태평한 세상에 흉악한 노래를 퍼뜨려 어리석은 백성들이 당장 난리가 나는게 아닌가 할 정도로 공포심을 일으켰다. 어찌 이렇게 풍속을 어지럽히는가?"

수운은 조용한 목소리로 타이르듯이 말했다.

"저는 원래 의관지류醫官之類로서 병들어 죽어가는 사람들을 그냥 볼 수 없어 하늘에 고하여 비방을 받고 주문을 만들어 외게 하면 약을 쓰지 않고도 효험이 있었습니다. 그러자 많은 가난하고 힘없는 백성들이 찾아왔고 그들에게 주문을 외게 한 것이니 이는 그들로 하여금 병고病苦에서 낫게 하기 위함이었습니다. 또 학동들에게 주문을 왼 후 글을 읽거나 쓰게 하면 총명해졌습니다. 이런 사실이 널리 알려지자 불쌍한 사람들이 용담으로 몰려들고 저들이 스스로 무리를 짓게 된 것일 뿐 다른 뜻은 없었습니다. 저에게 이런 능력을 주신 분이 하늘에 계시고 그분의 가르침을 전파하면서 이름하여 동학이라 하였는데 어찌 풍속을 어지럽혔다고 하십니까?"

감사는 할말을 잃었다.

"죄인 주제에 말이 많다." 어쩌고 얼버무리면서 수운을 하옥시키는 것이 고작이었다. 그다음부터는 명사관明査官으로 임명된 상주목사尙州牧使 조영화趙永和와 지례현감知禮縣監 정기화鄭夔和, 그리고 산청현감山淸縣監 이기재李沂在 등 동학에 사무친 원한이 있는 관리들이 감사를 대신하여 추국을 맡았다. 조사를 한다기보다 미리 만들어둔 좌도난정左道亂政의 죄목에 자백을 짜맞춘 엉터리 고문이었다.

다래는 남문밖 약령시장 골목의 동학도인 박 씨네 집 사랑채에 용담에서부터 줄곧 함께 온 부엌데기 할멈과 함께 기거하며 뇌옥의 수운에게 필요한 물건을 차입하고 때로는 대신사와 접주와의 비밀한 연락도 맡았다. 보름 전에는 이미 수운으로부터 도통道統을 물려받은 최경상崔慶翔이 대구로 올라와 여인으로 변장하고 대신사를 옥중에서 면대面對하는데 다래가 옥리에게 구린 돈 몇 푼을 쥐어주고 안내하여 두 사람이 면대케 했다. 그 자리에서 수운은 경상에게,

"다시는 날 찾아오지 말고 빨리 대구를 떠나 몸을 피하라. 자네마저 잡히는 날에는 세상에서 우리 도道가 끊어질 것이니 그래서야 되겠는가. 무엇이 중하고 무엇이 가벼운지 잘 판단하여 행동하라."

그 말을 듣고 경상은 밤을 도와 대구를 벗어나 멀리 한적한 곳으로 몸을 피하였으나, 뒤늦게 그 사실을 포착한 명사관이 경상의 은거지를 대라고 수운에게 모진 고문을 가하는 바람에 곤장을 맞아 넓적다리가 부러지는 곤욕을 당하였다. 수운은 경상의 거취에 대해 입을 열지 않았고, 넓적다리가 부러지는 고통을 당하고서도 뇌옥으로 돌아와 시를 지으니 그 내용은 이랬다.

燈明水上無嫌隙 柱似枯形力有餘

(등불이 밝으니 물 위에서도 틈이 없고 마른 기둥이지만 아직은 힘이 남아 있다)

감사는 수운이 옥중에서 쓴 글을 읽었다. 그리고 연일 동학의 도인들이 대구로 몰려들고 있다는 비보悲報도 접수했다. 그는 불안했다. 아무리 뜯어보아도 수운에게는 죄가 없었다. 죄가 없는 사람에게 죄를 뒤집어씌우려니 오금이 저리고 가슴이 녹아내렸다. 집에 가면 마누라가 하루도 빠짐없이 동학괴수 자칭 대신사라는 사람의 안부를 물었다. 갓난 손자놈이 두 살 때 홍역으로 다 죽게 되었을 때 동학도인의 술법術法으로 목숨을 건진 이후 마누라는 마음속으로 동학교도가 되어 있었다. 그 때문인지 괴수가 감영의 뇌옥에 갇혀 있다는 사실을 알고부터 마누라의 관심은 관심이라기보다 수운을 어떻게 하더라도 살려보겠다는 탄원歎願에 가까운 몸짓이었다.

"나는 물라. 손을 뗐다니까 그러네. 조정에서 내려온 선전관이 알아서 할 일이니까."

그건 사실이었다. 비록 국상을 당하여 죄인들을 각지의 감영으로 돌려보내어 알아서 처리하도록 했으나 수운의 경우 비변사에서 이미 결론이 나 있는 사안이었고, 비변사의 결론을 집행하기 위해 선전관 정구룡이 내려와 있었던 것이다. 게다가 정구룡은 경상감사 서헌순이 우유부단하여 죄인을 제대로 치죄하지 못하고 괴로워하는 표정이 역력했으므로 이를 동학에 동조하는 것으로 보고 감사를 아예 밀쳐내고 치죄와 형 집행을 도맡아 하기로 결정해놓고 있었다. 선전관이 대신사의 치죄를 도맡아 나서자 서헌순은 오래 앓던 이빨을 뽑은 것처럼 시원해 하는 표정이었다.

선전관 정구룡이 수운 최제우의 치죄를 전담키로 자임하고 경상감사의 양해를 얻은 그날 밤 칠곡漆谷에서 대를 이어 서원을 지키면서 살아왔다는 환갑 어간의 어윤중魚允仲이라는 자가 통영갓끈을 얼굴에 자국이 나도록 조여매고 선전관을 찾아왔다.

"어인 일이시오?"

정구룡이 흥미 없다는 어조로 묻자 어윤중은 서둘러 말을 꺼냈다.

"나리께서는 물뱀이 용이 된 이야기를 아십니까?"

긴요하게 드릴 말씀이 있다는 간청이 있어 만나줬더니 기껏 물뱀이 어쩌고 용이 어쩌고 하는 황당한 얘기였다.

"물뱀은 얕은 개울에 살고 용은 깊은 물에 사는 놈인데 물뱀이 어떻게 용이 될 수 있겠소? 용이 된 물뱀을 직접 보기나 했소?"

"물뱀이 죽으면 용이 됩니다."

"희언戲言을 하고 싶다면 그만 돌아가 주시오. 난 피곤합니다."

"미안합니다."

칠곡漆谷에서 온 유생은 머리를 깊이 숙여 사과했다. 그러나 돌아갈 생각은 아닌 듯했다.

"지금 경상감영에는 물뱀들이 잡혀 있습니다. 이것들의 목을 쳐서 죽여놓으면 사람들은 그 죽음에 신비의 옷을 입히고 전설을 꾸며내어 며칠 안으로 용으로 만들고 맙니다. 하찮은 물뱀도 일단 용이 되고나면 나랏님의 힘으로도 제압하기가 수월찮게 됩니다."

듣고보니 효수형梟首刑을 정해놓고 죄목을 만들어 씌우고 있는 수운 최제우에 관한 이야기가 분명했다.

"물뱀은 독이 없어 어린아이들이 개천이나 연못에서 물뱀 옆에서 나란히 헤엄을 쳐도 안전합니다. 그러나 어쩌다가 물뱀이 독을 품어 독뱀이 되면 주변에 사는 미물微物들의 목숨이 위태롭게 됩니다. 물뱀이 독을 품기 시작하여 온 천지에 독을 풀어놓기 전에 제거하려는 것입니다. 용이 될지, 이무기가 될지는 나중의 일이고 사람이 예측할 일도 아닙니다. 한데 지금 선생께서는 저 독뱀을 살려주자는 청원을 하고 있는 겁니까?"

"아닙니다."

유생은 손사래를 치며 펄쩍 뛰는 시늉을 했다.

"저는 단지 이 왕조王朝를 위하여 어떤 결정을 하기 전에 멀리 보자는 말씀을 올리고 있는 겁니다. 가만 놔두면 물뱀은 물에서 살다가 저절로 죽습니다. 그러나 나라에서 이 물뱀을 잡아죽이면 죽은 뒤에 용이 되고 이무기가 됩니다. 놓친 고기가 점점 자라는 것과 같은 이치입니다. 도성은 지금 국장國葬 중이라 죄인을 받아들여 처결하지 못하고 그 역할을 지방 관아에 일임하였음 즉 지금 나리께서는 서둘러 혹세무민하는 무리의 괴수와 수하들을 처결하는 결정을 서두르고 계십니다. 이런 때를 당하여 우리 후손들이 길이 살아가야 할 이 땅을 위하여 무엇이 바른 길이겠느냐, 깊이 생각해 달라는 것 뿐입니다."

"가만."

정구룡은 유생의 행색을 찬찬히 뜯어보았다. 동학 무리의 복장에 특색이 있던 것은 아니었으므로 행색만 가지고 동류同類인지 아닌지 판단할 일은 아니었다. 그러나 유생의 당당하고도 자신감 넘치는 태도가 마음에 걸렸다.

"당신 생각을 말해 보시오."

"소인의 생각이 무슨 소용이 있겠소만은, 굳이 하문下問하시니 여쭙겠습니다. 연전에 저 수운이라는 자를 경주부중에 잡아넣었을 때 관아 담장 밖에 수백 명의 동학 문도들이 결집하여 울부짖고 고함지르는 괴이한 사단이 있었지요. 그때 경주부사는 어리석게도 죄인을 방면해 버렸지요. 그 일 이후로 경주는 물론이고 경상도 전역에서 고을 원院이나 관찰사의 영令이 먹히지 않게 되었습니다. 지금 그 죄인이 포박당하여 다시 이곳 감영에 갇혀 있습니다. 그리고 생각이 없는 조정과 지방 행정관은 서둘러 죄수의 머리를 잘라 성문 밖에 걸기만 하면 그것으로 모든 일이 해결될 것으로 착각하고 있습니다. 단견短見이자 어리석은 생각입니다.

"지금 어리석다 하셨습니까?"

"그렇게 말했습니다. 나리께서 소인을 치죄하려면 지금 당장 오라를 채우시면 됩니다. 그러나 한 가지만 분명하게 말씀 드립니다. 저 물뱀의 목을 따서 성문 밖에 걸어놓으면 길게 잡아 삼십 년쯤 지나면 지금 대구 성문 밖으로 도망간 저들의 졸개들이 자라나고 용의 새끼가 되어 나라의 목덜미에 칼을 겨누게 될 것입니다. 그래도 좋다면 나리 마음대로 하세요."

"목을 치지 않으면 저들을 당장 어떻게 해야겠소?"

선전관은 처음에는 시골 유생을 경멸하는 자세였으나 지금은 지푸라기라도 잡는 심정으로 무슨 방도가 없겠느냐고 간청懇請하고 있었다. 늙은 유생은 선전관의 뒤집어진 태도를 알면서도 처음 그대로 겸손하고 당당한 어조로 말했다.

"상지상책上之上策은 저들을 방면하여 고향으로 돌아가게 하고, 이어서 벼슬을 내리거나 비단과 곡물을 하사하여 돕는 길이 있습니다. 그 효과가 무엇이냐? 저들을 따르던 어리석은 무리들이 저들의 호사豪奢하는 모습을 보고 마침내 등을 돌리게 될 것입니다. 중책은 저들을 죽이지 말고 내처 뇌옥에 가두어두는 것입니다. 오래 가두어두면 저들을 옥바라지하거나 방면시키려고 팔도의 문도들이 속속 감영 안팎에 운집할 겁니다. 그때를 기하여 모조리 추포追捕하면 가만 앉아서 혹세무민하는 세력을 발본색원하는 효과가 있을 것입니다. 하책下策은 저들의 머리를 베어 성문에 효수하는 방책입니다. 그리하면 적어도 삼십 년이면 저들은 용이 되어 발톱으로 이 나라를 덮치고 할퀴고 물어뜯을 것입니다."

"삼십 년이라, 그건 먼 일입니다."

"멀지 않습니다. 나리와 제 자식놈들이 어른이 되면 그때 톡톡히 치르게 될 겁니다. 애비들이 저질러놓은 죄값을 우리 자식놈들이 치르게 되겠지요."

"다 끝난 일입니다. 그리고 삼십 년 뒤에 무슨 일이 일어날지 장담할 사람은 아무도 없습니다."

"없지요. 소생도 장담은 못합니다. 지금보다 훨씬 좋은 세상이 올지도 모르는 일이고요."

"그럼 됐습니다. 이만 가주세요. 나는 좀 쉬워야 하니까요."

유생은 허리를 꼿꼿하게 세우고 짚신을 끌며 감영 마당을 가로질러 걸어 나갔다. 그 뒷모습을 보면서 선전관은 마침내 결심했다.

선전관은 적도인 수운을 국문하여 죄를 밝혔으며, 그 죄에

응당한 벌로서 죄인을 효수梟首하겠다는 계啓를 올렸다. 한양에서는 기다리고 있었다는 듯이 적당 무리에 대한 처형을 허락하는 교지敎旨가 내려왔다. 선전관은 이 머리 아픈 일을 처리해버리고 임금의 붕어崩御로 권력의 지도가 다시 그려지고 있는 한양으로 돌아가 제자리를 찾기 위해 서둘렀다.

그해 겨울은 여느 겨울과 달리 구질구질하게 비가 많았다. 사방이 산으로 둘러쌓인 분지盆地에 올라앉은 도시 대구에서도 눈보다는 비가 많은 해였다. 눈보라가 칠 때도 전주곡前奏曲을 연주하듯 천둥 번개가 쳤다. 여름철 소나기 같았으나 추운 겨울에 내리는 소나기는 을씨년스러웠고, 천둥은 생뚱맞았다.

경상감영에서는 처형 장소로 아미산蛾眉山 아래의 남문 밖 관덕정觀德亭이 좋겠다고 했다. 정구룡은 직접 관덕정을 살펴본 후 이곳을 처형 장소로 결정했다. 관덕정은 남문 밖에 있는 누대累代로 무과武科시험 장소 중 하나였다.

삼월 초열흘. 이날도 아침부터 찌푸린 하늘에서는 금방 우박이라도 쏟아질 듯 무거운 날씨였다. 혹시 비라도 쏟아질 것 같으면 집행을 연기하려고 기다리고 있다가 점심때가 설핏 지나 미시(未時, 오후 1시~3시)가 되자 선전관 정구룡은 집행 명령을 내렸다. 먼저 수괴격인 수운 최제우가 달구지에 실려 남문 밖으로 끌려나왔다. 대신사는 농부가 삽을 챙겨들고 논과 밭으로 나가야 할까, 말아야 할까 망설이듯 가끔 찌푸린 하늘을 쳐다볼 뿐 지나는 길옆의 마을과 거리에는 무관심해 보였다.

이날의 형 집행은 동학교도들이 몰려올 것을 우려한 나머지 격식과 절차를 무시하고 서둘러 집행됐다. 죄수가 관덕정 마당에 와서 무릎 꿇고 목을 내놓자 선전관은 비변사에서 결정하여 임금의 이름으로 공표한 처형 이유를 낭독했다. 수운은 눈을 감고 듣고만 있었다. 처형 이유를 낭독하고 나서 눈짓으로 도부수들에게 시행할 것을 지시하자 두 명의 도부수들은 칼춤으로 얼르지도 않고 댕겅 목을 치려고 시퍼런 칼을 내리 꽂았다. 그러나 수운의 목은 그 자리에 붙어 있었고 칼끝은 무거운 무쇠에 닿은 듯 튕겨져 나오는 것이었다. 다른 도부수가 시도했으나 결과는 마찬가지였다. 세 번째로 원래의 도부수가 칼을 내리쳤으나 이번에도 칼날은 살을 파고들지 못하고 튕겨나오는 것이었다. 가까운 거리에서 지켜보고 있던 정구룡은 전날 대신사를 연행하여 한양으로 떠나려 할 때 말의 다리가 꼼짝하지 않던 일을 떠올리고 형의 집행을 정지시켰다. 선전관은 대신사에게 다가가 가만히 말했다.

"어인 일입니까? 떠나기 싫으시다면 조정에 장계를 다시 올리겠습니다."

죽기가 두렵거나 싫으냐, 정 그렇다면 내가 장계를 다시 올려서라도 구명해 보겠다는 언질이었다. 수운은 웃었다. 웃음을 거두지 않은 채 말했다.

"저 사람들에게 깨끗한 청수 한 사발만 떠오라고 하시겠소?"

선전관은 졸개들에게 청수 한 사발을 떠오도록 일렀다. 졸개가 청수 한 사발을 떠오자 대신사는 목이 말랐던 듯 벌컥벌컥 마셨다. 물 한 대접을 다 마신 후 대신사는 다시 목을 늘였다. 선전관이 눈짓으로 도부수刀斧手에게 지시하자 알지 못할 두려움에 몸을 떨고 서있던 도부수가 엉거주춤 다가와 칼을 휘둘러 내리쳤다. 그러자 대신사의 목에서 붉은 피가 솟구쳤다. 그것을 보고 다음 도부수가 칼을 내리치니 목이 몸에서 떨어져 마당에 굴렀다. 그와 같은 시각에 천둥이 울었다. 갑자기 하늘이 시커먼 천막으로 둘러친 듯 어두워지더니 칠팔월 장마 때처럼 억수 같은 비가 쏟아졌다. 도부수가 먼저 칼을 동댕이치고 어디론가 숨었고, 병사들도 비를 피하는지 하늘의 노여움을 피하는지 하여튼 뿔뿔이 흩어져 몸을 숨겼다.

그날 저녁 무렵 대신사의 목은 남문 밖에 걸렸다. 사람들은 혹세무민, 좌도난정의 죄가 무엇을 말하는지 알 까닭이 없었으나 대신사의 부릅뜬 두 눈을 바로 쳐다보지 못하고 서둘러 그 자리를 떴다.

다음날 새벽 다래는 낭장 배윤수가 죽은 혼백으로 돌아와 어딘가 깊은 숲속으로 끌고가려는 것을 뿌리치고 달아나다가 배윤수가 그녀를 자빠뜨리고 목을 죄는 바람에 그 억센 사내의 손을 뿌리치느라 발버둥을 치다가 잠에서 깨어났다. 아직 어두운 밤의 끝자락이었다. 부엌데기 할멈이 이불 속으로 목을 밀어넣으면서 한 마디 했다.

"남정네 꿈을 꿨냐? 좋은 때다. 세월이 가면 꿈도 없어지니 젊을 때 많이 꾸어라."

다래는 밖으로 나왔다. 한밤중에도 문을 열어놓고 있는 약재상이 몇 군데 있었다. 약재상의 처마 끝에 걸린 남포불이 길바닥을 적시고 출렁이고 있었다. 누군가 잡아 끄는 것 같아 남문까지 걸었다. 걸으면서 생각했다. 오늘은 대신사님을 찾아가 보리라. 지난번 고문 당하여 으쓰러진 다리에 통증을 덜어줄 좋은 비방을 도인들이 구해와서 맡겨놓은 것이 있는데 오늘은 필시 신사님에게 전달하고 오겠다고 생각을 굳혔다. 문제는 요즘 들어 갑자기 변해버린 파수꾼들의 태도였다. 영문營門을 지키는 병사들도 그렇고 뇌옥의 나졸들도 깐깐해져서 대신사를 만나는 일도 물건을 전하는 일도 한층 어려워졌다. 그러나 무슨 일이 있어도 오늘은 뇌옥문을 열고 들어가 신사님의 부러진 뼈가 어찌 되었는지 살펴보고 오리라.

시장 골목을 빠져나와 왼편으로 경상감영의 담장이 길게 이어지다가 갑자기 남문이 발길을 가로막고 서 있었다. 문지기 병사는 다행히 아는 사람이었다. 다래가 몇 번 뇌물을 주어 친해진 얼굴이었다. 가까이 가자 그 병사는 모른 척 고개를 돌렸다. 병사가 고개를 돌리는 쪽으로 무심코 시선을 주다가 허공에서 반가운 얼굴을 보았다. 문루를 향해 치솟은 장대 위에 사람 얼굴 하나가 있어 그 얼굴이 다래 그녀를 보며 무슨 말인가를 할 것 같았다. 두 눈도 반쯤 뜨고 있었다.

"신사님."

다래는 살아 있는 사람에게 하듯 말을 했다.

"추운 날씨에 거기 그렇게 계시면 어떻게 해요. 몸은 어디에 버리시고 목만 따로 나와 계신건가요. 오늘 약을 드려도 잡술 수가 없잖아요."

대신사는 대답이 없었다.

"아,"

다래는 가슴을 쥐어뜯었다. 이대로 죽고 싶다는 생각뿐이었다. 왜 혼자 가십니까? 남겨진 우리는 어떻게 살라하고 홀로 가신 것입니까? 그러나 대신사의 머리는 말이 없었다. 소식을 듣고 달려온 문도들이 부모상을 당한 것처럼 목 놓아 울기 시작했다. 우는 문도의 수는 처음에는 손가락으로 꼽을 정도였으나 해거름에는 수백 명으로 늘어나고 밤이 되자 수천 명이 장대에 꽂아 걸어놓은 대신사의 머리 아래에서 울부짖으며 몸부림쳤다. 밤이 가고 새벽이 되었으나 매달린 머리 앞에서 우는 무리의 수는 줄지 않고 늘어만 갔다.

관찰사의 관사 바로 뒤편에 있는 객사에서 잠을 청하던 정구룡은 졸개가 가지고 온 소식을 접하고 이불을 박차고 일어나 앉았다. 칠곡 유생의 말이 자꾸만 떠올랐다. 물뱀은 죽으면 용이 된다 했는데 이제 그는 용이 된 것인가? 그는 의관을 차려입고 관찰사를 찾아갔다. 관찰사 역시 남문의 소식을 듣고 어떻게 처리하는 것이 좋을지 갈피를 잡지 못하고 있었다.

"잘 된 일입니다."

정구룡이 말했다. 쓸데없이 감투만 커서 제 몸에 맞지 않는 옷을 빌려입은 것처럼 늘 불안하던 관찰사가 선전관에게 물었다.

“바보 같은 백성들이 매달아놓은 목을 쳐다보며 운다고요?”

“그렇습니다. 그 목은 며칠 있으면 용이 되어 승천昇天한다고 합니다.”

“익.”

관찰사는 자신의 목을 만지면서 뒷걸음을 쳤다.

“승천昇天이 뭐요? 백성들이 죽은 자의 혼령을 받들고 나오면 그때가 승천하는 때입니다. 그러니 물뱀이 허물을 벗기 전에 가족들에게 시신을 내주는 것이 어떻겠소?”

“대역무도한 죄인의 시신은 그대로 까마귀에게 던져주는 것도 한 방법입니다.”

“그럴 수는 없습니다.”

선전관은 아직도 뭘 모르고 있는 관찰사를 딱하다는 표정으로 보았다. 무슨 말을 하려다가 말고 그는 관찰사가 더불어 말할 가치가 없는 사람이라고 판단하고 입을 다물었다. 그는 마침 계하階下에 지나가던 형방을 불렀다.

“효수한 죄인의 죄는 가볍지 않으나 국상을 당하여 은전恩典을 내리기로 하였으니 어제 형을 집행한 날로부터 사흘이 지난 모레부터 시신을 가족에게 양도할 터이니 가족은 감영으로 들어 증빙하고 시신을 수습하여 찾아가라는 방을 붙이

시오."

남문 밖에 효수한 지 나흘 째 되던 날 아침 일찍 대신사의 큰아들 세정世貞과 김경필金慶弼, 김경숙金慶淑, 김덕원金德源, 그리고 다래가 소나무 관을 매고 들어와 대신사의 목 없는 시신을 수습하고 이어 병사들이 내주는 목을 받아 관 속에 정성스레 담았다. 그들이 관을 매고 감영 밖으로 나오자 기다리고 있었던 것처럼 동학의 문도들이 다투어 앞으로 나와 관을 매고 나섰다. 관을 매지 못한 문도들은 먼발치서 애곡哀哭하며 관을 따랐다.

아침나절에 출발한 운구행렬이 해질 무렵에 도착한 고을은 자인현(慈仁縣, 현재의 경산읍)이었다.

"영천까지 가서 묵으면 좋겠지만 날이 어두워 무리니 이곳에서 하룻밤을 묵고 내일 발행키로 합시다."

세정이 말했다. 그러나 관을 떠매고 가는 일행을 어느 주막에서 재워줄 것인가? 누가 아는 척하고 고사古事를 이야기했다.

"고려 말 충신 포은圃隱 선생은 선죽교善竹橋에서 방원芳遠의 수하인 조영규趙英珪에게 맞아죽고 그 시신은 개성 인근의 야산에 임시로 묻혀 있었다가 태종太宗 연간에 복위復位되자 문도門徒들이 본향本鄕인 영일迎日로 모시기 위하여 만장輓

章을 앞세우고 상여喪輿를 꾸려 발행하는데 상여꾼과 상주들은 도중에 노숙하기를 여러 날이라 심히 고단했어요. 결국 용인龍人 땅에서 천하 명당을 얻어 장례를 치렀다고들 하지만 사실은 먼 길 가기가 겁이 난 상여꾼과 상주들이 합작으로 세상을 속인 거지요."

그래서 어쩌자는 말인가? 모두 뜨악한 표정으로 이야기한 사람을 바라보았다.

자인현慈仁縣에는 주막이 세 곳이었으나 처음 두 곳은 관을 떠매고 나타난 상주喪主 일행을 보고 기겁하여 문을 닫아걸었다. 마지막 하나 남은 주막에서 기적 같은 일이 일어났다. 주인은 쉰이 갓 넘은 부부였는데 그들도 처음에는 경계하는 표정으로 상주 일행을 살폈다.

"어디서 오는 길이오?"

"대구에서 옵니다."

세정이 말했다.

"뉘시오?"

관을 가리키며 물었다.

"사흘 전에 대구 남문 밖에서 참수 당한 동학의 대신사 수운 최 선생의 유해遺骸를 고향 경주까지 운구運柩하다가 날이 저물었으므로 부득이 쉬어갈 거처를 찾던 중입니다."

"그럼 저 관 속에 그분의 시신이 있다는 게요?"

"그렇습니다."

거절당할 것을 각오하고 밝혔으나 사정은 정반대였다. 주인 사내와 그의 부인은 관 옆으로 달려가 땅 바닥에 무릎을 꿇고 관을 향해 두 번 절을 했다.

"대신사님을 안방으로 모시고 상주 분들은 방 네 개에 나누어 주무시고 가십시오."

대신사의 유해는 참수 당한 이래 처음으로 안방을 차지하는 행운을 맞았다. 주막의 봉놋방까지 관을 매거나 운구 일행을 따라온 문도들에게 제공되고 다른 손님은 받지 않았다.

다래는 다른 상주 일행이 모두 피곤한 몸을 방에 뉘였으나 다리 뻗고 쉬지도 않고 주막 안주인을 따라 부엌에 들어가 국밥을 말아 방마다 가져다주었다. 그녀는 이 세상 어딜 가더라도 주인이었지 나그네가 아니었다. 설거지도 그녀가 맡았다.

설거지를 마친 후 기명통을 들고 대청 앞을 지나다가 다래는 문득 안방문이 활짝 열려 있는 것을 보고 걸음을 멈추었다. 안방의 안쪽 벽 가까이 여덟 폭짜리 낡은 병풍이 둘러쳐 있고 그 앞에 조촐한 제수가 차려져 있었다. 제주를 바치기 위한 목이 긴 백자 항아리도 있었고 제상 양쪽에 세워놓은 놋촛대에서는 촛불이 바람에 일렁이고 있었다. 대신사의 관은 병풍 뒤에 안치되어 있을 것이었다. 대신사의 격에 어울리지는 않았으나 자칫하면 들판에서 노숙하는 신세일 뻔했던 처지를 생각하면 호강스러운 일이었다.

제상 앞에 대신사의 아들 세정이 낯선 남정네들 두 사람과 머리를 맞대고 내일 일을 의논하고 있었다. 다래는 대청마루에 무릎을 기대고 서서 두 손을 모아 기도를 했다. 세정이 마루 앞에 서있는 다래를 보고 달려 나왔다.

"술을 한 잔 올리시지요."

망자亡者에게 제주 한 잔 올리겠느냐고 물었다. 다래는 고개를 저었다. 생전에 대신사가 술을 좋아하지 않았기 때문이었다. 술을 따르거나 절을 하는 등의 형식적인 예를 갖추는 것보다 늘 해 온 것처럼 대신사에게 말을 하고 싶었던 것이다.

"대신사님."

그녀가 부르자 대신사는 고개를 들어 부드러운 눈길로 왜 그러느냐고 반문했다.

"그냥요."

다래는 황급하게 말하고 자신의 어리석음이 드러났을까봐 기명통을 옆구리에 끼고 어둠 속으로 묻혔다. 마루 앞을 떠나 마당 가운데 있는 우물가로 가다가 문득 다래는 코끝에 감기는 이상한 냄새를 맡았다. 동물이 썩을 때 나는 그 냄새였다. 그러고 보니 방 안에서 세정과 함께 내일 발행할 일을 의논하고 있던 두 장정 중 젊은 축이 손으로 코를 싸쥐고 있었었다. 역시 냄새의 진원은 병풍 뒤에 있는 관棺이었다. 아무리 겨울의 끝자락이지만 머리가 잘린 채로 관덕정 마당에 버려둔 것이 사흘이었고 머리는 장대에 꿰어 세워놓았기 때문에 염습殮襲할 때 이미 부패腐敗하고 있었던 것이다. 그런 시신을 관에 담아 떠매고 종일 걸어왔으니 시신에서 냄새가 나는 것은 당연한 일이었다.

그러나 다래는 억장이 무너지는 느낌이었다. 여기까지 따라오면서 간절한 마음으로 바랐던 것은 대신사님께서 훌훌 털고 일어나 "내 목을 제대로 붙여주게." 하고 농담하는 모습을 보는 것이었다. 여느 사람들처럼 시신이 썩을 것이라고는 상상을 해 본 일이 없었다. 어떤 기적을 일으켜주기를 구체적으로 바랬던 것은 아니었지만 적어도 대신사라면 허망虛妄하게 땅에 묻히지는 않을 것이라고 막연하게 생각했던 것이다. 지금 관 속에서 나는 냄새는 그런 그녀의 막연했던 기대를 송두리째 무너뜨려버렸다.

어깨를 축 늘어뜨리고 기명통을 우물가에 내려놓은 그녀

의 어깨를 가볍게 치는 손길이 있었다. 돌아보니 학鶴처럼 하얀 도포자락을 밤바람에 펄럭이며 한 남자가 서 있었다. 다래의 입에서 놀란 목소리가 터져나왔다.

"대신사님."

도포자락을 흩날리며 서있던 남자가 말했다.

"네가 시신屍身이 썩는 냄새를 맡고 슬퍼하길래 내가 바쁘게 가던 길을 돌이켜 왔다. 너는 어디서 나를 찾느냐? 저 시신에는 이미 내가 없다는 것을 모르느냐?"

"그럼 어디 계십니까?"

"내가 있는 곳은 너희들의 마음속이다. 앞으로 무궁한 세월에 내가 머물 곳은 너의 마음속이니 그 자리를 청결하게 해 다오."

"하오나,"

다래는 대신사가 바쁜 걸음으로 떠나버릴 것 같아 황급遑急하게 물었다.

"저는 어떻게 살까요. 대신사님을 따라 가서 허드렛일이나 하면 안 될까요? 이 불쌍한 년을 버리지 말아주십시오."

"아직은 때가 아니다."

대신사는 냉정하게 잘랐다.

"그러나 이 무리를 따라 용담으로 가서는 안 된다. 경주영의 나졸들이 너를 잡으려고 벼르고 있다. 너는 밤을 도와 영해로 가서 네 남편인 사람을 도와라. 그는 외롭다. 그냥 두면 그 또한 원혼이 될 것이니 너를 보내는 것이다."

"달도 없는지라 어두운데 어찌 여자 몸으로 길을 나선단 말입니까. 내일 아침에 발행하겠습니다."

"여자야."

대신사는 탄식하듯 낮은 목소리로 말했다. 사람들이 제대로 말을 듣지 않을 때 내던 목소리였다.

"어둠이 두려우냐? 길을 나서기만 하면 밝혀줄 등불이 있을 것이다."

다래는 얼른 부엌으로 돌아가 기명통을 내려놓고 삼베 보자기를 들고 주막집을 나왔다. 아무도 그녀에게 말을 거는 사람이 없었고 앞을 막는 사람도 없었다. 밖으로 나오니 골목길은 칠흑 같이 어두웠다. 아득한 어둠 속에 작은 등불 하나가 춤을 추듯 흔들리며 걸어가고 있었다. 다래는 그 빛을 놓치지 않으려고 허위허위 걸었다.

〈쓰고 나서〉

## 다래의 다음 생애는?

한 편의 소설을 쓰면서 소설가는 반드시 그 글을 통해 하고 싶은 이야기가 있었을 것이다. 『다래』도 마찬가지였다. 그런데 알려진 바와 같이 소설가의 '이야기'는 학자가 논문에서 논리적으로 주장을 펴는 것이나 웅변가가 연설에서 주장하는 것과는 달리 소설, 즉 이야기를 통해 은근하게 내비치는 것이다. 이 소설 『다래』에서 나는 다래의 삶이 어떻게 완성되고 다음 단계로 나아가는지 주목했다. '삶의 완성'은 죽음이다. 주인공 다래가 어떻게 죽느냐, 즉 어떤 가치, 어떤 의미를 위하여 죽느냐 하는 것은 이 소설이 하고 싶은 이야기가 무엇이냐 하는 것과 직결된다. 『춘향전』에서 춘향이 이몽룡과 결혼을 하고 한양으로 올라와서 아이 낳고 투덕거리며 살다가 투기하고 뒷방으로 버림 받는 장면까지 그렸다면 『춘향전』이 하고 싶었던 이야기는 '사랑이 최고'가 아니라 '사랑의 허무'가 될 것이다. 그런 『춘향전』이라면 사람들이 수백 년 동안 미쳐서 읽고 감동 받을 까닭이 없다.

『다래』도 몇 가지 방향을 두고 생각했다. 첫째는 주인공 다래를 성녀聖女로 만드는 길을 생각했다. 수운 최제우의 순교殉教 때 함께 순교 시키면 다래는 성녀가 된다. 이런 경우는 동서양 고금을 통하여 많은 소설이 택했던 길이었다. 그러나 나는 다래를 순교자나 성녀로 만들고 싶지 않았다. 수운이 대구 장대에서 사형 당한 이후에도 이 땅의 많은 여인들은 애 낳고 살 부비며 살다가 갔고, 다래 역시 그 많은 여인들 중 한 명이었기 때문이다.

두 번째의 길은 여항閭巷의 장삼이사張三李四처럼 남정네를 위해 밥 짓고 애 낳고 살다가 가는 여인을 생각했다. 그런 여인이라면 굳이 한 권의 소설에 등장시킬 필요가 없을 것이다. '소설 몇 권으로도 다 쓰지 못할 사연'을 안고 살다가 가는 우리 주변 사람들의 이야기가 소설보다 더 재미있고 때로는 교훈적이기 때문이다.

마지막으로 이상사회理想社會 실현이라는 제단祭壇, 즉 꿈을 현실에 접목시키려는 황당한 꿈을 꾸다가 몰락하는 길이 있었다. 이 소설은 다래의 남은 생애를 이 세 번째에 걸었다. 조선말 여러 지역에서 반란叛亂을 도모하다가 비참하게 목숨을 버리는 이필제李弼濟에게 보내는 것이 그런 의도에서였다. 여기에는 내 나름의 이유가 있었다.

나는 1973년부터 소설가로 등단하여 지금까지 30권에 달하는 많은 글을 쓰면서 40여 년을 살았다. 의식적으로 작품세계를 한정지은 일은 없었으나 지나고 보니 초기에는 주로 구도적인 작품이 대종大宗을 이루었고, 후기에는 역사물을 통하여 현실개조를 꿈꾸다가 삶이 깨어지는 주인공들을 등장시키는 쪽으로 조금씩 변하는 모습을 보였다. 이필제의 반란은 성공하지 못하고 그를 죽음으로 몰아간다. 반란의 한 축을 이루며 살던 다래의 목숨도 그렇게 마감되었을 것이다. 내가 그런 주인공에게 매력을 느끼는 이유는 '행위만이 구원'이라는 나름의 결론을 얻었기 때문이었다. 이런 결론마저 독창적이기보다는 헤밍웨이나 앙드레 말로 같은 작가들이 이미 얻고 갔던 길을 답습하는 것에 지나지 않았다. 그럼에도 불구하고 나는 그들(헤밍웨이와 말로)과 다른 정신세계가 있다는 것을 그려보여 주고 싶었다. 『다래』가 바로 그런 경우이다.

한 편의 소설을 쓰고 나서 다시 '후기'라는 형식의 글을 통해 하고 싶은 말, 해야 할 말이 많다는 것은 좋은 현상이 아니다(작품의 완성도에 대한 작가 스스로의 의심에서 비롯되었을 수도 있기 때문에). 그저 남들이 다 쓰기 때문에 나도 구색을 맞추기 위해 쓰는 글일 뿐이다.

플로베르는 "보바리 부인은 나다"고 했으나 나는 "다래는 나다" 하고 싶은 마음을 눌러 참는다. 그러나 다래 같은 사람을 만나기 위해 길 나서기를 주저하지는 않을 작정이다.

## ▶ 낱말 풀이

공수: 무당이 죽은 사람의 뜻이라고 전하는 말.

관솔: 송진이 많이 엉긴 소나무 가지나 옹이.

광제창생(廣濟蒼生): 세상의 모든 사람을 널리 구제함.

구완[구원(救援)]: 병자나 해산한 사람의 시중을 드는 일.

군문효수(軍門梟首): 죄인의 목을 베어 군문 앞에 매어 달던 일.

그악하다: 1) 장난 따위가 지나치게 심하다.
2) 모질고 사납다
3) 억척스럽고 끈질기다.

급주(急走): 각 역에 배치된 주졸(走卒).

기시(棄市): 사람들이 많이 모인 곳에서 죄인의 목을 베고 그 시체를 길거리에 버리던 형벌

나장(羅將): 1) 의금부(義禁府)의 하급관리. 죄인을 문초할 때, 매질하는 죄인의 호송을 맡았음.
2) 군아(郡衙)에 속한 사령의 하나.

나졸(羅卒): 군아(郡衙)에 딸렸던 군뢰(軍牢)와 사령의 총칭.

나졸(邏卒): 포도청에 딸려 사람의 통행을 금지시키고 순찰을 돌던 병졸.

남인(南人): 조선 때, 동인(東人)에서 갈라진 사색당파의 하나, 북인(北人)에 대하여, 유성룡(柳成龍)을 중심으로 한 당파.

노류장화(路柳墻花): 아무나 쉽게 꺾을 수 있는 길가의 버들과 담 밑의 꽃이라는 뜻으로, 창녀나 기생을 이름.

늑탈(勒奪): 폭력이나 위력으로 빼앗음.

늙수그레하다: 보기에 꽤 늙은 듯하다.

능지처참(陵遲處斬): 머리·몸통·팔·다리를 토막 쳐 죽이던 극형(極刑)〈대역죄를 범한 자에게 내리던 형벌〉. 능지(陵遲).

당금아기(唐錦-): 당금같이 아주 귀하게 키우는 아기.

당상관(堂上官): 조선 때, 문관은 정3품 명선대부(明善大夫)·봉순(奉順大夫), 무관은 절충장군(折衝將軍) 이상의 벼슬 계제(階梯)의 벼슬아치.

도결(都結): 고을 아전이 공전(公錢)이나 군포(軍布)를 축내고 그것을 메워 넣으려고 결세(結稅)를 올려 받던 일.

도리질: 말 귀를 겨우 알아듣는 어린아이가 어른이 시키는 대로 머리를 흔드는 짓. 도리머리.

도습(蹈襲): 옛것을 좇아서 그대로 함.

동티: 공연히 건드려서 스스로 걱정이나 해를 입음을 비유하는 말.

드렁갱이: 경상도, 강원도, 동해안 지방 무당춤 반주에 쓰인느 장단의 하나. 서낭굿, 산신굿 같은 거리에서 반주로 쓰이며 모두 3장으로 되어 있다. 초장은 매우 빠르고 2장은 초장보다 느리며, 3장은 자장모리장단에 맞는다.

두량(斗量): 1) 되나 말로 곡식을 되어서 셈. 또는 그 분량.
2) 어떤 일을 두루 헤아리어 처리함.

두억시니: 모질고 악한 귀신의 한. 야차(夜叉).

마름: 지주(地主)를 대리하여 소작권을 관리하는 사람. 사음(舍音).

명화적(明火賊): 조선 철종 연간에 횡행하던 도둑의 무리.

미령하다(靡寧-): 어른의 몸이 병으로 편하지 못하다.

바라지: 절에서 영혼을 위하여 시식(施食)할 때 시식 법사(法師)가 송구(頌句)의 경문을 읽으면 옆에서 그다음의 송구를 받아 읽는 사람. 또는 그 시식을 거들어 주는 사람.

바리공주(-公主): 지노귀새남에서 무당이 색동옷을 입고 부르는 여신(女神) 이름.

바리데기: 바리공주 설화는 관북지방에 전해져 내려오는 설화이다. 흔히 무당의 조상으로 알려져 있다. 발리공주(鉢里公主) 혹은 사

희공주(捨姬公主)라고 하여 바리때를 지니며 베푸는 공주를 뜻하였다. 해원 굿의 원형으로 오구굿의 한마당에서 나오는데 바리데기라고도 한다.

발행(發行): 길을 떠나감.

봉놋방: 예전에, 주막집에서 여러 나그네가 함께 묵을 수 있는 큰방. 주막방(酒幕房). 봉노.

불목하니: 절에서 밥 짓고 물 긷는 일을 하는 사람.

붕어(崩御): 천자가 세상을 떠남. 선어(仙馭). 안가(晏駕).

비래쟁이: 비손을 전문적으로 행하는 사람. 막음쟁이.

사발통문(沙鉢通文): 주모자를 숨기기 위하여, 관계자의 성명을 둥글게 뺑 돌려 적은 통문.

선달(先達): 문무과에 급제하고 아직 벼슬을 하지 않은 사람. 조선 중기 이후에는 주로 무과에 급제하고 벼슬을 받지 못한 사람만을 가리켰음.

쇠스랑: 쇠로 서너 개의 발을 만들고 자루를 박은 갈퀴 모양의 농기구.

승하(昇遐): 임금이 세상을 떠남. 붕어(崩御).

시근대다: 가쁘고 고르지 않게 숨 쉬는 소리가 거칠게 자꾸 나다. 또는 그런 소리를 자꾸 내다.

신장(神將): 장수 격을 가진 귀신.

안택굿(安宅-): 무당이 집안의 터주를 위로하기 위해 하는 굿.

야차(夜叉): 1) 두억시니.
2) 모습이 추악하며 사람을 해하는 잔인·혹독한 귀신.

양중(兩中): 남자 무당의 하나. 양중이.

양허(亮許): 아랫사람의 형편이나 사정을 잘 알아서 용서하거나 허용함.

예수재(豫修齋): 살아 있는 동안에 미리 재(齋)를 올려 죽은 후에 극락에 태어나기를 기원하는 의식

오구굿: 죽은 사람의 넋을 위로하여 극락왕생 하기를 비는 굿.(죽은 지 한 해나 두 해 뒤에 함.)

오슬오슬: 소름이 끼칠듯이 몸이 움츠러지면서 추워지는 모양.

용화세계(龍華世界): 미륵불의 정토. 미륵은 석가모니불의 가르침을 받으면서 수행하다가 미래에 성불하리라는 예언을 받고 목숨을 마친 후 도솔천에 태어나 현재 거기서 수행중이라고 하는데, 석가모니불이 입멸한 후 오랜 세월이 지나면 이 세상에 내려와 화림원(華林園)의 용화수(龍華樹) 아래에서 성불한다고 함.

우묵: 가운데가 좀 둥글게 깊숙한 모양.

육시(戮屍): 이미 죽은 사람의 시체에 참형(斬刑)을 함.

이녁: 1) 자기를 낮추는 말.
2) 상대를 조금 낮추는 말.

인줄(人-): 부정한 사람이 드나들지 못하게 하는 표시로 문이나 길 어귀에 건너질러 매는 줄. 금줄(禁-).

잔망(孱妄)스럽다: 잔망한 태도가 있다.

잔망(孱妄)하다: 1) 잔졸하다.
2) 체질이 몹시 잔약하고 행동이 가볍다.

잠방이: 가랑이 무릎까지 오는 짧은 남자용 홑바지.

장계(狀啓): 감사 또는 왕명으로 지방에 나간 관원이 글로 써서 올리던 보고.

점고(點考): 명부에다가 일일이 점을 찍어 가면서 사람의 수효를 조사하는 일.

좌도(左道): 유교의 종지(宗旨)에 어긋나는 사교(邪教).

좌수(座首): 지방의 자치기구인 향청(鄕廳)의 우두머리.

주문(呪文): 천도교에서, 심령을 닦고 한울님께 빌 때 외우는 글.

주졸(走卒): 분주히 돌아다니며 심부름하고 지내는 사람.

지분거리다: 1) 가루붙이 음식 따위가 부드럽게 자꾸 씹히다.
2) 말이나 행동으로 남을 자꾸 건드려 귀찮게 하다.

참예(參詣): 신이나 부처에게 나아가 뵘. 참배(參拜).

천도(遷度): 죽은 사람의 혼령이 극락세계로 가도록 기원하는 일.

참칭(僭稱): 멋대로 분수에 넘치게 스스로 임금이라 이름. 또는 그 칭호.

철릭: 옛 무관이 입던 공복(公服)의 하나(직령直領으로서 허리에 주름이 잡히고 큰 소매가 달렸음)

청좌(請座): 조선 때, 이례(吏隸)를 보내서 으뜸 벼슬아치의 출석을 청하던 일.

초립(草笠): 나이 어려서 관례(冠禮)한 남자가 쓰던, 누른 빛깔의 매우 가는 풀로 엮어 만든 갓.

추국(推鞫): 1) 죄상을 다스림.
2) 의금부(義禁府)에서 임금의 특명에 따라 중죄인(重罪人)을 신문하던 일.

칸살: 1) 집의 도리 네 개로 둘러막은 면적.
2) 사이를 띄운 거리.

쾌자(快子): 옛 군복의 일종. 등솔을 길게 째고 소매는 없음〈근래에는 명절·돌날기 복건(幞巾)과 함께 아이들이 입음〉

통기(通寄): 통지(通知)

파수(把守): 경계하여 지킴. 또는 그 사람.

푸너리: 동해안 지역에서는 각 거리를 시작할 때 먼저 꽹과리·장구·징으로 청신음악(請神音樂)을 연주하고, 무당이 이 음악으로 춤을 추고 나서 무가를 부른다. 이때 무당이 무당가를 부르기 전에 연주되는 음악을 푸너리라 하고 이때 추는 춤을 푸너리춤이라고 하는데, 말뜻은 아직 밝혀지지 않았다. 2분박 좀 빠른 속도의 4박자의 장단이다(출처:한국민족문화대백과사전).

피륙: 필로 된 베·무명·비단 등의 총칭.

함지박: 통나무의 속을 파서 전이 없이 큰 바가지 같이 만든 그릇.

허위허위: 1) 손발을 이리저리 내두르는 모양.
2) 힘에 겨워 무거운 발걸음으로 걷는 모양.

호열자(虎列子): 콜레라.

화랑이(花郎-): 옷을 잘 꾸며 입고 가무(歌舞)와 행악(行樂)을 주로 하는 광대와 비슷한 무리. 대개 무당의 남편이었음.

환도(還刀): 옛 군복에 갖추어 차던 군도(軍刀).

회심곡(回心曲): 임진왜란 때에 서산(西山) 대사가 선행을 권하고 지은 노래.

효수(梟首): 죄인의 목을 베어 높은 곳에 매달던 처형.

후천개벽(後天開闢): 미래에 신천지가 도래한다는 참위론적(讖緯論的) 운세(運世) 사상.

휑뎅그렁하다: 1) 넓은 곳이 텅 비어 허전하다.
2) 넓은 곳에 물건이 얼마 없어 어울리지 않고 빈 것 같다.

# 다래

**발행일** | 초판 1쇄 2014년 7월 30일

**지은이** | 이청
**펴낸이** | 고진숙
**펴낸곳** | 도서출판 문화문고
**책임편집** | 김종만
**북디자인** | 배경태
**CTP출력** | 상지사피앤비
**인쇄·제본** | 상지사피앤비
**물류** | 문화유통북스
**출판등록** | 제 300-2004-89호(2005년 5월 17일)
**주소** | 110-816 서울시 종로구 자하문로 266, 612호
구) 서울시 종로구 부암동 129-8 울트라타임730 오피스텔 612호
**전화** | 02-379-8883, 723-1835
**팩스** | 02-379-8874
**이메일** | mbook2004@naver.com





ISBN 978-89-7744-039-5 (03810)

이 도서의 국립중앙도서관 출판시도서목록(CIP)은 서지정보유통지원시스템 홈페이지(http://seoji.nl.go.kr)와 국가자료공동목록시스템(http://www.nl.go.kr/kolisnet)에서 이용하실 수 있습니다(CIP제어번호:2014020799).